Las Grandes Novelas de Aventuras

ALEJANDRO DUMAS

LOS TRES MOSQUETEROS

(I)

EDICIONES ORBIS

Traducción de J. Gallardo

Apartado de Correos 35432, Barcelona

ISBN: 84-7530-257-2 (Obra completa)
ISBN: 84-7530-255-6 (Volumen I)
D.L.: B. 18816-1985

SEGUNDA EDICIÓN

Fotocomposición: MARGE
Diagonal, 539 - 08029 Barcelona

Impreso y encuadernado por
Printer industria gráfica, s.a. Provenza, 388 Barcelona
Sant Vicenç dels Horts

Printed in Spain

PREFACIO

Donde se demuestra que, a pesar de sus nombres en os y en is, los héroes de la historia que vamos a tener el honor de contar a nuestros lectores nada tienen de mitológicos.

Hará cosa de un año que, investigando en la Biblioteca Real para mi Historia de Luis XIV, di por casualidad con las *Memorias del señor de Artagnan,* impresas en Amsterdam, en los talleres de Pedro Rouge, como la mayoría de las obras de aquella época en que los autores pretendían decir la verdad sin ir a visitar por más o menos tiempo la Bastilla. Me agradó el título, me las llevé a casa, con permiso del señor bibliotecario, claro está, y las leí ávidamente.

No es mi intención hacer ahora un análisis de tan interesante obra: me limitaré a recomendarle a los lectores aficionados a los cuadros de *época;* en ella encontrarán retratos dibujados al lápiz, de mano maestra, y aunque estos bocetos estén trazados las más de las veces en puertas de cuartel o en paredes de taberna, no dejarán de reconocer en ellos, tan exactamente como en la historia del señor de Anquetil, las imágenes de Luis XIII, de Ana de Austria, de Richelieu, de Mazarino y de la mayoría de los cortesanos de la época.

Pero sabido es que lo que más vivamente choca a la caprichosa imaginación del poeta, no siempre es lo que llama la atención de la generalidad de los lectores. Y sin dejar de admirar, como admirarán sin duda los demás, los detalles que hemos indicado, lo que más nos preocupó fue una cosa en la cual nadie habrá parado mientes antes de nosotros.

Cuenta Artagnan que en la primera visita que hizo el señor de Treville, capitán de mosqueteros del rey, encontró en la antecámara a tres jóvenes que servían en aquel ilustre cuerpo en que solicitaba entrar, y cuyos nombres eran *Athos, Porthos* y *Aramis.*

Confesamos que estos tres nombres extranjeros nos llamaron sobremanera la atención y creímos desde luego que serían tres seudónimos bajo los cuales Artagnan había ocultado nombres tal vez ilustres dado caso de que no se los hubiesen puesto aquéllos a sí mismos el día en que por capricho, por disgusto o por falta de recursos, vistieron la casaca de simples mosqueteros.

No tuvimos desde entonces el menor sosiego, y nos dedicamos a buscar en las obras contemporáneas algunos vestigios de aquellos nombres extraordinarios que tan vivamente habían despertado nuestra curiosidad.

Sólo el catálogo de los libros que leímos con tal objeto, ocuparía un grueso volumen, lo cual podría ser muy instructivo, para nada entretenido para nuestros lectores. Baste decir que en el momento en que, desanimados a fuerza de tantas investigaciones infructuosas, íbamos a abandonar nuestro empeño, tropezamos, gracias a los consejos de nuestro ilustre y sabio amigo Paulino París, con un manuscrito en folio, número 4.772 ó 4.773, no lo recordamos a punto fijo, cuyo título era: *Memorias del señor conde de La Fére, relativas a algunos sucesos que acaecieron en Francia a fines del reinado de Luis XIII y a principios del de Luis XIV.*

Puede colegirse cuál sería nuestra alegría cuando, al hojear el manuscrito que era nuestra última esperanza, encontramos en la página 20 el nombre de Athos; en la 27, el de Porthos, y en la 31, el de Aramis.

El hallazgo de un manuscrito enteramente desconocido en una época en que la ciencia histórica ha llegado a tan alto grado de perfección, nos pareció casi milagroso; así que, inmediatamente, nos apresuramos a solicitar el permiso de imprimirlo con objeto de presentarnos algún día en la Academia de Inscripciones y Bellas Artes cargados de obras ajenas, si no llegamos a entrar en la Academia Francesa con nuestro propio bagaje. En honor a la verdad, debemos decir que nos fue concedido graciosamente este permiso, lo cual dejamos consignado para dar un solemne mentís a los maldicientes que propalan que vivimos con un gobierno muy medianamente dispuesto en favor de los literatos.

La primera parte de tan precioso manuscrito es la que ofrecemos hoy a nuestros lectores, si bien restituyéndole el título que creemos convenirle mejor, y nos comprometemos, caso de que esta primera parte obtenga, como no dudamos, el éxito que merece, a publicar muy pronto la segunda, también merecedora del mismo.

Entretanto, como el padrino es un segundo padre, invitamos a nuestros lectores a que, no al conde de La Fére, sino a nosotros, echen la culpa del placer o del aburrimiento que esta obra produzca.

Sentado esto, pasemos a nuestra historia.

LIBRO PRIMERO

CAPÍTULO PRIMERO

LOS TRES REGALOS DEL SEÑOR ARTAGNAN, PADRE

El primer lunes de abril de 1625, la aldea de Meung, en donde nació el autor de la *Novela de la Rosa,* parecía hallarse en una conmoción tan grande como si los hugonotes hubiesen ido a hacer en ella una segunda Rochela. Muchos aldeanos, al ver huir a las mujeres a lo largo de la calle Mayor, y al oír gritar a los niños en el umbral de las casas, apresurábanse a ponerse la coraza y, apoyando su continente un tanto incierto con un mosquete o una partesana, se encaminaban hacia la hostería del *Molinero Libre,* ante la cual se iban reuniendo por instantes un grupo considerable de gente bulliciosa y llena de curiosidad.

En aquel tiempo era frecuente el pánico, raro el día en que una u otra ciudad no hiciera constar en sus archivos algún acontecimiento de esta especie. Había entonces señores que se hacían la guerra; había un rey que se la había declarado a un cardenal, y había un español que hacía la guerra al rey. Además de estas guerras, sordas o públicas, secretas o patentes, todavía existían ladrones, mendigos, hugonotes, lobos y lacayos que hacían la guerra a todo el mundo. Los países se armaban siempre contra los ladrones, contra los lobos, contra los lacayos, frecuentemente, contra los señores y los hugonotes; alguna vez, contra el rey; pero nunca contra el cardenal ni el español. En fuerza de esta costumbre sucedió que, en el citado primer lunes de abril de 1625, como los aldeanos sintiesen bullicio y no viesen la enseña amarilla y roja, ni la librea del duque Richelieu, se encaminaron hacia la hostería del *Molinero Libre.*

Al llegar allí, cada cual pudo ver y reconocer el motivo de semejante agitación.

Un joven... Tracemos su retrato de una plumada: Figúrese el lector a Don Quijote a la edad de 18 años, sin casco ni armadura; a Don Quijote vestido con un jubón de lana, cuyo color, azul en un principio, había ido tomando un tinte indefinible entre heces de vino y azul celeste; cara larga y morena, pómulos salientes, signo de astucia, los músculos maxilares, en extremo desarrollados, indicio infalible por el cual se reconoce al gascón aun cuando no lleve la gorra del país, y nuestro joven se cubría con una que tenía una especie de pluma por adorno; los ojos, rasgados y penetrantes; la nariz, algo acaballada, pero dibujada con cierta gracia; la estatura demasiado alta para un joven, y más bien pequeña para un hombre ya formado; todo, en fin, revelaría a los ojos de un hombre medianamente perspicaz, al hijo de un colono que iba de viaje, a no ser por la larga espada que, pendiente de un tahalí de cuero azotaba las piernas de su propietario cuando andaba a pie y el erizado pelo de su cabalgadura cuando montaba a caballo.

Porque nuestro joven tenía una cabalgadura, y esta cabalgadura era también tan notable que llamaba en seguida la atención: era un penco del Bearn de doce a catorce años, de color amarillento sin crines en la cola, no sin gabarros en las piernas, y que, marchando con la cabeza más baja que las rodillas, lo cual hacía inútil el uso de la gamarra, caminaba todavía sus ocho leguas diarias. Por desgracia las buenas cualidades de este animal estaban tan ocultas bajo su pelo extraño y su incongruente andar, que en un tiempo en que todos se preciaban de inteligentes en materia de caballos, la aparición de aquel penco en Meung, donde había entrado un cuarto de hora antes por la puerta de Beaugency, produjo una sensación que alcanzó en parte a su jinete.

Y esta sensación fue tanto más penosa para el joven Artagnan (que así se llamaba el Don Quijote de este otro Rocinante), cuanto que no se le ocultaba por buen jinete que fuera, el aspecto ridículo que le daba semejante cabalgadura. Así que no pudo menos de exhalar un profundo suspiro al recibir tal regalo de su padre, el señor de Artagnan. Bien sabía que un animal de ese jaez valdría cuando menos veinte libras. Pero lo que no tenía precio eran las palabras con que fue acompañado el regalo.

—Hijo mío —le dijo el noble gascón, en aquella jerga peculiar del Bearn, cuyo acento jamás logró perder Enrique IV—, hijo mío este caballo se ha criado en la casa de tu padre por espacio de trece años, lo cual debe inducirte a quererlo. No lo vendas nunca; déjalo morir honrosa y tranquilamente de vejez; y si haces campaña con él, cuídale cual si se tratase de un antiguo y fiel servidor. Si alguna vez tienes el honor de presentarte en la corte —continuó diciendo el señor Artagnan—, honor a que por otra parte te hace acreedor la antigüedad de tu nobleza, conserva dignamente el lustre de tu apellido, que ostentaron gloriosamente nuestros antepasados para ti y para los tuyos. Entiende por los tuyos, tus parientes y amigos; de nadie soportes nunca nada, a no ser del rey o del cardenal. Sólo por el valor se labra hoy día un hidalgo su fortuna, ¿entiendes bien? y un instante de temor puede dejar escapar la ocasión que durante ese precioso instante te ofrezca la fortuna. Eres joven y debes ser valiente por dos razones: la primera, porque eres gascón, y la segunda, porque eres hijo mío. No temas los peligros y busca las aventuras. Yo te he enseñado el manejo de la espada: tienes piernas de hierro y puños de acero; bátete por la menor cosa, tanto más cuanto que el duelo está prohibido y requiere doble valor el arrostrarlo... No tengo, hijo mío, otra cosa que darte sino quince escudos, mi caballo y los consejos que acabas de oír. Tu madre añadirá a eso la receta de cierto bálsamo que le enseñó una gitana y que tiene una virtud milagrosa para curar toda clase de heridas que no penetren en el corazón. Aprovéchate, pues, de todo ello y Dios te conceda larga y dichosa vida. Sólo tengo que añadir una palabra, y es para presentarte un ejemplo; no el mío, pues nunca he aparecido por la corte ni he servido en otras guerras que en las de religión en clase de voluntario, sino el del señor de Treville, que fue en otro tiempo vecino mío y que desde niño tuvo la dicha de jugar con nuestro rey Luis XIII, que Dios guarde. A veces los juegos terminan en riñas, y en estas escaramuzas no era el rey quien salía mejor librado; pero los golpes que recibió el señor de Treville le hicieron concebir una grande amistad y estimación por él. Más adelante, el señor de Treville se batió con otros en su primer viaje a París, cinco veces desde la muerte del último rey hasta la mayoría de edad del actual, sin contar las guerras ni los sitios, siete veces; y desde esa época hasta el día, ¡cien veces quizá! Pues a pesar de los edictos, ordenanzas y arrestos, allí le tienes hecho un capitán de mosqueteros o, lo que es igual, jefe de una legión de césares, de la que el rey hace gran caso y que el cardenal teme no obstante ser un hombre que conoce poco el miedo, como todo el mundo sabe. Además, el señor de Treville gana diez mil escudos anuales, y, por consiguiente, es un gran señor. Sus comienzos fueron como los tuyos; anda a verle con esta carta y rige tu conducta por la suya para hacer lo que él.

Dicho esto, el señor de Artagnan ciñó a su hijo su propia espada y, besándole tiernamente en ambas mejillas, le dio su bendición.

Al salir de la habitación del padre, encontró el joven a su madre esperándole con la famosa receta, que los consejos que acabamos de transcribir habían de hacer tan necesaria. Esta despedida fue más larga y tierna que la del padre, no porque el señor de Artagnan no amara a su hijo, que era único, sino porque al fin era hombre y hubiera creído indigno de tal conmoverse demasiado mientras que la señora de Artagnan era mujer y además madre. Lloró, pues, amargamente, y debemos añadir también, en honor del joven Artagnan que a pesar de los esfuerzos que hizo por mantenerse firme, cual correspondía a un futuro mosquetero, la naturaleza venció al fin y derramó abundantes lágrimas, que con gran trabajo logró ocultar a medias.

El mismo día se puso en camino el joven, provisto de los tres regalos paternales, que se componían, como ya hemos dicho, de quince escudos, el caballo y la carta para el señor de Treville; ya se comprenderá que los consejos fueron dados de propina.

Con semejante vademécum se encontró Artagnan, así en lo moral como en lo físico, hecho un vivo retrato del héroe de Cervantes, a quien le comparamos en un todo cuando nuestro deber de historiadores nos obligó a hacer de él una fiel pintura. Don Quijote tomaba los molinos de viento por gigantes y los rebaños por ejércitos; Artagnan veía en cada sonrisa un insulto, y en cada mirada una provocación. De aquí previno el que, desde Tarbes hasta Meung, llevase siempre el puño cerrado y echara mano a la espada unas diez veces por día. Afortunadamente no tuvo que descargar el puño sobre ninguna quijada ni llegó nunca a desenvainar la espada. Verdad es que el ridículo aspecto del amarillento rocín no dejaba de excitar algunas risas burlonas en los que encontraba al paso; pero como encima del jamelgo sonaba una espada de más de mediana longitud y el joven jinete tenía la mirada más feroz que altanera todos reprimían su hilaridad, o si ésa era superior a su prudencia, tenían buen cuidado de no reír sino por un lado, como las antiguas carátulas. Artagnan siguió, pues, majestuoso e intacto en su sensibilidad hasta la desgraciada aldea de Meung.

Pero como se apeara a la puerta del *Molinero Libre,* y no viese ni amo ni mozo, ni palafranero que se arrimasen a tenerle los estribos, se acercó Artagnan a una ventana medio abierta del piso bajo, que dejaba ver a un caballero de buena presencia, aunque de rostro algo torvo el cual hablaba con otras dos personas que parecían escucharlo con suma deferencia. Artagnan creyó naturalmente, según su costumbre, que hablaban de él, y se puso a escuchar; pero esta vez sólo se equivocó de medio a medio. En vez de hablar de él hablaban de su caballo. El caballero parecía enumerar todas las cualidades de aquél a sus oyentes, y cómo según dijimos, los auditores parecían escuchar con gran deferencia al narrador, no cesaban de reír en todo momento. Sabiendo que una semisonrisa bastaba para despertar la irritabilidad del joven Artagnan, puede calcularse el efecto que en él produciría tan ruidosa hilaridad.

Artagnan quiso primero percatarse de la fisonomía de tan impertinente caballero que así se burlaba de él, y fijando su mirada en aquel personaje, vio un hombre como de cuarenta a cuarenta y cinco años, de ojos negros y penetrantes, de tez pálida, nariz muy acentuada y bigotes negros y perfectamente recortados. Llevaba jubón y calzones morados con agujetas del mismo color, sin otro adorno que las cuchilladas corrientes por entre las cuales se descubría la camisa. El jubón y los calzones aunque nuevos estaban algo arrugados como prendas de viaje guardadas mucho tiempo en un portamantas.

Artagnan hizo estas observaciones con la rapidez del más minucioso observador y movido sin duda por un instinto que le decía interiormente que aquel desconocido había de ejercer una grande influencia en su aún ignoto porvenir.

Como en el momento en que Artagnan clavaba los ojos en el caballero del jubón dorado, hacía éste del penco bearnés una de las más bellas y profundas descripciones, sus dos oyentes prorrumpieron en fuertes risotadas, y el mismo narrador dejó entrever, contra su costumbre, una ligera sorisa en sus labios. Esta vez no le cupo duda a Artagnan de que había sido insultado realmente. Así que, animado por esta convicción, se caló la gorra hasta los ojos, y procurando imitar alguno de los ademanes cortesanos que había visto en varios señores que viajaron por la Gascuña, se adelantó apoyando una mano en el puño de la espada y la otra en la cadera. Desgraciadamente, a medida que se iba aproximando, le cegaba la cólera cada vez más, y en vez del discurso altanero y digno que había preparado para formular su provocación, no encontró en la punta de la lengua más que una frase grosera que acompañó con un furioso ademán.

—¡Eh, caballero! —exclamó—. Caballero que os ocultáis detrás de esa ventana, decidme el motivo de vuestra risa y reiremos todos.

El caballero paseó con la mayor calma los ojos desde la cabalgadura al jinete, como si necesitase cierto tiempo para comprender que era a él a quien se dirigían tan extrañas palabras. Y cuando ya no le pudo quedar duda alguna, frunció ligeramente el ceño y, tras de una pausa bastante larga, respondió a Artagnan con un acento de ironía y de insolencia imposible de describir:

—No hablo con vos, caballero.

—Pero yo sí hablo con vos —repuso el joven, exasperado por aquella mezcla de insolencia y de buenos modales, de cortesía y de desdén—.

El desconocido se le quedó mirando un momento con ligera sonrisa; después, retirándose de la ventana, salió pausadamente de la hostería, y situóse a dos pasos de Artagnan, frente al caballo. Su aire tranquilo y su burlona fisonomía habían aumentado la jovialidad de aquellos con quienes antes hablaba y que permanecían en la ventana.

Artagnan, al verle acercarse, desenvainó un palmo de espada.

—Este caballo es, decididamente, o mejor dicho, fue en su juventud un capullo de oro —continuó el desconocido reanudando las observaciones interrumpidas y dirigiéndose a sus oyentes de la ventana, sin parecer advertir la exasperación de Artagnan, el cual, no obstante, se erguía entre él y ellos—. Tiene un color muy conocido en botánica, pero hasta ahora, muy raro en los caballos.

—Algunos que se ríen del caballo no osarían hacerlo de su dueño —repuso enfurecido el émulo de Treville—.

—No suelo reírme con frecuencia, caballero —contestó el desconocido—, como podéis advertir por el aspecto de mi rostro; pero estoy resuelto a conservar el privilegio de reírme cuando me acomode.

—Y yo —replicó Artagnan— no quiero que nadie se ría cuando a mí me desplace.

—¿De veras, señor? —prosiguió el desconocido, más sereno que nunca—. Pues bien, nada más justo —y volviendo la espalda, se dispuso a entrar en la hostería por la puerta principal, ante la cual había visto Artagnan un caballo ensillado—.

Pero Artagnan no era hombre para dejar marchar de ese modo al que había tenido la insolencia de burlarse de él. Sacó del todo la espada y, corriendo en pos del desconocido, gritó:

—¡Volveos, volveos, señor chancero, que no os vaya a herir por la espalda!

—¡Herirme a mí! —repuso el otro, girando sobre sus tacones y mirando al joven con tanta sorpresa como desdén—. ¡Vamos, vamos, querido, que estáis loco! —después, como hablando consigo mismo, añadió—: Es irritante: ¡qué hallazgo para su majestad, que busca bravos por todas partes para reclutar sus mosqueteros!

No bien había acabado de pronunciar estas palabras, cuando Artagnan le dirigió una estocada que, a no haberla evitado de un salto quizá hubiera bromeado por última vez. El desconocido, viendo que la cosa pasaba de broma, sacó su espada, saludó a su adversario y se puso gravemente en guardia. Pero en el mismo momento, sus dos oyentes y el hospedero cayeron sobre Artagnan con bastones, palas y tenazas. Esto hizo variar de tal modo el ataque, que el adversario de Artagnan, mientras éste se disponía a hacer frente a aquella granizada de golpes, envainó con la misma precisión y se convirtió en espectador del combate, papel que desempeñó con impasibilidad, balbuceando, sin embargo:

—¡Peste de gascones! ¡Colocadle sobre su anaranjado caballo y que se largue!

—¡No sin arrancarte antes la vida, cobarde! —gritó Artagnan defendiéndose lo mejor que podía, y sin ceder un paso a sus tres enemigos, que le acosaban a golpes—.

—¡Otra gasconada! —exclamó el caballero—. ¡Por vida de...! ¡Estos gascones son incorregibles! Continuad, pues, la danza, ya que él lo quiere. Cuando se canse, ya avisará.

Pero el desconocido no sabía con qué clase de obstinado se las había, pues el gascón no era hombre que se rindiera tan fácilmente. El combate continuó todavía unos minutos. Por fin, Artagnan, agotado, dejó escapar su espada, que un bastonazo rompió en dos trozos. Otro golpe que recibió en la frente le derribó casi al mismo tiempo, ensangrentado y medio desvanecido.

En este instante acudió la gente al lugar de la escena. El hostelero, temiendo el escándalo, se llevó, con la ayuda de sus mozos, al herido a la cocina, donde le suministraron algunos cuidados.

En cuanto al caballero, había vuelto a ocupar su sitio en la ventana, mirando, no sin desagrado, a toda aquella multitud, que parecía causarle gran contrariedad al quedarse allí.

—¿Cómo va ese loco? —preguntó volviéndose al ruido que hizo la puerta al abrirse, y dirigiéndose al amo de la hostería, que venía a informarse de su salud—.

—¿Ha salido sano y salvo vuestra excelencia? —preguntó el hostelero—.

—Enteramente sano y salvo, querido; ahora soy yo quien os pregunto, a mi vez, por el estado de nuestro joven.

—Sigue mejor —respondió el hostelero—. Se desmayó.

—¿De veras? —repuso el caballero—.

—Sí, pero antes de desmayarse, reunió todas sus fuerzas para desafiaros, llamándoos.

—¡Ese joven debe de ser el diablo en persona! —exclamó el desconocido—.

—¡Oh, no, no es el diablo! —replicó el hostelero con un mohín de desprecio—. Lo hemos registrado mientras estaba desvanecido, y no hemos encontrado en su equipaje más que una camisa, y en su bolsa doce escudos, lo cual no le ha impedido decir al desmayarse que si esto hubiese sucedido en París, os arrepentiríais de ello al momento, mientras que aquí os arrepentiréis más tarde.

—Entonces —dijo con frialdad el desconocido—, será algún príncipe disfrazado.

—Os digo eso —dijo el hostelero—, para que estéis prevenido.

—¿Y no ha nombrado a nadie durante su cólera?

—Sí, por cierto; se golpeaba el bolsillo y decía: «Veremos lo que el señor de Treville piensa de esta ofensa hecha a su protegido.»

—¿El señor de Treville? —dijo el desconocido, prestando atención—. ¡Se golpeaba el bolsillo pronunciando el nombre del señor de Treville...! Veamos, querido hostelero, estoy seguro de que, mientras vuestro joven estaba desmayado, no habréis dejado de mirar también ese bolsillo. ¿Qué había en él?

—Una carta dirigida al señor de Treville, capitán de los mosqueteros.

—¿De veras?

—Como tengo el honor de decíroslo, excelencia.

El hostelero, que no era hombre de mucha perspicacia, no advirtió el efecto que sus palabras habían producido en la fisonomía del desconocido, el cual, apartándose de la ventana, en la que tenía apoyado el codo, frunció las cejas en señal de agitación.

—¡Diablo! —exclamó entre dientes—. ¿Habrá enviado Treville contra mí a ese gascón? Muy joven es; pero una estocada no deja de ser una estocada, cualquiera que sea la edad del que la tire, y se desconfía menos de un niño que de otro cualquiera; a veces basta un leve obstáculo para contrariar a un gran designio.

El desconocido se quedó algunos minutos meditabundo.

—Veamos —dijo al hostelero—, ¿no me libraréis de ese loco? No puedo, en conciencia, quitarle la vida y, sin embargo —añadió con una expresión fríamente amenazadora—, me estorba. ¿Dónde está?

—En el cuarto de mi mujer, en el primer piso; lo están curando.

—¿Tiene con él sus ropas, su saco de viaje? ¿No se ha quitado el jubón?

—Todo eso está ahí, en la cocina. Mas, puesto que os estorba ese loco joven...

—Sin duda. Produce en vuestra casa un escándalo que no es fácil resistan las gentes honradas. Traedme la cuenta y avisad a mis lacayos.

—¡Qué! ¿El señor nos deja ya?

—Ya lo sabéis, puesto que os he ordenado ensillar mi caballo. ¿No se me ha obedecido?

—Sí, señor. Vuestra excelencia tiene dispuesto el caballo ante la puerta principal, como habrá podido observar.

—Bien; haced entonces lo que os he dicho.

—¡Hola! —dijo para sí el hostelero—. ¿Tendrá miedo de ese mozo?

Pero una imperiosa mirada del desconocido interrumpió sus reflexiones. Saludó humildemente y salió.

—Es preciso que Milady[1] no repare en ese bribón —prosiguió el forastero—. No debe de tardar en venir; ya se retrasa. Mejor será que monte a caballo y salga a su encuentro... ¡Si pudiera saber el contenido de esa carta dirigida a Treville!

Y el desconocido se dirigió, murmurando, hacia la cocina. Entretanto, el hostelero, que no dudaba era la presencia del joven lo que hacía abandonar su establecimiento al desconocido, subió al cuarto de su mujer y vio que Artagnan había recuperado ya el uso de sus sentidos. Dióle entonces a entender que la policía podía habérselas con él por haber trabado contienda con un gran señor (pues, según su parecer, el desconocido no podía menos de ser un alto personaje), y le decidió, no obstante, su mucha debilidad, a levantarse y proseguir su camino. Artagnan, medio aturdido, sin jubón y envuelta en trapos la cabeza, se levantó como pudo y, empujado por el amo de la hostería, empezó a bajar los escalones; pero al llegar a la cocina, lo primero que vio fue a su provo-

1. Aun cuando el tratamiento de Milady va siempre acompañado del apellido, lo encontramos así en el manuscrito y no nos hemos atrevido a variarlo.

cador, que estaba tranquilamente hablando junto al estribo de una pesada carroza tirada por dos hermosos caballos normandos.

Su interlocutora, que asomaba la cabeza por la portezuela, era una mujer como de veinte a veintidós años. Ya hemos dicho con qué rapidez investigaba Artagnan una fisonomía; vio, pues, al primer golpe de vista, que la dama era joven y hermosa. Y tanto más le chocó su género de belleza, cuanto que era enteramente desconocido en los países meridionales, únicos en que Artagnan había vivido hasta entonces. Era una joven rubia y pálida, con largos cabellos rizados que le caían sobre los hombros; ojos azules grandes y melancólicos; labios de rosa y manos de alabastro. Hablaba animadamente con el desconocido.

—De modo que su excelencia me ordena... —decía la dama—.

—Que volváis inmediatamente a Inglaterra, y me aviséis al punto si el duque saliera de Londres.

—¿Y las demás instrucciones? —preguntó la bella viajera—.

—Aquí las tenéis, encerradas en esta cajita, que no abriréis sino al otro lado de La Mancha.

—Está bien. Y vos, ¿qué hacéis?

—Yo vuelvo a París.

—¿Sin castigar a ese jovenzuelo insolente? —preguntó la dama—.

En el momento en que el desconocido abría la boca para responder, Artagnan, que lo había oído todo, se adelantó hasta el umbral de la puerta.

—¡Este jovenzuelo insolente es el que castiga a los demás —exclamó—, y espero que esta vez no se le escapará la persona a quien debe castigar!

—¿Que no se le escapará? —repitió el desconocido, frunciendo el ceño—.

—Creo que no os atreveréis a huir en presencia de una dama.

—¡Tened presente —exclamó Milady, viendo que el caballero llevaba su mano a la espada—, tened presente que la menor dilación puede echarlo todo a perder!

—¡Tenéis razón! —repuso el caballero—. Continuad vuestro camino, que yo voy también a emprender el mío.

Y saludando a la dama con una inclinación de cabeza, montó a caballo mientras la carroza arrancaba a correr con bastante velocidad. Partieron, pues, a galope los dos interlocutores, alejándose en dirección opuesta.

—¡Eh, vuestro gasto! —vociferó el dueño del hostal, cuya deferencia hacia el viajero se había trocado en profundo desdén al ver que se marchaba sin saldar cuentas—.

—Paga, bergante —dijo el viajero a su lacayo, sin detener el galope. Éste arrojó a los pies del hostelero dos o tres monedas de plata y galopó junto a su amo—.

—¡Ah, cobarde! ¡Ah, miserable! ¡Ah, indigno caballero! —gritó Artagnan, corriendo a su vez en pos del lacayo—.

Pero el herido se hallaba demasiado débil todavía para soportar semejante fatiga; por lo cual, apenas había dado diez pasos, los oídos comenzaron a zumbarle, nublóle la vista una nube roja y le acometió un desmayo que le hizo caer en tierra, gritando:

—¡Cobarde! ¡Cobarde! ¡Cobarde!

—Bien cobarde es, en efecto —dijo el hostelero, acercándose a Artagnan y procurando con esta lisonja reconciliarse con el pobre joven, como la garza de la fábula con el caracol—.

—Sí, bien cobarde —repitió Artagnan—; pero ella muy hermosa.

—¿Quién? —preguntó el hostelero—.

—Milady —contestó Artagnan desmayándose por segunda vez—.

—No importa —dijo para sí el hostelero—, pierdo dos huéspedes, pero me queda éste, que a buen seguro tendrá que permanecer aquí algunos días. Siempre son once escudos de ganancia.

Ya se recordará que eran precisamente once los que quedaban en la bolsa de Artagnan.

El hostelero había calculado once días de enfermedad a escudo por día; pero no había contado con el viajero. A las cinco de la mañana siguiente se levantó Artagnan, bajó por su propio pie a la cocina, y pidiendo, además de otros ingredientes cuya lista no ha llegado hasta nosotros, vino, aceite y romero, compuso, teniendo a la vista la receta de su madre, un bálsamo con el cual se untó sus numerosas heridas, renovándose por sí mismo las compresas y sin querer admitir el auxilio de ningún médico. Gracias, sin duda, a la eficacia del bálsamo de Bohemia, y acaso gracias también a la no intervención de ningún doctor, Artagnan pudo tenerse en pie firme aquella misma tarde, y se vio casi enteramente curado al día siguiente.

Pero en el momento de pagar el aceite, el vino y el romero (único gasto que él había hecho, pues había guardado una dieta absoluta, mientras que el caballo amarillento, al decir del hostelero, había comido triple de lo que podría hacer suponer su alzada), no encontró Artagnan en su faltriquera más que la bolsa de terciopelo algo usado, con sus once escudos; la carta dirigida al señor de Treville había desparecido.

El joven empezó a buscarla con la mayor calma, volviendo y revolviendo veinte veces sus bolsillos y faltriqueras, registrando escrupulosamente su saco, y abriendo y cerrando su bolsa; pero cuando se convenció de que la carta había desaparecido, le acometió por tercera vez tal acceso de cólera, que estuvo a punto de hacerle consumir otra porción de aceite y vino aromatizados, pues al verle enfurecerse y amenazar con romper todos los muebles del establecimiento si no aparecía la carta, el hostelero se había apoderado de una horquilla; su mujer, del mango de una escoba, y los criados, de los garrotes que habían servido la antevíspera.

—¡Mi carta de recomendación! —exclamó Artagnan—. ¡Mi carta de recomendación o, voto al diablo, os ensarto a todos como cuentas de rosario!

Por desgracia o por fortuna, una circunstancia impedía al joven cumplir su amenaza; su espada, como ya hemos dicho, quedó rota en dos pedazos en su primera lucha, lo cual había olvidado por completo. Por lo tanto, cuando Artagnan quiso desenvainar, se encontró solamente con un pedazo de hoja de unas ocho o diez pulgadas, que el hostelero había metido cuidadosamente en la vaina. En cuanto al resto de la hoja, se lo había guardado el amo de la hostería para convertirlo en aguja de mechar.

Sin embargo, esta decepción no hubiera detenido probablemente a nuestro fogoso joven, a no haber reflexionado el hostelero que la reclamación que el viajero le hacía era de todo punto justa.

—En efecto —dijo bajando la horquilla—. ¿Dónde está esa carta?

—Sí, ¿dónde está la carta? —gritó Artagnan—. Por lo pronto, os prevengo que la carta va dirigida al señor de Treville, y si no aparece, a buen seguro que él sabrá encontrarla.

Esta amenaza acabó de intimidar al hostelero. Fuera del rey y del cardenal, era el señor de Treville la persona cuyo nombre se repetía quizá con más frecuencia entre los militares y aun entre los paisanos. Verdad es que había también un padre José; pero el nombre de éste no salía de los labios sino en voz muy baja; tal era el terror que inspiraba la eminencia gris, como llamaban al familiar del cardenal.

Así pues, arrojando lejos de sí la horquilla y mandando a su mujer que hiciese otro tanto con el palo de la escoba y a sus criados con las estacas, dio él primero el ejemplo poniéndose a buscar la carta.

—¿Contenía tal vez esa carta algo de gran interés? —preguntó el hostelero, después de un momento de inútiles pesquisas—.

—¡Por vida de...! ¡Ya lo creo! —exclamó el gascón, que contaba con su carta para presentarse en la corte—. Contenía nada menos que mi fortuna.

—¿Bonos contra España? —preguntó el hostelero—.

—Bonos contra la tesorería particular de su majestad —respondió Artagnan, que confiando entrar al servicio del rey por medio de aquella recomendación, creía poder dar, sin faltar a la verdad, esta respuesta algo aventurada—.

—¡Demonio! —exclamó el hostelero completamente desesperado—.

—El dinero es lo de menos —siguió diciendo Artagnan, con todo el aplomo de un gascón—. La carta lo era todo para mí, y hubiera preferido perder mil doblas.

A punto estuvo de decir veinte mil, pero cierto pudor juvenil le contuvo.

Un rayo de luz iluminó de repente el entendimiento del hostelero, que no pudiendo hallar cosa alguna, se daba a los diablos.

—¡Esa carta no se ha perdido! —exclamó—.

—¡Cómo! —dijo Artagnan—.

—No; os la han quitado.

—¿Quitado? ¿Quién?

—El señor de ayer. Ahora recuerdo que bajó a la cocina donde teníais el jubón y se quedó allí solo. Apostaría cualquier cosa a que él os la ha robado.

—¿Lo creéis así? —respondió Artagnan, poco convencido, pues sabía mejor que nadie la importancia meramente personal de la carta y no veía en ella cosa alguna que pudiese tentar la codicia de ningún criado ni viajero, ni nada ganarían con su posesión.

—¿Decís —repuso Artagnan— que vuestras sospechas recaen en ese impertinente caballero?

—Estoy seguro de ello —contestó el hostelero—. Cuando le manifesté que vuestra señoría era el protegido del señor de Treville y que teníais una carta para persona tan ilustre, se mostró en extremo sorprendido, y preguntándome por esa carta, bajó inmediatamente a la cocina, donde sabía que estaba vuestro jubón.

—Entonces él es el ladrón —dijo Artagnan—. Yo daré mi queja al señor de Treville y éste se la dará al rey.

Sacó después con dignidad dos escudos del bolsillo y dándoselos al hostelero, que acompañó sombrero en mano hasta la puerta, volvió a montar en su caballo amarillo, que le condujo sin otro accidente hasta la puerta de San Antonio, de París, donde su propietario lo vendió por tres escudos, precio no muy bajo atendido lo mucho que Artagnan lo había fatigado en la última jornada. Por su parte, el chalán que adquirió aquella alhaja, mediante la citada suma, no dejó de manifestar al joven que si daba por el caballo una cantidad tan exorbitante, era por la originalidad de su color.

Artagnan entró, pues, en París a pie, con su saco bajo el brazo y anduvo hasta encontrar una habitación que conviniese a la escasez de sus recursos. Esta habitación era una especie de buhardilla situada en la calle de Fossoyeurs, inmediata al Luxemburgo.

Artagnan tomó posesión de su morada y pasó el resto del día en coser a su jubón y calzones unas pasamanerías que su madre había quitado de un jubón casi nuevo de su marido, y que dio al hijo a escondidas. Fuese después al muelle de la Herrería a que le echaran una hoja a su espada, y volvió luego al Louvre, donde se enteró por el primer mosquetero que encontró al paso, de las señas del palacio del señor de Treville, el cual se hallaba situado en la calle del Vieux Colombier, muy cerca de la habitación alquilada por Artagnan, circunstancia que le pareció de buen agüero para el éxito de su viaje.

Después, satisfecho de su comportamiento en Meung, sin remordimiento por lo pasado, confiando en lo presente, y con buenas esperanzas para lo porvenir, se acostó y se durmió con el sueño de los valientes.

Este sueño, muy proviciano todavía, se prolongó hasta las nueve de la mañana, hora en que se levantó para ir a casa del señor de Treville, la tercera notabilidad del reino, según juicio del señor de Artagnan padre.

CAPÍTULO II

LA ANTECÁMARA DEL SEÑOR DE TREVILLE

El señor de Troisville, como se llamaba aún su familia de Gascuña, o de Treville, como se hacía él llamar en París, había empezado en realidad como Artagnan, es decir, sin un céntimo en el bolsillo, pero con ese fondo de audacia, de ánimo y de entendimiento que hace que el más pobre hidalgüelo gascón se forje la ilusión de recibir mayor herencia paterna que la que en realidad recibe el más caudaloso noble del Bearn o del Perigord. Su insolente bravura y su suerte, más insolente aún en un tiempo en que las estocadas llovían como granizo, habíanle encumbrado a lo alto de aquella difícil escala que se llama favor de la Corte, cuyos peldaños había subido de cuatro en cuatro.

Era amigo del rey, que, como todos saben, honraba sobremanera la memoria de su padre Enrique IV. El padre del señor de Treville había servido a éste con tanta fidelidad en sus guerras contra la Liga, que, a falta de dinero contante (cosa de que siempre careció el bearnés, pues sólo pagaba sus deudas con lo único que no necesitaba tomar prestado, que era el ingenio), le autorizó en recompensa, después de la rendición de París, para tomar como escudo de armas un león de oro en campo de gules con esta divisa: *fidelis et fortis.* Esto era, sin duda alguna, muy honorífico, pero en nada aumentaba su fortuna. Así que, cuando murió el ilustre compañero de Enrique IV, dejó a su hijo por única herencia su espada y su divisa. Gracias a ambas cosas, y también al nombre sin mancha que llevaba, fue bien recibido el señor de Treville en el palacio del joven príncipe, donde supo servirse con tal maña de su espada y ser tan fiel a su divisa, que Luis XIII, una de las primeras espadas del reino, solía decir que si un amigo suyo tuviera que batirse, le aconsejaría que le tomase por padrino primero a él, y después al señor de Treville, y aun quizá concediese a éste la preferencia.

Así pues, Luis XIII sentía una afectuosa inclinación por Treville, afecto de rey, afecto egoísta, si se quiere; pero que no por eso dejaba de ser afecto. En aquellos calamitosos tiempos eran muy buscados los hombres del temple de Treville. Muchos había que podían adoptar como divisa el epíteto de *fuerte,* que formaba la segunda parte de su inscripción; pero pocos caballeros podían reclamar el de *fiel,* que formaba la primera. Treville era de los últimos: uno de esos raros casos de inteligencias obedientes como la de un perro, valor a toda prueba, vista rápida y acción pronta; un hombre a quien sólo se le habían concedido unos ojos para ver si el rey estaba descontento de alguno, y la mano, para herir a éste. A Treville le había faltado hasta entonces la ocasión; pero no dejaba de acecharla, y se prometió asirla por los cabellos si se ponía alguna a su alcance. Así, Luis XIII hizo a Treville capitán de sus mosqueteros, los cuales eran para el rey, en punto a adhesión, o más bien a fanatismo, lo que sus regulares para Enrique III, o lo que su guardia escocesa para Luis XI.

Por su parte, el cardenal no le iba en zaga al rey en este punto. En cuanto vio la formidable y escogida guardia de que Luis XIII se rodeaba, este segundo, o mejor dicho, primer rey de Francia, quiso también tener la suya. Tuvo, pues, sus mosqueteros, lo mismo que Luis XIII, y estas dos potencias rivales reclutaban para su servicio, de todas las provincias del reino, y aun de los Estados extranjeros, los hombres a quienes había hecho célebres la punta de su espada. Así sucedía que Richelieu y Luis XIII disputaban con frecuencia, cuando jugaban su partida de ajedrez, sobre el mérito de sus respectivos servidores. Cada cual encomiaba a porfía el porte y el valor de sus soldados, y declarándose ambos en público contra los duelos y desafíos, excitaban a aquéllos secretamente a que vinieran a las manos, recibiendo un vivo placer o un verdadero pesar con el triunfo o la derrota de los suyos. Así lo dicen, al menos, las memorias de un hombre que sufrió algunas de aquellas derrotas y que obtuvo muchas de aquellas victorias.

Treville, que había sabido encontrar el flaco de su amo, y a cuya circunstancia debió el constante favor de un rey que no ha dejado fama de ser muy fiel con sus amistades, formaba en orden de parada a sus mosqueteros, ante el cardenal Armando Duplessis, con un aire burlón que hacía erizar de rabia los bigotes canos de su eminencia. Treville entendía perfectamente la vida militar de aquel tiempo, en el que, cuando no se vivía a expensas del enemigo, se hacía a costa de los compatriotas; sus soldados formaban, pues, una legión de diablos, indisciplinada para cualquier otro que no fuera él.

Desaliñados, ebrios, desollados, los mosqueteros del rey o, más bien, los del señor de Treville, pululaban por las tabernas, por los paseos y por los juegos públicos vociferando, retorciéndose los mostachos, haciendo sonar sus espadas, chocando adrede con los guardias del cardenal cuando los encontraban al paso, y, por último, tirando de la espada en medio de la calle, acción que acompañaban con mil cuchufletas. A veces, en estas hazañas, perdía algún mosquetero la vida; pero podía estar seguro de que no dejaría de ser llorado y vengado. Otras, y esto sucedía con más frecuencia, eran ellos los que mataban, y entonces sabían que no se enmohecerían en la prisión, pues el señor de Treville estaba allí para reclamarlos. Por tanto, el señor de Treville se veía elogiado en todos los tonos, cantado en todas las gamas, por aquellos hombres que le adoraban, y que, aunque eran gente de armas tomar, temblaban en su presencia como los niños en la del maestro, obedecían a la menor señal sus mandatos y se mostraban dispuestos a dejarse matar para reparar la más leve reconvención.

Servíase Treville de aquella poderosa palanca, primero en favor del rey y de los amigos del rey, y después, en provecho propio y de sus amigos. Por lo demás, en ninguna de las memorias de una época que ha dejado tantas, aparece que este digno caballero fuera acusado por sus enemigos (a pesar de tenerlos muy numerosos, entre la gente) de pagar la cooperación de sus secuaces. Con una disposición particular para la intriga, que le igualaba con los más hábiles cortesanos, había sabido conservar intacta su honradez. Más aún: a pesar de las grandes estocadas que derrengan y de los penosos ejercicios que fatigan, había llegado a ser uno de los almibarados galanes de la época, y hablábase de las conquistas amorosas de Treville como veinte años antes de las de Basompierre, lo cual no es poco decir. Así pues, el capitán de mosqueteros era admirado, temido y amado, que es lo que constituye el apogeo de las fortunas humanas.

Luis XIV absorbió, con su vasta irradiación, todos los astros menores de su corte, pero su padre, sol *pluribus impar,* dejó brillar a cada uno de sus favoritos con su resplandor personal, y a cada uno de sus cortesanos, con su propio valor. No eran el rey y el cardenal los únicos a quienes una multitud de pretendientes esperaban a que se levantasen de la cama para que les diesen audiencia, pues había entonces en París más de doscientas personas que a aquella hora tenían también su pequeña corte, y el señor de Treville era uno de los más solicitados.

El patio de su hotel, situado en la calle del Vieux-Colombier, parecía un campamento, especialmente desde las seis de la mañana en verano y desde las ocho en invierno. Cincuenta o sesenta mosqueteros, que parecían relevarse continuamente para dar la sensación de su considerable número, se paseaban sin cesar, armados de pies a cabeza y dispuestos a todo. A lo largo de una de aquellas magníficas escaleras, sobre cuyo emplazamiento edificaría nuestra civilización una casa entera, subían y bajaban los pretendientes de París que solicitaban algún favor, los hidalgos de provincias, deseosos de alistarse, y los lacayos de variadas libreas que llevaban al señor de Treville los mensajes de sus respectivos amos. En la antecámara, y en largas banquetas circulares, se hallaban sentados los escogidos, es decir, los que habían sido citados. Desde la mañana hasta la noche se oía allí un continuo murmullo, mientras Treville, en su gabinete, contiguo a dicha antecámara, recibía las visitas, escuchaba quejas, daba órdenes, y, como el rey en su balcón del Louvre, no tenía más que asomarse a su ventana para pasar revista de hombres y armas.

El día que se presentó Artagnan, la concurrencia era tumultuosa, sobre todo para uno que acababa de llegar de su provincia. Verdad es que este provinciano era gascón, y que, especialmente en aquella época, los paisanos de Artagnan tenían fama de no intimidarse así como así. En efecto, franqueada la puerta, cuyas hojas estaban tachonadas de clavos de cabeza cuadrada, veíase una multitud de hombres de armas que se cruzaban en el patio, disputando, riendo o jugando entre ellos. Para abrirse paso entre aquellas olas turbulentas, era preciso ser oficial, gran señor o mujer guapa.

Por entre tal confusión y desorden se adelantó nuestro joven con el corazón palpitante, la tizona a lo largo de sus flacas piernas, una mano en el ala de su fieltro, y esa ligera sonrisa de provinciano confuso que quiere adoptar un buen continente. Cuando lograba atravesar un grupo, le parecía respirar con más libertad, pero comprendía que todos se volvían para mirarle, y por primera vez en su vida, Artagnan, que hasta entonces tenía formado un buen concepto de sí mismo, se consideró ridículo.

En la escalera fue todavía peor: hallábanse en el primer tramo cuatro mosqueteros que se divertían del modo que ahora diremos, mientras otros diez o doce camaradas esperaban en el rellano que les llegase el turno de ocupar su sitio en la partida.

Colocado uno de ellos en el peldaño superior, con la espada desnuda en la mano, impedía, o se esforzaba al menos en impedir, que los otros tres subieran.

Éstos esgrimían hábilmente contra él sus espadas, que al pronto tomó Artagnan por floretes de esgrima, con botón en la punta; pero pronto comprendió, por ciertos rasguños, que las armas estaban bien afiladas, tanto por el corte como por la punta, y a cada rasguño, no sólo los espectadores, sino los mismos actores, reían como locos.

El que a la sazón ocupaba el peldaño contenía maravillosamente a sus contrarios. Formábase círculo alrededor de ellos. Era condición precisa que quien resultase tocado cedería su turno para la audiencia en beneficio del tocador. En cinco minutos fueron rozados tres: uno, en la muñeca; otro, en la barba, y el tercero en la oreja, por el defensor del peldaño, que no había sido alcanzado aún, destreza que, según el pacto convenido, le favoreció en tres turnos.

Aquel pasatiempo asombró a nuestro joven viajero. Había visto en su provincia (donde, no obstante, se caldeaban en seguida las cabezas) algunos preliminares; mas los duelos, y la gasconada de aquellos cuatro jugadores le pareció la mayor de cuantas había visto hasta entonces, incluso en Gascuña. Creyóse transportado al famoso país de los gigantes, donde Gulliver fue después y tuvo tanto miedo; sin embargo, no estaba más que al principio; aún faltaba el rellano y la antecámara.

En el rellano no se batían, se contaban historias de mujeres, y en la antecámara, intrigas cortesanas. En el rellano enrojeció Artagnan; en la antecámara estremecióse. Su imaginación despierta y errabunda, que en Gascuña le hacía terrible para las doncellas de las grandes señoras y a veces para estas últimas, no había soñado jamás, ni aun en sus momentos de delirio, con la mitad de aquellos prodigios amorosos, ni con la cuarta parte de aquellas proezas galantes, realzadas con los nombres más conocidos y los detalles menos velados. Si en el rellano sintió ofendido su amor a las buenas costumbres, su respeto por el cardenal se escandalizó en la antecámara. Allí, con gran asombro suyo, oía Artagnan criticar en voz alta la política que hacía temblar a Europa y la vida privada del cardenal, vida que el solo intento de profundizar en ella había sido causa suficiente para que muchos altos y poderosos señores fuesen castigados. Aquel hombre ilustre, acatado por el padre de Artagnan, servía de burla y escarnio a los mosqueteros de Treville, que se mofaban de sus piernas zambas y de su espalda encorvada; unos entonaban villancicos acerca de la señora de Aiguillon, su amante, y de la señora de Combalet, su sobrina, mientras otros murmuraban contra los pajes y los guardias del cardenal-duque, cosas todas que a Artagnan le parecían monstruosas imposibilidades.

Sin embargo, cuando el nombre del rey mezclábase igualmente en estas chanzas cardenalicias, una especie de mordaza cerraba por un momento aquellas bocas burlonas, y todos miraban a su alrededor, como si temiesen alguna indiscreción del tabique que los separaba del gabinete del señor de Treville; mas pronto una alusión a su eminencia volvía a hacerle tema de la conversación y se repetían las risas con mayor estrépito, sin perdonar la crítica ni aun de la menor de sus acciones.

—He aquí unas gentes que seguramente serán presas y ahorcadas —pensó Artagnan con terror—, y sin duda yo con ellas, pues desde el momento en que las he escuchado, me tendrán por su cómplice. ¿Qué diría mi padre, que tanto me encargó el respeto al cardenal, si me supiera en unión de semejantes paganos?

Ya se presumirá, sin que lo digamos, que Artagnan no osaba intervenir en la conversación; limitábase a ser todo ojos para ver y todo oídos para escuchar, aguzando ávidamente sus cinco sentidos para no perder nada, y a pesar de su confianza en las recomendaciones paternales, sentíase inclinado por sus gustos y arrastrado por sus instintos a elogiar, más bien que a desaprobar, las cosas inauditas que ocurrían allí.

Como era absolutamente ajeno a la turba de cortesanos del señor de Treville, y era aquélla la primera vez que le veían en aquel sitio, le preguntaron qué se le ofrecía. Pronunció Artagnan su nombre con la mayor humildad, apoyóse en el título de compatriota y rogó al ayuda de cámara que le dirigía la palabra, que pidiese al señor de Treville un momento de audiencia para él, petición que aquél, con tono protector, le prometió transmitir en su tiempo y lugar.

Artagnan vuelto algún tanto de su primera sorpresa, quedó en libertad para examinar los trajes y las fisonomías.

En el centro del grupo más animado se hallaba un mosquetero de elevada estatura, de aspecto altivo y vestido de tan extraño modo, que llamaba la atención general. No llevaba a la sazón la casaca de uniforme, que, por lo demás, no era absolutamente obligatoria en aquella época de menos libertad, pero mayor independencia, sino un justillo color azul celeste, algo usado, sobre el que llevaba un magnífico tahalí bordado de oro, que refulgía como el agua en un día de sol. Una capa larga de terciopelo carmesí le caía graciosamente sobre los hombros, dejando ver sólo por delante el resplandeciente tahalí, del cual pendía una espada gigantesca.

Este mosquetero acababa de salir de guardia en aquel mismo instante y se quejaba de haberse constipado, por lo cual tosía de cuando en cuando con afectación. Por eso se había puesto la capa, según decía a los que le rodeaban; y mientras hablaba con el mayor desenfado, atusándose desdeñosamente el bigote, admiraban los demás el dorado tahalí, sobre todo Artagnan.

—¿Qué queréis? —decía el mosquetero—. La moda lo exige: es una locura, ya lo sé, pero es la moda. Además, en algo ha de emplear uno el dinero de su legítima.

—¡Ah! ¡Porthos! —exclamó uno de los concurrentes—. No intentes hacernos creer que ese tahalí procede de la generosidad paterna: te lo habrá regalado la dama velada con quien te encontré el domingo último hacia la puerta de San Honorato.

—No, por mi honor y a fe de caballero, lo he comprado yo mismo y con mi propio dinero —respondió el que acababa de ser llamado por el nombre de Porthos—.

—Sí —dijo otro mosquetero—; lo mismo que yo he comprado esta bolsa nueva con lo que mi amante había puesto en la vieja.

—Así es —dijo Porthos—, y lo prueba el que me haya costado doce doblas.

La admiración creció de todo punto, aun cuando la duda no se disipó enteramente.

—¿No es verdad, Aramis? —añadió Porthos interrogando a otro mosquetero—.

Este otro mosquetero, que había sido designado con el nombre de Aramis, contrastaba asaz vivamente con el que le preguntaba. Era un joven que tendría apenas veintidós o veintitrés años, de fisonomía cándida y afable, ojos negros y dulces, rosadas mejillas, aterciopeladas a manera de melocotón de otoño; sus finos bigotes dibujaban una línea recta sobre el labio superior; tenía las manos levantadas casi siempre, por miedo, sin duda, de que se le hincharan las venas, y de cuando en cuando se pellizcaba la extremidad de las orejas, para conservarlas de color pálido y transparente. Solía hablar muy poco y con lentitud; saludaba con frecuencia, y reía sin estrépito, enseñando los dientes, que eran por cierto muy bellos, y de los que, así como del resto de su persona, parecía tener sumo cuidado. Este joven contestó a la interpelación de su amigo con un signo afirmativo.

Esta señal desvaneció, al parecer, las dudas relativas al tahalí, que continuó siendo objeto de la atención general, aunque no se volvió a hablar de él; pero, por uno de aquellos giros rápidos de la mente, llevó la conversación a otro asunto.

—¿Y qué pensáis de lo que dice el escudero de Chalais? —preguntó un mosquetero, sin dirigir sus palabras a ninguno en particular, sino más bien a todos juntos—.

—¿Y qué dice ese señor? —preguntó Porthos con aire de importancia—.

—Dice que ha encontrado en Bruselas a Rochefort, el alma condenada del cardenal, disfrazado de capuchino; ese maldito Rochefort, gracias a su disfraz, supo jugársela al señor de Laignes como a un pobre necio que es.

—Necio en toda la extensión de la palabra —dijo Porthos—; pero, ¿es cierto?

—Yo lo sé por Aramis —repuso el mosquetero—.

—¿De veras?

—¿Pues no lo sabéis, Porthos? —dijo Aramis—. Ayer mismo os lo conté; y no creo que se deba hablar más de eso.

—¡No hablar más de eso! Siempre opináis lo mismo —replicó Porthos—. ¡No hablar más de eso! ¡Diantre, y qué pronto concluís! ¡Después que el cardenal hace espiar a un caballero, le roba su correspondencia por medio de un traidor, de un ladrón, de un tunante, y a consecuencia de ese espía y de esa correspondencia, manda cortar la cabeza a Chalais con el ridículo pretexto de que intentaba matar al rey y casar al hermano de éste con la reina! Nadie sabía una palabra de semejante enigma, que ayer nos descubristeis, con gran admiración nuestra, y cuando todavía nos dura el asombro que nos causó la noticia, venís diciendo ahora: ¡No hablemos más de eso!

—Hablemos, pues, ya que así lo que queréis —repuso Aramis con calma—.

—¡Rochefort! —exclamó Porthos—. Si fuese yo escudero de Chalais, ya le haría pasar un mal rato.

—¿Y vos? Vos pasaríais un cuarto de hora bien triste con el duque Rojo.

—¡El duque Rojo! Bien. ¡Bien por el duque Rojo! —exclamó Porthos, dando palmadas y moviendo la cabeza en señal de aprobación—. El duque Rojo es una ocurrencia feliz que procuraré divulgar por todas partes, querido. ¡Vaya si es agudo este Aramis! Lástima que no hayáis podido seguir vuestra vocación, porque hubierais hecho un clérigo delicioso. Por mi fe lo aseguro.

—Quizá no se tarde mucho tiempo, porque algún día pienso serlo. Bien sabéis, Porthos, que continúo estudiando teología.

—Y lo hará como lo dice —repuso Porthos—; lo hará tarde o temprano.

—Pronto —dijo Aramis—.

—No aguarda más que una cosa para decidirse enteramente y volver a tomar la sotana que tiene colgada detrás del uniforme —dijo un mosquetero—.

—¿Y qué es lo que aguarda? —preguntó otro—.

—Aguarda a que la reina dé un heredero a la corona de Francia.

—Bromas a un lado sobre ese punto, caballeros —dijo Porthos—; a Dios gracias, la reina se halla todavía en estado de poderlo dar.

—Dícese que Buckingham está en Francia —repuso Aramis con una risa socarrona, que daba a esta frase, tan sencilla en apariencia, una significación un tanto escandalosa—.

—Amigo Aramis, esta vez os habéis excedido —interrumpió Porthos—, y la manía de lucir vuestro ingenio os lleva siempre más allá de lo que es regular; si el señor de Treville os oyera, os arrepentiríais, quizá, de hablar así.

—¿Queréis darme una lección, Porthos? —repitió Aramis, cuya mirada, naturalmente dulce, se animó como un relámpago—.

—Querido, sed mosquetero o clérigo, una cosa u otra; pero no ambas a la vez —repuso Porthos—. Mirad, ya os dijo Athos el otro día que estáis comiendo a dos carrillos. ¡Vaya! No nos incomodemos, porque sería inútil, y ya sabéis lo que tenemos convenido entre vos, Athos y yo. Concurrís a casa de madame de Aiguillon y le hacéis la corte; concurrís a casa de madame de Bois-Tracy, la prima de madame de Chevreuse, y es fama que sois muy bien recibido por aquella señora. ¡Vamos! Nadie os pide que confeséis vuestra dicha ni descubráis vuestro secreto: ya sabemos que la discreción es una de vuestras principales dotes. Pero ya que poseéis esa virtud, ¡qué diablo!, hacer uso de ella para con su majestad. Decid lo que os parezca, y como os parezca, del rey y del cardenal; pero la persona de la reina es sagrada, y si se habla de ella, que sea para bien.

—Porthos, sois tan presumido como Narciso, os lo prevengo —continuó Aramis—; ya sabéis que detesto la moral, cuando no la oigo por boca de Athos. En cuanto a vos, querido, lleváis un tahalí demasiado brillante para que podáis hablar sobre el particular. Por mi parte, podré ser, con el tiempo, clérigo, si me acomoda, pero entretanto soy mosquetero, y como tal digo lo que se me antoja. Así que, de momento, lo que se me antoja deciros es que me vais apurando la paciencia.

—¡Aramis!

—¡Porthos!

—¡Vamos, señores, vamos! —exclamaron los demás—.

—El señor de Treville espera al señor de Artagnan —interrumpió el lacayo abriendo la puerta del gabinete—.

A este anuncio, durante el cual permaneció la puerta abierta, todos callaron, y el joven gascón cruzó, en medio del silencio general, parte de la antecámara y entró en el despacho del capitán de los mosqueteros, felicitándose de todo corazón por librarse tan a tiempo de la conclusión de aquella extraña disputa.

CAPÍTULO III

LA AUDIENCIA

El señor de Treville se hallaba a la sazón de muy mal humor; sin embargo, saludó cortésmente al joven, que se inclinó hasta el suelo, y se sonrió al recibir su cumplimiento, cuyo acento bearnés le recordó a la vez su adolescencia y su país, doble recuerdo que agrada siempre al hombre en toda edad. Pero acercándose casi al mismo tiempo a la antecámara y haciendo a Artagnan una seña con la mano, como pidiéndole permiso para terminar con los demás antes de empezar con él, llamó tres veces consecutivas, alzando en cada uno la voz, de modo que recorrió todos los tonos desde el imperativo hasta el de la irritación.

—¡Athos! ¡Porthos! ¡Aramis!

Los dos mosqueteros con quienes hemos entablado ya conocimiento y que respondían a los últimos de aquellos tres nombres, dejaron inmediatamente los grupos de que formaban parte y se adelantaron hacia el gabinete, cuya puerta se cerró tras ellos así que traspasaron el umbral. Su continente, a pesar de no manifestar una tranquilidad completa, excitó, por los modales llenos a la vez de dignidad y sumisión, la admiración de Artagnan, que veía en aquellos hombres unos semidioses y en su jefe un Júpiter olímpico armado de todos sus rayos.

Cuando los dos mosqueteros hubieron entrado y cerró la puerta detrás de ellos, y el murmullo de la antecámara, al que el llamamiento que acababa de hacerse había dado sin duda nuevo pábulo, volvió a dejarse sentir; cuando, en fin, el señor de Treville hubo medido tres o cuatro veces, con aire silencioso y fruncidas cejas, toda la longitud de su gabinete, pasando cada vez por delante de Porthos y Aramis, que se hallaban mudos y firmes como en la parada, se detuvo repentinamente en presencia de aquéllos, y mirándolos de pies a cabeza, con aspecto irritado, exclamó:

—¿Sabéis lo que me ha dicho el rey ayer tarde mismo? ¿Lo sabéis, caballeros?

—No —respondieron después de un momento de silencio los dos mosqueteros—, no señor; lo ignoramos.

—Pero creo que tendréis la bondad de decírnoslo —añadió Aramis en el tono más cortés y haciendo una graciosa reverencia—.

—Me ha dicho que en adelante reclutaría sus mosqueteros de entre los guardias del cardenal.

—¡Entre los guardias del cardenal! ¿Y cómo es eso? —preguntó con viveza Porthos—.

—Porque vio muy bien que su aguapié necesitaba mojarse con una mezcla de buen vino.

Los dos mosqueteros se sonrojaron hasta lo blanco de los ojos; Artagnan no sabía dónde estaba y hubiera querido hallarse a cien pies bajo tierra.

—Sí —siguió diciendo el señor de Treville—; porque, a fe mía, es muy cierto que los mosqueteros hacen un triste papel en la corte. El cardenal contaba ayer, mientras jugaba con el rey, con un aire de compasión que me desagradó en extremo, que anteayer, esos condenados mosqueteros, esos diablos encarnados (y apoyaba estas palabras con un acento irónico que me desagradó todavía más), esos fanfarrones (añadía mirándome con sus ojos de tigre), se hallaban a deshora en una taberna de la calle de Ferou, y que una ronda de sus guardias (casi iba ya a reírse en mis barbas), se había visto obligado a arrestar a los perturbadores. A fe mía que debéis de saber algo de eso. ¡Arrestar a los mosqueteros! Vosotros os hallabais entre ellos; no me lo neguéis, pues os han reconocido y el cardenal os ha nombrado. Esto es culpa mía, sí, culpa mía, puesto que yo soy el que elijo mis guardias. Veamos, Aramis, ¿por qué diablos me habéis pedido la casaca cuando podíais estar mejor con la sotana? Y vos, Porthos, ¿no tenéis ese hermoso tahalí de oro sino para colgar de él una espada de paja? ¿Y Athos? No lo veo; ¿dónde está?

—Está enfermo, señor; muy enfermo.

—¿Muy enfermo decís? ¿Pues qué tiene?

—Se teme que sean viruelas, señor —respondió Porthos, queriendo terciar a su vez en la conversación—; lo cual sería una desgracia, porque desfiguraría enteramente su rostro.

—¡Viruelas! ¡Vaya un cuento gracioso, Porthos! ¿Enfermo de viruelas a su edad? No; habrá sido herido o tal vez muerto. ¡Ah, como llegue a saberlo...! ¡Voto al diablo! Señores mosqueteros, no quiero que se frecuenten de ese modo los malos lugares, que se traben disputas en la calle y que se crucen aceros en las encrucijadas. No quiero, en fin, que se dé motivo de risa a los guardias del cardenal, que son valientes, pacíficos, exactos y no se ponen jamás en el caso de ser arrestados, cosa que ellos por otra parte nunca tolerarían, estoy seguro de ello. Preferirían morir en el sitio a retroceder un paso. ¡Hurtar el cuerpo! ¡Escapar! Eso queda para los mosqueteros del rey.

Porthos y Aramis temblaban de coraje. De buena gana hubieran ahogado al señor de Treville, si en medio de todo no estuvieran persuadidos de que el gran cariño que les profesaba era el que hacía temblar así. Golpeaban, no obstante, la alfombra con el pie, mordíanse los labios hasta hacerse sangre y apretaban con todas sus fuerzas las guarniciones de sus espadas. En la parte de afuera habían oído llamar, como hemos dicho, a Athos, Porthos y Aramis, y no habían dejado de conocer en el acento del señor de Treville que éste se hallaba en extremo irritado. Diez curiosos habían apoyado sus cabezas en el tapiz y palidecían de furor, pero sus oídos, pegados a la puerta, no perdían una sílaba de cuanto se decía, al paso que sus bocas iban repitiendo sucesivamente a los demás concurrentes de la antecámara las palabras insultantes del capitán. En un momento, desde la puerta del gabinete hasta la de la calle, todo se puso en conmoción.

—¡Dejarse arrestar los mosqueteros del rey por los guardias del cardenal! —continuó el señor de Treville, recalcando sus palabras y clavándolas, por decirlo así, una a una, como otras tantas puñaladas, en el corazón de sus oyentes—. ¡Arrestar seis guardias de su eminencia a seis mosqueteros de su majestad! ¡Voto a...! Ya tengo tomada mi resolución. En este momento voy al Louvre a presentar mi dimisión de capitán de los mosqueteros del rey y pedir una tenencia en los guardias del cardenal. Como me la nieguen, me hago clérigo.

A estas palabras, el murmullo que reinaba fuera se convirtió en una explosión. Por todas partes no se oían más que juramentos y blasfemias. Las exclamaciones se cruzaban por los aires. Artagnan deseaba encontrar una cortina para ocultarse, y sentía una irresistible tentación de meterse debajo de la mesa.

—Pues bien, mi capitán —dijo Porthos fuera de sí—; la verdad es que éramos, en efecto, seis contra seis; pero nos sorprendieron traidoramente y, antes de que tuviésemos tiempo para sacar las espadas, cayeron muertos dos de los nuestros, y Athos, gravemente herido, no estaba en disposición de poder hacer nada. Ya conocéis a Athos; pues bien, dos veces intentó levantarse y otras tantas cayó al suelo. A pesar de todo, no nos rendimos, no; nos tuvieron que llevar a la fuerza, y en el camino logramos escaparnos. En cuanto a Athos, creyéndole muerto, le dejaron tranquilamente en el campo de batalla, no juzgando que mereciese la pena de transportarlo. Eso es lo ocurrido. ¡Qué demonio, mi capitán! No siempre se ganan las batallas. El gran Pompeyo perdió la de Farsalia, y el rey Francisco I, que según he oído decir valía tanto como aquél, perdió también la de Pavía. Por mi parte puedo aseguraros que maté a uno con su propia espada, porque la mía se había roto en el primer encuentro.

—No sabía tanto —replicó el señor de Treville, en tono algo más templado—. El cardenal, según eso, ha exagerado mucho.

—Pero, por favor, señor —replicó Aramis, quien viendo al capitán algo más apaciguado se atrevió a aventurar una súplica—; por favor, no digáis que Athos está herido, porque llegaría al colmo su desesperación si supiera que el rey había tenido noticia de ello; y como la herida es de gravedad, sería de temer...

En aquel momento se abrió la puerta y apareció en su hueco una cabeza noble y hermosa, pero pálida en extremo.

—¡Athos! —exclamaron los dos mosqueteros—.

—¡Athos! —repitió el mismo señor de Treville—.

—Habéis preguntado por mí —dijo Athos al señor de Treville con voz débil, pero tranquila—; habéis preguntado por mí, según me han dicho mis camaradas, y me apresuro a ponerme a vuestras órdenes. ¿Qué tenéis que mandarme?

Y a estas palabras, el mosquetero, ataviado en toda regla y ajustado el vestido según su costumbre, entró con paso bastante firme en el gabinete.

El señor de Treville, conmovido en extremo con esta muestra de valor, se adelantó hacia el recién llegado.

—Decía a estos señores —añadió— que prohíbo absolutamente a mis mosqueteros que expongan su vida sin necesidad, porque el rey estima en mucho a los valientes, y sabe que sus mosqueteros son los hombres más valientes del mundo. La mano, Athos.

Y sin aguardar a que el recién llegado correspondiese por sí mismo a esta prueba de afecto, le cogió el señor de Treville la mano derecha y se la apretó con todas sus fuerzas, sin advertir que Athos, por mucho imperio que tuviese sobre sí, refrenaba un movimiento de dolor y se ponía aún más pálido, cosa que parecía imposible.

La puerta permanecía entreabierta, pues era grande la sensación que había producido la llegada de Athos, cuya herida, a pesar del secreto, había llegado a noticia de todos. Un grito unánime de satisfacción acogió las últimas palabras del capitán, y aparecieron dos o tres cabezas por entre las cortinas de la puerta. Indudablemente, el señor de Treville iba a reprender con palabras puertes esta infracción a las leyes de la etiqueta, cuando sintió que la mano de Athos se crispaba repentinamente en la suya, y fijando en él la mirada, conoció que iba a desmayarse. Al mismo tiempo, Athos, que había reunido todas sus fuerzas para luchar contra el dolor, sucumbió a la fuerza de él y cayó al suelo como muerto.

—¡Un cirujano! —exclamó el señor de Treville—. ¡El mío, el del rey, el mejor! ¡Un cirujano! ¡Oh! ¡Voto al diablo! Mi valiente Athos se muere.

A los gritos de Treville acudieron todos al gabinete sin que se pensara en cerrar la puerta a nadie y rodearon al herido con el mayor interés. Pero todo este cuidado hubiera sido inútil a no haberse hallado en el mismo palacio el médico que se buscaba. Atravesó éste la multitud, se acercó a Athos, que continuaba desmayado, y como le incomodase en extremo tanto ruido y agitación, pidió, como lo primero y más urgente, que el mosquetero fuese transportado a una habitación inmediata. Acto continuo abrió el señor de Treville una puerta y mostró el camino a Porthos y a Aramis, los cuales condujeron en brazos a su compañero. Detrás de este grupo iba el cirujano, y detrás del cirujano se cerró la puerta.

El gabinete del señor de Treville, lugar por lo general tan respetado, quedó convertido inmediatamente en una sucursal de la antecámara. Todos discurrían y peroraban, echando ternos y vomitando juramentos, y daban a todos los diablos al cardenal y sus guardias.

Algunos instantes después, volvieron Porthos y Aramis, habiendo quedado solamente junto al herido el señor de Treville y el cirujano.

Entró por fin el señor de Treville; el herido había recobrado el uso de sus sentidos, y el cirujano declaraba que el estado del mosquetero no ofrecía cuidado alguno a sus amigos, habiendo sido ocasionado únicamente su desmayo por la mucha pérdida de sangre.

Hizo en seguida el señor de Treville una señal con la mano, y se retiraron todos, a excepción de Artagnan, que no había olvidado la audiencia ofrecida y que permanecía clavado en el mismo sitio con toda la tenacidad de un gascón.

Después que todos se marcharon cerrando tras sí la puerta, se volvió el señor de Treville y se encontró solo con nuestro joven. El acontecimiento que acababa de suceder le había hecho perder algún tanto el hilo de sus ideas. Informóse, pues, de lo que quería el obstinado pretendiente, y nombrándose entonces Artagnan, trajo súbitamente a la memoria de Treville los recuerdos de lo pasado y de lo presente, y le puso al corriente de la situación.

—Perdonad —le dijo sonriéndose—, perdonad, querido paisano; pero os había olvidado enteramente. ¡Qué queréis! Un capitán no es más que un padre de familia que tiene sobre sí mayor responsabilidad que la que pesa sobre los que realmente son padres de familia. Los soldados son niños ya crecidos; pero como mi obligación es que sean ejecutadas puntualmente las órdenes del rey y sobre todo las del cardenal...

Artagnan no pudo contener una sonrisa. El señor de Treville conoció en esta sonrisa que no se las había con un tonto; así pues, yendo derecho al grano, añadió, cambiando de conversación:

—Mucho he querido a vuestro padre: ¿qué puedo hacer en favor de su hijo? Daos prisa, que no es mío el tiempo.

—Señor —dijo Artagnan—, al dejar Tarbes para venir a París, me proponía pediros, en obsequio de aquella amistad, cuyo recuerdo no habéis olvidado, una casaca de mosquetero; pero, después de lo que he visto en estas dos horas, he llegado a comprender que semejante favor sería demasiado grande, y temo no merecerlo.

—Favor es, en efecto, joven —replicó el señor de Treville—; pero puede muy bien no ser tan difícil de conseguir como creéis o aparentáis creer. Por de pronto hay una determinación de su majestad que previene este caso, y os anuncio con pesar que no se recibe a nadie como mosquetero sin la prueba anticipada de algunas campañas, de algunos hechos gloriosos o de un servicio de dos años en cualquier otro regimiento de menos categoría que el nuestro.

Artagnan se inclinó sin responder palabra, pues sentíase cada vez más deseoso de vestir el uniforme de mosquetero, conforme iba viendo mayores dificultades para conseguirlo.

—Pero —siguió diciendo Treville, clavando en su paisano una mirada tan penetrante, que parecía querer leer hasta el fondo de su corazón—; pero en obsequio a vuestro padre, mi antiguo compañero, como os he dicho, quiero hacer algo por vos, joven. Nuestros segundones del Bearn no suelen ser muy ricos, y temo que las cosas no hayan variado mucho desde mi salida de la provincia. No debéis de tener para manteneros mucho tiempo con el dinero que habéis traído.

Artagnan se cuadró con un aire de dignidad que parecía indicar que no venía a pedir una limosna.

—Bien, joven, bien; conozco el carácter de mi provincia —continuó Treville—; yo llegué a París con cuatro escudos nada más en el bolsillo y me hubiera batido con el primero que me hubiese dicho que no me hallaba en estado de comprar el Louvre.

Artagnan se irguió más todavía; gracias a la venta del caballo, principiaba su carrera con cuatro escudos más de los que tenía el señor de Treville al empezar la suya.

—Os decía, pues, que necesitaréis conservar y economizar la cantidad que poseáis, por grande que sea; pero, al mismo tiempo, es preciso que os perfeccionéis en los ejercicios que convienen a un caballero. Hoy mismo escribiré una carta al director de la Academia Real, quien os admitirá desde mañana sin retribución alguna. No rehuséis este pequeño favor. Nuestros caballeros más ricos y mejor nacidos lo solicitan muchas veces sin poderlo conseguir. Aprenderéis la equitación, la esgrima y el baile; adquiriréis allí finos modales, y de cuando en cuando vendréis a darme parte de vuestros progresos, hasta que vea si puedo hacer por vos alguna cosa.

Artagnan, a pesar de no hallarse muy enterado de los estilos de la corte, conoció la frialdad de este recibimiento.

—¡Ah! —exclamó—. ¡Cómo echo de menos la carta de recomendación que mi padre me había entregado para vos!

—Efectivamente —respondió el señor de Treville—, me admira el que hayáis emprendido un viaje tan largo sin ese requisito obligado, único recurso que tenemos los bearneses.

—Lo tenía, señor, y en toda regla —respondió Artagnan—; pero me lo han robado traidoramente.

Y entonces contó la escena de Meung, describiendo al caballero desconocido con sus menores detalles y explicándose con un calor y una expresión de verdad que encantaron al señor de Treville.

—¡Es extraño! —dijo este último algo pensativo—. ¿Según vos, hablasteis de mí en voz alta?

—Sí, señor; indudablemente debí de cometer esa imprudencia; pero, ¡qué queréis!, un nombre como el vuestro debía servirme de escudo en el camino, y ahora podéis juzgar si he abusado de él.

La lisonja se hallaba entonces muy en boga, y al señor de Treville le agradaba el incienso como a un rey o a un cardenal. Así, que no pudo menos de sonreírse con muestras de satisfacción, sonrisa que desapareció muy pronto, por preocupar su imaginación la aventura de Meung.

—Decidme —continuó—, ¿tenía ese caballero una cicatriz en la mejilla?

—Sí, como la que haría la rozadura de una bala.

—¿No era hombre de buena presencia?

—Sí, señor.

—¿De elevada estatura?

—Sí.

—¿De rostro pálido y cabellos negros?

—Exactamente. ¿Cómo? ¿Conocéis a ese hombre? ¡Oh! ¡Como alguna vez lo llegue a encontrar, y lo encontraré aun cuando sea en el infierno...!

—¿Aguardaba a una mujer? —continuó Treville—.

—A lo menos partió después de hablar un instante con la que esperaba.

—¿Y no sabéis el objeto de su conversación?

—El hombre le entregó una caja, diciéndole que ella contenía instrucciones y le encargaba que no la abriese hasta llegar a Londres.

—¿Esa mujer era inglesa?

—Él la llamaba Milady.

—¡Él es! —exclamó Treville—. ¡Él es! Yo le suponía aún en Bruselas.

—¡Ah, señor! —repuso Artagnan—. Si sabéis quién es ese hombre, decídmelo, por favor, y dónde se halla, y os dejo libre hasta de la promesa de darme una plaza en los mosqueteros, pues ante todo deseo vengarme.

—¡Guardaos bien de ello, joven! —replicó Treville—. Antes al contrario, si le veis venir por una acera, pasaos a la otra y no choquéis contra semejante roca, que os desharía como cristal.

—Eso no quita —prosiguió Artagnan— que si lo encuentro...

—Entretanto, no lo busquéis —replicó Treville— si estimáis en algo mi consejo.

De repente, una sospecha vino a presentarse a la imaginación de Treville. Esta aversión profunda que manifestaba el joven viajero hacia aquel hombre que —lo que era muy poco verosímil— le había robado la carta de su padre, esa aversión, ¿no podía ocultar alguna perfidia? ¿No podría ese joven ser enviado por su eminencia con objeto de tenderle algún lazo? ¿No era fácil que fuese algún emisario del cardenal a quien tratara de introducir en su casa y colocarle a su lado con el objeto de sorprender su confianza y perderle después, como se había hecho ya mil veces? Treville solvió a examinar a Artagnan con más atención todavía que la primera vez, y quedó medianamente tranquilizado ante el aspecto de aquella fisonomía en que se veía pintada una mezcla de astucia y de humildad afectada.

«Bien sé que es gascón —decía para sí—; pero tanto puede serlo para el cardenal como para mí. Tratemos de probarle.»

—Amigo mío —le dijo en tono grave—, como hijo de mi antiguo compañero, pues creo en toda la historia de la carta perdida, quiero, para reparar la frialdad que habéis notado en el recibimiento que os he hecho, poneros al corriente de los secretos de nuestra política. El rey y el cardenal son los mejores amigos del mundo: sus aparentes disensiones no sirven más que para engañar a todos. Lo que no puedo consentir es que un compatriota, un buen caballero, un valiente joven que ha nacido para ascender y hacer fortuna, sea juguete de todas esas intrigas y caiga inocentemente en el lazo en que se han enredado tantos otros. Tened bien presente que estoy enteramente consagrado a estos dos señores omnipotentes, y que mis acciones no tendrán jamás otro objeto que el mejor servicio del rey y del cardenal, uno de los genios más ilustres que Francia ha producido. Ahora, pues, obrad con arreglo a esta advertencia; y si, bien por cosas de familia, bien por relaciones particulares, bien por instinto, conserváis contra el cardenal alguna de esas enemistades que vemos frecuentemente en nuestros caballeros, despedíos de mí y separémonos. Os serviré en otras mil ocasiones; pero no os podré tomar a mi servicio. De todos modos, espero que mi franqueza os hará mirarme como amigo, pues sois el único joven a quien hasta ahora he hablado con tanta ingenuidad.

Treville pensaba de la manera siguiente:

«Si el cardenal me ha enviado este zorro, no habrá dejado de decirle, puesto que sabe muy bien lo que le detesto, que el mejor medio de conquistarme es decirme mil pestes de él; así que, a pesar de mis protestas, el astuto compadre me contestará seguramente que su eminencia le causa horror.»

Sucedió de muy distinto modo de lo que Treville se había figurado, pues Artagnan contestó con la mayor sencillez:

—Señor, he llegado a París con esas mismas ideas. Mi padre me encargó que no sufriese cosa alguna a no ser del rey, del cardenal o de vos, que son para él las tres notabilidades de Francia.

Artagnan añadía el nombre del señor de Treville a los otros dos, como se habrá advertido; pero él creía que esa adición no echaría a perder nada.

—Por tanto —continuó—, profeso la mayor veneración por el cardenal y el mayor respeto por sus actos. Es una fortuna para mí si me habláis, como me habéis dicho, con franqueza; porque entonces creo que no dejaréis de apreciar la conformidad de mis ideas con las vuestras; pero si acaso habéis concebido alguna desconfianza, que por otra parte nada tendría de extraño, conozco que me pierdo con deciros la verdad; pero al menos habré adquirido un derecho a vuestra estimación, que es lo que más deseo en este mundo.

Treville se quedó en extremo sorprendido. Tanta penetración, unida a tanta franqueza, le causaba una grande admiración; pero no disipaba enteramente sus sospechas, pues cuanto más le parecía este joven superior a los otros, tanto más temible lo juzgaba si llegaba a engañarse. A pesar de todo, estrechó la mano a Artagnan y le dijo:

—Sois un joven honrado, pero, por ahora, no puedo hacer en vuestro favor sino lo que os he ofrecido hace poco. Mi palacio estará abierto para vos a todas horas. Más adelante, puesto que tenéis ocasión de verme cuando gustéis, alcanzaréis tal vez lo que deseáis obtener.

—Es decir, señor —repuso Artagnan—, que esperaréis a que yo me haga digno de ello. Pues bien, perded cuidado —añadió con toda la familiaridad gascona—; no os haré esperar mucho tiempo —y diciendo esto, saludó con ánimo de retirarse, como si lo demás corriese sólo por su cuenta—.

—Esperad un poco —dijo el señor de Treville, deteniéndole—; os he ofrecido una carta para el director de la Academia. ¿Seréis tan orgulloso que no queráis aceptarla?

—No, por cierto, señor, y os respondo de que no le sucederá a ésta lo que a la otra. Yo sabré guardarla de modo que llegue a su destino, os lo juro, ¡y desgraciado de aquel que intente arrebatármela!

Treville sonrió al oír esta fanfarronada, y dejando a su joven compatriota junto a la ventana, al lado de la cual habían tenido su conversación, sentóse a una mesa y se puso a escribir la carta de recomendación que había ofrecido. Durante este tiempo, Artagnan, que no tenía cosa que hacer, se puso a tocar una marcha en los cristales con los dedos, mirando a los mosqueteros que se iban alejando unos tras otros y siguiéndolos con la vista hasta que desaparecían por la esquina de la calle.

El señor de Treville, después de escribir la carta, la cerró, y levantándose, se acercó al joven para entregársela; pero en el momento mismo en que Artagnan extendía la mano para tomarla, quedó Treville en extremo sorprendido al ver pintada en el rostro de aquél una expresión de sobresalto y que, montado en cólera, se lanzaba fuera del gabinete gritando:

—¡Ah! ¡Voto al diablo! Esta vez no se me escapará.

—¿Quién? —preguntó el señor de Treville—.

—El ladrón —contestó Artagnan—. ¡Ah, traidor!

Y desapareció como un relámpago.

—¡Qué demonio de loco! —exclamó entre dientes el señor de Treville—. ¡A menos que no sea esto una astucia para escurrir el bulto, viendo que le salió fallido el golpe!

CAPÍTULO IV

EL HOMBRO DE ATHOS, EL TAHALÍ DE PORTHOS Y EL PAÑUELO DE ARAMIS

Artagnan, furioso, había atravesado la antecámara en tres brincos, y precipitándose por la escalera, contaba asimismo bajar sus escalones de cuatro en cuatro, cuando, impulsado por la violencia de la carrera, fue a chocar contra un mosquetero que salía de la habitación de Treville por una puerta excusada, y tropezándole con la frente en un hombro, le hizo dar un grito o, mejor, un aullido.

—Perdonad —dijo Artagnan, intentando continuar su carrera—; perdonad, pues voy muy de prisa.

No había bajado aún el primer escalón, cuando sintió una mano de hierro que le asió fuertemente por el cuello y le detuvo.

—¡Vais muy de prisa! —exclamó el mosquetero, pálido como la cera—. ¿Y os parece que basta un simple «perdonad» para excusar vuestro atropello? De ningún modo, joven. ¿Creéis, porque habéis oído hoy al señor de Treville hablarnos algo descortésmente, que puede tratársenos del mismo modo que él nos habla? Desengañaos, compañero; vos no sois el señor de Treville.

—A fe mía —replicó Artagnan, que reconoció a Athos, el cual, después que el doctor terminó la cura, se volvía a sus habitaciones—, a fe mía que os tropecé sin querer, y no habiéndolo hecho de intento, os he pedido perdón. Me parece que es bastante. Os repito, sin embargo, bajo palabra de honor, y acaso hago más de lo que debiera, que voy de prisa, muy de prisa; conque, así, soltadme, os lo suplico, y dejadme ir a lo que tengo que hacer.

—Caballero —dijo Athos soltándole—, no tenéis educación: ya se conoce que acabáis de llegar de muy lejos.

Artagnan había ya bajado tres o cuatro escalones, pero a la observación que hizo Athos, se detuvo.

—¡Por vida de...! —exclamó—. Venga de donde viniere, no seréis vos el que me haya de dar una lección de cortesía, os lo aseguro.

—¡Quién sabe! —dijo Athos—.

—¡Ah! Si no tuviera prisa —exclamó Artagnan—, y no corriese tras otro...

—Señor apresurado, a mí me podéis encontrar sin necesidad de correr, ¿entendéis?

—¿Y dónde?

—Junto a los Carmelitas Descalzos.

—¿A qué hora?

—A las doce del día.

—¿A las doce? Bien, allí estaré.

—Procurad no hacerme esperar mucho tiempo, porque os prevengo que a las doce y cuarto seré yo el que corra tras vos y os cortaré las orejas a la carrera.

—Bien —dijo Artagnan—; estaré a las doce menos diez minutos —y apretó a correr, como si el diablo le llevara, esperando encontrar a su desconocido, el cual, con el paso lento a que caminaba, no podía estar todavía muy lejos—.

Pero a la puerta de la calle estaba Porthos hablando con uno de los guardias. Había entre ambos interlocutores el espacio justo para pasar un hombre, y creyendo Artagnan que ese espacio era bastante, se lanzó como una flecha por en medio de ellos. Desgraciadamente, no había contado con el viento, el cual, a tiempo de pasar Artagnan, arremolinó la capa de Porthos, y se la puso por delante en la carrera. Sin duda, Porthos tenía sus razones para no abandonar esta parte esencial de su vestido, pues en vez de dejar libremente la tela, tiró hacia sí, envolviendo en ella a Artagnan, por un movimiento de rotación, que puede explicarse por la violenta resistencia del obstinado Porthos.

Artagnan, que oía jurar al mosquetero, quiso salir por debajo de la capa, que le cegaba, y procuraba escurrirse por entre los pliegues. Lo que más temía era el haber estropeado el magnífico tahalí de que ya hemos hecho mención; pero al abrir tímidamente los ojos, se halló con su nariz pegada entre los dos hombros de Porthos, precisamente sobre el tahalí. ¡Ah! Esta brillante prenda, lo mismo que la mayor parte de las cosas de este mundo, que sólo tienen apariencia, era de oro por delante y de simple badana por detrás. Porthos, como hombre de rumbo, ya que no podía gastar un tahalí entero de oro, llevaba al menos la mitad; y ahora podrá comprenderse del constipado y la urgencia de la capa.

—¡Canastos! —gritó Porthos, haciendo los mayores esfuerzos para desembarazarse de Artagnan—. Por fuerza estáis loco, para arrojaros de esa manera sobre la gente.

—Perdonad —dijo Artagnan apareciendo por bajo del hombro del gigante—, iba a toda prisa en persecución de uno, y...

—¿Y olvidáis los ojos por ventura cuando corréis? —preguntó Porthos—.

—No por cierto —contestó Artagnan, algo picado—; no por cierto, y gracias a mis ojos he visto lo que no ven los demás.

Porthos comprendió o no comprendió la alusión; pero lo cierto fue que, dejándose llevar de su cólera, dijo:

—Os prevengo, caballero, que si os rozáis de esa manera con los mosqueteros, vais a quedar almohazado como las caballerías.

—¿Almohazado, caballero? —dijo Artagnan—. La palabra es algo dura.

—Le conviene a un hombre acostumbrado a mirar siempre cara a cara a sus enemigos.

—¡Oh! Ya me figuro que vos no volveréis la espalda a los vuestros.

Y el joven, encantado de su agudeza, se alejó riéndose a más y mejor.

Porthos se inflamó de cólera e hizo un movimiento como para abalanzarse sobre Artagnan.

—Más tarde, más tarde —le gritó éste—; cuando no llevéis la capa.

—Pues a la una, detrás del Luxemburgo.

—Muy bien: a la una —replicó Artagnan, doblando la esquina de la calle.

Pero ni en la calle que acababa de dejar ni en la otra en que entraba, vio a persona alguna. Por muy lentamente que hubiese andado el desconocido había tenido tiempo suficiente para adelantar mucho camino, dado que no hubiera entrado en alguna casa. Artagnan preguntó por él a todas las personas que encontró, bajó hasta la balsa del río, subió por la calle del Sena y la Croix Rouge, pero sin fruto. Sin embargo, esta carrera le fue provechosa, en cierto modo; pues, a medida que el sudor bañaba su frente, se iba enfriando su corazón. Púsose entonces a reflexionar sobre los acontecimientos que acababan de sucederle, que eran muchos e infaustos. No eran todavía las once de la mañana y ya se había atraído en tan corto tiempo la desgracia del señor de Treville, que no podría menos de hallar un poco extraña la manera con que Artagnan le había dejado.

A más de eso, se había comprometido en dos desafíos con dos hombres, capaces cada uno de matar a tres Artagnan, con dos mosqueteros, en fin, individuos de un cuerpo respetable, y a quienes colocaba allá en sus adentros sobre todos los demás hombres.

La situación era penosa. Seguro de que iba a ser muerto por Athos, para nada se cuidaba de Porthos. Sin embargo, como la esperanza es lo último que abandona el corazón del hombre, llegó a imaginarse que podría sobrevivir, si bien con terribles heridas, a aquellos dos duelos, y para el caso de supervivencia se hizo las reconvenciones siguientes:

—¡Qué aturdido y terco soy! Ese valiente y desgraciado Athos estaba precisamente herido en el hombro contra el cual fui a topar como un carnero. Lo que me admira es que no me haya dejado allí seco; y hubiera hecho muy bien, porque el dolor que le habré causado ha debido de ser atroz. En cuanto a Porthos, ¡oh!, en cuanto a Porthos, a fe mía que es cosa más graciosa —y el joven se echó a reír sin querer, mirando, no obstante, si por casualidad esta risa sin motivo, a los ojos de las personas que le mirasen, podría ofender a algún transeúnte.

»En cuanto a Porthos, es cosa más graciosa; pero no por eso soy menos aturdido. ¿Es político acaso echarse así sobre la gente sin avisar de antemano y mirar bajo la capa lo que a mí no me importaba? Él me habría perdonado si no le hubiese ido a hablar de ese maldito tahalí en palabras embozadas, aunque embozadas con cierta gracia. ¡Vamos! Soy un maldito gascón y sería capaz de estarme burlando sobre las parrillas en que me asaran. Vaya, pues, amigo Artagnan —continuó hablando consigo mismo, con toda la calma que creía convenirle—; si escapas de ésta, cosa que será difícil, es preciso que seas en adelante más cortés y político; es preciso que te citen como modelo; ser prudente y bien educado no es ser cobarde. Ahí tiene a Aramis que es la gracia, la dulzura en persona. Y bien: ¿ha podido decir alguien que Aramis sea un cobarde? No por cierto, y desde ahora me propongo tomarle en todo por modelo. Casualmente le veo allí.

Artagnan, caminando sin cesar de hablar consigo mismo, llegó a algunos pasos de la casa de Aiguillon, delante de la cual había visto a Aramis, que estaba en conversación con tres caballeros, guardias del rey. Aramis, por su parte, no dejó de reconocer a Artagnan; pero recordando que el señor de Treville se había acalorado fuertemente aquella mañana delante de ese joven, y no siéndole en modo alguno agradable la presencia de un testigo de los mosqueteros, hizo como si no le viera. Artagnan, por el contrario, muy en ánimo de seguir sus planes de conciliación y cortesía, se aproximó a los cuatro haciéndoles un profundo saludo, acompañado de una graciosa sonrisa. Aramis inclinó ligeramente la cabeza, pero sin manifestar la más leve sonrisa. Por lo demás, todos interrumpieron al punto su conversación.

Artagnan no era tan cándido que no conociese que estaba allí de más; pero no tenía aún bastante mundo para salir airosamente de una posición falsa, como es por lo general la de un hombre que se reúne con personas a quienes apenas conoce y se mezcla en una conversación que no le concierne. Buscaba, pues, interiormente, un medio de zafarse lo menos mal posible de aquella situación embarazosa, cuando advirtió que a Aramis se le había caído al suelo el pañuelo y, sin duda, por inadvertencia, tenía puesto el pie encima. Parecióle oportuna la ocasión de reparar su falta, y bajándose con el aire más gracioso que supo, sacó el pañuelo de debajo del pie del mosquetero, a pesar de los esfuerzos que éste hacía para retenerlo, y entregándoselo, dijo:

—Creo, caballero, que sentiríais perder este pañuelo.

El pañuelo estaba, en efecto, ricamente bordado, y se veía marcada una de sus puntas con unas armas y una corona. Aramis se puso encendido como la grana, y arrebató, más bien que tomó, el pañuelo de las manos del gascón.

—¡Hola, hola! —exclamó uno de los guardias—. ¿Dirás ahora, discreto Aramis, que estás en desgracia con madame de Bois-Tracy, cuando esta hechicera dama tiene la atención de prestarte sus pañuelos?

Aramis lanzó a Artagnan una de aquellas miradas que hacen comprender a un hombre que acaba de granjearse un enemigo mortal, y añadió en seguida, recobrando su habitual dulzura:

—Os equivocáis, caballero; este pañuelo no me pertenece, y no sé por qué este señor ha tenido el capricho de entregármelo a mí más bien que a cualquiera de vosotros; en prueba de ello, ved aquí el mío.

Y al decir esto, sacó del bolsillo su pañuelo, que era también muy elegante y de fina batista, a pesar de que este género costaba en aquella época muy caro; pero que no tenía bordado alguno ni armas, y sí sólo la cifra de su propietario.

Por esta vez Artagnan se quedó cortado enteramente, pues había conocido su torpeza. Pero los amigos de Aramis no se dejaron convencer, a pesar de su negativa, y dirigiéndose uno de ellos al joven mosquetero, le dijo con fingida seriedad:

—Si fuera cierto lo que manifiestas, querido Aramis, me vería precisado a reclamártelo; pues, como sabes, Bois-Tracy es uno de mis íntimos amigos, y no puedo consentir que sirvan de trofeo las prendas de su mujer.

—No reclamarías debidamente —respondió Aramis—, y aun cuando reconociese la justicia de tu reclamación en cuanto al fondo, la resistiría en cuanto a la forma.

—El hecho es —añadió Artagnan con timidez— que no he visto caer el pañuelo del bolsillo del señor Aramis, sino solamente que éste tenía puesto el pie encima de él, y he creído por esta circunstancia que el pañuelo era suyo.

—Y os habéis equivocado, querido —repuso con frialdad Aramis, muy poco satisfecho con semejante explicación. Y volviéndose al guardia que se había manifestado amigo de Bois-Tracy, continuó—: Además, señor amigo íntimo de Bois-Tracy, me considero tan amigo de ese caballero como tú mismo, y por consiguiente el pañuelo ha podido muy bien haberse caído tanto de tu bolsillo como del mío.

—No, a fe mía —exclamó el guardia de su majestad—.

—Tú jurarás por tu honor y yo bajo mi palabra, de modo que uno de los dos tendrá forzosamente que mentir. Hagamos, pues, una cosa mejor, Montaran: tomemos cada uno la mitad.

—¿Del pañuelo?

—Sí.

—Muy bien —exclamaron los otros dos guardias—, el juicio de Salomón.

—Decididamente, eres un hombre de ingenio, Aramis.

Los jóvenes se echaron a reír, y como es de suponer, el asunto no tuvo otras consecuencias. Un instante después cesó la conversación, y los tres guardias y el mosquetero, estrechándose cordialmente las manos, se marcharon; aquéllos por un lado, y Aramis, por otro.

—He aquí el momento de hacer las paces con este apuesto mancebo —dijo para sí Artagnan, que se había mantenido algo apartado durante la última parte de la conversación; y acercóse con esa buena idea a Aramis, que se alejaba sin hacer el menor caso—: Caballero —le dijo—, espero que tendréis la bondad de perdonarme.

—¡Caballero! —interrumpió Aramis—. Permitidme que os diga que no os habéis conducido en esta ocasión como conviene a una persona de honor.

—¡Qué! Supondréis...

—Supongo que no seréis un necio y que sabréis muy bien, aunque recién venido de Gascuña, que no se pisan sin motivos particulares los pañuelos de bolsillo. París no se halla empedrado con batista.

—Siento, caballero, que tratéis de humillarme de ese modo —repuso Artagnan, en quien el genio pendenciero principiaba a sobreponerse a sus resoluciones pacifistas—. Soy gascón, es verdad; y, supuesto que lo sabéis, no tendré necesidad de deciros que los de mi país son poco sufridos, y creen que han hecho una mitad más de lo que les correspondía.

—Caballero, lo que os he dicho —replicó Aramis—, no es de ningún modo con ánimo de armar pendencia. A Dios gracias, no soy espadachín, y no siendo mosquetero más que interinamente, nunca me bato sino cuando me veo precisado a ello, y eso con gran repugnancia. Pero esta vez, el negocio es grave, porque hay en medio una dama a quien habéis comprometido.

—¡Yo! ¡Buena es ésa! —exclamó Artagnan—.

—¿Por qué habéis cometido la torpeza de levantar ese pañuelo del suelo?

—¿Y vos por qué habéis cometido la torpeza de dejarlo caer?

—Ya os he dicho, y lo repito, caballero, que ese pañuelo no ha caído de mi bolsillo.

—¡Pues bien! Ya habéis mentido, con ésta, dos veces, porque yo mismo lo he visto caer.

—¡Hola! ¿Lo tomáis en ese tono, señor gascón? Pues bien; yo os enseñaré a vivir.

—Y yo os mandaré a decir vuestra misa, ¡señor clérigo! Desenvainad al momento la espada.

—No haré tal, si lo tenéis a bien, amigo, o por lo menos, no en este sitio. ¿No veis que estamos frente a la casa de Aiguillon que está toda llena de hechuras del cardenal? ¿Quién me asegura que su eminencia no os haya encargado de que le llevéis mi cabeza? Y os prevengo que la quiero sobremanera, porque me parece que sienta muy bien sobre mis hombros. No rehúso mataros; en cuanto a ese punto, podéis estar tranquilo; pero deseo mataros con menos bulla y en un sitio cerrado y cubierto, donde no podáis jactaros de vuestra muerte con persona alguna.

—Pues que así sea; pero, con todo, no confiéis demasiado, y llevad vuestro pañuelo, os pertenezca o no, porque tal vez tengáis que hacer uso de él.

—Sois gascón —repuso Aramis socarronamente—.

—Sí, pero el gascón nunca diferiría un duelo por prudencia.

—Caballero, la prudencia es una virtud bastante inútil para los mosqueteros, pero indispensable a la gente de iglesia; y como yo no soy mosquetero sino provisionalmente, necesito ser prudente. A las dos tendré el honor de esperaros en el palacio del señor de Treville. Allí os indicaré sitios muy a propósito.

Saludáronse los dos jóvenes, y en seguida se alejó Aramis, subiendo por la calle que conducía al Luxemburgo, en tanto que Artagnan, viendo que se acercaba la hora, tomaba el camino de los Carmelitas Descalzos diciendo para sí:

—Seguramente ya no me puedo volver atrás, pero al menos si he de ser muerto, lo seré a manos de un mosquetero.

CAPÍTULO V

LOS MOSQUETEROS DEL REY Y LOS GUARDIAS DEL CARDENAL

Artagnan no conocía a nadie en París, por lo cual se encaminó al sitio en que había quedado citado con Athos, sin cuidarse de buscar padrinos, decidido a contentarse con los que llevara su adversario. Esto aparte, había hecho propósito firme de dar al valiente mosquetero todas las excusas convenientes, aunque sin muestras de flaqueza, temiendo que el resultado de un duelo con Athos, en el estado en que éste se encontraba, no le fuese en ningún caso favorable; pues, vencido, se engrandecería el triunfo de su antagonista; y, vencedor, podía ser acusado de felonía y de fácil audacia.

En cuanto a lo demás, o no hemos trazado bien el carácter de nuestro joven aventurero, o el lector habrá debido de conocer que no era un hombre vulgar. Así que, repitiéndose continuamente que su muerte era inevitable, no por eso se resignaba a morir tranquilamente, como hubiera hecho quizá en su lugar otro, ni tan valiente ni tan osado. Reflexionó acerca de los distintos caracteres de las personas con quienes iba a batirse, y empezó a ver más clara su situación. Esperaba, por medio de las disculpas leales que llevaba preparadas, granjearse un amigo en Athos, cuyo aire de gran señor y cuyo grave continente le agradaban sobremanera. Lisonjeábase de infundir miedo a Porthos con la aventura del tahalí, la cual, en caso de quedar con vida, podía contar a todo el mundo, y diestramente manejada, pondría a Porthos en ridículo; y por último, respecto al disimulado Aramis, no concebía el mayor temor, y en la suposición de que pudiese llegar a medir su acero con él, se proponía despacharle pronto y bien o, cuando menos, herirle en el rostro, como aconsejaba César que se hiciese con los soldados de Pompeyo, y estropear para siempre aquella belleza de que tan orgulloso estaba.

Había además en el corazón de Artagnan aquel fondo inexpugnable de resolución que habían inculcado profundamente los consejos de su padre, los cuales estaban reducidos a no sufrir cosa alguna de nadie que no fuere el rey, el cardenal o el señor de Tréville. Voló, pues, más bien que caminó, hacia el convento de los Carmelitas Descalzos, edificio que carecía de ventanas, cercado de terrenos áridos y contiguo al *Preu-aux-cercs,* cuyas inmediaciones servían comúnmente para los encuentros de las personas que no tenían tiempo que perder.

Cuando Artagnan llegó a divisar el terreno yermo que se extendía al pie de aquel monasterio, hacía sólo cinco minutos que Athos estaba aguardando y daban las doce en aquel momento. Fue, pues, tan puntual como la Samaritana; y el mejor casuista en materia de duelos, nada hubiera tenido que decir.

Athos, que padecía cruelmente con su herida, aun cuando había sido nuevamente curada por el cirujano del señor de Treville, se hallaba sentado en un guardacantón, esperando a su adversario con aquel continente tranquilo y aquel aire de dignidad que nunca le abandonaba. En cuanto vio a Artagnan, se levantó y dio algunos pasos en ademán de salirle al encuentro. Éste, por su parte, se acercó a su adversario con el sombrero en la mano y arrastrando la pluma por el suelo.

—Caballero —dijo Athos—, he avisado a dos amigos míos que han de servir de padrinos, pero no han llegado todavía. Me admira que tarden tanto, pues no es ésa su costumbre.

—Yo no traigo padrinos —dijo Artagnan—, porque, habiendo llegado ayer a París, no conozco todavía a nadie más que al señor de Treville, a quien he venido recomendado por mi padre, que tiene el honor de contarse en algún modo entre sus amigos.

Athos quedó un momento pensativo.

—¿No conocéis a nadie más que al señor de Treville? —preguntó—.

—A nadie más, caballero.

—Eso es otra cosa —continuó Athos, hablando en parte consigo mismo y en parte con Artagnan—, pues veo que si os mato tendré todas las apariencias de un traganiños.

—No tanto, caballero —repuso Artagnan con un saludo que no carecía de dignidad—; no tanto, pues me hacéis el honor de batiros conmigo a pesar de la herida, que os incomodará mucho.

—Mucho me incomoda, a fe mía, porque os advierto que me habéis hecho un daño de todos los diablos; pero tiraré con la mano izquierda, como es mi costumbre en semejantes circunstancias. No vayáis a creer que por eso os conceda ninguna ventaja, pues me bato igualmente con una mano que con otra. Aún será peor para vos, porque un zurdo es sumamente embarazoso para las personas que no estén acostumbradas; así que siento no haberos manifestado antes esta circunstancia.

—Seguramente, caballero —dijo Artagnan inclinándose de nuevo—; tenéis una cortesía a la que no puedo menos de estar en extremo agradecido.

—Me dejáis confuso, joven —replicó Athos con el aire de dignidad que le era propio—. Hablemos de otra cosa, si os parece. ¡Pardiez, y cuánto daño me habéis hecho! Tengo el hombro ardiendo.

—Si me permitieseis... —dijo Artagnan con timidez—.

—¿El qué?

—Tengo un bálsamo maravilloso para las heridas, bálsamo que me regaló mi madre, y cuyos buenos efectos he tenido ocasión de experimentar en mí mismo.

—¿Y qué os ocurre?

—Mirad, estoy seguro de que en menos de tres días, este bálsamo os curaría; pasado ese plazo, y cuando ya estuvieseis perfectamente curado, sería para mí un honor el medir con vos mi espada.

Artagnan pronunció estas palabras con una sencillez que realzaba en extremo su cortesía, sin que por ello se menoscabase en nada su valor.

—¡Pardiez, caballero! —dijo Athos—. Ved ahí una proposición que me agrada, aun cuando de ningún modo piense aceptarla, pues desde luego está indicando que es la expresión de todo un caballero. Así era cómo hablaban y se conducían aquellos héroes del tiempo de Carlomagno, que debieran servirnos de modelo; pero, desgraciadamente, no nos hallamos en los tiempos del gran emperador, sino en los del cardenal, y de aquí a tres días, llegarían a saber, por muy bien guardado que estuviera el secreto, que hemos de batirnos y tratarían de impedirlo... Pero, ¡qué diablos!, esos calmosos parece que no piensan venir.

—Si tenéis mucha prisa —dijo Artagnan a Athos con la misma sencillez que poco antes le había propuesto diferir el duelo por tres días—, si tenéis mucha prisa, y deseáis despacharme sin pérdida de tiempo, no os detengáis por eso.

—He ahí otra proposición que me agrada sobremanera —dijo Athos, haciendo un gracioso movimiento con la cabeza—, y que revela en la persona que así se porta talento y valor. Caballero, me gustan los hombres de vuestro temple, y si no nos matamos uno a otro, tendré un verdadero placer en cultivar vuestro trato. Esperemos a esos caballeros, si no lo lleváis a mal, pues tengo tiempo de sobra, y así irá todo más en regla. ¡Ah!, ya creo que tenemos ahí a uno.

En efecto, al final de la calle de Vaugirard se distinguía al hercúleo Porthos.

—¡Cómo! —exclamó Artagnan—; ¿es el caballero Porthos uno de vuestros padrinos?

—Sí, por cierto; ¿os desagrada?

—De ningún modo.

—Pues allí viene el otro.

Artagnan se volvió hacia donde Athos dirigía la vista, y reconoció a Aramis.

—¡Cómo! —exclamó más admirado que la primera vez—. ¿Es el caballero Aramis vuestro segundo padrino?

—Ciertamente; ¿no sabíais que jamás se nos ve al uno sin los otros, y que nos llaman entre los mosqueteros y entre la guardia, en palacio y en la ciudad, Athos, Porthos y Aramis, o los tres inseparables? Nada tiene de extraño, pues como acabáis de llegar de Dax, o de Pau...

—De Tarbes —interrumpió Artagnan—.

—... no tenéis motivo para saber esa circunstancia —prosiguió Athos—.

—A fe mía —dijo Artagnan—, vuestro nombre es en extremo conocido y si mi aventura llega a meter algún ruido, probará al menos que vuestra unión no se halla fundada en meros contrastes.

En esto se acercó Porthos, saludó con la mano a Athos, y volviéndose a Artagnan, se quedó algo sorprendido.

Debemos notar de paso que había cambiado de tahalí y se había quitado la capa.

—¡Hola! —exclamó—. ¿Qué significa esto?

—Éste es el caballero con quien voy a batirme —dijo Athos indicando a Artagnan, y saludándolo con la mano—.

—También debo yo batirme con él —dijo Porthos—.

—Pero a la una, que es la hora convenida —repuso Artagnan—.

—Yo también estoy citado con este caballero —dijo Aramis llegando a su vez donde estaban sus compañeros—.

—A las dos —añadió Artagnan con la misma calma—.

—¿Y cuál es el motivo de tu duelo? —preguntó Aramis a Athos—.

—El haberme tropezado en el hombro, causándome un daño terrible. Y tú, Porthos, ¿por qué te bates?

—Me bato... porque me bato —respondió Porthos, poniéndose colorado—.

Athos, a quien nada se le escapaba, sorprendió una ligera sonrisa en los labios del gascón.

—Hemos tenido una disputa sobre el modo de vestir —dijo el joven—.

—¿Y tú, Aramis? —preguntó Athos—.

—¿Yo? Por una cuestión teológica —respondió Aramis haciendo una seña a Artagnan, como rogándole que guardase secreto sobre la causa del desafío—.

Athos descubrió otra sonrisa en los labios de Artagnan.

—¿De veras? —dijo Athos—.

—De veras; un punto de San Agustín, sobre el cual no estamos acordes —respondió el gascón—.

«Indudablemente, es hombre de talento», dijo para sí Athos.

—Ahora que estáis reunidos, caballeros, permitidme haceros presentes mis disculpas —dijo Artagnan—.

Al oír la palabra disculpas, la frente de Athos se cubrió de una nube sombría, una desdeñosa sonrisa se deslizó entre los labios de Porthos y un signo negativo fue la respuesta de Aramis.

—No me comprendéis, caballeros —dijo Artagnan levantando la cabeza, sobre la cual caía en aquel momento un rayo de sol que doraba sus líneas delicadas y atrevidas—; yo pretendo excusarme para el caso en que no pueda satisfacer mi deuda con los tres. Porque el señor Athos tiene el derecho de matarme primero, lo que quita mucho de su valor a vuestra deuda, señor Porthos, y hace la vuestra casi incobrable, señor Aramis. Y ahora, caballeros, os lo repito, excusadme, pero sólo en ese concepto; ¡en guardia!

A estas palabras, y del modo más noble que imaginarse pueda, Artagnan tiró de la espada.

La sangre se le había subido a la cabeza, y en aquel momento habría medido sus armas con todos los mosqueteros del reino, como lo hacía entonces con Athos, Porthos y Aramis.

Eran las doce y cuarto. El sol se hallaba en su cénit y el sitio escogido para el duelo estaba expuesto a toda la fuerza de sus rayos.

—Mucho calor hace —dijo Athos desenvainando a su vez la espada—. Sin embargo, no me atrevo a quitarme el jubón, porque he sentido poco ha que de mi herida brotaba sangre, y temería incomodar a este caballero mostrándole sangre que no hubiera derramado por su propia mano.

—Ciertamente, caballero —repuso Artagnan—; ya sea derramada por mí o por otro, os aseguro que veré siempre con mucho pesar la sangre de un hombre tan valiente. Me batiré con jubón lo mismo que vos.

—Vamos, vamos —dijo Porthos—; basta de cumplimientos, y tened presente que esperamos nuestro turno.

—Hablad por vos sólo, Porthos, cuando se os ocurra decir cosas tan fuera de propósito —interrumpió Aramis—, pues por lo que a mí hace, encuentro muy en su lugar lo que estos caballeros se dicen, y me parece muy propio de hombres de honor.

—Cuando gustéis, caballero —dijo Athos poniéndose en guardia—.

—Estaba esperando vuestras órdenes —contestó Artagnan cruzando el hierro—.

Pero apenas se habían tocado las dos armas enemigas, cuando un piquete de guardias de su eminencia, mandado por Jussac, apareció por una de las esquinas del convento.

—¡Los guardias del cardenal! —exclamaron a un tiempo Porthos y Aramis—. ¡Envainad las espadas, caballeros! ¡Envainad las espadas!

Pero ya era tarde. Los dos combatientes habían sido sorprendidos en una actitud que no dejaba la menor duda acerca de sus intenciones.

—¡Hola! —gritó Jussac adelantándose hacia ellos y haciendo señal a sus hombres de que le imitaran—. ¡Hola, mosqueteros, un desafío! ¿Y los edictos, de qué sirven?

—Sois por cierto muy generosos, señores guardias —dijo Athos montando en cólera, porque Jussac era uno de los agresores de la antevíspera—. Si viésemos nosotros que íbais a batiros, seguros podíais estar de que no os lo estorbaríamos. Dejadnos, pues, terminar nuestras diferencias, y os proporcionaréis con ello un rato de recreo que no os costará nada.

—Señores —dijo Jussac—, con mucho sentimiento os anuncio que me es imposible acceder a vuestros deseos. El deber es antes que todo; conque así, envainad vuestras espadas y seguidnos.

—Caballero —dijo Aramis remedando a Jussac—, con sumo placer obedeceríamos a la graciosa invitación que acabáis de hacernos, si eso dependiera de nosotros; pero, desgraciadamente, no es posible, porque el señor de Treville nos lo ha prohibido; conque, así, seguid vuestro camino, es lo mejor que podéis hacer.

Esta salida exasperó a Jussac.

—Os damos una carga si intentáis desobedecer —exclamó—.

—Ellos son cinco —dijo Athos a media voz—, y nosotros no somos más que tres; vamos a ser otra vez derrotados y tendremos que morir aquí, pues, por mi parte, declaro formalmente que no me vuelvo a presentar vencido delante del capitán.

Athos, Porthos y Aramis se estrecharon entre sí mientras Jussac se alineaba con sus soldados.

Este momento bastó a Artagnan para tomar su partido. Era aquél uno de los acontecimientos que deciden la suerte de un hombre; tenía que elegir entre el rey y el cardenal y perseverar en su elección una vez que la hubiese hecho. Batirse, es decir, contravenir a la ley, es decir, arriesgar la cabeza proporcionándose de un golpe un enemigo en la persona del ministro, más poderosa que la del mismo rey: he aquí las reflexiones que se agolparon en la imaginación del joven. Pero debemos decir en elogio suyo que no titubeó un momento. Así que, volviéndose a Athos y a sus amigos, les dijo:

—Señores, tengo que hacer una observación a vuestras palabras. Habéis dicho que no érais más que tres; pero a mí me parece que somos cuatro.

—Pero vos no sois de los nuestros —replicó Porthos—.

—Es verdad —repuso Artagnan—, no tengo el uniforme, pero tengo el corazón de mosquetero. Sí, mi corazón es de mosquetero, y eso me infunde ánimo.

—Apartaos, joven —gritó Jussac, que sin duda había adivinado el propósito de Artagnan en sus movimientos y en la expresión de su rostro—. Todavía podéis retiraros y salvar el pellejo; pero lo habéis de hacer sin tardanza.

Artagnan no se movió.

—Indudablemente, sois un joven valiente —dijo Athos apretando la mano de Artagnan—.

—Vamos, vamos; a ver si se toma algún partido —gritó Jussac—.

—Veamos —dijeron Porthos y Aramis—, ¿qué resolvemos?

—Este joven tiene muy nobles sentimientos.

Pero los tres reflexionaban en los pocos años de Artagnan y temían su inexperiencia.

—Nunca seríamos más que tres, y de éstos, uno herido, más un niño —repuso Athos—, lo cual no impediría que dijesen que habíamos sido cuatro.

—Sí, ¡pero retroceder...! —dijo Porthos—.

—Es difícil —repuso Athos—.

—Es imposible —añadió Aramis—.

Artagnan comprendió el motivo de su irresolución.

—Señores —le dijo—, nada se pierde en que me experimentéis, y os juro por mi honor que no quiero marcharme de aquí si somos vencidos.

—¿Cómo os llamáis, valiente joven?

—Artagnan, caballero.

—Pues bien; ¡Athos, Porthos, Aramis y Artagnan, adelante! —gritó Athos—.

—Vamos, señores, ¿os decidís de una vez? —gritó Jussac por tercera vez—.

—Ya hemos resuelto, compañero —dijo Athos—.

—¿Y qué partido tomáis? —preguntó Jussac—.

—Tendremos el honor de daros una carga —respondió Aramis, levantándose el sombrero con una mano y tirando de la espada con la otra—.

—¿Conque os resistís? —exclamó Jussac—.

—¡Qué! ¿Os admira?

Y los nueve combatientes se precipitaron unos contra otros con una furia que no carecía de cierta regularidad.

Athos arremetió contra un tal Cahussac, favorito del cardenal; Porthos se las hubo con Bicarat, y Aramis se halló frente a frente de dos adversarios.

En cuanto a Artagnan, fue a acometer al mismo Jussac en persona.

El corazón del joven gascón latía como si quisiera salírsele del pecho, pero no era de miedo, a Dios gracias, pues no conocía ni aun la sombra de él, sino de emulación: se batía como un tigre furioso, dando diez vueltas en derredor de su adversario y cambiando veinte veces de táctica y de terreno. Jussac estaba harto de manejar la espada, y era hombre muy experimentado; sin embargo, le costaba el mayor trabajo defenderse contra un adversario que, listo y ágil, se separaba a cada paso de las reglas establecidas y atacaba por todas partes a un tiempo, sin dejar por eso de parar los golpes con la destreza de un hombre que estima en mucho su pellejo. Esta lucha concluyó, al fin, por hacer perder la paciencia a Jussac, que, furioso de verse tan acosado por aquel a quien había mirado como a un niño, se acaloró en demasía, y principió a cometer torpezas. Artagnan redobló su agilidad. Jussac, queriendo despachar pronto, dirigió un golpe terrible a su enemigo cayendo sobre él, pero éste le paró en primera, y mientras Jussac se retiraba se deslizó como una serpiente por debajo de su espada, y le atravesó de parte a parte. Jussac cayó en tierra como una mole.

Artagnan dirigió entonces su mirada inquieta y rápida por el campo de batalla.

Aramis había dado muerte ya a uno de sus adversarios, pero el otro le acosaba terriblemente. No obstante, Aramis se hallaba en buena posición y todavía podía defenderse.

Bicarat y Porthos acababan de tirarse mutuamente estocadas cerradas. Porthos había recibido una en el brazo y Bicarat tenía herido un muslo. Pero como ni una herida ni otra eran graves, seguían batiéndose con el mayor encarnizamiento.

Athos, herido de nuevo por Cahussac, iba poniéndose cada vez más pálido, pero no por eso retrocedía un paso; sólo había cambiado la espada de mano, jugándola con la izquierda.

Artagnan, según las leyes del duelo en aquella época, podía socorrer a alguno; pero mientras buscaba con la vista a aquel de sus compañeros que más necesitara de su auxilio, sorprendió una mirada de Athos, cuya sublime elocuencia comprendió. Athos hubiera muerto antes de pedir auxilio. Artagnan lo adivinó, y poniéndose de un brinco al lado de Cahussac, rugió:

—¡A mí, señor guardia, u os paso de parte a parte!

Cahussac se volvió. Lo hizo a tiempo. Athos, que se hallaba sostenido por el valor únicamente, cayó con una rodilla en tierra.

—¡Por vida de...! —gritaba a Artagnan—. No le matéis, joven, tengo que terminar con él cierto negocio, en cuanto me halle restablecido. Desarmadle tan sólo; hacedle saltar la espada. Eso es. ¡Bien! ¡Muy bien!

Esta exclamación de Athos fue producida por haber visto que la espada de Cahussac había ido a parar a veinte pasos de su dueño. Artagnan y Cahussac se precipitaron, el uno a recuperarla y el otro a apoderarse de ella, pero Artagnan, más listo, llegó primero y le puso el pie encima.

Cahussac corrió al guardia que había muerto Aramis, tomó su espada, y cuando volvía con ánimo de arremeter a Artagnan, encontró en el camino a Athos, quien, durante el corto descanso que le procuró Artagnan, había recobrado aliento y, por temor de que aquél matara a su enemigo, quería a todo trance empezar de nuevo la lucha.

Artagnan conoció que sería disgustar a Athos el estorbárselo. En efecto, algunos momentos después cayó Cahussac, atravesada la garganta de una estocada.

Al mismo tiempo tenía Aramis puesta la punta de su espada contra el pecho de su enemigo, que estaba tendido en tierra y le obligaba a pedir gracia.

Sólo quedaban Porthos y Bicarat; Porthos, diciendo mil fanfarronadas, preguntaba a Bicarat la hora que era y le felicitaba por el mando que acababa de obtener un hermano suyo en el regimiento de Navarra; pero nada alcanzaba con sus burlas; Bicarat era un hombre de hierro, de aquellos que no ceden sino cuando caen muertos.

Había que acabar. La ronda podía llegar de un momento a otro y prender a todos los combatientes, heridos y no heridos, realistas o cardenalistas. Athos, Aramis y Artagnan rodearon a Bicarat y le intimidaron a que se rindiese. Aun cuando aquél se hallaba solo contra todos y tenía herido un muslo, quería sostenerse; pero Jussac, que se había incorporado sobre el codo, le gritó que se rindiese. Bicarat, que era gascón como Artagnan, hizo oídos de mercader, y trazando diestramente entre dos paradas, con la punta de la espada, un círculo a su alrededor, dijo, parodiando un versículo de la Biblia:

—Aquí morirá Bicarat, único de los que están con él.

—¡Pero son cuatro contra ti! ¡Basta ya! ¡Yo lo mando!

—¡Ah!, si tú lo mandas, es otra cosa —dijo Bicarat—. Como eres mi sargento, debo obedecerte.

Y dando un salto atrás, rompió su espada contra la rodilla para no entregarla. Luego, tirando sus pedazos por encima de la pared del convento, se cruzó de brazos y se puso a silbar un aire cardenalista.

El valor es siempre respetado, aun en la persona de un enemigo. Los mosqueteros saludaron a Bicarat con las espadas y las volvieron a la vaina; Artagnan hizo otro tanto y, ayudado de Bicarat, único que había quedado en pie, transportó bajo el pórtico del convento a Jussac, Cahussac y al adversario de Aramis, que no estaba más que herido, pues el otro, según dijimos, quedó muerto. Tocaron la campana, y se encaminaron, ebrios de gozo, al palacio de Treville.

Iban nuestros vencedores cogidos del brazo de tal modo que ocupaban todo el ancho de la calle, y como hacían que se les fuesen reuniendo los mosqueteros que encontraban en el camino, acabó por parecer aquello una marcha triunfal. Artagnan, colocado entre Athos y Porthos, a quienes estrechaba con efusión, no cabía en sí de alegría.

—Si aún no soy mosquetero —decía a sus nuevos amigos conforme entraban por la puerta del palacio de Treville—, al menos puedo contarme como admitido de aprendiz, ¿no es verdad?

CAPÍTULO VI

SU MAJESTAD EL REY LUIS XIII

El suceso produjo mucho ruido; el señor de Treville riñó con dureza y en alta voz a sus mosqueteros, felicitándolos después particularmente; pero como no había tiempo que perder para prevenir el ánimo del rey, se apresuró a llegar al Louvre lo más pronto posible. Era ya tarde. El rey estaba encerrado en su despacho con el cardenal y dijeron a Treville que estaba ocupado y no podía recibirle en aquel momento. El señor de Treville volvió a la hora del juego. Su majestad ganaba, y como era sumamente avaro, se hallaba de muy buen humor; así que en cuanto descubrió a Treville advirtió:

—Venid aquí, señor capitán, que tengo que echaros una reprimenda. ¿Sabéis que su eminencia ha venido a quejarse de vuestros mosqueteros y lo ha hecho con tal emoción que se ha puesto enfermo? Pero, hombre, esos malditos mosqueteros son peores que diablos, buenos para mandarlos a la horca.

—No lo creo así, señor —respondió Treville, que había conocido al momento el cariz que iba a tomar la cosa—; antes, por el contrario, son unas criaturas excelentes, dóciles como corderos y que no tienen otro deseo, de lo cual yo respondo, que el de que su espada no se desenvaine sino en servicio de vuestra majestad. ¡Pero, cómo ha de ser! Los guardias del señor cardenal los están provocando continuamente y, por honor del mismo Cuerpo, se ven los pobres obligados a defenderse.

—Cualquiera que oyese al señor de Treville —dijo el rey— creería que está hablando de una comunidad religiosa. En verdad, querido capitán, que estaba tentado casi de quitaros vuestro nombramiento y conferírselo a la señorita de Chemerault, a quien he ofrecido una abadía. Pero no penséis que os creo bajo vuestra sola palabra; a mí me llaman Luis «el Justo», señor de Treville, y muy pronto sabréis nuestra determinación.

—Por lo mismo que confío en esa justicia, espero con la mayor tranquilidad las órdenes de vuestra majestad.

—Esperad, pues —dijo el rey—, que no será ya mucho.

En efecto, la suerte le iba siendo desfavorable, y, como empezaba a perder lo que había ganado, no le disgustaba encontrar un pretexto para abandonar políticamente el puesto. Levantóse, por tanto, el rey al poco rato, y metiéndose en el bolsillo el dinero que tenía delante, cuya mayor parte eran ganancias, dijo:

—Vieuville, ocupad mi lugar, pues necesito hablar al señor de Treville sobre asuntos de importancia. ¡Ah...! Ahí tenéis ochenta luises; poned la misma cantidad para que los que han perdido no tengan motivo de queja. La justicia es lo primero.

Y dirigiéndose en seguida con el señor de Treville hacia el hueco de una ventana, añadió:

—¿Decíais, caballero, que eran los guardias de su eminencia los que habían provocado a vuestros mosqueteros?

—Sí, señor; como siempre.

—Y vamos, ¿cómo ha sucedido eso? Porque ya sabéis, querido capitán, que es preciso que un juez oiga las dos partes.

—De la manera más sencilla, señor. Tres de mis mejores soldados, a quienes vuestra majestad conoce de nombre, cuyos méritos ha tenido a bien apreciar más de una vez y que son muy puntuales en el servicio, de lo cual soy buen testigo; tres de mis mejores soldados, decía, los señores Athos, Porthos y Aramis, habían de jugar una partida con un joven gascón que yo les había recomendado aquella misma mañana. La partida debía tener lugar, a lo que parece, en San Germán, y se habían citado en el convento de los Carmelitas Descalzos; pero vinieron a interrumpirla el señor Jussac y los señores Cahussac y Bicarat, acompañados de otros dos guardias, que acaso no irían por allí en tanto número sin intención de contravenir los edictos.

—¡Hombre!, me hacéis pensar en ello —dijo el rey—; sin duda fueron allí con ánimo de batirse.

—No pretendo acusarles, señor; pero ya puede imaginarse vuestra majestad lo que irían a hacer cinco hombres armados en un sitio tan desierto como las cercanías del convento de los Carmelitas.

—Tenéis razón, Treville, tenéis razón.

—Sin duda variaron de idea en cuanto vieron a mis mosqueteros y olvidaron sus resentimientos particulares por su odio al Cuerpo; porque vuestra majestad sabe muy bien que los mosqueteros que pertenecen al rey, y a nadie más que al rey, son los enemigos naturales de los guardias que pertenecen al cardenal.

—Sí, Treville, sí —dijo el rey con acento melancólico—. Es tristísimo, a fe mía, ver dos partidos en Francia y dos cabezas al frente del reino; pero no será por mucho tiempo. Treville, no; no lo será. ¿Decíais que los guardias provocaron a los mosqueteros?

—Digo que es muy probable que así sucediese, aunque yo no lo aseguro. Ya sabéis, señor, cuán difícil es averiguar la verdad en estos casos, y sólo ese admirable instinto de que os ha dotado la Providencia y que os ha granjeado el sobrenombre de «El Justo»...

—Tenéis razón, Treville; pero, si no me engaño, vuestros mosqueteros no estaban solos, pues había con ellos un jovenzuelo.

—Sí, señor; y además uno de mis soldados estaba herido; de modo que tres mosqueteros del rey, uno de los cuales estaba herido, y un niño, no sólo se han desafiado contra cinco de los más valientes guardias del cardenal, sino que dejaron cuatro en tierra.

—¡Pues eso es una victoria! —exclamó el rey animándose cada vez más—. ¡Una victoria completa!

—Tan completa como la del puente de Ce.

—¿Decís que eran cuatro, uno de ellos herido y otro un niño?

—Un joven apenas, que se ha conducido tan valientemente en esta ocasión, que me tomaré la libertad de recomendárselo a vuestra majestad.

—¿Cómo se llama?

—Artagnan, señor. Es hijo de un antiguo amigo mío, de un hombre que sirvió en las guerras con vuestro padre, de gloriosa memoria, en clase de voluntario.

—¿Y decís que se ha portado valientemente ese joven? Contádmelo, Treville, ya sabéis lo que me gustan los relatos de guerras y combates.

Y el rey Luis XIII se retorció con orgullo el bigote.

—Señor —replicó Treville—, según os he dicho, Artagnan es casi un niño todavía; y como no tiene la honra de ser mosquetero, iba en traje de paisano; los guardias del cardenal, al ver sus pocos años y que no pertenecía al Cuerpo, le invitaron a que se retirase antes de atacar.

»Justamente, señor, en eso no cabe duda. Le invitaron, pues, a que se retirase, pero él les contó que era mosquetero de corazón, que pertenecía enteramente a su majestad, y que, por consiguiente, permanecía al lado de los mosqueteros.

—¡Valiente joven! —exclamó el rey—.

—Así fue, en efecto —continuó Treville—, y vuestra majestad tiene en él al denodado paladín que dio a Jussac aquella terrible estocada que ha puesto de tan mal humor al cardenal.

—¿Ha sido él quien hirió a Jussac? —exclamó el rey—. ¿Él? ¿Un niño? ¡Vamos, eso es increíble!

—¿Cuándo tendrá a bien recibirle vuestra majestad?

—¡Jussac, una de las mejores espadas del reino!

—Ha tropezado con uno que le puede dar lecciones.

—Quiero ver a ese joven, Treville, quiero verle y hacer alguna cosa por él, si es posible. Ya nos cuidaremos de ello.

—¿Cuándo tendrá a bien recibirle vuestra majestad?

—Mañana a las doce, Treville.

—¿A él sólo?

—No; traedme a los cuatro, porque quiero darles las gracias. Los servidores decididos son muy raros, Treville, y es preciso recompensarlos.

—A las doce estaremos en el Louvre, señor.

—¡Ah...! Por la escalera excusada, Treville; por la escalera excusada. No hace falta que el cardenal sepa...

—Está bien, señor.

—Ya os haréis cargo, Treville; un edicto es siempre un edicto, y al fin está prohibido batirse.

—Pero este encuentro ha salido enteramente de las reglas ordinarias del duelo: ha sido una escaramuza; y la prueba es que eran cinco guardias del cardenal contra mis tres mosqueteros y Artagnan.

—Así es —dijo el rey—; pero no importa, Treville; que vengan por la escalera excusada.

Treville se sonrió. Pero como creyó que había hecho lo bastante con obtener de aquel niño que se rebelase contra su ayo, saludó respetuosamente al rey y con su beneplácito se retiró.

Aquella misma noche fueron avisados los tres mosqueteros del honor que su majestad se dignaba concederles. Como hacía mucho tiempo que conocían al rey, no fue tanta su emoción; pero Artagnan, con su imaginación gascona, vio en eso su fortuna, y pasó la noche formando castillos en el aire. A las ocho de la mañana ya estaba en casa de Athos.

Artagnan encontró al mosquetero vestido y dispuesto a salir. Como hasta las doce no era la cita con el rey, había formado el proyecto juntamente con Porthos y Aramis de irse a jugar un partido de pelota a un frontón situado en las inmediaciones de las caballerizas del Luxemburgo. Athos invitó a Artagnan a que los acompañase, y aun cuando éste en su vida había jugado a la pelota, aceptó la oferta, no sabiendo qué hacer desde las nueve de la mañana que eran, hasta las doce.

Los otros dos mosqueteros habían llegado ya y estaban jugando a la pelota. Athos, que era muy diestro en todos los ejercicios corporales, pasó con Artagnan al lado opuesto y los desafió. Pero al primer golpe que dio, aun cuando jugaba con la mano izquierda, conoció que su herida estaba aún demasiado reciente para permitirle semejante ejercicio. Artagnan quedó, en consecuencia, solo, y como había dicho que no sabría sostener un partido en regla, continuaron lanzándose la pelota sin llevar en cuenta los tantos. No se tardó mucho tiempo sin que la pelota lanzada por la mano hercúlea de Porthos rozase de cerca el rostro de Artagnan, que si conforme pasó de lado le hubiese pegado de frente, habría perdido la audiencia, puesto que hubiera quedado imposibilitado de presentarse al rey. La imaginación gascona de Artagnan hacía depender de esta audiencia todo su porvenir; por lo cual, saludó cortésmente a Porthos y Aramis, les dijo que no tomaría parte en el juego hasta que pudiera competir dignamente con ellos, y se fue a tomar sitio alrededor de la cuerda en la galería.

Desgraciadamente para Artagnan, había entre los espectadores un guardia de su eminencia, que irritado todavía con la derrota de sus compañeros el día anterior, había resuelto aprovechar la primera ocasión de vengarla. Creyó, pues, que el momento era oportuno, y volviéndose hacia el que estaba a su lado, le dijo:

—No es extraño que ese joven se asuste de la pelota; será sin duda un aprendiz de mosquetero.

Artagnan se volvió como si le hubiese mordido una víbora, y clavó su mirada en el guardia que había pronunciado aquellas insolentes palabras.

—¡Pardiez! —prosiguió éste atusándose insolentemente el bigote—; miradme cuanto gustéis, caballerito; lo dicho, dicho está.

—Y como lo que habéis dicho es demasiado claro para necesitar explicación —respondió Artagnan en voz baja—, os rogaría que me siguieseis.

—¿Y cuándo? —preguntó el guardia en el mismo tono burlón—.

—Ahora mismo, si os parece.

—¿Sabréis sin duda quién soy?

—Lo ignoro absolutamente; pero creed que no me preocupa el saberlo.

—Hacéis mal, porque si supierais mi nombre acaso no tendríais tanta prisa.

—¿Cómo os llamáis?

—Bernajoux, para serviros.

—Pues bien, señor Bernajoux —respondió Artagnan muy sereno—, en la puerta os aguardo.

—Caballero, estoy pronto a seguiros.

—No os apresuréis demasiado, no sea que echen de ver que salimos juntos, pues ya sabéis que para lo que vamos a hacer nos incomodaría la gente.

—Muy bien —replicó el guardia, admirado de que su nombre no hubiera producido en el joven mayor efecto—.

Y en verdad, el nombre de Bernajoux era conocido en todo el mundo a excepción de Artagnan, acaso por ser uno de los que más frecuentemente figuraban en las continuas escaramuzas que todos los edictos del rey y del cardenal no habían logrado reprimir.

Porthos y Aramis estaban tan embebidos en su juego, y Athos los miraba con tal atención, que ninguno de ellos vio salir a su joven compañero, el cual, conforme había dicho al guardia de su eminencia, se detuvo en la puerta; un instante después llegó Bernajoux. Como Artagnan no tenía tiempo que perder, pues se iba ya acercando la hora de la audiencia, miró en derredor suyo y, viendo que estaba desierta la calle, dijo a su adversario:

—A fe mía, caballero, que es una fortuna para vos, aun cuando os llaméis Bernajoux, que os las hayáis sólo con un aprendiz de mosquetero; sin embargo, perded cuidado que ya veré de hacerlo lo mejor que pueda. ¡En guardia!

—Pero me parece —dijo el hombre a quien Artagnan provocaba de ese modo— que el sitio está bastante mal elegido, y que estaríamos mejor detrás de la abadía de San Germán o en el Pré-aux-Clercs.

—Tenéis razón —replicó Artagnan—; pero, por desgracia, no me sobra tiempo, pues estoy citado a las doce en punto. Conque ¡en guardia!, caballero, ¡en guardia!

Bernajoux no era hombre que se hacía repetir dos veces semejante cumplimiento, y haciendo brillar casi al mismo tiempo en su mano la espada, cayó sobre su adversario, a quien en vista de sus pocos años esperaba intimidar fácilmente.

Pero Artagnan había hecho el día anterior su aprendizaje, y embriagado por su victoria y orgulloso por su futuro favor, estaba resuelto a no retroceder un paso; así pues, los dos aceros se encontraron hasta las respectivas guarniciones, y como Artagnan se mantenía firme en su puesto, su adversario tuvo que dar un paso atrás. Pero Artagnan aprovechó el momento en que la espada de Bernajoux se separaba de la línea, y cayendo sobre su adversario por el flanco que dejaba descubierto, llegó a alcanzarle en el hombro. Inmediatamente, Artagnan dio un paso atrás y levantó la espada; pero Bernajoux le gritó que no era nada, y cerrando ciega e impetuosamente contra su antagonista, se clavó él mismo el acero de su contrario. No obstante, como aún se mantenía en pie sin declararse vencido, y únicamente se iba retirando hacia el palacio del señor de la Tremouille, al servicio del cual tenía un pariente, Artagnan, ignorando la gravedad de la herida última que había recibido de su adversario, le seguía acosando vivamente, y quizá iba a rematarle de una tercera estocada, cuando el rumor que se levantaba en la calle, llegando al juego de pelota, hizo que dos amigos del guardia que le habían visto cambiar algunas palabras con Artagnan y salir luego, se arrojasen espada en mano fuera del juego de pelota y cayesen sobre el vencedor. Pero Athos, Porthos y Aramis llegaron a su vez, y en el momento en que los dos guardias atacaban a su joven camarada, los obligaron a mirar por su propia defensa. En aquel instante cayó a tierra Bernajoux, y como los guardias eran dos solamente contra cuatro, principiaron a gritar:

—¡A nosotros, los de casa de Tremouille!

A estas voces salieron del edificio todos cuantos en él había, y arremetieron contra los cuatro compañeros, que de su parte se pusieron a gritar:

—¡A nosotros, mosqueteros!

Este grito era por lo general bien recibido, porque se sabía que los mosqueteros eran enemigos de su eminencia, y el odio que profesaban al cardenal hacía que fuesen apreciados. Así que, los guardias de las demás compañías que no pertenecían al duque Rojo, como le llamaba Aramis, tomaban ordinariamente parte en esta clase de refriegas en favor de los mosqueteros del rey. De tres guardias de la compañía del señor de Essarts que a la sazón pasaban, dos de ellos se pusieron al lado de los cuatro compañeros, mientras el tercero corría al palacio de Treville gritando:

—¡A nosotros, mosqueteros; a nosotros!

El palacio de Treville estaba lleno, como de costumbre, de soldados de aquel cuerpo que acudieron en socorro de sus camaradas. La contienda se hizo general, pero los mosqueteros llevaban la mejor parte. Los guardias del cardenal y la gente del señor de la Tremouille se replegaron a casa de éste, cuyas puertas cerraron bastante a tiempo para que sus enemigos no la invadiesen antes que ellos. En cuanto al herido, había sido transportado del lugar del suceso en muy mal estado.

La mayor agitación reinaba entre los mosqueteros y sus aliados, quienes estaban ya deliberando si para castigar la insolencia que habían tenido los criados del señor de la Tremouille de hacer una salida contra los mosqueteros del rey, pegarían fuego a la casa. La proposición fue acogida con entusiasmo, y acaso la hubieran puesto por obra si, afortunadamente, el reloj no hubiese dado en aquel punto las once, hora que hizo recordar a Artagnan y a sus compañeros la audiencia. Éstos, que hubieran sentido en extremo no ser de la partida en tan ruidosa intentona, llegaron al fin a calmar los ánimos. Contentáronse, pues, los amotinados con arrojar algunas piedras contra las paredes, pero éstas resistieron hasta tanto que aquéllos se cansaron, y, además, los que debían de ser jefes de tamaña empresa, se separaron del grupo y encamináronse al palacio de Treville, donde les esperaba éste, instruido ya de la nueva algarada.

—¡Pronto, al Louvre! —dijo en cuanto divisó a los mosqueteros—.

Al Louvre sin pérdida de tiempo, y procuremos ver al rey antes de que le hable el cardenal. Le pintaremos lo que ha pasado como efecto de los acontecimientos de ayer, y haremos de las dos una misma causa.

Treville, acompañado de los cuatro jóvenes, se encaminó al Louvre; pero con gran admiración del capitán de los mosqueteros, le anunciaron que el rey había salido a correr un ciervo al bosque de San Germán. El señor de Treville se hizo repetir dos veces esta noticia, y a cada vez notaron sus compañeros que iba arrugando más y más el ceño.

—¿Tenía formado desde ayer su majestad el proyecto de ir hoy de cacería? —preguntó Treville—.

—No, excelencia —respondió el ayuda de cámara—; pues el montero mayor vino a participar esta mañana a su majestad que le tenía preparado un ciervo expresamente para que lo corriese. Al pronto contestó que no iría; pero no pudiendo, sin duda, resistir al placer que esta caza le ofrecía, se marchó después de almorzar.

—¿Y ha visto el rey al cardenal? —preguntó el señor de Treville—.

—Probablemente —contestó el ayuda de cámara—, porque cuando vi esta mañana, dispuesta para marchar, la carroza de su eminencia, pregunté a dónde iba y me respondieron que a San Germán.

—Se nos ha anticipado —exclamó el señor de Treville—. Señores, yo veré al rey esta tarde, pero no me atrevo a aconsejaros que hagáis otro tanto por vuestra parte.

La observación era oportuna, y estaba hecha además por un hombre que conocía perfectamente el carácter del rey, para que los cuatro jóvenes intentaran oponerse a ella. Invitóles, pues, Treville a que se retirasen a sus casas y esperasen a que pudiera comunicarles algunas noticias.

Al entrar el señor de Treville en su palacio, se le ocurrió que sería muy conveniente para su objeto el quejarse él antes que nadie, y poniendo su idea en ejecución, despachó un criado con una carta para el señor de la Tremouille, en la que le rogaba que despidiese de su casa al guardia del cardenal y reprendiese a sus criados por el atrevimiento de haber hecho una salida contra los mosqueteros. Pero avisado ya Tremouille por su escudero, de quien, según dijimos, era pariente Bernajoux, le contestó que ni al señor de Treville ni a sus compañeros les correspondía quejarse, sino más bien a él; puesto que aquéllos habían atacado y herido a sus criados e intentado pegar fuego a su casa. Como la disputa entre estos dos caballeros habría podido durar mucho tiempo, aferrándose cada cual en su opinión, el señor de Treville echó mano de un recurso que creyó podía terminarla al momento, y fue el de avistarse con el mismo señor de la Tremouille en persona.

Llegóse, pues, inmediatamente a casa de dicho señor, y se hizo anunciar.

Saludáronse cortésmente ambos caballeros, pues si no había entre ellos amistad, se profesaban al menos una mutua estimación. Los dos eran hombres de honor y de valor, y como Tremouille, que era protestante, no veía al rey sino muy rara vez ni pertenecía a partido alguno, no abrigaba miras particulares en sus relaciones sociales. Esta vez, sin embargo, el recibimiento que hizo a Treville fue más frío que de costumbre.

—Caballero —dijo este último—, ambos creemos tener mutuos motivos de queja; por lo tanto, me ha parecido conveniente venir yo mismo a veros, con el fin de que podamos poner en claro este asunto.

—Con mucho gusto —respondió Tremouille—; pero os prevengo que estoy muy bien informado, y me consta que toda la culpa la tienen vuestros mosqueteros.

—Sois demasiado justo y razonable —replicó el señor de Treville— para que no aceptéis la proposición que voy a haceros.

—Veamos cuál, caballero.

—¿Cómo sigue el señor de Bernajoux, el pariente de vuestro escudero?

—Bastante mal, caballero. A más de la herida que ha recibido en el brazo, la cual no ofrecía peligro alguno, tiene atravesado el pulmón de una estocada, de modo que el médico ha dado muy malas esperanzas.

—¿Pero conserva el herido el conocimiento?

—Sí, señor.

—¿Y puede hablar?

—Puede hablar, aunque con dificultad.

—Pues bien, vamos a verle, y supliquémosle en nombre de Dios, ante quien deberá comparecer quizá muy pronto, que nos aclare la verdad. Yo le acepto por juez de su propia causa, y me comprometo a pasar por lo que diga.

El señor de la Tremouille reflexionó un instante, y como no podía hacerse una proposición más razonable, no tuvo inconveniente en aceptarla.

Bajaron ambos a la habitación en que se hallaba el herido. Éste, que vio entrar a aquellos dos personajes que iban a visitarle, intentó incorporarse en el lecho; pero como estaba en extremo débil y abatido, el esfuerzo que hizo para levantarse le debilitó más todavía y cayó sin conocimiento.

Tremouille se le acercó y le hizo respirar sales que le volvieron el uso de los sentidos. Entonces, Treville, para que no pudiera decirse que había querido ejercer la menor influencia en el ánimo del herido, invitó a Tremouille a que le interrogase por sí mismo.

Sucedió, en efecto, lo que había previsto Treville; esto es, que Bernajoux, colocado entre la vida y la muerte, no pensó ni un instante en ocultar la verdad, y contó a los dos caballeros las cosas exactamente como habían sucedido.

Era todo cuanto Treville deseaba saber. Así pues, después de desear a Bernajoux una pronta convalecencia, despidióse de Tremouille, volvió a su palacio y envió recado a sus cuatro amigos previniéndoles que los esperaba a comer.

El señor de Treville recibía muy buena gente, toda ella anticardenalista. La conversación durante la comida versó, por supuesto, sobre las dos derrotas que acababan de sufrir los guardias de su eminencia, y como Artagnan había sido el héroe en aquellas dos escaramuzas, recayeron sobre él todas las felicitaciones, que Athos, Porthos y Aramis le cedieron, no sólo como buenos camaradas, sino como hombres que ya habían adquirido harto buena reputación para dejar que otro labrase la suya.

A eso de las seis de la tarde anunció el señor de Treville que era preciso ir al Louvre; pero como la hora de audiencia concedida por su majestad había pasado, en vez de acudir por la puerta excusada, se colocó con sus cuatro jóvenes en la antecámara. El rey no había vuelto aún de la cacería; pero haría apenas media hora que aquéllos estaban aguardando, mezclados entre la turba de cortesanos, cuando se abrieron las puertas y anunciaron a su majestad.

A este anuncio se estremeció Artagnan hasta la médula de los huesos. Los momentos que iban a seguir decidirían probablemente de su suerte futura; así que sus ojos se clavaron con ansiedad en la puerta por donde había de entrar el rey.

Luis XIII apareció el primero, vestido en traje de caza, y cubierto aún de polvo, con sus botas altas y una fusta en la mano. Al primer golpe de vista reconoció Artagnan que el rey estaba sumamente enfadado. Esta disposición de ánimo, por muy visible que fuera, no impidió a los cortesanos colocarse a su paso en las antecámaras reales, pues al fin siempre es mejor ser visto con ojos irritados que de ninguna manera. Los tres mosqueteros no vacilaron y se adelantaron un paso, mientras Artagnan, por el contrario, se mantenía oculto detrás de ellos; pero aunque el rey conocía personalmente a Athos, Porthos y Aramis, pasó por delante sin mirarlos ni hablarles, como si nunca los hubiera visto. En cuanto a Treville, cuando los ojos del rey se fijaron en él un momento, sostuvo aquella mirada con tal serenidad, que el rey fue quien tuvo que apartar la vista, tras lo cual entró su majestad en sus habitaciones refunfuñando.

—Mal van los negocios —dijo Athos, sonriéndose—, y por esta vez me parece que no saldremos hechos caballeros de la Orden.

—Esperadme aquí diez minutos —dijo Treville—, y si al cabo de ese tiempo no me veis, volved a mi palacio, porque sería inútil que esperaseis más.

Los cuatro jóvenes aguardaron por espacio de veinte minutos, mas al ver que Treville no aparecía, se marcharon con bastante inquietud acerca de lo que podría suceder.

Treville había entrado en el gabinete del rey con la mayor resolución y encontró a su majestad de muy mal humor, sentado en un sillón y golpeándose las botas con el puño de la fusta. Esto no fue motivo, sin embargo, para que dejase de preguntarle con la mayor calma noticias de su salud.

—Mal, caballero, mal —respondió el rey—; estoy aburrido.

Ésta era, en efecto, la peor enfermedad de Luis XIII, quien frecuentemente solía acercarse a cualquiera de sus cortesanos y, llevándoselo a una ventana, le decía: «Caballero Tal, aburrámonos juntos.»

—¡Cómo! ¡Vuestra majestad se aburre! —exclamó Treville—. Pues, ¿no ha tenido hoy a bien distraerse con la partida de caza?

—¡Valiente cosa, caballero! Todo degenera, a fe mía; no sé si es que no se presenta la caza o que los perros no la olfatean. Corremos a un ciervo de siete años por espacio de seis horas, y cuando nos hallamos próximos a alcanzarle, y Saint Simon tenía dispuesta la trompa para dar la señal, toda la traílla pierde la pista y se lanza sobre un cervatillo. Ya veis que me será preciso renunciar a la montería, como he tenido que renunciar a la cetrería. ¡Ah! Soy un rey muy desgraciado, caballero Treville; no tenía más que un gerifalte y se me murió anteayer.

—En efecto, señor, comprendo vuestra desesperación; la desgracia es grande, pero aún os quedan, si no me engaño, multitud de halcones y gavilanes.

—Pero ni un hombre que sea capaz de enseñarlos. Los halcones van desapareciendo, y no hay nadie más que yo que conozca el arte de cazar. Cuando yo falte, todo se habrá acabado y no se cazará más que con trampas, lazos y redes. ¡Si al menos tuviese tiempo para formar discípulos...! ¡Pero, sí! ¡Tengo siempre a mi lado al cardenal, que no me deja un momento de reposo y me habla de España, y me habla de Austria, y me habla de Inglaterra...! ¡Ah! A propósito del cardenal, señor de Treville, ¿sabéis que estoy muy descontento de vos?

Treville, como hombre que conocía muy bien al rey, le estaba viendo llegar a este punto. Sabía que todas las lamentaciones no eran más que un prefacio, una especie de excitación para animarse a sí mismo, y que al fin había llegado a donde deseaba llegar.

—¿Y en qué he tenido la desgracia de desagradar a vuestra majestad? —preguntó Treville, fingiendo la mayor sorpresa—.

—¿Es así como desempeñáis vuestro cargo, caballero? —continuó el rey, sin responder directamente a la pregunta de Treville—. ¿Os he nombrado capitán de mis mosqueteros para que éstos asesinen a un hombre, conmuevan a todo un barrio e intenten incendiar a París, sin que me digáis una palabra? Pero quiero creer —prosiguió el rey— que me he apresurado demasiado en reprenderos y que los perturbadores estarán ya presos. Sin duda venía a anunciarme que la justicia está satisfecha.

—Señor —respondió tranquilamente Treville—, antes vengo a pedírosla.

—¿Y contra quién? —exclamó el rey—.

—Contra los calumniadores —replicó Treville—.

—¡Ésa sí que es buena! —repuso el rey—. ¿Queréis decirme que vuestros tres condenados mosqueteros, Athos, Porthos y Aramis, y vuestro protegido del Bearn, no se han arrojado como fieras sobre el pobre Bernajoux, y le han maltratado de manera que a estas horas puede que haya dejado de existir? ¿Queréis también decirme que no sitiaron la casa del duque de Tremouille e intentaron quemarla? Cosa que a la verdad no hubiera sido una gran desgracia en tiempo de guerra, porque no es más que un nido de hugonotes, pero que en tiempo de paz no puede justificarse en modo alguno. Decidme, ¿vais a negar todo eso?

—¿Y quién os ha hecho tan bella descripción, señor? —preguntó Treville con la mayor serenidad—.

—¿Quién me ha hecho tan bella descripción? ¿Y quién queréis que sea, sino el que vela mientras yo duermo, el que trabaja mientras yo me distraigo y el que todo lo dirige, así dentro como fuera del reino, así en Francia como en Europa?

—Vuestra majestad quiere sin duda hablar de Dios —replicó Treville—, pues yo no conozco más que a Dios que sea superior a vuestra majestad.

—No, caballero; quiero hablar del apoyo más firme del Estado, de mi único servidor, de mi único amigo, del cardenal.

—Su eminencia no es su santidad, señor.

—¿Y qué queréis decir con eso?

—Que no hay más que el Papa que sea infalible, y esta infalibilidad no se extiende a los cardenales.

—¿Según eso, queréis decirme que me engaña, que me hace traición? Vamos, acusadle francamente, si os atrevéis.

—No, señor; pero digo que se engaña a sí mismo, y está mal informado. Digo que ha obrado de ligero al acusar a los mosqueteros de vuestra majestad, a quienes ha juzgado muy mal, y que no ha tomado sus noticias en buenas fuentes.

—La acusación procede del mismo duque de la Tremouille en persona. ¿Qué respondéis a eso?

—Podría responder, señor, que el duque de la Tremouille está demasiado interesado en la cuestión para ser un testigo imparcial; pero lejos de eso, tengo al duque por un leal caballero y, desde luego, me someto a lo que él diga. Pongo, sin embargo, una condición.

—¿Cuál?

—Que vuestra majestad le mande venir y le interrogue por sí particularmente, sin testigos; y que vea yo a vuestra majestad inmediatamente que haya hablado al duque.

—¿Lo decís de veras? —preguntó el rey—. ¿Pasaréis por lo que diga el señor de la Tremouille?

—Sí, señor.

—¿Aceptaréis sus palabras?

—Enteramente.

—¿Y os someteréis a dar las satisfacciones que exija?

—En todo.

—¡La Chesnaye! —gritó el rey—. ¡La Chesnaye!

El ayuda de cámara de Luis XIII entró.

—La Chesnaye —dijo el rey—, que vayan inmediatamente a llamar al señor de la Tremouille; quiero hablarle esta misma tarde.

—¿Me da palabra vuestra majestad de no ver a otras personas más que al señor de la Tremouille y a mí?

—Os la doy, a fe de caballero.

—Pues hasta mañana, señor.

—Hasta mañana.

—¿A qué hora os dignaréis recibirme?

—A la hora que gustéis.

—Es que temo despertaros si vengo demasiado temprano.

—¿Despertarme? ¿Es que duermo, acaso? Lo más que hago es dormitar. Venid todo lo temprano que queráis; a las siete si os parece; pero ¡ay de vos si vuestros mosqueteros son culpables!

—Si son culpables, señor, serán puestos en manos de vuestra majestad para que disponga de ellos como guste, y si desea alguna otra cosa, vuestra majestad no tiene más que hablar, pues estoy pronto a obedecerle.

—Nada más por ahora, caballero, sino que quiero que sepáis que no sin razón he sido llamado Luis «el Justo». Conque hasta mañana.

—Dios guarde a vuestra majestad.

Por poco que durmiese el rey, menos durmió todavía Treville. Desde la noche misma en que tuvo aquella conversación con su majestad había avisado a sus tres mosqueteros y al gascón para que estuviesen en su casa a las seis y media de la mañana siguiente. Fue con ellos al Louvre, sin asegurarles ni prometerles cosa alguna, y no les ocultó que tanto el favor de ellos como el suyo estaban jugados a una suerte de dados.

Al llegar a la escalera excusada, hizo que aquéllos aguardaran allí, con ánimo de que si el rey estuviese aún irritado contra ellos, se marcharan sin ser vistos, y si, por el contrario, consintiese en recibirlos, no hubiera que hacer más que llamarlos.

En la antecámara particular del rey encontró Treville a La Chesnaye, quien le dijo que no pudo ser avisado la víspera el señor de la Tremouille por haber vuelto a casa a una hora en que ya no era oportuno presentarse en el Louvre, pero que hacía muy pocos momentos que había llegado y se hallaba a la sazón con el rey.

Esta circunstancia agradó en extremo a Treville, quien de ese modo podía estar cierto de que ninguna influencia extraña se mezclaba entre la conversación de Tremouille con el rey y la suya.

En efecto, apenas habían transcurrido diez minutos cuando se abrió la puerta del gabinete y el señor de Treville vio salir por ella al duque de la Tremouille, quien se acercó a él y le dijo:

—Señor de Treville, su majestad acaba de llamarme para que le manifestara lo que pasó ayer mañana en mi casa. Yo le he dicho la verdad, haciéndole presente que la culpa la tenían los de la casa, y que estaba pronto a daros mis excusas; y puesto que os encuentro, tened a bien admitirlas y contadme siempre por uno de vuestros amigos.

—Señor duque —dijo Treville—, estaba tan seguro de vuestra lealtad y pundonor, que no he querido tener otro defensor para con su majestad que vos mismo. Veo que no me había engañado y me felicito de que aún haya hombres de quienes pueda decirse, sin temor a engañarse, lo que se ha dicho de vos.

—¡Bien, muy bien! —dijo el rey, que había escuchado ambos cumplimientos—. Decidle únicamente, Treville, puesto que él se cuenta entre vuestros amigos, que yo quisiera ser también de los suyos, y que veo con pesar que él no se cura de ello, pues hace tres años que no le he visto y nunca tengo el gusto de verle, sino cuando le envío a llamar. Decidle esto de mi parte, porque son cosas que un rey no puede decir por sí mismo.

—Gracias, señor, gracias —dijo el duque—; pero crea vuestra majestad (y no digo esto por el señor de Treville) que no son los que rodean continuamente a vuestra real persona los que le profesan mayor adhesión.

—¡Ah! Habéis oído lo que ha dicho; tanto mejor, duque, tanto mejor —dijo el rey, adelantándose hasta la puerta—. ¡Hola, Treville! ¿Dónde están vuestros mosqueteros? Os dije ayer que los trajeseis, ¿por qué no lo habéis hecho?

—Abajo están, señor, y con vuestro permiso puede ir La Chesnaye a avisarles que suban.

—Sí, sí, que suban inmediatamente; van a dar las ocho, y a las nueve espero una visita. Pasadlo bien, señor duque, y no os vendáis tan caro. Entrad, Treville.

El duque saludó y salió. En el momento en que abría la puerta, los tres mosqueteros y Artagnan, conducidos por La Chesnaye, aparecían en lo alto de la escalera.

—Venid, valientes —exclamó el rey—, tengo que reñiros.

Los mosqueteros se acercaron inclinándose, y Artagnan se colocó detrás de ellos.

—¡Cómo diablos es eso! —continuó el rey—. ¡Siete guardias de su eminencia puestos fuera de combate por vosotros cuatro en dos días! Ya es demasiado, señores, ya es demasiado. A ese paso se vería obligado su eminencia a renovar su compañía cada tres semanas, y yo a hacer que se aplicasen rigurosamente los edictos. Uno, por casualidad, digo; pero siete en dos días, lo repito, es demasiado.

—Por eso, señor, vuestra majestad ve que vienen muy contritos y arrepentidos a reclamar vuestra indulgencia.

—Muy contritos y arrepentidos, ¡hum! —dijo el rey—. No me fío de esos semblantes hipócritas, y sobre todo cuando veo allí detrás una cara de gascón. Venid acá, caballero.

Artagnan, que comprendió que era a él a quien se dirigía aquel cumplimiento, se acercó tomando el aire más desconfiado del mundo.

—Y bien, ¿no decíais que éste era un joven? Es un niño, señor de Treville, enteramente un niño. ¿Y éste es aquel que dio aquella terrible estocada a Jussac?

—Y las otras dos no menos terribles a Bernajoux.

—¿De veras?

—Sin contar —añadió Athos— que, si no me hubiese sacado de las manos a Cahussac, no tendría yo en este momento el honor de hacer a vuestra majestad mi humilde reverencia.

—Pero ese bearnés es un verdadero demonio, señor de Treville. Verdad es que en este oficio, como decía mi padre, se deben agujerear muchos jubones y romper muchas espadas. Vamos, los gascones siguen siendo pobres, ¿no es verdad?

—Señor, puedo decir que aún no se han hallado minas de oro en sus montañas, aun cuando el Señor hubiera podido muy bien hacerles ese milagro, en recompensa al esfuerzo con que sostuvieron las pretensiones del rey vuestro padre.

—Lo que quiere decir que son los gascones los que a mí me han hecho rey, puesto que soy el hijo de mi padre. Pues bien, sea en hora buena, que yo no digo lo contrario. La Chesnaye, id a ver si registrando mis bolsillos encontráis cuarenta doblas, y si las halláis, traédmelas. Y ahora, joven, decidme en conciencia cómo ha sucedido todo.

Artagnan contó la aventura de la víspera con todos sus pormenores. Manifestó que, no habiendo podido dormir con la alegría de ver a su majestad, había ido a buscar a sus amigos tres horas antes de la audiencia; que se habían ido juntos al juego de pelota; que por el temor de recibir un pelotazo, fue zaherido por Bernajoux, quien estuvo a punto de pagar con la vida aquella burla, así como el señor de la Tremouille, que en nada se había metido, con la pérdida de su casa.

—Bien —dijo el rey—; así es cómo el duque me ha contado lo ocurrido. ¡Pobre cardenal! Siete hombres en dos días, y de los de más valía. Vamos, ya basta, caballeros, ¿lo oís? Ya basta; ya os habéis desquitado con creces de lo de la calle Ferou, y debéis estar satisfechos.

—Si vuestra majestad lo está —dijo Treville—, lo estamos nosotros.

—Sí, lo estoy —añadió el rey, tomando un puñado de monedas de manos de La Chesnaye y poniéndolas en las de Artagnan—. Y ved aquí una prueba de mi satisfacción.

En aquella época las ideas de orgullo, que tan comunes son en nuestros días, no se hallaban de moda. Un caballero recibía mano a mano dinero del rey, sin que por eso se creyera humillado en nada; así pues, Artagnan se metió las cuarenta doblas en el bolsillo sin el menor escrúpulo, y dando por el contrario infinitas gracias a su majestad.

—Basta —dijo el rey mirando el reloj—; basta y retiraos, pues son las ocho y media, y ya he dicho que espero una visita a las nueve. Gracias por vuestra adhesión, caballeros. Creo que podré contar siempre con ella, ¿no es verdad?

—¡Ah, señor! —exclamaron a una los cuatro compañeros—. No titubearemos en dejarnos hacer pedazos por vuestra majestad.

—Bien, bien; pero permaneced enteros, que así estáis mejor y me podéis ser más útiles. Treville —añadió el rey a media voz, mientras los demás se retiraban—, como no hay plaza vacante en los mosqueteros, y para entrar en este Cuerpo hemos determinado que se haga una especie de noviciado, colocad a ese joven en la compañía de guardias de Essarts, vuestro cuñado. A fe mía, Treville, que me estoy ya complaciendo con la cara que va a poner el cardenal. Indudablemente montará en cólera, pero me es igual, pues estoy en mi derecho.

Y el rey saludó con la mano a Treville, el cual salió y fue a reunirse con sus mosqueteros, a quienes encontró repartiéndose el dinero juntamente con Artagnan.

El cardenal, según había previsto el rey, se puso furioso, y tanto, que por espacio de ocho días no quiso hacer a su majestad la partida de juego, lo que no impidió que el rey le pusiese el mejor semblante del mundo siempre que le encontraba, y le preguntaba con voz cariñosa:

—Bien, señor cardenal, ¿cómo siguen los pobres Bernajoux y Jussac?

CAPÍTULO VII

LA VIDA PRIVADA DE LOS MOSQUETEROS

Cuando Artagnan se halló fuera del Louvre y consultó a sus amigos acerca del empleo que debía dar a las buenas doblas que le habían tocado, Athos le aconsejó que encargase una buena comida en «La Piña», Porthos que tomase un lacayo a su servicio, y Aramis que buscase una amante conveniente.

La comida se celebró el mismo día, y el lacayo sirvió la mesa. La comida había sido encargada por Athos y el lacayo lo proporcionó Porthos. Era éste un mozo natural de Picardía, a quien el ilustre mosquetero había contratado aquel mismo día en el puente de la Tournelle, mientras estaba formando círculos concéntricos y escupía de cuando en cuando al agua. Porthos había calculado que esta ocupación era prueba de una organización reflexiva y contemplativa, y sin otra recomendación se lo llevó. La arrogante presencia del mosquetero sedujo a Planchet —que éste era el nombre del mozo—, el cual creyó haber entrado al servicio de aquél; pero tuvo algún disgusto cuando vio que la plaza estaba ya ocupada por un colega llamado Mosqueton, y cuando Porthos le manifestó que, no consintiendo el estado de su casa dos criados, debía entrar al servicio de Artagnan. No obstante, cuando acabó de servir la comida que daba a su amo, y vio a éste sacar del bolsillo un puñado de oro para pagar, creyó hecha su fortuna y dio gracias al cielo por haber caído en manos de tan opulento Creso. Su ilusión le duró hasta después del festín, con cuyos restos reparó largas abstinencias de su estómago; pero cuando tuvo que hacer la cama de su amo, el alma se le cayó a los pies y sus dorados sueños se desvanecieron. La cama era la única que había en toda la habitación, que se componía de una salita con un dormitorio. Planchet se acostó en la salita sobre una manta de la cama de Artagnan, el cual en adelante tuvo que pasarse sin ella.

Athos, por su parte, tenía un criado a quien había tomado a su servicio de un modo particular, y cuyo nombre era Grimaud. Era nuestro gran señor (se entiende que hablamos de Athos) el silencio personificado. En cinco o seis años que vivía en la mayor intimidad con sus compañeros Porthos y Aramis, recordaban éstos haberle visto sonreír de cuando en cuando, pero reír, nunca. Sus palabras eran breves y expresivas, manifestando siempre únicamente lo que se proponía decir, sin tropos, figuras ni circunloquios. Su conversación era un hecho sin episodio alguno.

A pesar de que Athos contaba apenas treinta años y era hombre de talento y de buena presencia, no se le conocía ninguna amante. Jamás hablaba de mujeres. No por eso impedía que hablasen de este tema en su presencia; pero era fácil comprender que este género de conversación, en el cual nunca tomaba parte sino con expresiones amargas y juicios algo misantrópicos, le era en extremo desagradable. Su reserva, su aspereza y su silencio le hacían parecer un viejo; así que había acostumbrado a Grimaud a que le obedeciera a una simple seña o a un simple movimiento de labios, y únicamente le hablaba en casos supremos.

A veces, Grimaud, que temía a su amo como al fuego, aun cuando profesaba un grande afecto a su persona y una profunda veneración a su talento, creía haber comprendido perfectamente lo que deseaba; y poniéndolo al punto en ejecución, hacía precisamente lo contrario. Entonces Athos se encogía de hombros, y sin encolerizarse apaleaba al criado. En estos casos hablaba un poco.

Porthos, como se ha podido ver, tenía un carácter enteramente opuesto al de Athos. No sólo hablaba mucho, sino en voz alta; pero, por lo demás, preciso es hacerle esta justicia, le importaba muy poco que le oyesen o no, pues sólo hablaba por el placer de hablar y por el placer de escucharse. Discurría sobre toda clase de materias, excepto las científicas, conservando respecto de este punto el odio que desde sus primeros años según decía, profesaba a los sabios. No tenía tan buena presencia como Athos, y el conocimiento de esta inferioridad le había hecho, en los principios de su amistad, manifestarse injusto, muchas veces para con aquel caballero, a quien desde entonces se esforzó en eclipsar con sus magníficos trajes. Pero Athos, con sólo su casaca de mosquetero y simplemente por el modo de echar hacia atrás la cabeza y adelantar el pie, volvía a ocupar al momento el lugar que le correspondía y dejaba al fastuoso Porthos en segunda línea. Porthos se consolaba de esto aturdiendo la antecámara del señor de Treville y los cuerpos de guardia del Louvre con el ruido de sus conquistas amorosas, cosa de que Athos jamás hablaba; y a la sazón, después de haber pasado de la clase media a la clase más elevada, andaba en danza nada menos que con una princesa extranjera, la cual, según Porthos, se moría por sus pedazos.

Se ha dicho siempre que «a tal amo, tal criado». Pasemos, pues, del criado de Athos al de Porthos o, lo que es igual, de Grimaud a Mosqueton.

Mosqueton era un normando a quien su amo había cambiado el nombre de Bonifacio por el de Mosqueton, infinitamente más sonoro. Había entrado al servicio de Porthos con sólo los gajes de casa y vestido, si bien esto último de lujo, y sólo exigía dos horas diarias para dedicarse a otra ocupación que le proporcionaba lo suficiente para atender a sus demás necesidades. Porthos aceptó sin titubear la proposición, pues le convenía grandemente. Hacía arreglar para Mosqueton magníficos jubones con sus vestidos viejos y sus capas de cambio, y gracias a un hábil sastre, que le ponía la ropa como nueva volviendo lo de dentro fuera, y cuya mujer, según decían las malas lenguas, solía sacar a Porthos de sus costumbres aristocráticas, hacía Mosqueton detrás de su amo un buen papel.

En cambio, a Aramis, cuyo carácter creemos haber expuesto lo bastante, y que además seguiremos desarrollando en el curso de nuestra narración, lo mismo que el de sus compañeros, tenía un lacayo que se llamaba Bazin. Gracias a las esperanzas que le había hecho concebir su amo de entrar algún día en la carrera eclesiástica, iba siempre vestido de negro, como convenía a un sirviente de un hombre de iglesia. Era un provinciano del Berry, de treinta y cinco a cuarenta años, dulce, afable, pacífico, regordete, que invertía sus ratos de ocio en leer obras piadosas, guisaba la comida perfectamente, pero nunca más de lo preciso para su amo y él. En cuanto a lo demás, era ciego, sordo, mudo y de una fidelidad a toda prueba.

Ahora, pues, que conocemos superficialmente por lo menos a los amos y a los criados, pasemos a las habitaciones que ocupaban.

Athos vivía en la calle de Ferou, a dos pasos del Luxemburgo; su morada se componía de dos cuartos pequeños, pero amueblados con mucha decencia, en una casa de huéspedes, cuya patrona, joven y hermosa todavía, trataba en vano de atraerle con sus dulces y lánguidas miradas. Algunos restos de antiguo y pasado esplendor se veían esparcidos por las paredes de aquella modesta habitación; tal era, por ejemplo, una espada con ricos damasquinados, que se remontaba al parecer a los tiempos de Francisco I, y cuya empuñadura, incrustada de piedras preciosas, podría valer doscientas doblas, alhaja que aun en las épocas de mayor miseria no había querido jamás Athos empeñarla ni venderla. Esta espada había excitado por mucho tiempo la ambición de Porthos, el cual hubiera dado diez años de su vida por poseerla.

Un día en que estaba citado con una duquesa, se la pidió prestada a Athos, pero Athos, sin hablar una palabra, vació sus bolsillos, reunió todas sus joyas ante Porthos y le dijo que tomase todo aquello a excepción de la espada; pues ésta, añadió, se hallaba clavada en aquel sitio, y no lo debía dejar hasta que su dueño abandonara la casa.

Además de la espada se veía un retrato que representaba un caballero del tiempo de Enrique III, vestido con la mayor elegancia y condecorado con la insignia de la Orden del Espíritu Santo, retrato que tenía alguna semejanza con la fisonomía de Athos y cierto aire de familia que hacía presumir que aquel personaje fuese algún antepasado suyo.

Por último, un arca de magnífica orfebrería servía de centro de chimenea, haciendo un extraño contraste con el resto del mobiliario. Athos llevaba siempre consigo la llave de dicha arca; pero un día que la abrió delante de Porthos, pudo éste asegurarse de que no contenía otra cosa que cartas y papeles: cartas amorosas, sin duda, y papeles de familia.

Porthos ocupaba una habitación muy vasta y de suntuosa apariencia en la calle del Vieux-Colombier. Siempre que pasaba con algún amigo por delante de sus balcones, en uno de los cuales se hallaba por lo regular Mosqueton vestido con su magnífica librea, alzaba la cabeza y la mano, y decía con aire de satisfacción: «Ved mi casa.» Pero nunca se le encontraba en ella, nunca invitaba a nadie a que subiese a verla, y nadie, por consiguiente, había podido formarse idea de las riquezas positivas que tan espléndida apariencia hacía suponer.

Aramis, por su parte, se alojaba en un pisito compuesto de gabinete, comedor y un dormitorio, el cual, situado como los demás cuartos en el piso bajo, daba a un jardincito muy bien cultivado, muy verde y muy sombrío, por entre cuyo espeso ramaje no podía penetrar la curiosidad de los vecinos.

Ya dijimos respecto de Artagnan dónde y cómo se alojaba, y hemos hecho conocimiento, además, con su lacayo, el buen Planchet.

Artagnan, que era curioso por naturaleza, como lo son generalmente todos los que poseen el genio de la intriga, hizo cuantos esfuerzos estaban a su alcance para saber a punto fijo quiénes eran Athos, Porthos y Aramis, porque bajo estos nombres de guerra debían ocultarse ilustres apellidos, especialmente Athos, que a la legua descubría su aire de gran señor. Con ese designio acudió a Porthos para adquirir noticias acerca de Athos y Aramis, y a este último para informarse de Porthos.

Por desgracia, el mismo Porthos no sabía de la vida de su taciturno camarada otra cosa de lo que había llegado a traslucir. Decíase que había sido sumamente desgraciado en amores y que una horrorosa traición había emponzoñado para siempre la vida del galán. Lo que nadie sabía era cuál fuese esa traición.

Por lo que a Porthos atañe, a excepción de su verdadero nombre, que sólo sabía el señor de Treville, así como el de sus dos compañeros, su vida era muy fácil de reconocer. Vanidoso e indiscreto, todo lo dejaba traslucir como a través de un cristal. Lo único que hubiera podido admirar al curioso observador era que se creyese todo lo que él decía en favor suyo.

Aramis, a pesar de que aparentaba no tener secreto alguno, era un mancebo rodeado de misterios, que contestaba con escasas palabras a las preguntas que le hacían sobre los demás y eludía diestramente las que le dirigían concernientes a su persona. En una ocasión Artagnan, después de interrogarle largamente acerca de Porthos y del rumor que corría de su buena fortuna con la princesa, quiso saber también a qué atenerse en punto a las aventuras galantes de su interlocutor.

—¿Y vos, querido camarada —le dijo—, vos, qué habláis de las baronesas, condesas y princesas de los demás?

—Perdonad —interrumpió Aramis—, pues si yo he hablado alguna vez de eso, ha sido porque el mismo Porthos lo ha hecho antes y ha pregonado en presencia mía todas esas lindezas. Pero estad seguro, mi querido Artagnan, de que si las hubiese sabido por cualquier otro conducto o él me las hubiera confiado, no tendría un confesor más discreto que yo.

—No lo dudo —replicó Artagnan—; pero me parece que no estáis vos mismo tan reñido con los escudos de armas, y si no, dígalo cierto pañuelo bordado, al cual debo el honor de haberos conocido.

Aramis no se incomodó esta vez, pero tomando el aire más modesto del mundo, respondió afectuosamente:

—No olvidéis, amigo, que deseo pertenecer a la Iglesia y huyo de todos los peligros mundanos. Ese pañuelo que habéis visto, nadie me lo ha confiado, pues se lo dejó en casa un amigo mío, y me pareció conveniente recogerlo para no comprometer a él ni a la dama a quien adora. En cuanto a mí, ni tengo ni quiero tener amante alguna, siguiendo en esto el ejemplo del juicioso Athos, que tampoco tiene ninguna.

—Pero, ¡qué diablos! Yo no creo que seáis clérigo, puesto que sois mosquetero.

—Mosquetero interino, querido, como dice el cardenal; mosquetero contra mi inclinación, pero hombre de Iglesia en el fondo, creedme. Athos y Porthos me han metido en esa danza para ocuparme; pues a no ser por una pequeña dificultad que se atravesó en el momento en que iba a recibir las órdenes por... Pero, ¡vaya!, esto no es cosa que pueda interesaros nada y tal vez os esté haciendo perder un tiempo precioso.

—De ningún modo; antes bien me interesa en extremo, y por ahora nada absolutamente tengo que hacer.

—Ya, pero yo tengo aún que rezar el breviario —respondió Aramis—, y componer después unos versos que me ha encargado madame de Aiguillon. Esto, sin contar con que tengo que pasarme por la calle de San Honorato, a fin de comprar carmín para madame de Chevreuse; de manera, querido, que si vos no tenéis prisa, yo sí la tengo.

Y Aramis tendió afectuosamente la mano a su joven compañero y se despidió de él.

Artagnan, por más que hizo, no pudo adquirir más amplias noticias acerca de sus tres nuevos amigos. Tomó, pues, el partido de creer en el presente lo que se decía respecto a ellos de su pasado, esperando revelaciones más seguras y detalladas para lo futuro; y, entretanto, se representó en su imaginación a Athos como un Aquiles, a Porthos como un Ayax y a Aramis como un José.

Por lo demás, la vida de los cuatro jóvenes era alegre. Athos jugaba, aun cuando siempre con desgracia. A pesar de todo, nunca pedía prestado un sueldo, y en cambio él tenía siempre el bolsillo a disposición de sus amigos, y cuando perdía, jugando sobre su palabra, hacía despertar a su acreedor a las seis de la mañana para satisfacerle la deuda de la víspera.

Porthos tenía sus arranques: si ganaba, se manifestaba orgulloso hasta la insolencia y espléndido; si perdía, desaparecía completamente por algunos días, al cabo de los cuales volvía a presentarse con el semblante pálido y enjuto, pero con dinero en los bolsillos.

En cuanto a Aramis, nunca jugaba. Era éste el mosquetero más malo, y el convidado más tuno que pudiera imaginarse; siempre tenía qué hacer. A veces, a la mitad de un banquete, cuando todos creían retenerle aún dos o tres horas por lo menos entre el ruido de los brindis y el calor de la conversación, miraba Aramis el reloj, se levantaba con la sonrisa en los labios y se despedía de sus comensales para ir, según decía, a consultar un casuista con el cual se hallaba citado. Otras veces se retiraba a su casa para escribir una tesis, y rogaba a sus amigos que no fueran a distraerle.

Con todo, a pesar de sus disculpas, Athos dejaba escapar aquella melancólica sonrisa que tan bien sentaba a su noble semblante, mientras que Porthos bebía a más y mejor, jurando que Aramis nunca podría ser más que un cura de aldea.

Planchet, el criado de Artagnan, soportó noblemente la buena fortuna; recibía sus treinta sueldos diarios y por espacio de un mes volvió siempre a su casa alegre como un jilguero y afable para con su amo; pero cuando el viento de la adversidad principió a soplar por el piso de la calle de Fossoyeurs, es decir, cuando desaparecieron o estuvieron a punto de desaparecer del todo las cuarenta doblas del rey Luis XIII, comenzó a entonar unas quejas que a Athos le parecieron nauseabundas, a Porthos indecentes y a Aramis ridículas. Athos aconsejó a Artagnan que plantase en la calle a aquel bellaco, Porthos quería que antes se le diese una paliza y Aramis decía que un amo no debía escuchar sino los elogios que hiciesen de él.

—Eso es muy fácil de decir —replicó Artagnan— para vos, Athos, que os mostráis taciturno con Grimaud, que le tenéis prohibido hablar, y que, por consiguiente, no tenéis necesidad de gastar con él malas palabras; para vos, Porthos, que ostentáis un magnífico tren y sois un dios para vuestro criado Mosqueton, y para vos, en fin, Aramis, que, embebido siempre en vuestros estudios teológicos, sabéis inspirar un respeto profundo a vuestro criado Bazin, hombre afable y religioso; pero yo, que carezco de posición y de recursos, que no soy mosquetero ni siquiera guardia, ¿cómo me las he de componer para inspirar cariño, temor o respeto a Planchet?

—La cosa es grave —respondieron los tres amigos—; es un asunto doméstico. Sucede con los criados lo mismo que con las mujeres: que es preciso ponerlos desde un principio en el plano en que se desea que permanezcan. Reflexionadlo bien.

Artagnan lo reflexionó y resolvió, por vía de buen gobierno, dar una paliza a Planchet, lo que ejecutó al pie de la letra, con aquel aplomo que Artagnan ponía en todas sus cosas. Después de haberle apaleado bien, le prohibió que abandonara su servicio sin permiso suyo.

—Porque mi porvenir —decía— no puede menos de ser brillante, y espero con la mayor seguridad tiempos mejores. Tienes hecha tu fortuna si te quedas a mi lado, y yo soy un amo demasido bueno para quitarte tu suerte concediéndote el permiso que me pides.

Este modo de conducirse dio una alta idea a los mosqueteros de la política de Artagnan. Planchet, sobre todo, quedó profundamente admirado, y no volvió a hablar una palabra de marcharse.

La vida de los cuatro jóvenes llegó a hacerse común. Artagnan, que no había tenido motivo para contraer hábito alguno, pues acababa de llegar de su provincia y entraba en un mundo enteramente nuevo para él, se amoldó en todo a las costumbres de sus amigos.

Levantábase a las ocho en invierno y a las seis en verano; a esa hora iban a tomar el santo y seña y a enterarse del estado de los negocios al palacio de Treville. Artagnan, aunque no era mosquetero, hacía el servicio con la mayor puntualidad, y siempre estaba de guardia, porque hacía compañía constantemente a aquel de sus tres amigos que estaba de servicio. Era conocido en el cuartel de los mosqueteros y todos le tenían por un buen camarada. Treville, que desde un principio le había cobrado inclinación, no cesaba de recomendarlo al rey.

Por su parte, los tres mosqueteros querían en extremo a su joven compañero. La amistad que unía a estos cuatro hombres y la necesidad de verse tres o cuatro veces al día, ya fuese por causa de duelos o de otros asuntos, o solamente por gusto, les hacía correr mutuamente unos en pos de otros como sombras, y casi siempre se veía a los inseparables buscarse desde el Luxemburgo a la plaza de San Sulpicio o desde la calle del Vieux-Colomier al Luxemburgo.

Entretanto, las promesas del señor de Treville se iban acercando a su cumplimiento. Un día mandó el rey al caballero de Essarts que admitiese a Artagnan en su compañía en clase de cadete. Artagnan vistió con un suspiro este uniforme, que a precio de diez años de vida hubiera cambiado por la casaca de mosquetero. Pero Treville le prometió este favor para después de dos años de noviciado, tiempo que podría también abreviarse si se presentaba a Artagnan ocasión de prestar algún servicio al rey o de llevar a cabo algún brillante hecho de armas. Artagnan se retiró algo más satisfecho con esa promesa, y al día siguiente principió a prestar servicio.

Entonces llegó a Athos, Porthos y Aramis el turno de hacer guardia con Artagnan, cuando éste se hallaba de servicio, y de este modo la compañía del señor de Essarts adquirió cuatro hombres en vez de uno, el día en que entró en ella Artagnan.

CAPÍTULO VIII

UNA INTRIGA DE CORTE

Las cuarenta doblas del rey Luis XIII, como todas las cosas de este mundo, después de tener su principio, tocaron a su fin, y desde que llegó este fin, nuestros cuatro héroes se hallaron en grandes apuros. Primeramente sostuvo Athos a la asociación por algún tiempo con su propio pecunio. Porthos suministró después los fondos; y gracias a una de aquellas disposiciones que en él eran tan frecuentes, había podido subvenir casi por quince días a las necesidades de todos. Tocóle por fin el turno a Aramis, que cumplió con la mejor voluntad, llegando, según decía, con la venta de sus libros de teología, a reunir algunas doblas.

Recurrióse luego, como de costumbre, al señor de Treville, quien hizo algunos anticipos a cuenta de los sueldos; pero estos adelantos no podían sacar por mucho tiempo de apuros a los tres mosqueteros, que tenían muchas cuentas atrasadas, y a un guardia que no podía tener ninguna todavía.

En fin, cuando vieron que iba a faltarles ya todo recurso, reunieron a costa de los mayores esfuerzos ocho o diez doblas que Porthos se encargó de jugar; pero, desgraciadamente, no estaba de suerte y las perdió todas, con otras veinticinco más que jugó bajo palabra.

Entonces los apuros trocáronse en miseria, y se veía a los pobres hambrientos recorrer, seguidos de sus lacayos, los muelles y cuerpos de guardia, recogiendo de todos sus amigos la comida que podían, porque, según el consejo de Aramis, debían sembrarse en la prosperidad convites a diestro y siniestro, para recoger algunos en las épocas de infortunio.

Athos fue convidado cuatro veces y llevó consigo a sus amigos juntamente con los lacayos. Porthos aprovechó también seis veces la ocasión, haciendo igualmente partícipes a sus camaradas. Aramis tuvo asimismo ocho convites. Éste era un hombre que, como habrá podido conocerse, metía poco ruido, pero hacía mucho.

En cuanto a Artagnan, que apenas conocía a nadie en la capital, sólo pudo pescar un desayuno de chocolate en casa de un clérigo paisano suyo, y un almuerzo en la de un corneta de guardias. Llevó su ejército a casa del clérigo, a quien le devoraron las provisiones de dos meses, y a casa del corneta, que hizo en aquel día maravillas; pero como decía Planchet, por mucho que se comiera, al fin no se comía más que una vez.

Artagnan se consideró en extremo humillado por no haber podido ofrecer más que comida y media (pues el desayuno en casa del clérigo no podía contarse más que por media comida) a cambio de los festines que le habían proporcionado Athos, Porthos y Aramis. Se creyó, pues, como una carga para la sociedad, olvidando en su juvenil buena fe que la había estado manteniendo a sus expensas durante un mes; y su imaginación en extremo preocupada, se puso a discurrir con la mayor actividad. Ocurriósele que esta coalición de cuatro hombres jóvenes, valientes, emprendedores y activos, debía tener algún objeto más que el de dar paseos, lecciones de esgrima y bromas más o menos ingeniosas.

En efecto, cuatro hombres de su temple, consagrándose enteramente unos a otros desde la bolsa hasta la vida; cuatro hombres que sabían mantenerse firmes siempre sin retroceder y ejecutar, juntos o separados, las resoluciones tomadas en común; cuatro brazos que ora amenazaban los cuatro puntos cardinales, ora se dirigían hacia un solo punto, debían, infaliblemente, ya fuese por subterráneos, a la luz del día o por medio de la mina, o de la trinchera, o por la astucia o por la fuerza, abrirse un camino para llegar al objeto que se proponían, por bien defendido que estuviese o por muy lejos que se hallara. Lo único que admiraba a Artagnan era que sus compañeros no hubiesen pensado en ella todavía.

Pero él, por su parte, no dejaba de reflexionar con el mayor ahínco, devanándose los sesos para encontrar una dirección a aquella fuerza única, cuatro veces multiplicada, y con la cual no dudaba que, de igual modo que Arquímedes con el punto de apoyo que buscaba, se podría llegar a conmover y levantar el mundo. Cuando más embebido estaba en estos pensamientos, llamaron con suavidad a la puerta, y Artagnan, despertando a Planchet, le mandó que fuese a abrir.

No se vaya a creer, porque hayamos dicho que Artagnan despertó a Planchet, que fuese aún de noche o que no hubiese amanecido todavía. Nada de eso. Precisamente en aquel momento acababan de dar las cuatro de la tarde. Dos horas antes pidió Planchet a su amo que le diese de comer, pero éste le contestó:

—Hijo, el que duerme, come.

Y Planchet comía durmiendo.

Introdújose en la habitación un hombre de aspecto bastante sencillo que tenía todas las trazas de pertenecer a la clase media.

Planchet, como por vía de postres, hubiera deseado oír la conversación; pero el recién llegado manifestó a Artagnan que deseaba hablar a solas con él, porque tenía que decirle cosas de importancia y confidenciales.

Entonces Artagnan mandó salir a Planchet y ofreció una silla al que acababa de entrar.

Hubo un momento de silencio, durante el cual los dos hombres se miraron, examinándose mutuamente, después de lo cual se inclinó Artagnan como en señal de que escuchaba. El otro tomó entonces la palabra.

—He oído hablar del señor de Artagnan —dijo— como de un hombre en extremo valiente, y esta reputación, de que tan justamente goza, me ha decidido a confiarle un secreto.

—Hablad, hablad —dijo Artagnan, que, como por instinto, presagiaba cosa buena—.

Después de una nueva pausa, continuó el primero:

—Tengo, señor, una mujer que es costurera de blanco de la reina, y que no carece de talento ni de belleza. Pronto hará tres años que me la hicieron tomar por esposa, aunque ella no tenía sino una mediana fortuna, porque el señor de Laporte, paje de la reina, es su padrino y la protege.

—¿Y qué? —preguntó Artagnan—.

—Pues, señor —replicó su interlocutor— mi mujer ha sido raptada ayer por la mañana, cuando salía de su cuarto de labor.

—¿Vuestra mujer ha sido raptada? ¿Y por quién?

—No lo sé a punto fijo, caballero; sin embargo, tengo algunas sospechas.

—¿Y de quién sospecháis?

—De un hombre que hacía ya mucho tiempo que la andaba persiguiendo.

—¡Diantre!

—Pero si queréis que os diga lo que siento, caballero, estoy persuadido de que en todo esto no juega tanto el amor como la política.

—¿No juega tanto el amor como la política? —replicó Artagnan con aire reflexivo—. ¿Y qué sospecháis?

—No sé si debería deciros lo que sospecho...

—Tened presente que yo nada os he preguntado, que sois vos el que ha venido en mi busca y que me habéis dicho que teníais un secreto que confiarme. Resolved, pues, lo que tengáis por conveniente, porque aún estáis a tiempo de retiraros.

—No haré tal, caballero; me parecéis un joven honrado, y no titubeo en poner en vos mi confianza. Creo, pues, que mi mujer ha sido raptada, no por amores suyos propios, sino por los de otra señora de más elevada condición que ella.

—¡Hola, hola! ¿Sería acaso por los amores de madame de Bois-Tracy? —preguntó Artagnan, que en presencia de aquel hombre quiso echárselas de que se hallaba al corriente de las intrigas de la corte—.

—De una persona más elevada todavía, señor.

—¿De madame de Aiguillon?

—Más aún.

—¿De madame de Chevreuse?

—Mucho más todavía.

—¿De la...? —y Artagnan se detuvo—.

—Sí, señor —respondió aterrado el hombre, en voz tan baja que apenas podía oírsele—.

—¿Y con quién?

—¿Con quién puede ser sino con el duque de...?

—¿El duque de...?

—Sí, señor —respondió el otro, con una entonación de voz más baja todavía—.

—Pero, ¿cómo habéis llegado a saber todo eso?

—¿Que cómo lo he llegado a saber?

—Sí, ¿cómo lo sabéis? O... ya me entendéis.

—Lo sé por mi mujer, señor, por mi propia mujer.

—La cual lo sabe... ¿por quién?

—Por el conde de Laporte. ¿No os he dicho que era ella la ahijada del señor de Laporte, persona de confianza de la reina? Pues bien, el señor Laporte la había colocado al lado de su majestad para que nuestra pobre reina, abandonada como se halla por el rey, espiada por el cardenal y vendida por todos, tuviese al menos alguna persona de quien poderse fiar.

—¡Vamos! Ya comprendo —dijo Artagnan con suspicacia—.

—Ahora bien, mi mujer vino hace cuatro días (pues una de las condiciones de su empleo era que debería venir a verme dos veces por semana, porque, como he tenido el honor de deciros, mi mujer me ama en extremo); vino, pues, como decía, y me confió que la reina tenía en aquel momento serios temores.

—¿De veras?

—Como lo oís. El cardenal, a lo que parece, la persigue sin descanso, y ahora más que nunca. No puede perdonarle la aventura de la zarabanda. ¿Tenéis noticia de esa aventura?

—¡Vaya si las tengo! —respondió Artagnan, que no sabía una palabra, pero que quería dar muestras de que estaba al corriente—.

—De suerte que ahora sólo la persigue por odio y por espíritu de venganza.

—¡Claro está!
—Y la reina cree...
—Vamos, ¿qué cree la reina?
—Cree que han escrito en su nombre al duque de Buckingham.
—¿En nombre de la reina?
—Sí, con objeto de hacerle venir a París y armarle alguna celada.
—¡Demonio! Pero, señor mío, ¿qué tiene que ver su esposa en todo esto?
—Como saben el afecto que profesa a la reina, pretenderán, sin duda, o bien alejarla de su ama o bien intimidarla para apoderarse de los secretos de su majestad, o sobornarla para que les sirva de espía.
—Es muy probable —dijo Artagnan—. Pero, ¿conocéis al hombre que la ha raptado?
—Os he dicho que creía conocerle.
—¿Cómo se llama?
—Lo ignoro, pues únicamente sé que es una hechura de su eminencia.
—Pero, al menos, ¿le habéis visto alguna vez?
—Sí, mi mujer me lo enseñó un día.
—¿Tiene alguna señal por la cual pueda ser reconocido?
—Sí, por cierto; es un caballero de elevada estatura, negros cabellos, tez morena, mirada penetrante, dientes blancos y una vieja cicatriz en la sien.
—¡Una cicatriz en la sien! —exclamó Artagnan—. ¿Y además dientes blancos, mirada penetrante, tez morena, pelo negro y elevada estatura? Pues no hay más que hablar: es mi hombre de Meung.
—¿Vuestro hombre, decís?
—Sí, sí; pero esto no hace al caso. No, he dicho mal, antes bien, simplifica el asunto, pues si vuestro hombre es el mío, tomaré en una sola dos venganzas. Pero, ¿dónde se le podrá encontrar?
—Lo ignoro.
—¿No tenéis noticia alguna acerca de su paradero?
—Ninguna. Un día que fui acompañando a mi mujer al Louvre, salía de él al mismo tiempo que nosotros entrábamos, y entonces fue cuando me lo enseñó.
—¡Caramba, caramba! —murmuró Artagnan—. Todo eso es demasiado vago. ¿Por quién habéis sabido el rapto de vuestra mujer?
—Por el señor Laporte.
—¿Y os ha dado algún pormenor?
—Ninguno sabía.
—¿Y no habéis podido adquirirlos por otro lado?
—Sí, tal; he recibido...
—¿Qué?
—Pero no sé si cometeré alguna grave imprudencia en decirlo.
—¿Otra vez volvemos a las andadas? Tened presente, sin embargo, que ya es tarde para volveros atrás.
—Suceda lo que quiera, no me vuelvo, ¡voto al diablo! —exclamó el buen hombre como si quisiera animarse con ese juramento—. Además, que a fe de Bonacieux...
—¿Os llamáis Bonacieux? —interrumpió Artagnan—.
—Sí, señor; es mi nombre.

—Perdonad si os he interrumpido, pues me parecía que ese nombre no me era del todo desconocido.

—No es tan extraño, señor; soy el dueño de la casa en que habitáis.

—¡Ah, ya...! —exclamó Artagnan, haciendo ademán de levantarse y saludándole cortésmente—. ¿Conque sois el dueño de esta casa?

—Sí, señor; y como hace tres meses que la estáis ocupando, sin que os haya molestado yo un solo instante por el olvido en que vuestras muchas ocupaciones os tienen, indudablemente, de pagarme los alquileres, he creído que tendríais en consideración mi delicadeza.

—¡Ya lo creo, querido Bonacieux! —exclamó Artagnan—. Creed que estoy sumamente reconocido a un proceder semejante, y que si me consideráis útil en alguna cosa...

—Os creo, caballero, os creo; y como decía hace poco, a fe de Bonacieux, pongo en vos mi confianza.

—Acabad, pues, lo que ibais a decirme.

El buen Bonacieux sacó del bolsillo un papel y se lo entregó a Artagnan.

—Una carta que he recibido esta mañana.

Artagnan la abrió, y como el día empezaba a declinar, se acercó a la ventana. Bonacieux le siguió.

«No busquéis a vuestra mujer —leyó Artagnan—, pues os será devuelta cuando dejemos de necesitarla. Si dais un solo paso en busca suya, estáis perdido.»

—El lenguaje es terminante —prosiguió Artagnan—; pero, al fin, no pasa de ser una amenaza.

—Sí; pero esa amenaza me aterra; yo no soy hombre de armas tomar, y tengo miedo a la Bastilla.

—¡Hum! —replicó Artagnan—. No creáis que tenga menos respeto que vos a la Bastilla. ¡Si no se tratara más que de dar una estocada...!

—Sin embargo, caballero, yo contaba con vos en esta ocasión.

—¿Sí?

—Al veros continuamente rodeado de mosqueteros, y reconociendo en ellos a los del señor Treville, y por consiguiente enemigos del cardenal, he creído que tanto vos como vuestros amigos, al paso que podíais hacer justicia a vuestra pobre reina, tendríais un verdadero placer en jugar una mala pasada a su eminencia.

—Sin duda alguna.

—Además, he pensado que debiéndome tres meses de alquiler, de lo que jamás os he hablado una palabra...

—Sí, sí, ya habéis alegado esa razón, que a la verdad me parece excelente.

—Y contando todavía con no volveros a hablar sobre el particular, mientras me hagáis el honor de ocupar mi casa...

—Bien, muy bien.

—Y añadiendo, si no lo tomáis a mal, la oferta de cincuenta doblas, si, lo que no es probable, estuvieseis apurado...

—Perfectamente. Según eso, ¿sois hombre rico, querido Bonacieux?

—Estoy en buena posición. He conseguido reunir como cosa de unos dos a tres mil escudos de renta en el comercio de mercería, y especialmente empleando algunos fondos en el último viaje del célebre navegante Juan Mocquet; de suerte, que ya os podéis figurar, caballero... ¡Ah! Pero... —exclamó Bonacieux—.

—¿Qué? —preguntó Artagnan—.

—¡Dios mío, qué veo!

—¿Dónde?

—En la calle, en el umbral de aquella puerta que está en frente de vuestras ventanas. Un hombre embozado en una capa.

—¡Es él! —exclamaron a un tiempo Artagnan y Bonacieux, reconociendo cada cual a su hombre—.

—¡Ah! —exclamó Artagnan abalanzándose a su espada—. Esta vez no se me escapará.

Y desenvainando la espada, se lanzó fuera de la habitación.

En la escalera encontró a Athos y a Porthos, que venían a verle. Abriéronle éstos el camino y pasó como una exhalación.

—¡Hola, hombre! ¿Qué es eso? ¿A dónde corres de ese modo? —preguntaron a la vez los dos mosqueteros—.

—¡El hombre de Meung! —respondió Artagnan, y desapareció rápidamente—.

Artagnan había contado a sus amigos más de una vez su aventura con el desconocido, así como la aparición de la hermosa viajera, a la cual parecía haber confiado aquel hombre una misión importante.

La opinión de Athos era que Artagnan había perdido su carta en la pendencia. Un caballero, a su modo de ver (y según el retrato que Artagnan había hecho, el desconocido debía de serlo), un caballero no podía cometer la vileza de robar una carta.

Porthos no veía en toda esa aventura más que una cita amorosa dada por una dama a un caballero o por un caballero a una dama, y que había sido turbada por la presencia de Artagnan y su caballo amarillo.

Aramis decía que siendo misteriosa esta clase de acontecimientos, era inútil pretender profundizarlos.

Por las pocas palabras que había dejado escapar Artagnan, comprendieron los dos mosqueteros cuál era el asunto de que se trataba, y como se figuraron que después de hablar a su hombre o de perderle de vista Artagnan volvería a su casa, prosiguieron su camino.

Cuando entraron en la habitación de Artagnan se hallaba ésta desierta. El propietario de la casa, temiendo las consecuencias que sin duda iba a traer el encuentro del joven con el desconocido, había juzgado lo más prudente, en conformidad con la pintura que él mismo había trazado de su carácter, dejar el campo libre.

CAPÍTULO IX

ARTAGNAN SE REVELA

Como lo habían previsto Athos y Porthos, volvió Artagnan al cabo de media hora. Por esta vez había escapado también su hombre, que desapareció como por encanto. Artagnan había recorrido, espada en mano, todas las calles circundantes, pero a nadie encontró que se asemejase a la persona que buscaba, concluyendo al fin por hacer lo que quizá debiera haber hecho en un principio: llamar a la puerta junto a la cual había visto el desconocido. Dio, sin embargo, inútilmente diez o doce aldabonazos seguidos, pero nadie le contestó, y sólo algunos vecinos, que se asomaron a sus puertas atraídos por el ruido, le manifestaron que aquella casa, cuyas puertas y ventanas estaban todas cerradas, hacía seis meses que se hallaba deshabitada.

Mientras Artagnan recorría las calles y llamaba a las puertas, Aramis se había reunido a sus dos compañeros, de modo que cuando volvió Artagnan a su casa, halló la sociedad completa.

—¿Qué ocurre? —preguntaron a la vez los tres mosqueteros, viendo entrar a Artagnan con el sudor en la frente y el rostro descompuesto por la cólera—.

—¡Qué ha de ocurrir —exclamó arrojando la espada sobre la cama—, sino que ese hombre ha de ser el diablo en persona! Ha desaparecido como una sombra, como un espectro, como un fantasma.

—¿Creéis vos en las apariciones? —preguntó Athos a Porthos—.

—Yo no creo sino lo que veo; y como nunca he visto apariciones, no creo en ellas.

—La Biblia —dijo Aramis— nos manda creerlo. La sombra de Samuel apareció a Saúl, y éste es un artículo de fe que sentiría ver puesto en duda, Porthos.

—Sea lo que fuere, hombre o diablo, cuerpo o sombra, ilusión o realidad, ese hombre ha nacido para condenación mía, porque su huida nos hace perder un soberbio negocio. Señores, un negocio en que podíamos ganar cien doblas o más.

—¿Cómo así? —dijeron a un tiempo Porthos y Aramis—.

En cuanto a Athos, fiel a su sistema de no hablar, se limitó a interrogar a Artagnan con la mirada.

—Planchet —dijo Artagnan a su criado, que asomaba en aquel momento la cabeza por la puerta entreabierta, detrás de la cual se había colocado con el fin de pescar alguna cosa de la conversación—, baja a la habitación del propietario de esta casa, señor Bonacieux, y dile que nos envíe media docena de botellas de vino de Beaugency, que es el que yo prefiero.

—¡Hola! ¿Conque, según eso, tenéis crédito abierto con el dueño de la casa? —exclamó Porthos—.

—Sí, desde hoy mismo, y perded cuidado que si su vino es malo, le pediremos que nos traiga otro.

—Bueno es usar, pero no abusar —repuso Aramis en tono sentencioso.

—Siempre he creído que Artagnan era la mejor cabeza de los cuatro —dijo Athos, el cual, después de emitir esta opinión a la que Artagnan contestó con un saludo, volvió a caer en su silencio acostumbrado—.

—Pero, en fin, veamos, ¿qué sucede? —preguntó Porthos—.

—Eso es —añadió Aramis—, querido amigo; dinos lo que pasa, a menos que no se halle en esa confidencia el honor de alguna dama, y en ese caso, haríais mejor en guardarla para vos.

—Nada temáis —repuso Artagnan—, no se menoscaba en nada el honor de nadie con lo que tengo que deciros.

Y al punto contó, palabra por palabra, todo cuanto había pasado entre él y el casero, manifestándoles que el hombre que había raptado a la mujer de éste era el mismo con quien tuvo la célebre refriega en la hostería del «Molinero Libre».

—No es malo el asunto —dijo Athos después de probar el vino como hombre conocedor y moviendo la cabeza en señal de aprobación—; pueden muy bien sacarse a ese hombre de cuarenta a cincuenta doblas. Lo que ahora falta saber es si cincuenta o sesenta doblas valen la pena de arriesgar cuatro cabezas.

—Pero tened presente —observó Artagnan— que hay de por medio una mujer, y una mujer víctima de un rapto, a quien sin duda se amenaza, a quien tal vez se atormenta, y todo porque se mantiene fiel a su señora.

—Id con cuidado, Artagnan, id con cuidado —dijo Aramis—, pues a mi modo de ver tomáis a pecho la suerte de madame Bonacieux. La mujer ha sido creada para nuestra perdición y de ella provienen todos nuestros males.

A esta sentencia de Aramis, frunció Athos las cejas y se mordió los labios.

—No es la suerte de madame Bonacieux la que me inquieta —replicó Artagnan—, sino la de la reina, a quien el rey abandona, a quien el cardenal persigue, y que ve caer, una tras otra, las cabezas de todos sus amigos.

—¿Y por qué ama lo que nosotros detestamos más en el mundo, que son los españoles y los ingleses?

—España es su patria —replicó Artagnan—, y nada más natural que el que ame a los españoles, que al fin son hijos de su mismo país. En cuanto a la segunda reconvención que le hacéis, he oído decir que ella ama, no a los ingleses, sino a un inglés.

—Y a fe mía —añadió Athos— que ese inglés es muy digno de ser amado. No recuerdo haber visto un aspecto más noble que el suyo.

—Sin contar que viste como ninguno —observó Porthos—. Yo estaba en el Louvre el día en que esparció sus perlas, de las cuales recogí y vendí en diez doblas una. ¿Y tú, Aramis, le conoces?

—Tan bien como vosotros, caballeros, porque fui de los que le arrestaron en el jardín de Amiens, donde me introdujo el señor de Putange, el escudero de la reina. Estaba yo a la sazón en el seminario, y por cierto que la aventura me pareció cruel para el rey.

—Lo cual no impediría —añadió Artagnan—, si supiera dónde se hallaba el duque de Buckingham, de tomarle por la mano y conducirle al lado de la reina, aun cuando no fuese más que para hacer rabiar al cardenal; porque nuestro verdadero, nuestro único y eterno enemigo, señores, es el cardenal, y si pudiésemos hallar el medio de jugarle una mala pasada, confieso francamente que expondría con gusto mi cabeza.

—¿Y el casero —expuso Athos— os ha dicho que la reina creía que se hiciese venir al duque de Buckingham por medio de un falso aviso?

—Se lo teme.

—Esperad —dijo Aramis—.

—¿Qué? —preguntó Porthos—.

—Dejadme, que me parece que hago memoria en este momento de ciertas circunstancias.

—Y ahora me convenzo —dijo Artagnan— de que el rapto de esa costurera de la reina tiene relación con los sucesos de que estamos hablando, y tal vez con la presencia del señor de Buckingham en París.

—El gascón es fecundo en ideas —dijo Porthos con admiración—.

—Yo tengo un placer en oírle hablar —añadió Athos—; su dialecto me hace gracia.

—Señores —repuso Aramis—, escuchad lo que os voy a decir.

—Escuchemos a Aramis —exclamaron los tres amigos—.

—Hallábame ayer en casa de un sabio doctor en teología, a quien suelo consultar algunas veces para mis estudios...

Athos se sonrió.

—El cual —continuó Aramis— vive en uno de los barrios más solitarios de París, por exigirlo así sus gustos y su profesión. En el momento en que salía yo de su casa...

Y Aramis se detuvo aquí.

—¡Vamos! —dijeron sus oyentes—. En el momento en que salíais de su casa...

Aramis pareció hacer un esfuerzo sobre sí mismo, como un hombre que en lo mejor de su cuento se encuentra atascado por algún obstáculo imprevisto; pero los ojos de sus tres compañeros estaban fijos en él, sus oídos esperaban maravillas, y ya no había medio de retroceder.

—Este doctor —prosiguió— tiene una sobrina.

—¡Ah! ¿Tiene una sobrina? —interrumpió Porthos—.

—Dama muy respetable —añadió Aramis—.

Los tres amigos se echaron a reír.

—¡Vamos! Si os reís o dudáis de lo que digo, os quedaréis sin saber nada...

—No, hombre —repuso Athos—, que somos creyentes como mahometanos y mudos como sepulcros.

—Continúo, pues —replicó Aramis—. Esa sobrina viene de cuando en cuando a ver a su tío, y ayer se encontraba allí por casualidad al mismo tiempo que yo. Parecióme en este caso que debía acompañarla hasta su carroza...

—¡Ah! ¿La sobrina del doctor tiene carroza? —interrumpió Porthos, uno de cuyos defectos era ser demasiado largo de lengua—. ¡Soberbia amistad, querido!

—Porthos —replicó Aramis—, ya os he dicho más de una vez que sois bastante indiscreto, y esa cualidad os daña para con el bello sexo.

—¡Vamos, caballeros! —exclamó Artagnan, que adivinaba la importancia de la aventura—. La cosa es más seria de lo que parece, y debemos dejar las chanzas a un lado, si podemos. Continuad, Aramis, continuad.

—De repente, un hombre alto, moreno, de bastante buena presencia... por el estilo de vuestro Artagnan...

—Acaso sea el mismo —dijo éste—.

—Puede muy bien... —continuó Aramis—. Se me acercó acompañado de cinco o seis hombres, que le seguían a diez pasos de distancia, y en el tono más cortés del mundo: «Señor duque», me dijo, «y vos, señora», continuó dirigiéndose a la dama que iba apoyada en mi brazo...

—¿A la sobrina del doctor?

—¡Silencio, Porthos —dijo Athos—; sois insufrible!

—«Tened la bondad de subir a esta carroza, sin oponer resistencia ni hacer el menor ruido.»

—¡Os había tomado por Buckingham! —exclamó Artagnan—.

—Así lo creo —respondió Aramis—.

—¿Pero y esa dama? —preguntó Porthos—.

—¿La había tomado por la reina? —dijo Artagnan—.

—Eso es —contestó Aramis—.

—¡Este gascón del diablo! —exclamó Athos—. ¡Nada se le escapa!

—El hecho es —dijo Porthos— que Aramis es de la estatura del gallardo duque y se le da cierto aire; pero me parece que el traje de mosquetero...

—Llevaba yo una capa bastante larga —dijo Aramis—.

—¿Y en el mes de julio? ¡Demonio! —exclamó Porthos—. ¿Teme acaso el doctor que te conozcan?

—Comprendo —repuso Athos— que el espía se hubiese equivocado en cuanto al aire, pero el rostro...

—Lo llevaba casi enteramente oculto bajo un ancho sombrero.

—¡Ay, Dios mío! —exclamó Porthos—. ¡Cuántas precauciones para estudiar teología!

—Señores, señores —interrumpió Artagnan—, no perdamos el tiempo en tonterías; vayamos cada cual por nuestro lado y busquemos a la mujer del mercero. Ésta es la clave de la intriga.

—¡Una mujer de tan baja condición! ¿Os parece creíble, Artagnan? —dijo Porthos, alargando los labios como en señal de desprecio—.

—¡Pues qué! Señores, ¿no os he dicho que es la ahijada de Laporte, el criado de confianza de la reina? Además que su majestad habrá podido muy bien, por cálculos particulares, valerse ahora de personas oscuras. Las personas visibles pudieran no convenirle, porque de lejos se las distingue, y el cardenal tiene buena vista.

—¡Vaya, pues! —dijo Porthos—. Ajustad primero precio con el mercero, y que sea buen precio.

—Es inútil —replicó Artagnan—, pues estoy persuadido de que si él no nos paga, no faltará quien nos pague.

En este momento, un ruido como de pasos acelerados se dejó oír en la escalera; abrióse la puerta con estrépito, y el desgraciado Bonacieux se precipitó en el cuarto donde se tenían aquellas deliberaciones.

—¡Ah, señores —exclamó—, en nombre del cielo, salvadme! ¡Ahí están cuatro hombres que vienen a prenderme! ¡Salvadme!

Porthos y Aramis se levantaron.

—¡Un momento! —exclamó Artagnan, haciéndoles seña de que envainaran las espadas que tenían ya medio sacadas—. ¡Un momento!, pues ahora no es del caso el valor, sino la prudencia.

—Sin embargo —repuso Porthos—, nunca permitiremos...

—Permitiréis que Artagnan obre como le parezca —dijo Athos—; ya he dicho, y lo repito, que es la mejor cabeza de nosotros cuatro, y por mi parte declaro que estoy pronto a obedecerle. Dispón lo que gustes, Artagnan.

En aquel instante aparecieron en la puerta de la habitación cuatro guardias, los cuales, viendo ante sí a cuatro mosqueteros en pie y con la espada al lado, no se atrevieron a dar un paso más.

—Entrad, caballeros, entrad —exclamó Artagnan—; estáis en mi casa, y todos nosotros somos fieles servidores del rey y de su eminencia.

—Entonces, caballeros, espero que no os opondréis a que ejecutemos las órdenes que hemos recibido —repuso el que parecía mandar aquel piquete—.

—Por el contrario, caballero; estamos prontos a prestaros auxilio en caso de que lo necesitéis.

—¿Pero qué está diciendo? —preguntó Porthos entre dientes—.

—Eres un tonto —repuso Athos—; calla.

—Pues no me habíais prometido... —dijo en voz baja el pobre Bonacieux—.

—No podemos salvaros, si no estamos libres —respondió Artagnan por lo bajo y con mucha rapidez—; y si hacemos ademán de protegeros nos arrestan juntamente con vos.

—Con todo, me parece...

—Venid, señores, venid —dijo en voz alta Artagnan—; no tengo interés alguno en proteger a este hombre. Hoy le he visto por primera vez, y con el motivo, que él mismo os dirá, de venir a reclamarme los alquileres del cuarto. ¿No es verdad, señor Bonacieux? Vamos, responded.

—Así es la verdad —respondió el pobre casero—; pero no habéis dicho...

—¡Silencio, respecto de mí, silencio respecto de mis amigos y silencio, principalmente, respecto de la reina, o perdéis a todo el mundo sin salvaros! Vamos, señores, llevaos a ese hombre.

Y Artagnan, empujando al desconcertado casero, le entregó en manos de los guardias, diciéndole:

—Sois un tunante, querido; ¡pedirme a mí dinero! ¡A un mosquetero! ¡A la cárcel! Señores, encerradle bien y tenedle bajo llave todo el tiempo posible, que así lo tendré yo también para pagar.

Los esbirros se deshicieron en cumplimientos y se dispusieron a llevarse a su presa.

En el momento en que iban a bajar, Artagnan tocó el hombro al que parecía su jefe.

—¿Y no hemos de beber a la salud uno de otro? —dijo llenando dos vasos del vino de Beaugency que debía a la liberalidad de Bonacieux—.

—Lo tendré a mucho honor —respondió el jefe de los esbirros— y lo acepto con el mayor agradecimiento.

—Pues a vuestra salud, señor... ¿cómo os llamáis?

—Boisrenard.

—¡Señor Boisrenard!

—¡A la vuestra, caballero! ¿Cuál es vuestro nombre?

—Artagnan.

—¡A la vuestra, señor de Artagnan!

—¡Y sobre todo —añadió Artagnan como impulsado por un rapto de entusiasmo—, a la salud del rey y del cardenal!

El jefe de los esbirros hubiera acaso dudado de la sinceridad de Artagnan si el vino hubiese sido malo, pero como era exquisito, quedó plenamente convencido de ella.

—Pero, ¡qué diablos de villanía habéis cometido! —exclamó Porthos, así que el alguacil se reunió a sus compañeros y quedaron solos los cuatro amigos—. ¡Parece increíble! ¡Haber consentido cuatro mosqueteros que arrestaran en su presencia a un desgraciado que imploraba su auxilio! ¡Brindar todo un caballero con un esbirro!

—Porthos —dijo Aramis—, ya te ha dicho Athos que eres un tonto, y soy de su misma opinión; Artagnan, tú eres un genio, y cuando ocupes el puesto del señor Treville, concédeme tu protección para que pueda obtener una abadía.

—¡Vamos! No entiendo una palabra —exclamó Porthos—. ¿Aprobáis lo que Artagnan ha hecho?

—¡Ya lo creo! —repuso Athos—. No sólo apruebo cuanto ha hecho, sino que le felicito por ello.

—Y ahora, caballeros —dijo Artagnan, sin tomarse la pena de explicar a Porthos su conducta—, todos para uno y uno para todos; ésta será nuestra divisa, ¿no es verdad?

—Sin embargo... —repuso Porthos—.

—Extiende esa mano y jura —interrumpieron a la vez Athos y Aramis.

Dominado por el ejemplo, aunque refunfuñando, extendió Porthos la mano y los cuatro amigos repitieron a una la fórmula dictada por Artagnan:

—«Todos para uno y uno para todos.»

—Muy bien; ahora, que se retire cada cual a su casa —dijo Artagnan, como si en su vida no tuviera ya otra cosa que mandar—, y cuidado, porque desde este momento estamos en guerra abierta con el cardenal.

CAPÍTULO X

UNA RATONERA EN EL SIGLO XVII

La invención de la ratonera no es de la época moderna. Desde el momento en que las sociedades, al formarse, inventaron una policía, cualquiera que fuese, esa policía a su vez inventó las ratoneras.

Como nuestros lectores no estarán familiarizados con la jerga de la calle de Jerusalén, y es ésta la primera vez que empleamos esta palabra, acomodándola a aquel objeto, expliquémosles lo que significa una ratonera.

Cuando en una casa cualquiera se prende a un individuo por sospechas de algún delito, se guarda un profundo secreto sobre el arresto, se colocan al punto cuatro o cinco hombres emboscados en la primera pieza, los cuales abren la puerta a todo el que llama, cerrándola después que ha entrado alguno, y éste queda detenido; de manera que a la vuelta de dos o tres días, ya han caído en el garlito todos los amigos de la casa.

Eso es una ratonera.

Hicieron, pues, una ratonera de la casa de Bonacieux, y el desdichado que tuvo la mala suerte de entrar en ella, se vio preso e interrogado por los satélites del cardenal. Excusamos decir que habiendo una escalera particular para subir al primer piso, donde vivía Artagnan, los que iban a su casa estaban exentos de aquellos percances.

Verdad es que tampoco iban a verle más que los tres mosqueteros. Éstos, cada cual por su lado, hacían todas las pesquisas que podían, pero nada llegaban a descubrir. Athos intentó inquirir hasta del mismo señor de Treville, cosa que dado el silencio habitual del digno mosquetero, no extrañó poco a su capitán. Pero Treville no sabía otra cosa sino que la última vez que había visto al cardenal, al rey y a la reina, el cardenal tenía un aire sombrío, el rey parecía bastante agitado, y la reina tenía los ojos encarnados como si pasara las noches en vela para llamar la atención, pues la reina apenas había hecho otra cosa desde su boda que velar y llorar.

Treville recomendó a Athos que en todo caso mirase por el servicio del rey y principalmente por el de su reina, rogándole que hiciese el mismo encargo a sus camaradas.

Por lo que a Artagnan respecta, no se apartaba un minuto de su casa, la cual había convertido en observatorio. Desde sus ventanas veían perfectamente a los que entraban en la ratonera, y habiendo quitado además algunos ladrillos del suelo, y socavando la tierra, hasta el punto de no quedar separado del cuarto inferior más que por un simple techo, podía oír perfectamente lo que pasaba entre los inquisidores y los acusados.

Los interrogatorios, que iban precedidos de un examen minucioso de la persona detenida, estaban concebidos en estos términos:

—¿Os ha entregado madame Bonacieux alguna cosa para su marido o para alguna otra persona?

—¿Os ha entregado el señor Bonacieux alguna cosa para su mujer o para alguna otra persona?

—¿Ambos esposos o cualquiera de ellos os han confiado alguna cosa de palabra?

«Si supieran algo —se decía Artagnan— no preguntarían de esa manera. Ahora bien, ¿qué es lo que desean saber? ¿Si el duque de Buckingham se encuentra o no en París, y si ha tenido o debe tener alguna entrevista con la reina?»

Artagnan se detuvo un poco en esta idea que, atendiendo a lo que había oído, no carecía de probabilidad.

Entretanto, la ratonera seguía en funciones y la vigilancia de Artagnan también.

En la noche siguiente al día del arresto del pobre Bonacieux, salía Athos de casa de Artagnan para ir a ver al señor de Treville. Acababan de dar las nueve, y como Planchet no había hecho todavía la cama, principió su tarea al tiempo que sonaron dos o tres golpes en la puerta de la calle; oyóse inmediatamente que la puerta se abría y volvía a cerrar, señal cierta de que alguna persona había caído en la ratonera.

Artagnan se llegó al momento al sitio cuyos ladrillos había levantado, se tendió boca abajo y escuchó.

Bien pronto se dejaron oír unos gritos, a los que siguieron algunos gemidos que intentaban al parecer sofocar, pero no llegaba a entablarse interrogatorio de ninguna clase.

—¡Demonio! —exclamó Artagnan—, parece una mujer. La registran... se resiste... emplean la fuerza. ¡Miserables!

Y Artagnan, a pesar de su prudencia, tenía que hacerse una gran violencia para no mezclarse en la escena que se desarrollaba debajo de él.

—Os digo que soy la dueña de la casa, señores, que soy madame Bonacieux y que estoy al servicio de la reina —exclamaba la infeliz mujer—.

«¡Madame Bonacieux! —balbuceó Artagnan—. ¿Sería yo tan dichoso que hubiese encontrado lo que todo el mundo busca?»

—Precisamente era a vos a quien esperábamos —replicaron los que estaban en acecho—.

La voz iba siendo cada vez más apagada, y un movimiento agitado hizo retemblar el suelo, que era de madera. La víctima resistía tanto como puede resistirse una mujer contra cuatro hombres.

—Perdón, señores, por... —murmuró la voz, que no dejó oír ya sino sonidos inarticulados—.

—¡Le ponen una mordaza! ¡Van a llevársela! —exclamó Artagnan enderezándose como movido por un resorte—. ¡Mi espada! Bien, la tengo a mi lado. ¡Planchet!

—¡Señor!

—Corre a buscar a Athos, a Porthos y Aramis. Alguno de ellos deberá estar ya en su casa, como no hayan vuelto los tres. Que tomen sus armas y vengan volando. ¡Ah! ¡Ahora que me acuerdo! Athos está en casa del señor de Treville.

—Pero, ¿a dónde vais, señor? ¿A dónde vais?

—¿Yo? Voy a bajar por la ventana para llegar más pronto —respondió Artagnan—. Tú vuelve a colocar los ladrillos en su sitio, barre el suelo, sal por la puerta y corre adonde te he dicho.

—¡Ay, señor, vais a mataros! —exclamó Planchet—.

—Calla, necio —dijo Artagnan. Y apoyando las manos en el antepecho de la ventana, se dejó colgar a la parte de fuera y se deslizó en seguida al suelo desde el primer piso, que por fortuna no estaba muy alto, sin hacerse el menor daño—.

Llamó inmediatamente a la puerta de la casa, balbuciendo entre dientes:

—Voy a dejarme coger a mi vez en la ratonera; pero, ¡pobres de los gatos que tengan que habérselas con semejante ratón!

Apenas hizo el joven sonar el aldabón, cesó el ruido y sintió algunos pasos como de personas que se acercaban. Abrióse la puerta, y Artagnan se precipitó con la espada desenvainada en la habitación de Bonacieux, cuya puerta, como si fuese movida por un resorte, se cerró tras él por sí misma.

Entonces, los que habitaban aún la malaventurada casa de Bonacieux y los vecinos que se hallaban más próximos, oyeron fuertes voces acompañadas de un ruido de espadas y de muebles que se rompían, todo lo cual armaba una barahúnda de mil diablos. Un instante después, los que alarmados por el alboroto se habían asomado a las ventanas para descubrir la causa, vieron que la puerta de la casa de Bonacieux volvía a abrirse y que por ella salían más que de prisa, por no decir como cuervos espantados, cuatro hombres vestidos de negro, los cuales iban dejando por el suelo y enganchadas en todas las puntas salientes en que tropezaban las plumas de sus alas, es decir, pedazos de sus capas y vestidos.

Artagnan quedó victorioso sin mucho trabajo, pues el único de los alguaciles que se hallaba armado se defendió por mera fórmula. Cierto es también que los otros tres intentaron acorralar a nuestro joven con sillas, taburetes y cacharros; pero dos o tres rasguños que Artagnan les hizo con su tizona los espantaron; bastáronle diez minutos a Artagnan para quedar dueño del campo.

Los vecinos, que habían abierto sus ventanas con la sangre fría propia y peculiar de los habitantes de París en aquellos tiempos de continuas revueltas y escaramuzas, las volvieron a cerrar en cuanto vieron huir a los cuatro hombres vestidos de negro, como si su instinto les dijera que por lo pronto quedaba todo concluido.

Además ya se iba haciendo tarde, y entonces, como ahora, acostumbraban a recogerse temprano los habitantes del barrio de Luxemburgo.

Artagnan, que había quedado solo con madame Bonacieux, se acercó a ella. La pobre mujer estaba recostada en un sillón, casi privada de conocimiento, y Artagnan la examinó con una rápida mirada.

Era una mujer hermosa, como de veinticinco a veintiséis años, morena, de ojos azules, con la nariz ligeramente respingona, los dientes bellísimos y un cutis veteado de rosa y ópalo. Éstas eran, sin embargo, las únicas señales que pudieran hacerla confundir con una dama de alta sociedad; pues, por lo demás, sus manos eran blancas, pero no finas, y sus pies nada tenían de aristocráticos. Afortunadamente, Artagnan no se hallaba aún en estado de preocuparse por tales detalles.

Mientras Artagnan examinaba los pies de madame Bonacieux, vio en el suelo un pañuelo de batista, que recogió según su costumbre, y en una de cuyas puntas reconoció la misma inicial que tenía el pañuelo que estuvo a punto de hacerle venir a las manos con Aramis.

Desde entonces, Artagnan desconfiaba de los pañuelos marcados con escudos de armas, y sin hablar una palabra, colocó este último en el bolsillo de madame Bonacieux.

La pobre mujer volvía en sí en aquel momento; abrió los ojos, y mirando con terror en torno suyo, vio que la habitación estaba desierta y se hallaba sola en ella con su libertador. Entonces, con una amable sonrisa, tendió las manos a Artagnan. Madame Bonacieux tenía la sonrisa más graciosa del mundo.

—¡Ah, caballero! —dijo—. A vos debo el haberme salvado; permitid que os manifieste mi reconocimiento.

—Señora —repuso Artagnan—, no he hecho más que lo que todo caballero bien nacido hubiera hecho en mi lugar y, por consiguiente, nada tenéis que agradecerme.

—Sí tal, señor, sí tal, y espero demostraros que no habéis prestado vuestros servicios a una ingrata. Pero, ¿qué me querían esos hombres a quienes tuve en un principio por ladrones, y por qué no se halla aquí Bonacieux?

—Señora, esos hombres no eran menos peligrosos que si hubieran sido ladrones, pues eran agentes del cardenal; y en cuanto a vuestro marido, el señor Bonacieux, no se halla aquí, porque ayer se lo llevaron a la Bastilla.

—¡Mi marido en la Bastilla! —exclamó madame Bonacieux—. ¡Ay, Dios mío! Pues, ¿qué ha podido hacer ese infeliz, él que es la inocencia personificada?

Y una cosa parecida a una sonrisa se dejó entrever en el semblante aún asustado de la joven.

—A lo que parece, señora —dijo Artagnan—, su único delito debe consistir en tener la dicha y la desgracia al mismo tiempo de ser vuestro marido.

—Conque, según eso, sabéis...

—Sé que habéis sido raptada, señora.

—¿Y por quién? ¡Ah, decídmelo, por Dios, si lo sabéis!

—Por un hombre de cuarenta a cuarenta y cinco años, de pelo negro, color moreno, y con una cicatriz en la sien izquierda.

—Así es, así es; pero, ¿su nombre?

—¡Ah! Cabalmente eso es lo que ignoro.

—¿Y sabía mi marido que yo había sido raptada?

—Lo sabía por una carta que le dirigió el mismo raptor.

—¿Y sospecha él —preguntó madame Bonacieux ruborizándose algo— la causa de ese acontecimiento?

—Lo atribuye, según creo, a una causa política.

—Al principio, lo dudaba yo también; pero ahora soy de su misma opinión. ¿De modo que Bonacieux no habrá sospechado de mí ni un solo instante?

—¡Ah! Lejos de eso, señora, se manifestaba en extremo orgulloso de vuestro talento, y principalmente de vuestro amor.

Una sonrisa casi imperceptible entreabrió los labios de la hermosa joven.

—Pero, ¿cómo habéis logrado escaparos, madame Bonacieux? —continuó Artagnan—.

—Aprovechando un momento en que me dejaron sola y, sabiendo desde esta mañana la causa y origen de mi rapto, até varias ropas y con su auxilio me descolgué por el balcón, viniendo aquí en seguida, donde esperaba encontrar a Bonacieux.

—¿Para poneros bajo su protección?

—¡Ay, no! Yo sabía muy bien que el pobre era incapaz de defenderme; pero como podía sernos útil en otra cosa, deseaba prevenirle.

—¿De qué, señora?

—¡Oh! Ese secreto no me pertenece, y, por consiguiente, no puedo confiároslo.

—Además —dijo Artagnan— (y perdonad, señora, si a pesar de ser yo un guardia os aconsejo la prudencia), además, creo que el sitio en que nos hallamos no es el más a propósito para hacer confidencias. Los hombres a quienes acabo de hacer huir volverán con fuerza armada, y si nos encuentran aquí, estamos perdidos. He mandado para todo evento avisar a tres amigos míos, pero pudiera suceder que no los hallaran en sus casas.

—Sí, sí, tenéis razón —exclamó asustada madame Bonacieux—; ¡huyamos, salvémonos!

A estas palabras, tomó el brazo de Artagnan apremiándole vivamente a que marchara.

—¿Pero a dónde huimos? —preguntó Artagnan—. ¿Dónde nos ocultamos?

—Alejémonos cuanto antes de esa casa, y luego veremos.

Y ambos, sin cuidarse siquiera de cerrar la puerta, bajaron rápidamente la calle de Fossoyeurs, se metieron por la de Fosses, monsieur le Prince, y no pararon hasta llegar a la plaza de San Sulpicio.

—¿Y ahora qué hacemos? —preguntó Artagnan—. ¿A dónde queréis que os conduzca?

—Os confieso que me encuentro algo atada para contestaros —respondió madame Bonacieux—. Mi intención era avisar al señor Laporte por medio de mi marido para que me dijera a punto fijo lo que ha pasado en el Louvre de tres días a esta parte, y si corría yo algún riesgo en presentarme allí.

—Pero me parece —repuso Artagnan— que yo podría dar ese recado al señor Laporte.

—No hay duda; únicamente se me ofrece una dificultad, y es que Bonacieux es persona a quien conocen en el Louvre y tiene entrada franca, mientras que a vos, a quien no conocen, os la impedirán.

—¡Vaya! —dijo Artagnan—. Ya tendréis en algún postigo del Louvre algún portero de confianza, que por medio de una contraseña...

—Y si os manifestara esa contraseña, ¿la olvidaríais inmediatamente que os hubieseis servido de ella?

—Bajo palabra de honor y a fe de caballero —contestó Artagnan con un acento de verdad que no dejaba lugar a la menor duda o temor—.

—Os creo, pues me parece que tenéis un corazón muy noble. Además, que tal vez halléis vuestra fortuna en vuestra decisión.

—Siempre haré, por inclinación y sin necesidad de ofrecimientos, lo que considere útil al servicio del rey y de la reina. Disponed, pues, de mí como de un amigo.

—Pero a mí, ¿dónde me dejaréis durante ese tiempo?

—¿No conocéis alguna casa donde pudiera ir el señor Laporte a recogeros?

—No, no me atrevo a fiarme de nadie.

—Esperad —dijo Artagnan—; precisamente nos hallamos a la puerta de Athos. Sí, ésta es.

—¿Quién es ese Athos?

—Un amigo mío.

—Pero si está en casa y me ve...

—No, ahora no está; yo tomaré la llave y os dejaré en su cuarto.

—¿Y si entretanto vuelve?

—No, no volverá. Además, ya le dirán que he venido con una mujer y la he dejado en su habitación.

—¿Pero sabéis que eso puede comprometerme en extremo?

—¿Qué os importa, si nadie os conoce? Y, sobre todo, ved que nos hallamos en una posición en que es preciso dejar a un lado ciertos reparos.

—Vamos, pues, a casa de vuestro amigo. ¿Dónde vive?

—En la calle de Ferou, a dos pasos de aquí.

—Pues vamos.

Y los dos jóvenes se encaminaron al punto convenido. Como lo había previsto Artagnan, Athos no había regresado aún. Tomó la llave que tenía costumbre de entregarle como amigo de la casa, subió la escalera e introdujo a madame Bonacieux en la pequeña habitación, cuya descripción hicimos más arriba.

—Estáis en vuestra casa —dijo—; cerrad la puerta por dentro y no abráis a nadie, a menos que oigáis dar tres golpes de este modo: mirad —y dio en seguida dos fuertes golpes uno tras otro, y el tercero menos fuerte al cabo de una pausa—.

—Muy bien —dijo madame Bonacieux—. Ahora me toca a mí el daros mis instrucciones.

—Ya escucho.

—Presentaros por el postigo del Louvre que da a la calle de la Echelle y preguntad por Germán.

—¿Qué más?

—Os preguntará qué se os ofrece, y entonces le contestaréis con estas dos palabras: «Tours y Bruselas», e inmediatamente se pondrá a vuestras órdenes.

—Y ¿qué deberé mandarle?

—Que vaya a buscar al señor Laporte, ayuda de cámara de la reina.

—¿Y cuando se presente el señor Laporte?

—Entonces me lo enviáis aquí.

—Muy bien; ¿pero dónde y cómo os volveré yo a ver?

—¿Tenéis empeño en ello?

—Y mucho.

—Pues bien; eso queda de mi cuenta, y ya haré de modo que nos volvamos a ver.

—Confío en vuestra palabra.

—Contad con ella.

Artagnan saludó a madame Bonacieux, lanzándole una mirada lo más amorosa que le fue posible clavar en aquella encantadora criatura; y mientras bajaba la escalera, oyó echar la llave a la puerta con doble vuelta. En dos brincos se plantó en el Louvre y llegó al postigo de la calle de la Echelle al tiempo que daban las diez. Todos los sucesos que acabamos de contar habían transcurrido en el espacio de media hora.

Todo sucedió, en efecto, como madame Bonacieux había anunciado. Al oír la contraseña convenida, Germán se inclinó, y diez minutos después ya estaba allí el señor Laporte. En dos palabras le puso Artagnan al corriente de lo que pasaba y le indicó el sitio donde hallaría a madame Bonacieux. Laporte se hizo repetir dos veces las señas a fin de asegurarse mejor, y partió al momento. No habría, sin embargo, andado diez pasos cuando volvió.

—Joven —dijo a Artagnan—, oíd un consejo.

—¿Cuál?

—Acaso seréis molestado por lo que acaba de suceder.

—¿Lo creéis así?
—Sí. ¿Tenéis algún amigo cuyo reloj se atrase?
—Sí... ¿y qué?
—Id a verle, para que pueda atestiguar que a las nueve y media estabais en su casa. En términos jurídicos se llama eso «probar la coartada».

Artagnan juzgó prudente el consejo, y apretando el paso cuanto le fue posible llegó al palacio de Treville; pero en vez de pasar al salón donde se hallaba la gente, pidió que le permitiesen entrar en el gabinete. Como Artagnan era uno de los que más frecuentaban el palacio, no le opusieron la menor dificultad, y avisaron a Treville que su joven paisano tenía que hablarle de asuntos de importancia y le pedía una audiencia privada. Cinco minutos después preguntaba Treville a Artagnan qué era lo que podía hacer en servicio suyo y a qué debía su visita a hora ya tan avanzada.

—Perdonad, señor —dijo Artagnan, que había aprovechado los momentos en que se halló solo en la habitación para atrasar tres cuartos de hora el reloj que había en la misma—; pero he creído que no siendo más que las nueve y veinticinco minutos, era aún hora de presentarse en vuestra casa.

—¡Las nueve y veinticinco minutos! —exclamó el señor de Treville, acercándose al reloj—. Es imposible.

—Ahí lo tenéis, señor; ved lo que hace fe.

—Ciertamente —dijo Treville—; juraría que era más tarde. Pero veamos, ¿qué me queréis?

Artagnan hizo entonces a Treville una larga relación acerca de la reina. Le contó los temores que había concebido respecto de su majestad; le expuso lo que había oído decir sobre los proyectos del cardenal respecto a Buckingham y lo refirió todo con una serenidad y un aplomo que engañó a Treville, tanto más fácilmente cuanto que, según hemos dicho ya, había él notado que pasaba algo de particular entre el rey, la reina y el cardenal.

En cuanto dieron las diez dejó Artagnan al señor de Treville, que le dio las más expresivas gracias por sus noticias y le encargó sobremanera que mirase siempre por el servicio del rey y de la reina, después de lo cual entró en el salón. Pero al pie ya de las escaleras, se acordó Artagnan de que había dejado olvidado el pañuelo; volvió a subir apresuradamente al gabinete, y poniendo otra vez el reloj en la hora regular para que no echasen de ver que habían andado en él, bajó de nuevo, seguro de tener, en caso necesario, un testigo de quien echar mano para probar la coartada, y se encontró en la calle.

CAPÍTULO XI

LA INTRIGA SE ENREDA

Terminada su visita al señor de Treville, Artagnan, abismado en sus reflexiones, tomó el camino más largo para volver a su casa.

¿En qué pensaría Artagnan, que así se desviaba de su camino, contemplando las estrellas del cielo, tan pronto suspirando como sonriendo?

Pensaba en madame Bonacieux. Para un aspirante a mosquetero era esta joven casi una idealidad amorosa. Linda, misteriosa e iniciada en la mayor parte de los secretos de la Corte, que reflejaban una encantadora gravedad en su graciosa fisonomía, tenía además, según fama, la cualidad de no ser insensible, cualidad que es de un atractivo irresistible para los amantes novicios. Uníase a esto el que Artagnan la había librado de las garras de aquellos demonios que se propasaron a registrarla y maltratarla, y este importante servicio había establecido entre ella y él uno de aquellos sentimientos de gratitud que toman muy fácilmente un carácter más tierno.

Artagnan se veía (tal es la velocidad con que caminaban los sueños en alas de la imaginación) con un mensajero de la bella dama a su lado, que le traía algún billete de cita, alguna cadena de oro o algún diamante. Ya dijimos que los caballeros de aquella época no tenían el menor escrúpulo en recibir regalos o dinero de su rey. Ahora añadiremos que en unos tiempos en que la moral no era muy rígida, tampoco tenían reparo en recibirlos de sus amantes, que casi siempre les solían dejar recuerdos preciosos y duraderos, como si quisieran conquistar la fragilidad de sus sentimientos con la solidez de sus dones.

Entonces se hacía carrera por medio de las mujeres, sin que esto causara el menor rubor. Las que sólo eran hermosas daban su belleza, y de aquí proviene sin duda el dicho de que la mujer más hermosa del mundo no puede dar más de lo que tiene. Las ricas prodigaban, además, una parte de sus riquezas, y podrían citarse muchos héroes de aquella época de galantería, que no habrían ganado ni sus espadas primero, ni sus batallas después, sin la bolsa más o menos henchida que sus amantes colgaban al arzón de la silla de sus caballos.

Artagnan nada poseía; la timidez del provinciano, barniz ligero, flor efímera, había desaparecido al viento de los consejos poco ortodoxos que los tres mosqueteros daban a su amigo. Artagnan, amoldándose a las extrañas creencias de aquel tiempo, se consideraba en París como en campaña: ni más ni menos que si estuviera en Flandes; los españoles allí y las mujeres aquí, eran siempre enemigos que combatir y contribuciones que explotar.

Pero debemos decirlo. Artagnan, al menos en aquel momento, se hallaba poseído de un sentimiento más noble y desinteresado. El mercero había dicho que era rico, y al joven no se le había debido de ocultar que con un simple como el señor Bonacieux, sería la mujer la que tendría la llave en el bolsillo. Pero nada de esto había influido en modo alguno en el sentimiento inspirado por la presencia de madame Bonacieux, y el interés había quedado casi enteramente aparte, en ese principio de amor que había llegado a ser su consecuencia. Decimos casi enteramente, porque la idea de que una joven, bella, graciosa y de talento, es al mismo tiempo rica, en nada perjudica a ese principio de amor, antes bien, lo fortifica y consolida.

La abundancia de medios proporciona la satisfacción de multitud de pequeñas necesidades y de caprichos aristocráticos que dicen muy bien a la hermosa. Una media blanca y fina, un vestido de seda, una toca de encaje, un bonito zapato ajustado al pie y una cinta graciosamente colocada en la cabeza, no hacen bonita a la que es fea, pero hermosean a la que es bonita, sin contar lo que las manos ganan con todo ello; las manos, en las mujeres sobre todo, han de permanecer ociosas si han de conservarse bellas.

Además, Artagnan, como ya sabrá el lector, a quien no hemos ocultado el estado de su fortuna, no era millonario. Confiaba en que algún día llegaría a serlo; pero el tiempo que él mismo se había prefijado para esa dichosa metamorfosis estaba aún bastante lejano. Entretanto, se veía condenado al tormento de ver a la dama que adorase, desear esas mil bagatelas que constituyen la felicidad de las mujeres, y no podérselas dar. Al menos, cuando la mujer es rica y el amante no lo es, le ofrece ella misma lo que el otro no le puede ofrecer, y aunque por lo general sea con el dinero del marido con lo que la mujer se proporciona esos pequeños goces, muy rara vez sucede que sea el marido la persona a quien tenga que manifestar su agradecimiento.

Artagnan, dispuesto como se hallaba a ser el amante más tierno, no era sino un amigo apasionado; pero en medio de sus proyectos amorosos respecto de la mujer del mercero, no olvidaba los suyos. La hermosa madame Bonacieux era una joven muy a propósito para pasearla por la explanada de Saint Denis o por la feria de San Germán en compañía de Athos, Porthos y Aramis, a quien Artagnan tendría su orgullo en manifestar semejante conquista; y también podría figurar muy bien en aquellos familiares y agradables banquetes en que se toca por un lado la mano de un amigo y por el otro el pie de una amante; mas es bien seguro que en los momentos apurados, en los casos extremos, Artagnan no titubearía en constituirse en salvador de sus amigos.

¿Y Bonacieux, a quien Artagnan había entregado en poder de los esbirros, renegando de él en alta voz, y a quien había prometido por lo bajo su libertad? Debemos confesar a nuestros lectores que en lo que menos pensaba Artagnan era en él, o si acaso pensaba, era sólo para decirse que estaba muy bien donde se hallaba, fuera donde fuere. El amor es la pasión más egoísta de todas las pasiones. Tranquilícense, con todo, nuestros lectores, pues si Artagnan olvida o aparenta olvidar a Bonacieux con el pretexto de ignorar el punto a donde ha sido conducido, nosotros no lo olvidamos y sabemos dónde se halla; pero por ahora imitaremos al enamorado gascón y dejaremos a nuestro digno mercero para más adelante.

Artagnan, ya entregado a sus amorosos pensamientos, ya hablando con las tinieblas, ya sonriendo a las estrellas, subía lentamente la calle de Cherche-Midi o de Chasse-Midi, como entonces se llamaba. Conforme iba recorriendo el barrio en que vivía Aramis, se le ocurrió la idea de hacer una visita a su amigo para darle algunas explicaciones acerca de los motivos que le indujeron a enviarle a Planchet con invitación de que se constituyese inmediatamente en la ratonera. Si Aramis estaba en su casa cuando Planchet fue a buscarle, indudablemente habría ido a la calle de Fossoyeurs, y no encontrándose, como era de presumir, más que con sus otros dos compañeros, no podían saber ni unos ni otros lo que aquello significaba. Esa conducta exigía una explicación, y esto era en última instancia lo que iba diciendo en voz alta Artagnan.

Luego, allá en sus adentros, consideraba la ocasión muy oportuna para hablar de la graciosa madame Bonacieux, que le tenía absorto el ánimo, ya que no digamos cautivado el corazón. Es preciso ser indulgente con un primer amor y no exigirle demasiada discreción. Un primer amor va acompañado siempre de tanta alegría, que es necesario que esa alegría rebose, si no se quiere correr el riesgo de ser ahogado por ella.

Dos horas hacía que París se hallaba enteramente cubierto de tinieblas, y empezaba ya a quedar desierto. Daban las once en todos los relojes del arrabal de San Germán y el tiempo era apacible. Artagnan seguía a lo largo de una callejuela situada en el mismo lugar por donde hoy pasa la calle de Assas, respirando las emanaciones perfumadas que traía el viento del lado de la calle de Vaugirard y que despedían los jardines refrescados por el rocío de la tarde y la brisa de la noche. Oíase a lo lejos el ruido que armaban en las tabernas algunos parroquianos, si bien un tanto apagado por tener ya aquéllas cerradas sus puertas. Al llegar Artagnan al final de la callejuela, torció a mano izquierda, pues la casa que habitaba Aramis se hallaba situada entre la calle Cassette y la de Servandoni.

Artagnan acababa de pasar la calle de Cassette y distinguía ya la puerta de la casa de su amigo, medio oculta bajo un bosquecillo de sicomoros y clemátides que formaban encima de ella una frondosa corona, cuando divisó una especie de sombra que salía de la calle de Servandoni. La sombra iba envuelta en una capa, y Artagnan creyó al principio que era un hombre, pero en la pequeñez de la estatura, en su manera incierta de andar y en la timidez de sus pasos, reconoció que el bulto era de mujer. Notó además que, como si no estuviese muy segura de la casa que buscaba, alzaba la vista, se paraba, retrocedía algunos pasos, y al punto volvía a emprender su camino. Artagnan se halló indeciso acerca de lo que había de hacer.

—¡Y si fuese yo a ofrecerle mis servicios! —se decía a sí mismo—. Parece joven y tal vez sea bonita. ¡Oh, sí! Pero una mujer que pasea por las calles a estas horas no puede ser con otro objeto que con el de reunirse a su amante. ¡Pardiez! Si acaso fuese yo a estorbar la cita, sería ésta muy mala puerta para entrar en relaciones.

Entretanto la joven seguía su camino, contando las casas y las ventanas, operación por cierto ni muy larga ni muy difícil, pues no había en esa parte de la calle más que tres edificios, que entre todos reunían sólo dos ventanas; una correspondía a un pabellón paralelo al que ocupaba Aramis, y la otra era del mismo Aramis.

—¡Pardiez! —se decía a sí mismo Artagnan, a quien la sobrina del teólogo se le vino al punto a la memoria—. ¡Pardiez! ¡Sería gracioso que esta paloma extraviada buscara la casa de mi amigo! Y a fe mía, por lo que veo, así parece. ¡Ah, querido Aramis, esta vez saldré de dudas!

Y Artagnan, escurriéndose del mejor modo que pudo, se ocultó en el sitio más oscuro de la calle, junto a un banco de piedra situado en el fondo de un soportal.

La joven continuó su camino, pues además de la ligereza de su marcha, que la había delatado, acababa de dejar oír una tosecilla que anunciaba una voz fresca y juvenil. Artagnan se imaginó que aquella tos era una señal.

Pero ya porque respondiera a esa tos por un signo equivalente que disipase las dudas de la nocturna aventura, ya porque sin otro auxilio se hubiese ésta cerciorado de que había llegado al término de su viaje, ello fue que se acercó resueltamente a la puerta de Aramis y dio tres golpes iguales y acompasados con los nudillos.

—No hay duda de que es en casa de Aramis —murmuró Artagnan—. ¡Ah! ¡Señor hipócrita, ya os he pillado en vuestros estudios de teología!

Apenas sonaron los tres golpes, cuando se abrieron los postigos de una ventana y se dejó ver una luz a través de los cristales.

—¡Hola, hola! —exclamó para sí el que estaba de escucha—. No es por la puerta, sino por la ventana. Vamos; aguardaban la visita. Sin duda abrirán la vidriera y subirán a la dama con escalera. No me parece mal.

Pero, con gran admiración de Artagnan, la vidriera permaneció cerrada y, además, la luz que había brillado por un momento desapareció, volviendo a quedar todo en su mayor oscuridad.

Artagnan creyó que esto no podía durar así mucho tiempo, y continuó observando, volviéndose todo ojos y oídos.

Y, en efecto, no se equivocó, pues al cabo de algunos momentos se oyeron dos golpes secos por la parte de dentro.

La joven contestó con un golpe solamente, y la puerta se entreabrió.

Júzguese ahora cuál sería la curiosidad de Artagnan.

Por desgracia, habían dejado la luz en otro cuarto; pero los ojos del joven estaban ya acostumbrados a la oscuridad y, además, los ojos de los gascones tienen, a lo que se dice, como los de los gatos, la propiedad de ver de noche.

Artagnan pudo, pues, distinguir que la joven sacaba un objeto blanco que desplegó con ligereza y el cual tomó la figura de un pañuelo. Así que lo hubo desplegado, acercó una de sus puntas a los ojos de su interlocutor.

Esto recordó a Artagnan aquel pañuelo que encontró a los pies de madame Bonacieux, y que le trajo a la memoria el que halló a los pies de Aramis.

¿Qué diablos podía significar aquel pañuelo?

Conforme se hallaba colocado Artagnan, no podía distinguir el rostro de Aramis, y decimos de Aramis porque nuestro joven no dudaba de que fuese su amigo el que hablaba desde dentro con la dama de fuera. La curiosidad pudo más que su prudencia, y aprovechando la distracción en que tenía a los dos personajes que hemos hecho figurar en la escena del examen del pañuelo, salió de su escondite y veloz como un relámpago, aunque procurando no meter ruido con los pies, fue a colocarse detrás de una esquina de la calle, desde donde sus ojos podían penetrar en el interior de la casa de Aramis.

Llegado allí, por poco deja escapar un grito de sorpresa. No era Aramis la persona que hablaba con la recién llegada, sino otra mujer. Artagnan veía lo bastante para reconocer la forma de su vestido, pero no para distinguir las facciones.

Al mismo tiempo, esta segunda dama sacó otro pañuelo del bolsillo y lo cambió por el que le acababan de enseñar. Luego las dos mujeres se dijeron mutuamente algunas palabras, después de lo cual se cerró la puerta, y la que estaba en la parte de fuera se volvió y pasó a muy corta distancia de Artagnan, cubriéndose el rostro con el manto. La precaución vino ya tarde, pues Artagnan había reconocido a madame Bonacieux.

¡Madame Bonacieux! La sospecha de que era ella había cruzado por su imaginación cuando le vio sacar el pañuelo del bolsillo, pero no acertaba a comprender cómo madame Bonacieux, que le había enviado a buscar al señor Laporte para que la condujese al Louvre, andaba corriendo sola por las calles de París a las once y media de la noche, con peligro de ser raptada por segunda vez.

Por fuerza debía traer entre manos algún asunto de grave importancia. ¿Y qué asunto de importancia hay para una mujer de veinticinco años? El amor.

¿Pero era por cuenta propia o por cuenta de otra persona por lo que ella se exponía a semejantes peligros? He aquí una pregunta que se dirigía el joven a sí mismo, lacerado ya su corazón por el gusano de los celos, ni más ni menos que fuese un amante oficial.

Había también un medio muy sencillo de saber a dónde iba madame Bonacieux, y era el seguirla. Tan sencillo le pareció a Artagnan que lo puso en ejecución como por instinto.

Pero al ver la sombra que se destacaba de la pared como una estatua de su hornacina, y al ruido de los pasos que la joven oía tras de sí, dio un pequeño grito y echó a correr.

Artagnan corrió tras ella, y no le costó mucho trabajo alcanzar a una mujer a quien la capa estorbaba sobremanera; así que la detuvo a un tercio de la calle que había tomado en su fuga. La desdichada estaba abatida, no por el cansancio, sino por el terror, y cuando Artagnan le puso la mano sobre el hombro, cayó con una rodilla en tierra, exclamando con voz ahogada:

—Matadme si queréis, pero no lograréis saber nada.

Artagnan la levantó pasándole el brazo alrededor del talle; mas conociendo por el peso del cuerpo que estaba a punto de desmayarse, se apresuró a tranquilizarla con mil protestas de afecto. Estas protestas nada significaban para madame Bonacieux, porque pudieran muy bien ser hechas con las peores intenciones del mundo, pero la voz lo hizo todo. La joven creyó reconocer el sonido de esa voz, abrió los ojos, fijó la mirada en el hombre que le había causado tanto miedo y, al reconocer a Artagnan, dio un grito de alegría:

—¡Ah! ¿Sois vos, sois vos? —exclamó—. ¡Gracias, Dios mío, gracias!

—Sí, soy yo —dijo Artagnan—, a quien el cielo ha enviado para velar por vos.

—¿Me seguíais quizá con esa intención? —preguntó la joven con una sonrisa llena de coquetería; y su carácter algo burlón principió a manifestarse, pues había depuesto todo temor desde el momento en que reconoció a un amigo en la persona que había creído un enemigo—.

—No —respondió Artagnan—, no; lo confieso. La casualidad es la que me ha hecho encontraros, excitando mi curiosidad al ver a una mujer que llamaba a la puerta de un amigo mío.

—¿De un amigo vuestro? —interrumpió madame Bonacieux—.

—Sin duda alguna. Aramis es uno de mis mejores amigos.

—¿Aramis? ¿Qué queréis decir con eso?

—¡Vamos! ¿Queréis ahora decirme que no conocéis a Aramis?

—Es la primera vez que oigo pronunciar ese nombre.
—¿Y es también la primeva vez que venías a esta casa?
—La primera.
—¿Y no sabíais que estuviese habitada por un joven?
—No, por cierto.
—¿Por un mosquetero?
—Repito que no.
—Según eso, ¿no es a él a quien veníais a buscar?
—No, por cierto. Además, que ya habréis visto que la persona con quien he hablado era una mujer.
—Es verdad; pero esa mujer es amiga de Aramis.
—Lo ignoro.
—¿Pues no vive en su misma casa?
—Nada me importa.
—¿Pero quién es?
—¡Oh! Ese secreto no me pertenece.
—Hermosa joven, sois encantadora en extremo, pero al mismo tiempo la más misteriosa...
—¿Pierdo en ello, por ventura?
—Al contrario, me parecéis más seductora.
—Pues entonces, dadme el brazo.
—Con mucho gusto. ¿Y ahora?
—Ahora, acompañadme.
—¿A dónde?
—A donde voy.
—Pero, ¿a dónde vais?
—Ya lo veréis, puesto que tenéis que dejarme a la puerta.
—¿Y deberé aguardaros?
—Sería inútil.
—¿Os volveréis sola, según eso?
—Tal vez sí, tal vez no.
—Pero la persona que os ha de acompañar después, ¿es hombre o mujer?
—No lo sé todavía.
—Pues yo procuraré saberlo.
—¿Cómo?
—Esperándoos hasta que salgáis.
—En ese caso, ¡adiós!
—¿Qué queréis decir?
—Que ya no os necesito.
—¿Pues no habéis exigido de mí...?
—El auxilio de un caballero, pero no la vigilancia de un espía.
—La palabra es algo dura.
—¿Cómo llamáis a los que siguen a las personas sin quererlo ellas?
—Indiscretos.
—La palabra es algo suave.
—Vamos, señora, veo que es preciso hacer todo lo que se os antoje.
—¿Y por qué os habéis privado del mérito de hacerlo desde un principio?
—¡Cómo! ¿No hay mérito en el arrepentimiento?

—¿Y os arrepentís formalmente?
—Ni yo mismo lo sé. Lo único que puedo aseguraros es que haré cuanto exijáis de mí, con tal que me permitáis acompañaros hasta donde vayáis.
—¿Y me dejaréis después?
—Sí.
—¿Y no espiaréis mi salida?
—No.
—¿Palabra de honor?
—A fe de caballero.
—Dadme, pues, el brazo y marchemos.
Artagnan ofreció el brazo a madame Bonacieux, que se colgó de él medio risueña y medio temblorosa todavía, y ambos llegaron a lo alto de la calle de La Harpe, donde la joven pareció titubear como había titubeado en la calle de Vaugirard. No obstante, por ciertas señales reconoció una puerta, a la cual se acercó al punto.
—Ahora, caballero —dijo—, permitidme que me despida de vos. Os doy mil gracias por vuestra amable compañía que me ha salvado de todos los peligros a que una mujer sola estaba expuesta; pero ha llegado el momento de cumplir vuestra palabra.
—¿Y no tenéis nada que temer a vuestro regreso?
—Nada más que a los ladrones.
—¿Y eso no es nada?
—¿Y qué podrían robarme? No llevo encima ni un sueldo siquiera.
—¿Olvidáis entonces ese pañuelo bordado, marcado con un escudo de armas?
—¿Cuál?
—El que encontré a vuestros pies y os metí en el bolsillo.
—¡Callad, callad, desdichado! —exclamó la joven—. ¿Queréis perderme?
—Ya veis que aún corréis algún peligro, pues una sola palabra os hace temblar, y confesáis que si oyesen esa palabra estaríais perdida. ¡Ah, señora! —continuó Artagnan, tomándole una mano y dirigiendo a la joven una mirada ardiente—. Sed más generosa y fiaos de mí. ¿No habéis leído en mis ojos que mi corazón sólo respira afecto y sinceridad?
—Sí, por cierto —respondió madame Bonacieux—; por eso, si deseáis saber mis secretos, nunca tendré reparo en confiároslos; pero en cuanto a los de los demás, es otra cosa.
—Pues bien —dijo Artagnan—, yo los averiguaré; puesto que esos secretos pueden tener alguna influencia en vuestra vida, es preciso que yo los sepa.
—¡Guardaos bien de ello! —exclamó la joven en un tono que hizo estremecer a Artagnan a su pesar—. ¡Oh! No os metáis en nada de lo que me rodea; no intentéis auxiliarme en lo que se confía a mi cuidado exclusivamente, y esto os lo pido en nombre del interés que decís que os he inspirado, y en nombre también del favor que me habéis hecho y que no olvidaré jamás. Creed lo que os digo: no os cuidéis más de mí; consideradme como si no existiese para vos, como si nunca me hubieseis visto.

—¿Y Aramis deberá hacer otro tanto, señora? —preguntó Artagnan en tono de reconvención—.

—Ya es ésta la segunda o tercera vez que habéis pronunciado ese nombre, caballero; sin embargo, ya os he dicho que me es desconocido.

—¿No conocéis al hombre a cuya puerta habéis llamado...? ¡Vamos, señora, me hacéis ya demasiado crédulo!

—Confesad más bien que forjáis esa historia y creáis ese personaje con el único objeto de hacerme hablar.

—Nada invento, señora, ni forjo nada; lo que digo es la verdad.

—¿Y qué decís? ¿Que vive en esa casa un amigo vuestro?

—Lo digo y lo repito por tercera vez: esa casa es la misma que habita mi amigo, y ese amigo es Aramis.

—Ya aclarará el tiempo todo eso —murmuró la joven—. Por ahora, caballero, guardad silencio.

—Si pudieseis ver mi corazón —dijo Artagnan—, leeríais en él una curiosidad tan viva que os movería a compasión, y hallaríais un amor tal, que al momento satisfaríais mi curiosidad. Nada debéis temer de las personas que os aman.

—Muy pronto habláis de amor, caballero —dijo la joven moviendo la cabeza—.

—Es que el amor se ha apoderado de mí en un momento y por vez primera, pues aún no cuento veinte años.

La joven le miró a hurtadillas.

—Escuchad —añadió Artagnan—, puesto que ya no debo ocultároslo. Hace tres meses que estuve a punto de tener un duelo con ese Aramis, por causa de un pañuelo semejante o igual al que habéis enseñado a esa mujer que estaba en su casa, por un pañuelo que sin duda alguna tenía las mismas iniciales.

—Caballero —dijo la joven—, os aseguro que me ponéis en gran apuro con vuestras insinuaciones.

—Pero vos que sois tan prudente, señora, pensad bien: ¿si fueseis arrestada y os hallaran encima ese pañuelo, no os veríais cruelmente comprometida?

—¿Y por qué? ¿No tiene acaso mis iniciales? C. B., Constanza Bonacieux.

—O Camila de Bois-Tracy.

—¡Silencio, caballero! ¡Silencio, por Dios! Ya que la consideración de los peligros de que me veo rodeada no basta para conteneros, pensad al menos en aquellos que corréis vos mismo.

—¿Yo?

—Sí, vos. Corre peligro vuestra libertad, corre peligro vuestra vida sólo por conocerme.

—Entonces no esperéis que os abandone.

—Caballero —dijo la joven juntando sus manos en ademán de súplica—, en nombre del cielo, en nombre del honor de un militar, en nombre de la cortesía de un caballero, alejaos de aquí. Oíd: las doce están dando en este momento y ésta es la hora a que me esperan.

—Señora —repuso el joven inclinándose—, nada sé rehusar a quien de esa manera me lo suplica. Os obedezco y me alejo.

—¿Pero no me seguiréis? ¿No me espiaréis?

—Ahora mismo me marcho a mi casa.

—¡Ah! No esperaba yo menos de vuestra generosidad, joven —exclamó madame Bonacieux, tendiéndole una mano y poniendo la otra sobre el aldabón de una puerta medio oculta en la pared—.

Artagnan cogió la mano que le alargaba y la besó con ardor.

—¡Ah! Mil veces preferiría no haberos visto nunca —exclamó Artagnan con aquella ingenua impetuosidad que las mujeres aprecian más muchas veces que la figura de los cumplimientos, porque descubre lo íntimo del pensamiento y demuestra que la pasión es superior a la razón—.

—¡Pues bien! —replicó madame Bonacieux, con voz un tanto cariñosa y apretando la mano de Artagnan, que aún no había abandonado la suya—. ¡Pues bien! No diré yo otro tanto; por mi parte, lo que hoy no puedo hacer podré tal vez hacerlo más adelante. ¡Quién sabe si algún día, cuando me encuentre libre de los compromisos que hoy me cercan, satisfaré vuestra curiosidad!

—¿Y hacéis la misma promesa respecto de mi amor? —preguntó Artagnan, poseído de la mayor alegría—.

—¡Oh! En cuanto a este punto no quiero comprometerme. Eso dependerá de los sentimientos que acertéis a inspirarme.

—De modo, señora, que por ahora...

—Por ahora no os profeso más que un vivo agradecimiento.

—¡Ah! Sois en extremo seductora —repuso tristemente Artagnan—, y abusáis cruelmente de mi amor.

—No tal; lo que únicamente he hecho ha sido apelar a vuestra generosidad. Pero estad seguro, joven, de que en ciertas personas es fácil hallarlo todo reunido.

—¡Ah! Me hacéis el más feliz de los mortales. ¡No olvidéis estos momentos ni olvidéis vuestra promesa!

—Perded cuidado, que a su tiempo yo me acordaré de todo. Pero vamos, marchaos en nombre del cielo. A las doce en punto me esperaban, y ya me he retrasado.

—Sólo cinco minutos.

—Sí, pero en ciertas circunstancias cinco minutos son cinco siglos.

—Cuando se ama.

—¿Y quién os ha dicho que no sea un enamorado el que me está esperando?

—¡Ah! ¡Es un hombre el que os espera! —exclamó Artagnan—. ¡Un hombre!

—¿Vuelve a empezar la discusión? —repuso madame Bonacieux, con media sonrisa que no carecía de cierta ligera muestra de impaciencia—.

—No, no; me marcho, señora. Quiero creer en vuestra palabra. Quiero tener todo el mérito de una ciega confianza, aunque esa confianza pueda calificarse de estupidez. ¡Adiós, señora, adiós!

Y como si no se sintiera con la fuerza suficiente para separarse de la mano que tenía asida, le dio una violenta sacudida y se alejó precipitadamente, al tiempo que madame Bonacieux daba en la puerta, como la vez pasada, tres golpes acompasados.

Cuando Artagnan llegó a la esquina de la calle se volvió. La puerta se había abierto y vuelto a cerrar después de desaparecer por ella la hermosa y misteriosa dama.

Artagnan prosiguió su camino, pues había dado palabra de no espiar a madame Bonacieux, y aun cuando su vida hubiese dependido del sitio a que aquélla iba, o de la persona que debiera acompañarla, Artagnan se habría ido a su casa, porque así lo había prometido. Cinco minutos después se hallaba ya en la calle de Fossoyeurs.

—¡Pobre Athos! —se decía a sí mismo—. Él no sabrá lo que esto significa. Tal vez se haya dormido esperándome, o habrá vuelto a su casa, donde habrá sabido que allí ha estado una mujer. ¡Una mujer en casa de Athos! Así como así otra había en casa de Aramis... Pero hay que convenir en que es muy extraño lo que está pasando, y daría cualquier cosa por saber cómo ha de acabar.

—Mal, señor, muy mal —respondió una voz que el joven reconoció por la de Planchet, pues hablando en voz alta consigo mismo, como suelen hacerlo las personas que tienen la imaginación fuertemente preocupada, había tomado el camino que conducía a la escalera de su cuarto—.

—¿Cómo mal? ¿Qué quieres decir con eso, mentecato? —preguntó Artagnan—. ¿Qué ha sucedido?

—Toda clase de desgracias.

—¿Cuáles?

—Primeramente, el señor Athos está detenido.

—¡Detenido Athos! ¿Y por qué?

—Le han encontrado en vuestra casa y por esta circunstancia han creído que érais vos.

—¿Y por quién ha sido detenido?

—Por la guardia que fueron a llamar los hombres negros a quienes pusisteis en fuga.

—¿Y por qué no ha dicho quién es? ¿Por qué no ha manifestado que es enteramente ajeno a este asunto?

—No ha querido hacerlo, señor; antes bien, acercándose a mí me dijo: «Tu amo es el que ahora necesita de la libertad más bien que yo; puesto que él está enterado de todo y yo no sé nada. Así le creerán preso, y esto le dará tiempo para obrar, pues en cuanto a mí, diré dentro de tres días quién soy, y tendrán que ponerme en libertad.»

—¡Bien, Athos, bien! —murmuró Artagnan—. Reconozco en eso la nobleza de tu corazón. ¿Y qué han hecho los esbirros?

—Cuatro de ellos le condujeron a no sé dónde, a la Bastilla o a Fort-l'Eveque; otros dos acompañaron a los hombres negros que lo han estado registrando todo y se han llevado los papeles, y los dos últimos, durante esa operación, se quedaron guardando la puerta. Después que concluyeron se marcharon, dejando la casa desocupada y todo abierto.

—¿Y Porthos y Aramis?

—No los encontré en sus casas y por eso no vinieron.

—Pero pueden llegar de un momento a otro, puesto que les habrás dejado recado de que los aguardaba. ¿No es así?

—Sí, señor.

—Pues bien, no te muevas de aquí, y si vienen, refiéreles lo que ha pasado. Diles que me esperen en la hostería de *La Piña,* pues esta casa puede ser espiada, y acaso no estarían seguros en ella. Voy a poner ahora mismo en conocimiento del señor de Treville estos sucesos, y marcho en seguida a reunirme con ellos.

—Muy bien, señor —dijo Planchet—.

—Supongo que permanecerás aquí y no tendrás miedo —dijo Artagnan, volviéndose a su criado para encargarle que tuviese valor y serenidad—.

—Perded cuidado, señor —dijo Planchet—, pues aún no habéis tenido ocasión de conocerme. Yo soy valiente cuando quiero serlo, es decir, cuando formo esa resolución y, además, soy de Picardía.

—Entonces, confío en que primero te dejarás matar que abandonar tu puesto.

—Sí, señor; nada habrá que deje de hacer para probar que soy fiel a mi amo.

—Bien —dijo para sí Artagnan—. Parece que el método empleado con este mozo produce maravilloso resultado; continuaremos sirviéndonos de él oportunamente.

Y con toda la ligereza que le permitían sus piernas, un tanto fatigadas por el trajín que había llevado aquel día, se llegó Artagnan a la calle de Colombier.

El señor de Treville no se encontraba en casa, pues su compañía estaba de guardia en el Louvre, y él se hallaba con su compañía.

Era preciso hablar al mismo Treville, ya que importaba sobremanera que estuviese avisado de lo que pasaba; así que Artagnan resolvió hacer lo posible por penetrar en el Louvre. Su uniforme de guardia de la compañía de Dessarts debía servirle de pasaporte.

Bajó, pues, la calle de Petits Augustins, y subió el muelle para tomar el Puente Nuevo. Ocurriósele al momento la idea de pasar la barca, pero apenas se halló en la orilla, metió maquinalmente la mano en los bolsillos y se encontró con que no tenía dinero para pagar al barquero.

Llegaba ya a la altura de la calle de Guenegaud, cuando vio salir de la de Dauphine un grupo de dos personas cuyo aspecto le llamó la atención. Una de ellas era un hombre, y la otra una mujer.

La mujer tenía todo el aspecto de madame Bonacieux, y el hombre se asemejaba en un todo a Aramis.

Además, la mujer llevaba aquel manto negro que Artagnan vio dibujarse en la puerta de la calle de Vaugirard y en la calle de La Harpe; el hombre vestía el uniforme de mosquetero.

La mujer llevaba echada la capucha del manto, y el acompañante se cubría la cara con el pañuelo, precauciones ambas que indicaban el interés que tenían los dos en no ser conocidos.

Uno y otro tomaron el puente, que era el camino de Artagnan, para dirigirse al Louvre, y así el joven los fue siguiendo a alguna distancia.

No habría dado aún veinte pasos, cuando se convenció plenamente de que eran madame Bonacieux y Aramis, y en aquel mismo momento sintió todas las sospechas que los celos agitaban en su corazón.

Veíase engañado a la vez por su amigo y por la que amaba ya con toda su alma. Madame Bonacieux le había jurado que no conocía a Aramis, y un cuarto de hora después de su juramento la encontraba del brazo de él.

Artagnan no reflexionaba siquiera que apenas hacía tres horas que conocía a la hermosa mercera, que ésta nada le debía sino algún agradecimiento por haberla libertado de los hombres negros que trataron de llevársela, y que nada le había prometido. Consideróse ya, no obstante, como un amante ultrajado, vendido y burlado, y subiéndosele al rostro la sangre, resolvió aclararlo todo de una vez.

Ambos jóvenes habían notado que los seguían y apresuraron el paso. Artagnan corrió más todavía y, habiéndoselos dejado atrás, retrocedió y vino a colocarse delante de ellos en el momento en que pasaban por delante de la Samaritana, iluminada por un farol que daba luz a toda aquella parte del puente.

Artagnan se detuvo ante ellos, y ellos se detuvieron ante él.

—¿Qué queréis caballero? —preguntó el mosquetero, haciéndose un paso atrás y con un acento extranjero, por el que conoció Artagnan que se había equivocado en parte de sus conjeturas.

—No es Aramis —exclamó—.

—No, caballero, no soy Aramis; conozco en vuestra exclamación que me habéis tomado por otro, y os perdono.

—¡Me perdonáis! —exclamó Artagnan—.

—Sí —respondió el desconocido—. Ahora dejadme pasar, pues nada tenéis que ver conmigo.

—Tenéis razón, caballero —repuso Artagnan—; nada tengo que ver con vos, pero sí con esta señora.

—¿Con esta señora? No la conocéis —replicó el extranjero—.

—Os equivocáis, caballero; la conozco muy bien.

—¡Ah! —exclamó madame Bonacieux, en tono de reconvención—. Creí poder contar con vuestra palabra de militar y vuestra fe de caballero, pero veo que me he engañado.

—Yo, señora —dijo Artagnan—, contaba también con vuestra promesa...

—Tomad mi brazo, señora —dijo el extranjero—, y continuemos nuestro camino.

Sin embargo, Artagnan, confuso y aterrado por todo lo que le pasaba, permanecía en pie y con los brazos cruzados delante del mosquetero y de madame Bonacieux.

El mosquetero se adelantó dos pasos y apartó a Artagnan con la mano. Éste, dando un salto hacia atrás, tiró de su espada casi al mismo tiempo en que el desconocido, con la rapidez de un relámpago, sacó también la suya.

—¡En nombre del cielo, milord! —exclamó madame Bonacieux, interponiéndose entre ambos combatientes y cogiendo sus espadas con las manos—.

—¡Milord! —exclamó Artagnan, como iluminado por una idea repentina—. ¡Milord! Perdonad, caballero. ¿Seríais acaso...?

—Milord, duque de Buckingham —dijo madame Bonacieux a media voz—. Y ahora ya podéis perdernos a todos.

—Milord, señora, perdonad, os pido mil veces perdón; pero yo amaba, milord, y estaba celoso; vos debéis saber lo que es amar, milord. Perdonadme, disponed de mi vida, si puede servir en algo a vuestra gracia.

—Sois un valiente joven —dijo Buckingham, tendiendo a Artagnan una mano, que éste estrechó respetuosamente—; y puesto que me ofrecéis vuestros servicios, yo los acepto. Seguidnos hasta el Louvre, a distancia de veinte pasos, y si notáis que alguien nos espía, quitadle de en medio.

Artagnan se puso bajo el brazo la espada desenvainada, y dejando tomar a madame Bonacieux y al duque veinte pasos de delantera, los fue siguiendo, dispuesto a ejecutar al pie de la letra las instrucciones del noble y elegante ministro de Carlos I.

Pero por fortuna el joven no tuvo ocasión de dar al duque esta prueba de su celo, y la joven y el gallardo mosquetero entraron en el Louvre por el postigo de la calle de la Echelle, sin que nadie les inquietara.

Artagnan se marchó inmediatamente a la hostería de «La Pina», donde encontró a Porthos y Aramis que le estaban aguardando.

Pero sin darles otra explicación acerca de la molestia que les había causado, les dijo únicamente que había terminado por sí solo un asunto para el cual había creído un instante necesaria su intervención.

Y ahora, puesto que a ese punto nos ha conducido la narración, dejemos a nuestros tres amigos que vuelvan cada cual a su respectiva casa, y sigamos al duque de Buckingham y a su guía por las revueltas del Louvre.

CAPÍTULO XII

JORGE DE VILLIERS, DUQUE DE BUCKINGHAM

Madame Bonacieux y el duque entraron en el Louvre sin dificultad. La primera era conocida como doncella de la reina, y el duque vestía de uniforme de los mosqueteros de Treville, cuerpo que, como hemos dicho, se hallaba de guardia aquella noche. Por otra parte, Germán estaba interesado en el servicio de la reina, y si aconteciera cualquier contratiempo, lo más que podía suceder era que madame Bonacieux fuese acusada de haber introducido a su amante en el Louvre; ésta estaba dispuesta a arrostrar todas las consecuencias de esa acusación, en caso de que llegara a verificarse. Verdad es que su reputación quedaba en entredicho, pero ¡era de tan escaso valor la reputación de una modesta mercera!

Así que el duque y la joven entraron en el patio, anduvieron en dirección de la pared un trecho como de veinticinco pasos, hasta llegar a una pequeña puerta que estaba abierta durante el día, pero que de noche quedaba regularmente cerrada. Abrióse al primer embate que dio la joven, y entrando por ella se hallaron los dos en la más completa oscuridad; pero madame Bonacieux conocía todas las entradas y salidas de esta parte del Louvre destinada a las personas del séquito. Cerró tras sí la puerta, y tomando al duque de la mano dio algunos pasos a tientas hasta llegar a una rampa que le condujo a una escalera, por la cual principió a subir. El duque contó dos pisos. Entonces la joven torció a mano derecha, atravesó un largo corredor y, bajando una escalerita, dio algunos pasos más e introdujo una llave en una cerradura que abrió una puerta, por la cual empujó al duque haciéndole entrar en una sala iluminada tan sólo por una lámpara, y le dijo:

—Aguardad aquí, milord, pues no tardarán en venir.

Salió por la misma puerta y la dejó cerrada con llave, de manera que el duque se encontró literalmente prisionero.

A pesar del estado de aislamiento en que el duque se hallaba, debemos decir que no experimentaba temor alguno; una de las cualidades más notables de su carácter era la afición a las aventuras y su amor a las cosas novelescas. Valiente, atrevido y emprendedor, no era ésta la primera vez que arriesgaba la vida en semejantes empresas; no ignoraba que el supuesto mensaje de Ana de Austria, bajo cuya fe había venido a París, era una asechanza; pero en vez de volverse inmediatamente a Inglaterra, había declarado a la reina, abusando de la posición en que se hallaba colocada, que no partiría sin verla. La reina se negó a ello formalmente en un principio, pero después llegó a temer que el duque se exasperase y cometiera alguna locura. Habíase ya decidido a recibirle y suplicarle que partiese lo más pronto posible, cuando en la tarde misma en que había tomado aquella resolución, fue raptada madame Bonacieux, que era la encargada de introducirle en el Louvre. Nada se supo de su paradero por espacio de dos días, y, por consiguiente, todo quedó en suspenso; pero habiéndose procurado la libertad, y puesto en contacto con Laporte, las cosas habían vuelto a seguir su curso, acabando la joven de dar cima a la peligrosa empresa que, a no mediar aquel contratiempo, hubiera puesto en ejecución tres días antes.

Buckingham, viéndose solo, se acercó a un espejo: el uniforme de mosquetero le sentaba perfectamente. Verdad es que a los treinta y cinco años de edad que entonces tenía, era reputado con justicia como el caballero más gallardo y elegante de Francia e Inglaterra. Favorito de dos reyes, poseedor de inmensas riquezas y casi omnipotente en un reino que trastornaba y calmaba a su capricho, Jorge de Villiers, duque de Buckingham, gozaba de una de esas existencias fabulosas, que se presentan en el curso de los siglos como un asombro para la posteridad.

Así que, enteramente confiado a sus fuerzas, seguro de su poder y convencido de que las leyes que regían a los demás no podían alcanzarle, iba siempre derecho al objeto que se proponía, por más que éste fuese tan deslumbrador y encumbrado que hubiera sido una locura para cualquier otro el pensarlo siquiera. De esa manera había logrado acercarse frecuentes veces a la bella y altiva Ana de Austria y hacerse amar de ella a fuerza de deslumbrarla.

Jorge de Villiers se colocó, según hemos dicho, delante de un espejo; dio a sus blondos cabellos las ondulaciones que el peso de su sombrero les había quitado, se atusó el bigote, y henchido el corazón de alegría y orgulloso de ver acercarse el momento que por tanto tiempo había deseado, dejó escapar una sonrisa de satisfacción y esperanza.

En aquel momento se abrió una puerta oculta bajo la tapicería y se presentó una mujer. Buckingham vio esa aparición en el espejo y dio un grito que la emoción dejó estrangulado. Era la reina.

Ana de Austria tenía entonces veintiséis o veintisiete años y se hallaba, por consiguiente, en todo el esplendor de su belleza.

Su andar era enteramente el de una reina, o el de una diosa; sus ojos, que tenían un ligero tinte de esmeralda, eran hermosísimos y estaban llenos a la vez de dulzura y majestad.

Su boca era pequeña y encarnada, y aunque el labio inferior, como sucedía a los príncipes de la casa de Austria, sobresalía algún tanto del superior, no dejaba de tener suma gracia su sonrisa, ni de manifestar un profundo desprecio su desdén.

Su cutis era admirado por su suavidad aterciopelada y sus manos y brazos eran de una belleza tal, que todos lo poetas de la época los celebraron como incomparables.

Por último, sus cabellos, que de rubios se habían vuelto castaños y que estaban poco rizados y muy empolvados, realzaban admirablemente su semblante, en el que el censor más rígido no hubiera podido desear otra cosa que un poco menos de color, y el más exigente escultor alguna mayor finura en la nariz.

Buckingham quedó un momento deslumbrado, pues nunca le había parecido Ana de Austria tan hermosa, ni en medio de los bailes ni de las fiestas, como le pareció en aquel momento, ceñido el cuerpo con un simple vestido de raso blanco y acompañada de doña Estefanía, la única dama española que conservaba a su lado y que no había sido despedida por los celos del rey o por las persecuciones de Richelieu.

Ana de Austria dio dos pasos hacia delante, Buckingham se precipitó a sus pies, y antes de que la reina tuviese tiempo de impedirlo, besó el ribete del vestido.

—Duque, ya sabéis que no he sido yo la que mandó que os escribieran.

—Lo sé, señora, lo sé. Sé que he sido un loco, un insensato, en creer que el mármol se animara o que la nieve llegara a sentir calor; pero, ¡qué queréis!, cuando uno ama se halla muy dispuesto a creer fácilmente en el amor y, además, no juzgo enteramente perdido mi viaje, puesto que tengo la dicha de veros.

—Sí —respondió Ana—; pero ya sabéis cómo y por qué he consentido en veros; os veo porque, insensible a todas mis penas, os habéis obstinado en permanecer en esta ciudad con riesgo de vuestra vida y con riesgo también de mi honor; os veo para deciros que todo nos separa al uno del otro. La profundidad de los mares, la enemistad de los reinos y la santidad de los juramentos. Es un sacrilegio luchar contra tantos obstáculos juntos, milord; os veo, en fin, para deciros que es preciso no volver a vernos jamás.

—Continuad, señora, continuad —dijo Buckingham—; la dulzura de vuestra voz suaviza la dureza de vuestras palabras. ¡Habláis de sacrilegio! ¿Y no es un sacrilegio la separación de dos corazones que Dios había formado para amarse?

—Milord, olvidáis que nunca os he dicho que os amara.

—Pero tampoco me habéis dicho nunca que no me amaseis, y semejantes expresiones serían de parte de vuestra majestad una gratitud inconcebible. ¿Dónde, si no, señora, podréis encontrar un amor igual al mío, amor que ni el tiempo, ni la ausencia, ni la desesperación pueden apagar, y amor que se contenta con una cinta perdida, una mirada furtiva o una palabra escapada?

»Hace tres años que os vi por primera vez y tres años hace también que os amo con esta pasión. ¿Queréis que os diga cómo os hallabais vestida la primera vez que tuve la dicha de veros? ¿Queréis que os describa uno por uno todos los adornos que componían vuestro tocado? ¡Ah! Aún me parece que os estoy viendo. Estabais sentada en blancos cojines al uso de España, y teníais puesto un vestido de raso verde bordado de oro y plata, cuyas mangas perdidas se hallaban graciosamente anudadas en vuestros bellísimos brazos con gruesos diamantes. Llevabais un cuellecito cerrado y cubría vuestra cabeza un sombrerillo del color de vuestro vestido, coronado por una pluma de garza.

»¡Oh, mirad! Cierro los ojos y os veo tal como entonces estabais; vuelvo a abrirlos y os contemplo como ahora sois, más bella y encantadora todavía.

—¡Qué locura! —exclamó Ana de Austria, que no se sentía con fuerzas para reconvenir al duque por haber conservado tan fielmente su retrato en su corazón—. ¡Qué locura la de querer alimentar con semejantes recuerdos una pasión inútil!

—¿Y con qué queréis que viva, si pretendéis quitarme esos recuerdos? Ellos son mi única felicidad, mi único tesoro, mi única esperanza. El momento en que tengo la dicha de veros, lo considero como un diamante más que encierro en el estuche de mi corazón. Éste es el cuarto que dejáis caer y que yo recojo, porque en tres años no os he visto sino cuatro veces; la primera, cuando he recordado antes; la segunda, en casa de madame de Chevreuse; la tercera, en los jardines de Amiens...

—Duque —interrumpió la reina ruborizándose—, no me habléis de esa noche fatal.

—Al contrario, señora, hablemos de ella, porque fueron los momentos más dichosos de mi vida. ¿Recordáis qué hermosa noche hacía? El ambiente era suave y embalsamado, y el cielo esmaltado de estrellas estaba teñido de un azul purísimo. ¡Ah, señora! En aquella noche logré estar un instante sólo con vos, y os hallabais dispuesta a confiármelo todo, el aislamiento de vuestra vida, los pesares de vuestro corazón... Teníais apoyada la cabeza en mi brazo... en éste, señora, e inclinando mi rostro sentía el suave contacto de vuestros hermosos cabellos, que cada vez que se movían de un lado a otro me causaban un estremecimiento de placer. ¡Oh, reina! ¡Oh, reina! Vos no podéis comprender cuánta felicidad, cuánta dicha celestial se encierra en un momento semejante. Mis bienes, mi fortuna, lo que me resta de vida daría por otra noche como aquélla; porque en aquella noche me amábais, os lo juro.

—Milord, puede ser muy bien, y lo concibo, que la influencia del sitio, los encantos de una hermosa noche, la fascinación de vuestras miradas y esa multitud de circunstancias que se reúnen a veces para perder a una mujer, se conjurasen en aquellos fatales momentos en contra mía; pero bien lo visteis, milord; la reina vino en socorro de la mujer que empezaba a mostrarse débil, y la primera palabra atrevida a que hubo necesidad de contestaros, os contestó la reina.

—¡Oh!, sí, es cierto, y otro amor que no fuera el mío hubiera sucumbido a tan terrible prueba; pero mi amor ha salido de ella más firme y duradero. Creisteis huir de mí volviéndoos a París y creisteis que no me atrevería a abandonar el tesoro que se me había confiado, y el cual tenía estrecho encargo de vigilar. ¡Ah! ¡Qué me importaban todos los tesoros del mundo ni todos los reyes de la tierra! Ocho días después ya estaba de vuelta, señora. Esta vez nada habéis tenido que decirme. Yo he arriesgado mi favor, mi vida, por veros un solo instante, y ni siquiera he tocado vuestra mano. Al verme tan sumiso y arrepentido, ¿no es cierto que me dais vuestro perdón?

—Sí, pero la calumnia se ha apoderado de todas esas locuras en que yo no entraba para nada, milord; bien lo sabéis. El rey, instigado por el cardenal, ha dado a todo eso una gran importancia; madame de Vernet ha sido despedida. Putange, desterrado; madame de Chevreuse ha caído en desgracia, y cuando vos habéis querido venir con el carácter de embajador a Francia, el rey en persona, acordaos bien, milord, el mismo rey en persona, se ha opuesto a ello.

—Sí, y Francia va a pagar con una guerra la negativa de su rey. Ya que no puedo volver a veros, quiero al menos que oigáis hablar de mí todos los días. ¿Qué objeto pensáis que tienen la expedición de Re, y la liga que proyecto con los protestantes de La Rochela? Sólo el placer de veros. Conozco que no podré penetrar a mano armada hasta París, bien lo sé; pero esta guerra traerá en pos de sí la paz; esa paz necesitará una persona que la negocie, y esa persona seré yo. Nada se atreverán entonces a rehusarme, y volveré a París, y os veré otra vez, y seré nuevamente dichoso. Millares de hombres, es cierto, habrán pagado con su vida mi felicidad, pero ¿qué puede importarme la vida de esos hombres, con tal de que yo os vuelva a ver? Todo esto será tal vez una locura, una insensatez; pero decidme, ¿qué mujer ha tenido nunca un amante más apasionado, ni qué reina un servidor más ardiente?

—Milord, milord, estáis invocando en defensa vuestra cosas que os acusan más todavía; todas esas pruebas de amor que pretendéis darme, son casi otros tantos crímenes imperdonables.

—Porque no me amáis, señora; porque no me amáis, que si me amaseis, las juzgaríais de bien distinta manera. Si me amaseis... si me amaseis, sería ésa una felicidad demasiado grande para mí, y llegaría a perder el juicio. ¡Ah! Madame de Chevreuse, de quien hablabais hace poco, madame de Chevreuse, ha sido menos cruel que vos. Holland la amaba y ella ha correspondido a su amor.

—Madame de Chevreuse no era reina —murmuró Ana de Austria, vencida a su pesar por tan ardiente expresión—.

—¿Me amaríais, según eso, si no lo fuerais, señora? Decídmelo. ¿Me amaríais entonces? ¿Puedo lisonjearme de que sólo la dignidad de vuestra condición es la que os hace cruel para conmigo? ¿Me es permitido creer que si hubieseis sido madame de Chevreuse, el pobre Buckingham habría podido abrigar alguna esperanza? ¡Gracias por tan dulces palabras, mi hermosa reina; gracias una y mil veces!

—¡Milord! Sin duda habéis oído... habéis interpretado mal mis palabras. No he querido decir...

—¡Silencio, por Dios! ¡Silencio! —dijo el duque—. Si un error me hace dichoso, no tengáis la crueldad de desvanecerlo. Vos misma me lo habéis dicho, señora; me han tendido un lazo, en el que tal vez dejaré la vida. Mirad, parece cosa extraña, pero hace algún tiempo que tengo ciertos presentimientos de que mi muerte se halla próxima.

Y el duque dejó entrever una sonrisa triste y encantadora a la vez.
—¡Dios mío! —exclamó Ana de Austria con un acento de terror que revelaba en favor del duque un interés mayor del que quería significar—.
—No os lo digo por asustaros, señora, pues juzgo hasta ridículo lo que acabo de decir, y creed que no me inquietan la menor cosa semejantes pensamientos; pero esa palabra que habéis dejado escapar, esa esperanza que casi me habéis hecho concebir, lo habrá recompensado todo, hasta mi propia vida.
—¡Pues bien! —dijo Ana de Austria—. Yo tengo también mis pensamientos; yo tengo también mis sueños, y en ellos os he visto tendido en tierra y brotando sangre de una herida.
—¿En el costado izquierdo y con puñal, no es cierto? —interrumpió Buckingham—.
—Así es, milord, así es; en el costado izquierdo y con puñal. ¿Quién ha podido deciros que he tenido semejante sueño, cuando sólo a Dios lo he confiado en mis oraciones?
—Eso me basta; señora; vos me amáis.
—¿Yo?
—Sí, vos. ¿Os enviaría acaso Dios los mismos sueños que a mí, si no me amaseis? ¿Tendríamos los mismos presentimientos, si no se entendiesen nuestros dos corazones? Me amáis, ¡oh, reina!
—¡Oh! ¡Dios mío! ¡Dios mío! —exclamó Ana de Austria—. Esto es ya más de lo que puedo soportar. En nombre del cielo, duque, partid, retiraos; yo no sé si os amo o no, pero lo que sé es que nunca seré perjura. Compadeceos de mí, y partid. Si fueseis herido en Francia, si murieseis en Francia, si yo pudiera suponer que vuestro amor por mí había sido la causa de vuestra muerte, jamás llegaría a consolarme y perdería el juicio. ¡Partid, pues, duque, os lo suplico!
—¡Oh! ¡Cuán bella estáis! ¡Cuánto os amo! —exclamó Buckingham—.
—Partid, partid, ¡por Dios!, y volved más adelante. Volved como embajador, volved como ministro, rodeado de guardias que os defiendan, de servidores que velen por vuestra vida, y entonces... entonces no temeré por vuestros días y seré feliz.
—¡Oh! ¿Es cierto lo que oigo?
—Sí.
—Pues bien, dadme una prenda de vuestra bondad, un objeto que venga de vuestras manos y que me recuerde al menos que esta entrevista no ha sido un sueño; un presente cualquiera que hoy hayáis llevado y que yo pueda llevar a mi vez, una sortija, un collar, una cadena.
—¿Y partiréis? ¿Partiréis al momento, si os doy lo que deseáis?
—Sí.
—¿Al momento mismo?
—Sí.
—¿Y dejaréis Francia y os volveréis a Inglaterra?
—Sí, os lo juro.
—Esperad un momento.
Y Ana de Austria entró en su gabinete, de donde salió muy pronto con una arquita de palo de rosa en la mano, el cual tenía incrustada en oro su cifra.

—Tomad, milord, duque, tomad —dijo la reina—, y guardad esto en memoria mía.

Buckingham tomó el cofrecillo, y se prosternó por segunda vez a sus pies.

—Me habéis prometido partir —dijo la reina—.

—Y cumplo mi palabra. Vuestra mano, señora, vuestra mano, y parto al momento.

Ana de Austria le tendió la mano cerrando los ojos y apoyándose con la otra en Estefanía, porque conocía que las fuerzas le iban faltando por momentos.

Buckingham posó apasionadamente sus labios en aquella preciosa mano y, levantándose al punto, dijo:

—Antes de seis meses, si no he muerto, os volveré a ver, aun cuando tuviera que trastornar el mundo para ello.

Y fiel a la promesa que había hecho, se precipitó fuera del aposento.

En el corredor encontró a madame Bonacieux que le esperaba, y con las mismas precauciones y con la mayor felicidad, volvió a conducirle fuera del Louvre.

CAPÍTULO XIII

EL SEÑOR BONACIEUX

Como se recordará, había en todo esto un personaje por quien, a pesar de su precaria situación, nadie se inquietaba gran cosa; este personaje era Bonacieux, respetable mártir de las intrigas políticas y amorosas que se encadenaban tan maravillosamente unas con otras en una época tan caballeresca como galante.

Por fortuna, recuérdelo o no el lector, por fortuna decimos, hemos prometido no perderle de vista.

Los esbirros que le habían arrestado le condujeron en derechura a la Bastilla, donde le hicieron pasar, tembloroso, por delante de un pelotón de soldados que estaban cargando los mosquetes.

Fue introducido en seguida en una galería medio subterránea, donde sufrió de parte de los que le habían conducido las injurias más groseras y los más ásperos tratamientos. Los esbirros conocían que no se las habían con ningún distinguido caballero, y le trataron como a un verdadero mendigo.

Al cabo de media hora, poco más o menos, vino un escribano a poner fin a sus tormentos, pero no a sus inquietudes, dando orden de que condujesen a Bonacieux a la sala de declaraciones. Generalmente solía interrogarse a los arrestados en sus propias habitaciones; pero con el señor Bonacieux no se gastaban tantos cumplimientos.

Dos guardias se apoderaron del mercero y, haciéndole cruzar un patio, le introdujeron en un pasillo donde había tres centinelas; abrieron una puerta y le empujaron a un cuarto bajo, en el que no se veían otros muebles que una mesa, una silla y un comisario. El comisario ocupaba la silla y estaba escribiendo sobre la mesa.

Los guardias colocaron al detenido delante de la mesa, y a una señal del comisario, se retiraron a distancia en que no pudiesen oír la voz.

El comisario, que hasta entonces había tenido la cabeza inclinada sobre el papel, la levantó para ver a la persona que debía ser interrogada. Este comisario era un hombre de ceño adusto, puntiaguda nariz, mejillas amarillentas y prominentes, ojos pequeños, pero vivos y penetrantes, y cuya fisonomía en general participaba a la vez de la garduña y de la zorra. Su cabeza, sostenida por un cuello largo y flexible, salía por entre su ancho ropón balanceándose con un movimiento casi semejante al que hace la tortuga cuando saca la cabeza por entre la concha.

Principió el interrogatorio preguntando al señor Bonacieux su nombre y apellido, edad, estado y domicilio.

El detenido respondió que se llamaba Santiago Miguel Bonacieux, que tenía cincuenta y un años, que era mercero retirado, y vivía en la calle de Fossoyeurs, número once.

Inmediatamente el comisario, en vez de continuar el interrogatorio, le hizo una larga disertación sobre el peligro que había para un hombre oscuro en mezclarse en los negocios públicos.

Intercaló después de este exordio una exposición en la cual refirió extensamente los actos del cardenal, encomiando el poder de este ministro incomparable que había superado a todos los ministros pasados y que podía servir de modelo para los ministros futuros; actos y poder que nadie osaría contrarrestar impunemente.

A continuación de esta segunda parte de su discurso, y fijando su mirada de gavilán en el pobre Bonacieux, le invitó a que reflexionara sobre la gravedad de su situación.

Las reflexiones del mercero retirado estaban ya de todo punto hechas, y se reducían en último resultado a dar al diablo el instante en que el señor Laporte tuvo la idea de casarle con su ahijada, y principalmente el momento en que ésta había sido admitida como costurera de blanco de la reina.

El carácter de maese Bonacieux era una mezcla de egoísmo refinado y de avaricia sórdida, unido todo ello a una extremada cobardía. El amor que le había inspirado su joven esposa era un sentimiento muy secundario, que no podía luchar de ningún modo con aquellos sentimientos primitivos.

Bonacieux reflexionó, en efecto, sobre todo lo que se le acababa de decir.

—Pero, señor comisario —repuso con timidez—, podéis estar bien seguro de que yo conozco y sé apreciar más que ninguno el incomparable mérito de su eminencia, por quien tenemos la dicha de hallarnos gobernados.

—¿Habláis de veras? —preguntó el comisario en tono de duda—. Pero si así fuese, ¿cómo os encontraríais en la Bastilla?

—Eso es lo que yo digo —replicó Bonacieux—. ¿Cómo me encuentro aquí o más bien, por qué? Ésta es una pregunta a la que me es imposible contestar, porque nada sé; pero a buen seguro que no será por haber ofendido al cardenal, al menos a sabiendas.

—Debéis, sin embargo, haber cometido algún crimen grave, puesto que pesa sobre vos una acusación de alta traición.

—¡De alta traición! —repitió Bonacieux espantado—. ¡De alta traición! ¿Y cómo queréis que un pobre mercero que detesta a los hugonotes y aborrece a los españoles sea acusado de alta traición? Pensadlo bien, señor; eso es punto menos que imposible.

—Señor Bonacieux —dijo el comisario fijando la mirada en el acusado con aquellos ojos que parecían tener la facultad de leer hasta en lo íntimo del corazón—. Señor Bonacieux, ¿no tenéis una mujer?

—Sí, señor —respondió el mercero temblando de pies a cabeza, porque conocía que aquí era donde el negocio iba a echarse a perder—; es decir, yo tenía una mujer.

—¡Cómo es eso! ¿Teníais una mujer? ¿Pues qué habéis hecho de ella, si ya no la tenéis?

—Me la han robado, señor.

—¿Os la han robado? —repuso el comisario—. ¡Ah!

Bonacieux conoció en ese ¡ah! que el asunto iba embrollándose cada vez más.

—¡Os la han raptado! —repitió el comisario—. ¿Y sabéis quién ha cometido ese rapto?

—Creo conocerle, señor.

—¿Y quién es?

—Tened presente que nada afirmo, señor comisario, sino que sólo he concebido sospechas.

—Vamos, ¿y de quién sospecháis? Respondedme francamente.

Bonacieux luchaba en la mayor perplejidad consigo mismo.

¿Debía negarlo o confesarlo todo? Si negaba, se exponía a que creyesen que sabía demasiado para declararlo; si lo confesaba, daba una prueba de su buena voluntad. Decidióse, por último, a decir cuanto sabía.

—Sospecho —dijo— de un hombre alto, moreno, de buena presencia y que tiene todo el aire de un gran señor. Ya otras veces, cuando iba yo a esperar a mi mujer al postigo del Louvre para acompañarla a casa, me pareció notar que nos seguía.

El comisario dejó entrever algún ligero sobresalto.

—¿Cómo se llama? —preguntó—.

—En cuanto a su nombre, nada puedo deciros, pero estoy seguro de que si le viese, le reconocería al momento, aun cuando fuese entre mil.

El comisario arrugó el entrecejo.

—¿Decís que lo reconoceríais entre mil?

—Es decir —replicó Bonacieux, que comprendió que había dado un paso en falso—. Es decir...

—Habéis asegurado que le reconoceríais —dijo el comisario—. Muy bien, eso me basta por hoy. Es preciso, antes de que sigamos adelante, poner en noticia de otra persona que conocéis el raptor de vuestra mujer.

—¡Pero si no os he dicho yo que le conociese! —exclamó Bonacieux en el colmo de la desesperación—. Antes, por el contrario, he manifestado...

—Conducid al preso —dijo el comisario a los dos guardias.

—¿Y a dónde se le traslada? —preguntó el escribano—.

—A un calabozo.

—¿A cuál?

—A cualquiera, con tal que sea seguro —respondió el comisario con una indiferencia que heló de espanto al pobre Bonacieux—.

—¡Ay! —se decía éste a sí mismo—. Ya tengo la tempestad encima de mi cabeza. Mi mujer habrá cometido algún delito terrible, me creerán su cómplice y me castigarán juntamente con ella. Tal vez haya dicho que me lo ha confiado todo, y me ha puesto en un compromiso. ¡Es tan débil una mujer! ¡Un calabozo! Cualquiera con tal que sea seguro; así ha dicho. ¡Una noche se pasa pronto; y mañana al tormento, al cadalso! ¡Oh, Dios mío! ¡Tened piedad de mí!

Sin hacer el menor caso de las lamentaciones del pobre Bonacieux, lamentaciones a las cuales estaban ya muy acostumbrados, cogieron los guardias por un brazo al preso y se lo llevaron, mientras que el comisario escribía apresuradamente una carta que esperaba el escribano.

Bonacieux no pegó los ojos en toda la noche, no porque el calabozo fuese demasiado incómodo, sino porque era demasiado grande su sobresalto. Así pues, no se movió del banco en que se sentó en un principio, estremeciéndose al menor ruido que oía; y cuando la luz del alba llegó a penetrar en su aposento, le pareció que la aurora venía envuelta en tintas fúnebres.

De pronto oyó descorrer los cerrojos, y un sudor frío circuló por todo su cuerpo. Ya se figuraba que iban a conducirle al cadalso, y cuando vio aparecer, en vez del verdugo que aguardaba, al comisario y al escribano de la víspera, casi estuvo a punto de saltar a su cuello, loco de alegría.

—Vuestro asunto se ha complicado mucho de anoche acá, mi buen amigo —le dijo el comisario—, y os aconsejo que digáis toda la verdad, pues sólo un sincero arrepentimiento por vuestra parte podrá conjurar la cólera del cardenal.

—¡Pero si estoy pronto a decirlo todo! —exclamó Bonacieux—. Al menos todo lo que sepa. Preguntadme lo que gustéis.

—Ante todo, ¿dónde está vuestra mujer?

—¿Pues no os he dicho que me la han raptado?

—Sí, pero desde ayer tarde a las cinco que se fugó por vuestra mediación, nada se ha sabido de ella.

—¡Se ha fugado mi mujer! ¡Ah, desdichada! Pero señor, si se ha fugado, os juro que no he tenido en ello la menor parte.

—¿A qué íbais entonces a casa del señor de Artagnan, con el cual tuvisteis una larga conferencia aquel día?

—¡Ah! Es cierto, señor comisario; confieso que hice mal; sí, estuve en casa del señor de Artagnan.

—¿Qué objeto tenía esa visita?

—El de suplicarle que me ayudase a buscar a mi mujer. Pensé que tendría derecho para reclamarle; pero, por lo visto, me he equivocado y os pido mil perdones.

—¿Y qué os respondió el señor de Artagnan?

—El señor de Artagnan me prometió su auxilio, pero bien pronto conocí que me engañaba.

—¡Vos sois el que trata de engañar a la justicia! El señor de Artagnan hizo con vos un pacto, de cuyas resultas puso en fuga a los alguaciles que habían logrado prender a vuestra mujer, y la ha sustraído a todas nuestras pesquisas.

—¿Qué me decís? ¿El señor de Artagnan se ha llevado a mi mujer?

—Afortunadamente, el señor de Artagnan se halla en nuestro poder, y ahora mismo vais a ser careado con él.

—Con mucho gusto —exclamó Bonacieux—. Al menos tendré el placer de ver a alguna persona conocida.

—Introducid al señor de Artagnan —dijo el comisario a los guardias.

Éstos hicieron entrar a Athos.

—Señor de Artagnan —dijo el comisario a Athos—, declarad lo que ha pasado entre vos y el señor.

—¡Pero si el señor no es el señor de Artagnan! —exclamó Bonacieux—.

—¿Cómo que no es el señor de Artagnan? —dijo el comisario—.

—Lo digo y lo repito, no es el señor de Artagnan —replicó Bonacieux—.

—Pues, ¿cómo se llama este caballero? —preguntó el comisario—.

—No puedo decirlo, porque no tengo el honor de conocerlo.

—¡Cómo! ¿No le conocéis?

—No, señor.

—¿Ni le habéis visto nunca?

—Creo que sí, pero no sé cómo se llama.

—¿Vuestro nombre? —le preguntó el comisario—.

—Athos —respondió el mosquetero—.

—Pero ese nombre no es de persona, pues más bien parece nombre de montaña —repuso el pobre comisario, que principiaba ya a perderse en confusiones—.

—Ése es mi nombre —replicó tranquilamente Athos—.

—¿Pues no habíais dicho que os llamabais Artagnan?

—¿Quién? ¿Yo?

—Sí, vos.

—Lo que pasó fue que a mí me dijeron: «Sois el señor de Artagnan», a lo cual respondí: «¿Lo creéis así?», pero los alguaciles principiaron a decir que estaban seguros de ello, y no me pareció oportuno contradecirlos. Además, que yo podía muy bien estar equivocado.

—Caballero, veo que os estáis burlando de la justicia.

—De ningún modo —respondió Athos con la mayor serenidad—.

—Vos sois el señor de Artagnan.

—Ya veis que vos mismo lo estáis afirmando ahora.

—Pues yo digo —repuso a su vez Bonacieux—, yo digo, señor comisario, que no puedo tener la menor duda. El señor de Artagnan es mi inquilino y por consiguiente, aun cuando no me paga los alquileres, me parece que debo conocerle. El señor de Artagnan es un joven que vendrá a tener a lo que más, de diecinueve a veinte años, y el señor tendrá ya treinta por lo menos. Artagnan pertenece a las compañías de guardias del señor Essarts y el señor el del cuerpo de mosqueteros del señor de Treville. Mirad el uniforme, señor comisario, mirad el uniforme.

—Es cierto —balbuceó el comisario—; en eso no cabe duda.

En este momento se abrió repentinamente la puerta, y un mensajero, introducido por uno de los carceleros de la Bastilla, puso en manos del comisario una carta.

—¡Ah, desdichada! —exclamó el comisario—.

—¿Cómo es eso? ¿Qué decís? ¿De quién habláis? Supongo que no será de mi mujer.

—Al contrario, es de ella. ¡Bueno se va poniendo vuestro asunto!

—Pero, señor —exclamó desesperado el mercero—, tened la bondad de decirme cómo puede empeorarse este dichoso asunto, por lo que haga mi mujer mientras yo estoy preso.

—Porque lo que ella hace es consecuencia de un plan infernal tramado de acuerdo con vos.

—Os juro, señor comisario, que padecéis una gravísima equivocación, que no sé una palabra de lo que debía hacer mi mujer, que soy absolutamente ajeno a lo que haya hecho, y que si ha cometido necedades, reniego de ella, la desmiento y la maldigo.

—¡Vamos! —dijo Athos al comisario—. Si ya no me necesitáis, enviadme a cualquier otra parte. Es insufrible tener que oír a este hombre.

—Conducid a los presos a sus respectivos calabozos —dijo el comisario designando con un mismo ademán a Athos y a Bonacieux—; y que sean estrechamente vigilados.

—Con vuestro permiso —dijo Athos con su calma habitual—; si es el señor de Artagnan el interesado o comprometido en este asunto, no comprendo en qué pueda yo reemplazarle.

—¡Haced lo que digo! —exclamó el comisario—. Rigurosa incomunicación, ¿entendéis?

Athos siguió a los guardias encogiéndose de hombros, y Bonacieux exhalando unos suspiros tan profundos que hubieran ablandado el corazón de un tigre.

El mercero fue trasladado al mismo calabozo en que había pasado la noche y en el que pasó también el día. El pobre Bonacieux no cesó de llorar como un verdadero mercader, puesto que ya nos confesó él mismo que no era hombre de espada.

A las nueve de la noche, hora en que iba a decidirse ya a meterse en la cama, sintió ruido en el pasillo. Oyó que se acercaban algunas personas a su calabozo; abrióse la puerta y vio delante de sí a varios guardias.

—Seguidnos —dijo un oficial que venía con aquéllos—.

—¡Seguiros! —exclamó Bonacieux—. ¿Seguiros a estas horas? ¿Y a dónde, Dios mío?

—A donde tenemos orden de conduciros.

—Ésa no es una respuesta, caballero; ésa no es una respuesta.

—Es, sin embargo, la única que podemos daros.

—¡Ay, Dios mío! ¡Dios mío! —murmuró el pobre mercero—. ¡Esta vez estoy perdido!

Y maquinalmente siguió sin resistencia a los guardias que habían ido a buscarle.

Tomó por el mismo pasillo que ya había recorrido, luego cruzó un patio, después otro segundo cuerpo del edificio y, por último, a la puerta del patio de entrada halló un coche rodeado de cuatro guardias a caballo. Hiciéronle subir al carruaje, colocóse el oficial a su lado, y después de cerrar con llave la portezuela, quedaron los dos en aquella especie de cárcel ambulante.

El carruaje se puso inmediatamente en movimiento; pero en movimiento pausado, como el de un coche fúnebre. A través de la enrejada ventanilla, distinguía el prisionero las casas y el suelo nada más; pero como antiguo y verdadero parisiense reconocía cada calle en los guardacantones, en las muestras de las tiendas y en los faroles. Cuando llegó a San Pablo, sitio donde se ejecutaba a los reos de la Bastilla, estuvo a punto de desmayarse, y se santiguó dos veces. Había creído que el coche debía detenerse allí; no obstante, el coche pasó de largo.

Poco después le acometió por segunda vez un terror grande, y fue cuando rodeó el cementerio de San Juan, donde se enterraba a los reos del Estado. Pero le tranquilizó un poco la consideración de que antes de enterrarlos, solían cortarles la cabeza, y la suya la tenía aún sobre los hombros. Mas cuando vio que el coche tomaba la dirección de la plaza de La Greve, y distinguió los agudos techos del ayuntamiento, llegó a persuadirse de que todo había concluido para él; quiso confesarse con el oficial, y habiéndole éste rehusado, dio tales y tan lamentables alaridos, que el oficial le manifestó que si continuaba atronándole los oídos de aquella manera, le pondría una mordaza.

Esta amenaza sosegó un poco a Bonacieux, pues si debieran ajusticiarle en la plaza de La Greve, no merecía la pena de que le pusiesen una mordaza, hallándose tan próximo al sitio de la ejecución. En efecto, el coche cruzó la plaza fatal sin detenerse. No quedaba ya otro sitio temible más que la Cruz del Trahoir. El carruaje tomó justamente esa dirección.

Esta vez no cabía la menor duda: la Cruz del Trahoir era el sitio en donde se ajusticiaba a los criminales subalternos. Bonacieux se había equivocado al creerse digno de San Pablo o de la plaza de La Greve, pues en la Cruz del Trahoir era donde debía terminar su viaje y su destino. No podía aún percibir aquella funesta cruz, pero sentía como por instinto que se le iba aproximando. Cuando se hallaba ya a unos veinte pasos de ella oyó un rumor, y el coche se detuvo. Esto era ya más de lo que podía sufrir el pobre Bonacieux, abatido por las terribles emociones que había ido experimentando sucesivamente, y exhalando un débil gemido que hubiera muy bien podido tomarse por el último suspiro de un moribundo, cayó desmayado.

CAPÍTULO XIV

EL HOMBRE DE MEUNG

La aglomeración era debida, no a que la gente esperase ver el suplicio de un hombre que hubiese de ser ahorcado, sino a la contemplación de otro que ya lo había sido.

El carruaje, detenido por un momento, volvió a ponerse en marcha y, atravesando entre la multitud, continuó su camino siguiendo la calle de San Honorato y torciendo después por la de Bons Enfants, donde se detuvo delante de una puerta baja.

Abrióse ésta, y dos guardias recibieron en sus brazos a Bonacieux, sostenido por el oficial; condujéronle hasta el pie de una escalera, que le hicieron subir, y le dejaron en una especie de antecámara.

Todos estos movimientos los había ejecutado maquinalmente.

Había caminado como en sueños; veía los objetos como por entre una densa niebla; sus oídos habían percibido sonidos sin comprenderlos, y hubieran podido quitarle la vida en aquel momento, sin que hubiese hecho la menor resistencia, ni dado un solo grito para implorar piedad.

Permaneció, pues, en esta situación sobre la banqueta con la espalda recostada en la pared y los brazos colgando, en el mismo sitio en que los guardias le habían colocado.

No obstante, como no veía en torno suyo cosa alguna que pudiera hacerle temer un peligro inminente, como la banqueta estaba bien mullida y las paredes cubiertas de un hermoso cordobán, y flotaban en la parte interior de la ventana unas grandes cortinas de damasco encarnado, recogidas con abrazaderas de oro, fue comprendiendo poco a poco que sus temores podían ser exagerados y principió a mover la cabeza, primero de un lado a otro y después de arriba abajo. Hecho este movimiento, al que nadie intentó oponerse, cobró más ánimo y se arriesgó a recoger primero una pierna y luego la otra, tras lo cual, apoyando ambas manos en la banqueta, se levantó y quedó sostenido sobre sus pies.

En aquel momento un oficial de bastante buena presencia abrió una puertecilla, habló un momento con otra persona que se hallaba en la pieza inmediata, y volviéndose luego al prisionero, dijo:

—¿Sois vos quien se llama Bonacieux?

—Sí, caballero oficial —respondió más muerto que vivo el mercero—; el mismo soy.

—Entrad —repuso el oficial—.

Y se desvió a fin de que el mercero pudiera pasar. Éste obedeció sin la menor réplica y entró en la habitación donde parecía que le aguardaban.

Era ésta un espacioso gabinete, cuyas paredes estaban cubiertas de armas ofensivas y defensivas y en cuyo recinto cerrado y falto de ventilación había encendida lumbre, a pesar de no haber expirado todavía el mes de septiembre. Una mesa cuadrada cubierta de libros y papeles, sobre los cuales se hallaba extendido un gran plano topográfico de la ciudad de La Rochela, ocupaba el centro de la habitación.

Delante de la chimenea estaba en pie un hombre de mediana estatura, de aspecto altivo y severo, de ojos penetrantes, de ancha frente y delgado semblante, que aún hacía parecer más prolongada una perilla coronada por sus correspondientes bigotes. A pesar de que este hombre no debía de contar arriba de treinta y siete años, cabellos, bigotes y perilla empezaban ya a encanecer. Por lo demás, todo su aspecto, a excepción de la espada, era el de un guerrero; indicando sus botas de búfalo, cubiertas ligeramente de polvo, que había montado a caballo aquel día.

Este hombre era Armando Juan Duplessis, cardenal de Richelieu, no como generalmente nos lo representan, acabado por los años, sufriendo como un mártir, con el cuerpo encorvado, la voz apagada, sepultado en su gran butaca como en una tumba anticipada, no viviendo sino por la fuerza de su genio, ni sosteniendo la lucha con Europa más que por la continua aplicación de su pensamiento; sino tal como era realmente en aquella época, apuesto y galante caballero, debilitado, sí, su cuerpo, pero auxiliado por aquella fuerza moral que hizo de él uno de los hombres más extraordinarios que hayan existido y preparándose al fin, después de haber sostenido al duque de Nevers en su ducado de Mantua y de haber tomado a Nimes, Castres y Uzés, a arrojar a los ingleses de la isla de Re y a poner sitio a La Rochela.

A primera vista nada había en él que denotase al cardenal, y era imposible, a los que no conociesen su semblante, adivinar la persona ante quien se hallaban.

El pobre mercero se quedó en pie a la puerta, mientras los ojos del personaje que acabamos de describir se clavaban sobre él con una mirada que parecía penetrar hasta el fondo de su pensamiento.

—¿Es este hombre el tal Bonacieux? —preguntó después de un momento de silencio—.

—Sí, monseñor —contestó el oficial—.

—Muy bien. Dadme esos papeles y dejadnos.

El oficial tomó de encima de la mesa los papeles indicados, y después de ponerlos en manos de su eminencia, se inclinó profundamente y desapareció.

Bonacieux reconoció en aquellos papeles sus interrogatorios de la Bastilla. De cuando en cuando, el hombre de la chimenea levantaba los ojos de encima de los papeles y los clavaba como dos puñales en lo íntimo del corazón del infeliz mercero.

Diez minutos de lectura y otros diez segundos de examen bastaron al cardenal para formular su juicio.

«Esta cabeza no ha conspirado contra mí —balbuceó entre dientes—; pero con todo, vamos a ver.»

—Estáis acusado de un crimen de alta traición —dijo pausadamente el cardenal—.

—Eso me han dicho, monseñor —repuso Bonacieux, dando al que le preguntaba el tratamiento que oyó que le había dado el oficial—; pero os juro que no sé de qué se trata.

El cardenal reprimió una sonrisa.

—Habéis conspirado juntamente con vuestra mujer, con madame de Chevreuse y con milord, duque de Buckingham.

—En verdad, monseñor —respondió Bonacieux—, ninguno de esos nombres me es desconocido, y los he oído pronunciar alguna vez.

—¿En qué ocasión?

—Mi mujer decía que el cardenal de Richelieu había atraído al duque de Buckingham a París, para perderle a él y a la reina juntamente.

—¡Eso decía! —exclamó el cardenal con violencia—.

—Sí, monseñor; pero yo le manifesté que hacía mal en formar semejantes juicios, y que su eminencia era incapaz...

—¡Silencio! ¡Sois un imbécil! —repuso el cardenal—.

—Eso es precisamente lo que me contestó mi mujer, monseñor.

—¿Conocéis a la persona que ha raptado a vuestra mujer?

—No, monseñor.

—¿Pero tenéis algunas sospechas de quién pueda ser?

—Sí, monseñor; pero esas sospechas parece que han disgustado al señor comisario; y de consiguiente ya no las tengo.

—Y vuestra mujer se ha escapado. ¿Lo sabíais?

—Únicamente lo he sabido después de hallarme preso, y eso porque ha tenido la bondad de decírmelo el comisario, persona muy amable por cierto.

El cardenal reprimió una segunda sonrisa.

—¿Entonces ignoráis lo que ha sido de vuestra mujer después de su fuga?

—Enteramente, monseñor; pero ha debido de volver al Louvre.

—A la una de la madrugada no había vuelto todavía.

—¡Ay, Dios mío! Pues entonces, ¿qué es lo que le habrá sucedido?

—Ya se sabrá, perded cuidado, que nada se le oculta al cardenal, el cardenal todo lo sabe.

—En ese caso, monseñor, ¿creéis que el cardenal tendrá a bien decirme lo que ha sido de mi mujer?

—Tal vez; pero antes es preciso que manifestéis todo cuanto sepáis concerniente a las relaciones de vuestra mujer con madame de Chevreuse.

—Si nada sé, monseñor; jamás la he visto.

—Cuando íbais a buscar a vuestra mujer al Louvre, ¿volvía luego directamente a su casa?

—Muy rara vez, pues casi siempre se le ofrecía algo que hacer en casa de unos comerciantes en telas, a donde yo la acompañaba.

—¿Y cuántas eran esas casas de comercio a donde iba?

—Dos, monseñor.

—¿Dónde estaban situadas?

—Una en la calle de Vaugirard y la otra en la calle de La Harpe.

—¿Y entrabais vos con vuestra mujer en esas casas?

—Nunca, monseñor, pues hacía que la esperase a la puerta.

—¿Y qué pretexto os daba para entrar ella sola?

—Ninguno. Solamente me decía que la aguardara, y yo lo hacía así.

—Sois un marido muy complaciente, mi querido Bonacieux —repuso el cardenal—.

«Me ha llamado su querido Bonacieux —dijo para sus adentros el mercero—. ¡Diantre, pues no va mal mi asunto!»

—¿Reconoceríais las puertas de esas casas?

—Sí, monseñor.

—¿Sabéis los números?

—Número veinticinco, en la calle de Vaugirard, y setenta y cinco, en la de La Harpe.

—Basta —dijo el cardenal—.

A estas palabras tocó una campanilla de plata y entró el oficial.

—Id —le dijo a media voz— a buscar a Rochefort y que venga al punto, si ha vuelto.

—El conde está ahí —dijo el oficial— y desea vivamente hablar a vuestra eminencia.

—¡Su eminencia! —murmuró Bonacieux, que sabía que era éste el título que de ordinario se daba al cardenal—. ¿Su eminencia?

—¡Pues que pase, que pase! —repuso inmediatamente Richelieu—.

El oficial salió al punto de la habitación con aquella prontitud que manifestaban por regla general los servidores del cardenal en obedecerle.

—¡Su eminencia! —seguía murmurando Bonacieux, dirigiendo a todas partes sus ojos espantados—.

No habrían pasado cinco segundos desde la desaparición del oficial, cuando se abrió la puerta y se presentó un nuevo personaje.

—¡Él es! —exclamó Bonacieux—.

—¿Quién es él? —preguntó el cardenal—.

—El que ha raptado a mi mujer.

El cardenal tocó otra vez la campanilla y se presentó el oficial.

—Conducid a ese hombre al lado de los que le custodiaban, y que permanezca allí hasta que le llame a mi presencia.

—¡No, monseñor, no es él! —exclamó Bonacieux—. No; me he equivocado. Es otro que en nada se le parece. El señor es todo un honrado caballero.

—¡Llevaos a ese mentecato! —dijo el cardenal—.

El oficial cogió del brazo a Bonacieux y le condujo a la antecámara, donde le esperaban sus dos guardias.

El nuevo personaje que acababa de ser introducido siguió con una mirada de impaciencia a Bonacieux, hasta que éste estuvo fuera, y apenas se cerró la puerta, dijo:

—Al fin se han visto.

—¿Quiénes? —preguntó su eminencia—.

—Ella y él.

—¿La reina y el duque? —exclamó Richelieu—.

—Sí.

—¿Y en dónde?

—En el Louvre.

—¿Estáis seguro de ello?

—Segurísimo.

—¿Quién os lo ha dicho?

—Madame de Lannoy, que, como sabéis muy bien, es persona de confianza de vuestra eminencia.

—¿Y por qué no lo ha dicho antes?

—Sea por casualidad, sea por desconfianza, la reina ha hecho acostar en su mismo cuarto a madame de Surgis, y la ha tenido al lado suyo todo el día.

—Muy bien; hemos sido vencidos. Lo que importa es desquitarnos.

—Y os ayudaré con todas mis fuerzas, monseñor.

—¿Cómo se ha efectuado esa entrevista?

—A las doce y media de la noche estaba la reina con sus damas...

—¿En dónde?

—En su dormitorio...

—Bien.

—Cuando vinieron a traerle un pañuelo de parte de su costurera.

—¿Y qué más?

—La reina sintió al punto una emoción tal, que a pesar del carmín que le cubría las mejillas, se le vio ponerse pálida...

—¿Qué más? ¿Qué más?

—Se levantó, no obstante, y con voz alterada dijo: «Señoras, aguardadme diez minutos, que vuelvo al momento.» Después abrió la puerta de su alcoba y desapareció.

—¿Y por qué madame de Lannoy no fue a visitarnos inmediatamente?

—Nada podía saber de cierto todavía, y además, como la reina había dicho que la esperasen por tan corto tiempo, no se atrevió a desobedecerla.

—¿Y como cuánto tiempo estaría la reina fuera de sus habitaciones?

—Unos tres cuartos de hora.

—¿No la acompañaba ninguna de sus damas?

—Doña Estefanía solamente.

—¿Y volvió a entrar en seguida?

—Sí, pero fue únicamente para tomar una arquita de palo de rosa con su cifra; después de lo cual volvió a salir.

—¿Y cuando volvió la segunda vez traía la arquita?

—No.

—¿Sabe madame de Lannoy lo que contenía?

—Sí; los herretes de diamantes que su majestad ha regalado a la reina.

—¿Y decís que cuando volvió no traía el cofrecillo?

—No lo traía.

—¿Madame de Lanoy cree, según eso, que la reina se lo ha regalado a Buckingham?

—Está segura de ello.

—¿Cómo segura?

—Durante todo el día, madame de Lannoy, como dama encargada de las joyas de la reina, estuvo buscando la arquita; y manifestándose inquieta porque no aparecía, concluyó por preguntar a la reina por ella.

—Y la reina entonces...

—La reina, poniéndose en extremo colorada, le respondió que habiendo roto el día anterior uno de los herretes, lo había enviado a componer a casa de su platero.

—Es preciso ver al platero inmediatamente, y asegurarse de si eso es cierto o no.

—Ya lo he visto.

—¿Y qué? El platero...

—El platero no tiene la menor noticia de semejante cosa.

—¡Bien! ¡Bien! Rochefort, no se ha perdido todo; y tal vez... tal vez ahora sea más seguro el éxito de nuestros planes.

—Lo que yo no dudo es que el genio fecundo de vuestra eminencia...

—Sabrá reparar las faltas de mi agente, ¿no es verdad?

—Eso es cabalmente lo que iba a decir, si vuestra eminencia me hubiera dejado concluir la frase.

—Vamos a ver: ¿ya sabéis dónde se ocultaban la duquesa de Chevreuse y el duque de Buckingham?

—No, monseñor. Mis espías no han podido decirme nada de positivo sobre eso.

—Pues yo sí lo sé.

—¿Vos, monseñor?

—Sí, o por lo menos lo sospecho. El uno se ocultaba en la calle de Vaugirard, número veinticinco, y la otra en la de La Harpe, número setenta y cinco.

—¿Quiere vuestra eminencia que mande prender a ambos?

—Tal vez sea ya demasiado tarde. Se habrán fugado.

—No importa; por si acaso, no sería malo intentarlo.

—Tomad diez hombres de mi guardia y registrad las dos casas.

—Voy, monseñor.

Y Rochefort salió precipitadamente de la estancia.

Así que el cardenal se quedó solo, tocó por tercera vez la campanilla, y se presentó el mismo oficial de antes.

—Introducid al preso —dijo el cardenal—.

Bonacieux fue introducido nuevamente, y a una señal de Richelieu se retiró el oficial.

—Me habéis engañado —dijo en tono severo el cardenal—.

—¡Yo! —exclamó Bonacieux—; ¡yo engañar a vuestra eminencia!

—Cuando vuestra mujer iba a la calle de Vaugirard y a la de La Harpe, no iba a casa de ningún comerciante.

—¿Pues dónde iba, Dios mío?

—A casa de la duquesa de Chevreuse y a la del duque de Buckingham.

—Sí —dijo Bonacieux trayendo a la memoria ciertos recuerdos—; sí, es verdad, tiene razón vuestra eminencia. Mil veces he dicho a mi mujer que era muy extraño que unos comerciantes en telas viviesen en unas casas como aquéllas, en unas casas que no tenían escaparate. Y cada vez que se lo decía se me echaba a reír. ¡Ah, monseñor! —continuó Bonacieux, arrojándose a los pies de su eminencia—. ¡Ah! ¡Vos sois el cardenal, el gran cardenal, el hombre de genio a quien todo el mundo reverencia!

Por mediano que fuese el triunfo que el cardenal acababa de conseguir sobre un ser tan vulgar como era Bonacieux, no por eso dejó de experimentar un momento de satisfacción; pero inmediatamente, como si se hubiera presentado una idea repentina a su mente, dejó asomar una risa a sus labios, y tendiendo la mano al mercero, le dijo:

—Levantaos, amigo mío; sois un hombre honrado.

—¡El cardenal me ha dado la mano! ¡Yo he tocado la mano del hombre ilustre! —exclamó Bonacieux—. ¡Y me ha llamado su amigo!

—Sí, amigo mío, sí —dijo el cardenal en aquel tono paternal que sabía tomar a veces, pero que sólo engañaba a las personas que no le conocían—; y como habéis sido acusado injustamente, es preciso indemnizaros de algún modo. ¡Vamos! Tomad ese saco de cien doblas y perdonadme.

—¡Que os perdone, monseñor! —exclamó Bonacieux, vacilando en tomar el saco, por temor sin duda de que el cardenal tratara de chancearse—. Árbitro sois de hacerme prender, de hacerme dar tormento y de mandarme ahorcar. Vos sois el amo, y no tendría la menor palabra que replicar. ¡Que yo os perdone, monseñor! Vamos, no creo que digáis eso formalmente.

—¡Ah, mi querido amigo Bonacieux! ¡Queréis hacer alarde de vuestra generosidad! Os doy por ello mil gracias. Ea, pues, espero que tomaréis ese saco, y que no os marcharéis descontento de mí.

—Al contrario, monseñor, me habéis dejado encantado.

—Adiós, pues; o más bien hasta pronto, porque espero que nos volveremos a ver.

—Siempre que monseñor quiera; estoy completamente a las órdenes de vuestra eminencia.

—Pues nos veremos a menudo, porque he tenido sumo placer en vuestra conversación.

—¡Ah, monseñor!

—Hasta la vista, señor Bonacieux; hasta la vista.

Y el cardenal hizo con la mano una señal, a la que contestó Bonacieux inclinándose hasta el suelo; en seguida se retiró poco a poco, deshaciéndose en profundas cortesías, y cuando se halló en la antecámara oyó Richelieu que gritaba con todo su entusiasmo:

—¡Viva monseñor! ¡Viva su eminencia! ¡Viva el ilustre cardenal Richelieu!

El cardenal oyó con la sonrisa en los labios esa ruidosa manifestación de los sentimientos entusiastas del buen Bonacieux, y cuando los gritos de éste llegaron a perderse por la distancia, dijo para sí:

—Bien, he aquí un hombre que en adelante se dejaría matar por mí.

El cardenal se puso acto continuo a examinar con la mayor atención el plano de La Rochela que, como hemos dicho, tenía extendido sobre la mesa, y trazó con un lápiz la línea por donde había de pasar el famoso dique que, dieciocho meses después, cerraba el puerto de la ciudad sitiada.

Cuando se hallaba en lo mejor de sus meditaciones estratégicas, se abrió la puerta y entró Rochefort.

—¿Qué hay? —preguntó vivamente el cardenal, levantándose con una prontitud que indicaba la mucha importancia que daba a la misión que había confiado al conde—.

—Una joven —repuso éste— de veintitrés a veintiocho años y un hombre de treinta y cinco a cuarenta han vivido, efectivamente el uno cuatro días y la otra cinco en las casas designadas por vuestra eminencia, pero la mujer se ha marchado esta noche pasada, y el hombre hoy por la mañana.

—¡Ellos eran! —exclamó el duque mirando el reloj—. Y ya es demasiado tarde para hacerlos seguir. La duquesa estará ya en Tours, y el duque en Bologne... Será preciso encontrarlos en Londres.

—¿Qué órdenes tiene que dar vuestra eminencia?

—Ni una palabra de todo cuanto ha pasado. Que la reina permanezca en una completa seguridad y no sospeche en ningún momento que sabemos su secreto. Es preciso hacerle creer, en todo caso, que nos ocupamos en descubrir una conspiración cualquiera. Enviadme al ministro Seguier.

—¿Y aquél hombre? ¿Qué ha hecho de él vuestra eminencia?

—¿Qué hombre? —preguntó el cardenal—.

—Ese Bonacieux.

—He sacado de él todo el partido posible. Le he hecho espía de su propia mujer.

El conde de Rochefort se inclinó como hombre que reconocía la gran superioridad de su señor, y se retiró.

Al quedarse solo, el cardenal sentóse de nuevo y escribió una carta que cerró estampando sobre ella su sello particular. Tocó luego la campanilla y el oficial apareció por cuarta vez.

—Llamad a Vitray —dijo— y avisadle que se prepare para ir de viaje.

Un momento después, el hombre a quien había mandado llamar, se hallaba en pie en su presencia, calzado ya con botas de montar.

—Vitray —le dijo—, vais a partir inmediatamente para Londres, sin deteneros un momento en el camino, y entregaréis esta carta en propias manos a Milady. Aquí tenéis un vale de doscientas doblas. Id a casa de mi tesorero y cobradlas. Podéis contar con otra cantidad igual si estáis de vuelta dentro de seis días y habéis cumplido bien mi encargo.

El mensajero, sin replicar una sola palabra, se inclinó reverente, y tomando la carta y el vale de las doscientas doblas, se retiró.

La carta se hallaba concebida en estos términos:

Milady:
Procurad hallaros en el primer baile a que asista el duque de Buckingham. Veréis en su jubón doce herretes de diaMantes. Acercaos a él y cortadle dos sin que lo advierta.
Inmediatamente que estos herretes se hallen en vuestro poder, avisadme.

CAPÍTULO XV

GENTE DE TOGA Y GENTE DE ESPADA

Al día siguiente de desarrollarse estos acontecimientos, como aún no había aparecido Athos, sus compañeros Artagnan y Porthos comunicaron la desaparición al señor de Treville.

En cuanto a Aramis, había obtenido una licencia de cinco días, y estaba en Ruan, según decían, por asuntos de familia.

El señor de Treville era el padre de sus soldados. El más insignificante y menos conocido de ellos, desde que vestía el uniforme de la compañía, podía estar tan seguro de su apoyo y protección, como pudiera estarlo del de su propio hermano.

Fuese, pues, inmediatamente a ver al teniente fiscal. Hizo venir éste al comandante del puesto de la Cruz Roja, y los informes sucesivos indicaron que Athos estaba momentáneamente detenido en el fuerte del Obispo.

Athos había pasado por todas las pruebas que hemos visto que se habían practicado con Bonacieux.

Ya hemos dado cuenta del acto del careo entre los dos presos. Athos, que hasta entonces no había dicho una palabra por temor de que Artagnan, molestado a su vez, no tuviese el tiempo necesario para su objeto, declaró por último que se llamaba Athos y no Artagnan.

Añadió que ni conocía a Bonacieux ni a su mujer y que nunca había hablado con ninguno de ellos; que había ido a las diez de la noche a visitar a su amigo Artagnan, habiendo permanecido hasta aquella hora en el palacio del señor de Treville, donde se había quedado a comer. Veinte testigos podían asegurar semejantes hechos, y citó en prueba de lo mismo a muchos caballeros distinguidos, entre ellos el duque de la Tremouille.

El segundo comisario se quedó tan confuso y aturdido como el primero con la declaración sencilla y enérgica de aquel mosquetero, sobre el cual hubiera querido tomar esa venganza que la gente de toga gusta siempre tomar sobre la gente de espada; pero los hombres del señor de Treville y del duque de la Tremouille le obligaban, a su pesar, a proceder con cautela.

Athos fue también conducido a casa del cardenal; pero desgraciadamente se hallaba éste en el Louvre con el rey.

Y era cabalmente en el instante en que llegaba a las habitaciones de su majestad el señor de Treville, después de visitar al juez de lo criminal y al gobernador del fuerte del Obispo.

—Puedo decir a vuestra majestad —continuó Treville en el mismo tono— que una turba de procuradores, de comisarios y gente de policía, personas todas muy respetables, pero altamente prevenidas contra el uniforme, a lo que parece, se ha permitido prender en una casa, conducir por medio de la calle y sepultar en el fuerte del Obispo a uno de mis mosqueteros o más bien de los vuestros; y todo esto en virtud de una orden que se han negado a presentarme; a un mosquetero de conducta irreprochable, de fama ilustre y a quien vuestra majestad conoce favorablemente: al señor Athos.

—¿Athos? —respondió maquinalmente el rey—. Sí, me parece que conozco ese nombre.

—Recuérdelo vuestra majestad —repuso Treville—. Athos es aquel mosquetero que en la desagradable reyerta de que ya tenéis noticia tuvo la desgracia de herir gravemente al señor de Cahussac. A propósito, monseñor —continuó Treville, dirigiendo la palabra al cardenal—, el señor de Cahussac está ya completamente restablecido, ¿no es verdad?

—¡Gracias! —dijo el cardenal, mordiéndose los labios—.

—El señor Athos —siguió diciendo Treville con la mayor impasibilidad— había ido a visitar a un amigo suyo, que se hallaba ausente a la sazón, a un joven bearnés, cadete de guardias de su majestad, en la compañía del señor Essarts; pero apenas se hubo instalado en casa de su amigo, y tomado un libro para esperarle leyendo, cuando una nube de alguaciles y soldados, mezclados, fue a poner sitio a la casa y derribó varias puertas.

El cardenal hizo al rey una seña que quería decir:

«Fue para el asunto de que os he hablado.»

—Ya sabemos eso —replicó el rey—; pues todo se hizo en servicio nuestro.

—Entonces —dijo Treville—, sería también por servir a vuestra majestad por lo que se apoderaron de uno de mis mosqueteros, que era inocente, y le llevaron entre dos guardias como a un malhechor, paseando por medio de un populacho insolente a ese gallardo joven que ha derramado diez veces su sangre en servicio de vuestra majestad, y que se halla dispuesto a derramarla otras tantas y más todavía.

—¡Bah! —exclamó el rey, un tanto sorprendido—. ¿Han pasado así las cosas?

—Él señor de Treville no dice —repuso el cardenal con la mayor calma— que ese mosquetero inocente, ese gallardo joven, la había emprendido a cintarazos, una hora antes, con cuatro comisarios delegados por mí a fin de que instruyesen un sumario de la mayor importancia.

—Desafío a vuestra eminencia a que pruebe la verdad de semejante aserto —exclamó el señor de Treville con su franqueza de gascón y su impetuosidad de militar—; pues una hora antes el señor Athos, que no tengo reparo en confiar a vuestra majestad que es persona distinguida, después de haberme hecho el honor de acompañarme a la mesa, estaba conversando en el salón de mi palacio con el duque de la Tremouille y el conde de Chalus, quienes se encontraban allí.

El rey miró al cardenal.

Como capitán de los mosqueteros, tenía Treville entrada franca en palacio a todas horas.

Ya hemos indicado cuáles eran las prevenciones que abrigaba el rey contra la reina, prevenciones hábilmente alimentadas por el cardenal, que en materia de intrigas desconfiaba mucho más de las mujeres que de los hombres. Una de las principales causas de esa antipatía era la amistad de Ana de Austria con madame de Chevreuse. Estas dos mujeres le causaban mucha mayor inquietud que las guerras con los españoles, las diferencias con Inglaterra y los apuros de la Hacienda. Estaba persuadido de que madame de Chevreuse no solamente auxiliaba a la reina en sus intrigas políticas, sino también en sus intrigas amorosas, cosa que le atormentaba mucho más todavía.

A la primera palabra que habló el cardenal de que madame de Chevreuse, desterrada en Tours, donde se la suponía, había venido a París y permanecido en esta capital por espacio de cinco días, burlando la vigilancia de la policía, se puso el rey furioso de cólera. Este monarca, que era por demás caprichoso e infiel, quería que le llamasen Luis *el Justo* y Luis *el Casto*. La posteridad podrá comprender difícilmente aquel carácter que la historia explica sólo por los hechos y nunca por razonamientos.

Pero cuando el cardenal añadió que no sólo madame de Chevreuse había venido a París, sino que la reina se había entendido con ella por medio de ciertas correspondencias misteriosas que entonces se llamaban una cábala; cuando le impuso de que en el momento en que iba a coger el hilo de la tenebrosa intriga, sorprendiendo *in fraganti* y con todas las pruebas a la emisaria de la reina cerca de la desterrada, se había atrevido un mosquetero a interrumpir el curso de la justicia, cayendo espada en mano sobre los honrados curiales encargados de sumariar con imparcialidad todo el asunto para someterlo después a la inspección del rey, Luis XIII no pudo contenerse y dio un paso hacia la habitación de la reina, con aquella muda y fría indignación que, cuando llegaba a estallar, conducía a aquel príncipe hasta el exceso de la más fría crueldad.

Y, sin embargo, el cardenal no había hablado una sola palabra todavía del duque de Buckingham.

En estos momentos fue cuando entró Treville, con semblante sereno y tranquilo continente.

Sospechando lo que podía haber sucedido por la presencia del cardenal y por la alteración del rostro del rey, Treville se preparó a mostrarse fuerte como Sansón ante los filisteos.

Luis XIII tenía ya puesta su mano sobre el picaporte de la puerta, al tiempo que sintiendo el ruido que hizo al entrar el señor de Treville, se volvió.

—Llegáis oportunamente, caballero —dijo el rey, que cuando se exaltaba demasiado no sabía disimular—. Buenas cosas he sabido de vuestros mosqueteros.

—Y yo —dijo con frialdad Treville— tengo también muy buenas cosas que decir a vuestra majestad de vuestra gente de curia.

—¿Qué? —dijo el rey con altivez—.

—Un atestado da fe de todo —dijo el cardenal, contestanto en voz alta a la pregunta muda del rey—; y las personas maltratadas han instruido el siguiente, que tengo el honor de presentar a vuestra majestad.

—¿Y equivale un atestado instruido por gente de toga a la palabra de honor de un militar? —preguntó con altivez Treville—.

—¡Vamos! ¡Vamos! —dijo el rey—. Callad.

—Si su eminencia abriga alguna sospecha contra cualquiera de mis mosqueteros —dijo Treville—, la justicia del señor cardenal es sobradamente conocida para que yo pida la formación de un sumario.

—En la casa en donde se han practicado estas diligencias judiciales habita, por lo que tengo entendido, un bearnés amigo del mosquetero —repuso, impasible, el cardenal.

—Vuestra eminencia quiere, sin duda, hablar del señor de Artagnan.

—Quiero hablar de un joven a quien protegéis, señor de Treville.

—Es ese mismo, eminencia.

—¿Y no presumís que ese joven haya podido dar malos consejos...?

—¿Al señor Athos, a un hombre que tiene el doble de su edad? —interrumpió el señor de Treville—. No, monseñor, no; además, que el señor de Artagnan pasó aquella noche en mi casa.

—¡Buena es ésa! —replicó el cardenal—. ¿Conque todo el mundo ha pasado aquella noche en vuestra casa?

—¿Dudaría su eminencia de mis palabras? —preguntó Treville, agolpándosele la sangre al rostro por la cólera—.

—No, por cierto, ¡Dios me libre! —replicó el cardenal—. Pero tened la bondad solamente de decirme a qué hora estaba ese joven en vuestra casa.

—¡Oh! En cuanto a eso, puedo decirlo a punto fijo a vuestra eminencia, porque cuando entraba vi en el reloj que eran las nueve y media, y yo creía que fuese más tarde.

—¿Y a qué hora salió de vuestra casa?

—A las diez y media, una hora justa después del suceso.

—Pero, en fin —respondió el cardenal, que no dudando de la lealtad de Treville, veía escapársele el triunfo de las manos—, Athos ha sido arrestado en la casa de la calle de Fossoyeurs.

—¿Acaso está prohibido el visitarse los amigos? ¿No puede un mosquetero de mi compañía fraternizar con un guardia de la compañía del señor Essarts?

—No, cuando la casa a donde va a visitarle es sospechosa.

—En efecto, señor, lo ignoraba; pero, en todo caso, aun cuando esa casa sea todo lo sospechosa que se quiera, niego que lo sea en la parte habitada por el señor de Artagnan; porque si he de dar crédito a sus palabras, puedo aseguraros, señor, que no existe un servidor más apasionado de su majestad ni un admirador más profundo de su eminencia.

—¿No es ese Artagnan el que hirió a Jussac cuando la desastrosa refriega junto a los Carmelitas Descalzos? —preguntó el rey, mirando al cardenal, cuyo rostro se puso encendido de despecho—.

—Y al día siguiente a Bernajoux. Ese mismo es, señor. Vuestra majestad tiene muy buena memoria.

—Y vamos, ¿qué se resuelve? —preguntó el rey—.

—Eso corresponde a vuestra majestad más bien que a mí. Por mi parte, no dudaría en afirmar la culpabilidad.

—Pues yo la niego —dijo Treville—; pero así como así, vuestra majestad tiene jueces y éstos decidirán.

—Así es —repuso el rey—; remitiremos la causa a los jueces. A ellos toca juzgar, y juzgarán.

—Pero es muy triste —añadió Treville— que en los calamitosos tiempos que atravesamos, la vida más pura y la virtud más acrisolada no basten para escuchar a un hombre contra la infamia y la persecución. Así sucederá, y no temo afirmarlo, que el ejército se disgustará profundamente al verse objeto de tratamientos rigurosos en asuntos de policía.

La palabra era imprudente, pero Treville la había soltado con conocimiento de causa; quería que tuviese lugar una explosión, porque la mina daría fuego, y el fuego alumbra.

—¡Asuntos de policía! —exclamó el rey, recogiendo estas palabras del señor de Treville—. ¡Asuntos de policía! ¿Y qué entendéis vos por eso, caballero? Ocupaos de vuestros mosqueteros y no vengáis a romperme la cabeza. No parece, al escucharos, sino que si por desgracia se arresta a un mosquetero, queda en peligro Francia. ¡No armáis poco ruido por el mosquetero! ¿Sabéis que puedo mandar arrestar ahora mismo a toda la compañía, sin aguantar que se me replique la menor palabra?

—Desde el momento mismo en que los mosqueteros son sospechosos para vuestra majestad —dijo Treville—, son también culpables. Así, señor, estoy pronto a entregaros mi espada, porque después que el señor cardenal ha acusado a mis soldados, no dudo que acabará por acusarme a mí mismo. Prefiero constituirme prisionero con el señor Athos, que se halla ya arrestado, y con el señor Artagnan, a quien sin duda acabarán por arrestar también.

—¿Acabaréis por fin, cabeza de gascón? —exclamó el rey—.

—Señor —respondió Treville, sin bajar ni un ápice el tono—, mandad que me devuelvan el mosquetero o que le juzguen.

—Se le juzgará —dijo el cardenal—.

—Pues bien, tanto mejor, porque en ese caso pediré a vuestra majestad permiso para encargarme de su defensa.

El rey temió un rompimiento.

—Si su eminencia —dijo— no tuviese motivos particulares...

El cardenal vio venir al rey y trató de salirle al encuentro.

—Perdonad —dijo—, pero desde el momento en que vuestra majestad ve en mí un juez parcial, yo me retiro.

—Veamos —dijo el rey—. ¿Me juráis por la memoria de mi padre que el señor Athos estaba en vuestra casa durante la pendencia y que no ha tomado parte en ella?

—Lo juro por la memoria de vuestro padre y por vos mismo, que sois lo que más amo y venero en este mundo.

—Reflexionadlo bien, señor —dijo el cardenal—. Si ponemos en libertad al prisionero, nunca llegaremos a averiguar la verdad.

—El señor Athos —repuso Treville— estará dispuesto a contestar siempre que la justicia quiera interrogarle. No temáis que huya, señor cardenal; yo respondo de él.

—No, no intentará desertar —dijo el rey—, y se le encontrará siempre que se quiera, como dice el señor de Treville. Además —añadió bajando la voz y mirando con aire de súplica al cardenal—, debemos darles ciertas seguridades, a fin de que no desconfíen: esto me parece más político.

Esta política de Luis XIII hizo sonreír a Richelieu.

—Disponed, señor —dijo—; tenéis el derecho de gracia.

—El derecho de gracia sólo se aplica a los culpables —objetó Treville—, y el mosquetero es inocente. No es favor, señor, lo que vais a hacer, sino justicia.

—¿Está en el fuerte del Obispo? —preguntó el rey—.

—Sí, señor, y sepultado en un oscuro calabozo como el último de los criminales.

—¡Diantre! —exclamó el rey—. ¿Y qué hemos de hacer?

—Firmar la orden de libertad, y todo queda concluido —respondió el cardenal—. Creo, como vuestra majestad, que la garantía del señor de Treville es más que suficiente.

Treville se inclinó respetuosamente con una alegría que no estaba del todo exenta de temor, pues hubiera preferido una resistencia tenaz del cardenal a aquella repentina condescendencia.

El rey firmó la orden de libertad, y Treville se la llevó sin tardanza. En el momento de salir le dirigió al cardenal una amistosa sonrisa, y dijo al rey:

—Reina la más perfecta armonía entre los jefes y soldados de vuestro cuerpo de mosqueteros, señor. Esto es sumamente provechoso para el servicio y hace a todos mucho honor.

«No tardará en jugarme una mala pasada —se decía Treville—. Nunca puede uno quedar encima con ese hombre. Démonos prisa, porque el rey puede cambiar de parecer y, en última instancia, más difícil será hacer volver a la Bastilla o al fuerte del Obispo a un hombre puesto ya en libertad, que guardarle estando dentro todavía.»

Treville hizo su entrada triunfal en el fuerte del Obispo, de donde sacó al mosquetero, a quien no había abandonado un momento su tranquila indiferencia.

Después, en la primera ocasión que tuvo de ver a Artagnan, le dijo:

—De buena os habéis librado; ya tenéis pagada vuestra estocada a Jussac, y aun os falta la de Bernajoux; pero convendría que no os fiaseis demasiado...

Por lo demás, Treville tenía razón en desconfiar del cardenal y en pensar que no había quedado todo concluido; porque apenas desapareció al capitán de los mosqueteros cerrando tras sí la puerta, se volvió su eminencia el rey y le dijo:

—Ahora que nos hallamos solos, vamos a hablar con formalidad, si lo tenéis a bien. Señor, el duque de Buckingham ha estado en París cinco días y no se ha marchado hasta hoy por la mañana.

CAPÍTULO XVI

EN DONDE EL CANCILLER SEGUIER BUSCA MÁS DE UNA VEZ LA CAMPANA PARA TOCARLA, COMO HACÍA EN OTRO TIEMPO

Es imposible formarse idea de la impresión que estas últimas palabras causaron en Luis XIII. Su rostro se puso encendido y pálido sucesivamente, y el cardenal conoció, desde luego, que había reconquistado de un solo golpe el terreno que parecía haber perdido.

—¡El duque de Buckingham en París! —exclamó el rey—. ¿Y a qué ha venido?

—Sin duda a conspirar con vuestros enemigos los hugonotes y los españoles.

—No, por cierto, no. ¡A conspirar contra mi honor de acuerdo con madame de Chevreuse, madame de Longueville y los Condé!

—¡Ay, señor! ¡Qué idea! La reina es demasiado prudente y, sobre todo, ama en extremo a vuestra majestad.

—La mujer es débil, señor cardenal —dijo el rey—; y en cuanto a amarme mucho, tengo ya mi opinión formada sobre ese amor.

—A pesar de todo ello —dijo el cardenal—, me mantengo en que el duque de Buckingham ha venido a París con un fin meramente político.

—Y yo estoy seguro de que ha venido con otra idea, señor cardenal; pero si la reina es culpable, ¡desdichada de ella!

—A decir verdad, por mucha repugnancia que me cueste reflexionar sobre semejante traición, vuestra majestad me hace pensar en ello; madame de Lannoy, a quien, según las órdenes de vuestra majestad, he interrogado muchas veces, me ha dicho que la noche pasada ha estado velando su majestad hasta muy tarde, que esta mañana ha llorado mucho, y que había pasado la mayor parte del día escribiendo.

—Eso es —dijo el rey—; a él, sin duda alguna. Cardenal, necesito los papeles de la reina.

—Pero, ¿cómo apoderarnos de ellos, señor? Paréceme que ni vuestra majestad ni yo podemos encargarnos de semejante misión.

—¿Qué se hizo con la mariscala de Ancre? —exclamó el rey, encolerizado en extremo—. ¿No se le registraron los armarios, y en seguida se le registró a ella misma?

—Pero la mariscala de Ancre era sólo la mariscala de Ancre: una aventurera florentina y nada más; mientras que la augusta esposa de vuestra majestad es Ana de Austria, reina de Francia, una de las princesas más ilustres del mundo.

—Eso mismo la hace más culpable, señor cardenal. Cuanto mayor haya sido el olvido de la elevada posición que ocupa, tanto más bajo ha descendido. Además, ya hace mucho tiempo que estoy decidido a acabar de una vez con todos esos enredos de política y de amor. Ella tiene a su lado, si no me engaño, a un tal Laporte...

—Que, a mi juicio, es el principal actor de todas esas intrigas —dijo el cardenal—.

—¿Creéis, entonces, como yo, que ella me engaña? —dijo el rey con voz opaca—.

—He dicho, y no tengo inconveniente en repetirlo a vuestra majestad, que la reina conspira contra el poder de su rey, pero nunca he dicho que conspirara contra su honor.

—¡Pues yo os digo que contra uno y otro! Os digo que la reina no me ama, que ama a otra persona, y que esa otra persona es ese infame duque de Buckingham. ¿Por qué no le habéis mandado prender mientras ha estado en París?

—¡Prender al duque, al primer ministro del rey Carlos I! ¿En qué estáis pensando, señor? ¿Qué escándalo no se hubiera armado? Y si las sospechas de vuestra majestad tuviesen, por desgracia, cosa que no puedo creer, algún fundamento, ¡qué campanada, qué escándalo!

—Ya que se exponía como un vagabundo o un ladrón, era preciso...

Luis XIII se detuvo aquí, asustado de lo que iba a decir, mientras Richelieu, alargando el cuello, esperaba inútilmente la conclusión de la frase que se había quedado atravesada en los labios del rey.

—¿Era preciso...?

—Nada —dijo el rey—, nada. ¿Pero no le habréis perdido de vista en todo el tiempo que ha estado en París?

—No, señor.

—¿Dónde paraba?

—En la calle La Harpe, número setenta y cinco.

—¿Hacia dónde cae esa calle?

—Del lado del Luxemburgo.

—¿Estáis seguro de que la reina y él no se hayan visto?

—Yo creo que la reina sabe muy bien cuáles son sus deberes.

—Pero al menos se han comunicado por cartas, y no me cabe duda de que ha sido a él a quien la reina ha estado escribiendo todo el día. Señor duque, necesito esas cartas.

—Permitidme, señor.

—Señor duque, ¡las quiero a todo trance!

—Permitidme, no obstante, manifestar a vuestra majestad...

—¿También vos, señor cardenal, me hacéis traición, oponiéndoos de esa manera a mi voluntad? ¿Estáis acaso en connivencia con el español y el inglés, con madame de Chevreuse y con la reina?

—Señor —contestó sonriendo el cardenal—, me parecía hallarme a cubierto de semejante sospecha.

—Señor cardenal, ya lo habéis oído: quiero esas cartas.

—Sólo un medio hay de obtenerlas.

—¿Cuál?

—El de encargar de ese cometido al guardasellos, señor Seguier. Es cosa que entra perfectamente en las atribuciones de su cargo.

—¡Que se le avise inmediatamente!

—Vuestras órdenes serán puntualmente ejecutadas; pero...

—¿Pero qué?

—La reina tal vez se resista a obedecer.

—¿Mis órdenes?

—Sí, señor; si ignora que esas órdenes emanan precisamente de vuestra majestad.

—¡Pues bien! Para que no le quepa la menor duda, yo mismo iré a prevenirla.

—Vuestra majestad no echará en olvido que he hecho todo lo posible para evitar un rompimiento.

—Sí, duque, sí; ya sé que sois muy indulgente para con la reina, demasiado quizá; y os prevengo que más adelante tendré que hablaros sobre este punto.

—Cuando vuestra majestad guste; pero yo siempre tendré a orgullo y me consideraré por muy dichoso en sacrificarme en obsequio a la buena armonía que deseo ver reinar entre el rey y la reina de Francia.

—Bien, cardenal, bien; pero, entretanto, enviad a buscar al canciller, mientras yo veo a la reina.

Y Luis XIII, abriendo la puerta de comunicación, entró en el pasillo que conducía desde su cuarto al de Ana de Austria.

La reina se hallaba en medio de sus damas, la señora de Guitaut, la de Sablé, la de Montbazon y la de Guemene. En uno de los ángulos estaba doña Estefanía, la camarista española que la había seguido desde Madrid. Madame de Guemene estaba leyendo, y todas escuchaban con atención la lectura, a excepción de la reina, que sólo había propuesto esa lectura con el único objeto de poder seguir, fingiendo que escuchaba, el curso de sus propios pensamientos.

Estos pensamientos, por más que se hallaran dorados con un postrer destello de amor, no eran por eso menos tristes. Ana de Austria, privada de la confianza de su marido, perseguida por el odio del cardenal, que no podía perdonarle el haber rechazado un sentimiento más tierno, y recordando a cada paso el ejemplo de la reina madre, a quien ese odio atormentó durante su vida, aunque María de Médicis, si hemos de dar crédito a las memorias de aquel tiempo, había principiado por conceder al cardenal ese sentimiento que Ana de Austria le negó siempre. Ana de Austria, decimos, había visto caer en torno suyo a sus más celosos servidores, a sus confidentes más íntimos y a sus más queridos amigos. Como los desgraciados dotados de un funesto don, comunicaba su desgracia a todo cuanto la rodeaba: su amistad era un presagio fatal que llevaba en pos de sí la persecución. Madame de Chevreuse y madame de Vernel habían sido desterradas, y Laporte no ocultaba a su ama que esperaba ser detenido de un momento a otro.

Sumida se hallaba la reina en estas profundas y melancólicas reflexiones, cuando se abrió la puerta de la cámara y apareció en ella el monarca.

La lectora calló en el mismo instante, las damas todas se levantaron y reinó el mayor silencio.

El rey, por su parte, no hizo demostración alguna de cortesía; se detuvo delante de la reina y con voz alterada dijo:

—Señora, vais a recibir la visita del señor canciller, quien os comunicará ciertos asuntos que le he encargado.

La infeliz reina, a quien continuamente se la estaba amenazando con el divorcio, con el destierro y hasta con un juicio, se puso pálida bajo el carmín que cubría su rostro y no pudo menos de exclamar:

—¿Pero a qué viene esa visita, señor? ¿Qué podrá decirme el señor canciller que vuestra majestad no me lo pueda decir?

El rey le volvió la espalda sin contestar una palabra, al mismo tiempo casi que el capitán de guardias, señor Guitaut, anunciaba la visita del canciller.

Cuando se presentó Seguier, había ya desaparecido el rey por otra puerta.

El canciller entró medio sonriendo y medio ruborizado. Como probablemente le volveremos a ver en la continuación de esta historia, no estará de más que nuestros lectores traben desde ahora conocimiento con él.

El señor canciller era un hombre de buen humor. Des Roches le Marle, canónigo de la iglesia de Nuestra Señora, que había sido antiguamente ayuda de cámara del cardenal, fue el que lo propuso a su eminencia como hombre con el cual podía contarse para todo. El cardenal se fió de él y no tuvo motivo para arrepentirse.

Contábanse muchas anécdotas acerca de su vida, y entre otras la siguiente:

Después de pasar una juventud azarosa, se resolvió a entrar en un convento para expiar, al menos por algún tiempo, las locuras de su adolescencia.

Pero al entrar en este santo lugar, no pudo el pobre penitente cerrar la puerta con tanta prontitud que se quedaran fuera las pasiones de que tanto empeño tenía en huir. Veíase a todas horas acometido por ellas, y el superior, a quien había confiado esta desgracia, queriendo librarle de ella en cuanto estuviera de su parte, le encargó que siempre que se viese acosado por el demonio tentador, acudiese a la cuerda de la campana y la echase al vuelo. El toque de la alarma anunciaría a los monjes que se hallaba un hermano acometido por la tentación, y toda la comunidad se pondría en oración.

No pareció mala la idea al futuro canciller, el cual conjuraba al espíritu maligno a fuerza de las oraciones que los monjes hacían; pero como el diablo no se deja arrojar tan fácilmente de una plaza donde ha puesto ya su guarnición, a medida que se multiplicaban los exorcismos, multiplicaba él las tentaciones, de modo que día y noche no cesaba de sonar la campana anunciando el ardiente deseo de mortificación que experimentaba el penitente.

Los monjes no tenían un momento de reposo. Durante el día no hacían más que subir y bajar las escaleras que conducían a la capilla, y por la noche, además de las completas y maitines, se veían obligados a cada paso a saltar de sus camas y prosternarse de rodillas en las baldosas de sus celdas.

No se sabe a punto fijo si fue el diablo el que amainó al fin en sus tentaciones, o fueron los monjes los que se cansaron; pero lo cierto fue que al cabo de tres meses volvió el penitente a presentarse en el mundo con la reputación del más terrible poseso que hubiera existido.

A su salida del convento entró en la carrera de la magistratura, donde llegó a ser presidente de un parlamento, y abrazó la causa del cardenal, en lo que manifestó que no se hallaba desprovisto de sagacidad. Habiendo llegado a obtener la dignidad de canciller, sirvió a su eminencia con sumo celo en sus persecuciones contra la reina madre, y en su venganza contra Ana de Austria; predispuso a los jueces en el negocio de Chalais; secundó los esfuerzos del señor de Laffemas, el juez más cruel de Francia, y, por último, gozando de toda la confianza del cardenal, confianza que no dejaba de tener bien merecida, acabada de recibir la singular misión para cuyo cumplimiento se presentaba en la cámara de la reina.

Hallábase ésta en pie cuando entró el canciller; pero apenas le descubrió, volvió a sentarse en su sillón, e hizo señal a sus damas de que tomasen también asiento en sus almohadones y taburetes; después de lo cual, en el tono de la más altiva dignidad, inquirió la reina:

—¿Qué se os ofrece, caballero, y con qué objeto os presentáis aquí?

—Con el de hacer, en nombre del rey, y salvo el respeto que se merece vuestra real persona, un minucioso registro en todos vuestros papeles.

—¡Cómo! ¡Un registro en mis papeles! ¡En los papeles míos! ¡Eso es una cosa indigna!

—Perdonadme, señora; pero en esta ocasión no soy más que el instrumento de que el rey se sirve. Su majestad, que acaba de salir de aquí, ¿no os ha dicho que estuvieseis preparada para esta visita?

—Registrad cuanto queráis, caballero; veo que me tratan como a una criminal. Estefanía, dadle las llaves de mis mesas y papeleras.

El canciller registró por mera fórmula los muebles, pues sabía que no era ninguno de éstos donde la reina debía de tener guardada la carta que había escrito aquel día.

Cuando el canciller acabó de abrir y cerrar veinte veces los cajones de la papelera, le fue preciso, por mucho trabajo que le costara, llegar al término de la operación; es decir, registrar a la reina en persona. Adelantóse, pues, el canciller hacia Ana de Austria, y con el acento más perplejo y el aire más cortado del mundo, exclamó:

—Ahora me hace falta la pesquisa principal.

—¿Cuál? —preguntó la reina, que no comprendía, o, más bien, aparentaba no comprender lo que se le quería significar—.

—Su majestad sabe positivamente que habéis escrito hoy una carta, y que esta carta no ha sido enviada aún a su destino. La carta no se halla en los cajones de vuestra mesa ni en los de la papelera; y, sin embargo, debe de estar en alguna parte.

—¿Os atreveríais a poner la mano sobre vuestra reina? —dijo Ana de Austria, levantándose con toda la altivez del orgullo ofendido, y fijando en el canciller sus ojos, que habían tomado una expresión casi amenazadora—.

—Yo soy un fiel vasallo del rey, y haré todo cuando su majestad se sirva mandarme.

—Pues bien, es cierto —dijo Ana de Austria—; y los espías del señor cardenal le han servido maravillosamente. He escrito hoy, en efecto, una carta que aún no ha sido enviada a su destino. La carta está aquí.

Y la reina se llevó su linda mano al corpiño.

—Entonces, tened a bien darme esa carta, señora —dijo el canciller en tono conminatorio—.

—A nadie se la entregaré más que al rey —dijo Ana—.

—Si el rey hubiese querido que se la entregarais a él, os la hubiera pedido él mismo, señora. Pero, os lo repito, soy yo la persona encargada de llevársela; y si os negáis a cumplir sus órdenes, entonces...

—¿Qué?

—Sentiría verme obligado a tomárosla.

—¿He oído bien? ¿Qué queréis decir?

—Que las órdenes que he recibido del rey son muy concretas y terminantes, y que me hallo autorizado para buscar ese papel sospechoso, hasta en la persona de vuestra majestad.

—¡Qué infamia! —exclamó la reina—.

—Tened, pues, a bien evitarme un disgusto, señora.

—Pero esa conducta es una cruel violencia, ¿lo sabéis, señor canciller?

—El rey lo manda, señora; perdonadme.

—No lo sufriré, no; ¡antes morir! —exclamó la reina, en cuyas venas corría la sangre imperiosa de la española y de la austriaca—.

El canciller hizo una profunda reverencia y, luego, con la intención bien patente de no retroceder un ápice en el cumplimiento de la comisión de que se le había encargado, y como pudiera hacerlo un criado del verdugo en el cuarto del tormento, se acercó a Ana de Austria, cuyos ojos despidieron en aquel instante lágrimas de coraje.

La reina era, como hemos dicho, de extremada belleza.

La misión podía, pues, pasar muy bien por delicada, y el rey, en fuerza de sus celos contra Buckingham, había concluido por no tener celos de nadie.

Sin duda alguna que el canciller Seguier anduvo en aquel momento buscando con los ojos la cuerda de la famosa campana; pero no hallándola, tomó su partido, y dirigió la mano hacia el sitio en que la reina había confesado tener guardado el papel.

Ana de Austria dio un paso atrás, con el semblante cubierto de una palidez mortal, apoyando la mano izquierda, para no caerse, en una mesa que tenía a sus espaldas, sacó con la derecha un papel del pecho y se lo arrojó al guardasellos.

—Ahí tenéis la carta, caballero —exclamó la reina con voz sofocada por la rabia—; tomadla y libradme de vuestra odiosa presencia.

El canciller, que por su parte temblaba también con una emoción no difícil de presumir, cogió la carta, saludó profundamente y se retiró.

No había aún cerrado la puerta cuando la reina cayó casi desfallecida en los brazos de sus damas.

El canciller fue a llevar la carta al rey y se la entregó sin haber leído una palabra de ella siquiera. Tomóla el rey con mano trémula, buscó la dirección que le faltaba, perdió el color y la abrió con lentitud; pero al ver por las primeras palabras que iba dirigida al rey de España, la leyó muy rápidamente, más tranquilo.

Era toda ella un plan de ataque contra el cardenal. La reina invitaba a su hermano y al emperador de Austria, que estaban resentidos de la política de Richelieu, cuyas constantes miras eran humillar a la casa de

Austria, a que amenazasen con una declaración de guerra a Francia, imponiendo, como condición de la paz, la destitución del cardenal; pero no hablaba una palabra de amor.

El rey, gozoso en extremo, se informó de si estaba aún el cardenal en el Louvre, y supo que su eminencia esperaba en el despacho las órdenes de su majestad.

El rey fue inmediatamente a verle.

—Tomad, duque —le dijo—; teníais razón, y yo era el que estaba en un error; la intriga es enteramente política, y para nada se habla de amor en esta carta. En cambio, sois vos el principal objeto en ella.

El cardenal tomó la carta, y después de leerla con la mayor atención, repitió la lectura.

—Bueno, señor —exclamó—, ya ve vuestra majestad hasta dónde llega el odio de mis enemigos, os amenazan con dos guerras, si no os resolvéis a destituirme. En vuestro lugar, os confieso que cedería a tan poderosas instancias, y os aseguro por mi parte que tendría un verdadero placer en retirarme de los negocios.

—¿Qué estáis diciendo, duque?

—Digo, señor, que mi salud se quebranta en estas continuas luchas y con trabajos tan penosos, y que probablemente me será imposible resistir las fatigas del sitio de La Rochela. Más valdría que nombraseis para dirigirlo al señor Condé, al señor de Bassompierre, o a cualquiera otra persona conocida por su valor y dedicada a la carrera de las armas. No a mí, que pertenezco a la iglesia, y no me dejan seguir mi vocación, destinándome a cosas para las cuales no me creo con la menor disposición. Así tendríais, señor, mayor tranquilidad en el interior y no dudo que seríais acaso más respetado de las naciones extranjeras.

—Señor duque —dijo el rey—, os comprendo; yo haré que todas las personas nombradas en esta carta sean castigadas como merecen; y hasta la reina misma.

—¡Qué decís, señor! No quiera Dios que la reina sufra por mí el menor disgusto. A pesar de que me cree enemigo suyo, vuestra majestad puede decir si no he tomado siempre su defensa, aun en contra vuestra muchas veces. ¡Oh! Si tratara de mancillar vuestro honor, entonces sería otra cosa, y yo fuera el primero en aconsejaros que no tuvieseis conmiseración alguna para con la culpable; pero, afortunadamente, nada de eso existe y vuestra majestad acaba de adquirir una prueba de ello en esa carta.

—Así es —dijo el rey—; y ahora conozco que teníais razón, como la tenéis siempre; pero no por eso ha dejado la reina de hacerse acreedora a todo mi enojo.

—Vos sois, señor, por el contrario, el que ha debido excitar el suyo; aun cuando se mostrase enfadada seriamente con vuestra majestad, nada tendría de extraño. La habéis tratado con una severidad...

—Con la misma que traté siempre a mis enemigos y a los vuestros, duque, por muy encumbrados que se hallen y por grande que sea el peligro que yo corra en proceder enérgicamente contra ellos.

—La reina es enemiga mía, pero no vuestra, señor. Lejos de eso, es una esposa fiel, sumisa, irreprensible, y por la cual espero que me permita interceder vuestra majestad.

—Pues que se humille, y vuelva a mí ella primero.

—Al contrario, señor, vos sois quien debe darle el ejemplo. Vuestra majestad ha sido el primero en cometer la falta, puesto que llegó a sospechar de la reina.

—¿Que yo ceda el primero? —dijo el rey—. ¡Nunca!

—¡Señor, os lo suplico!

—¿Pero cómo queréis que ceda yo el primero?

—Haciendo una cosa, que sabéis que le agrada mucho.

—¿Cuál?

—Festejadla con un baile; no ignoráis lo mucho que a la reina le gusta este recreo, y os respondo de que su rencor no sabrá resistir a tan delicada atención.

—Bien sabéis, señor cardenal, que no son de mi gusto todos los placeres mundanos.

—Por eso os estará la reina doblemente agradecida, conociendo la antipatía que habéis mostrado siempre a esa clase de diversiones. Además, que será para ella un placer estrenar con este motivo los magníficos herretes de diamantes que le regalasteis el día de su santo y que no ha tenido todavía ocasión de lucir.

—Veremos, señor cardenal, veremos —dijo el rey, que en su alegría de haber hallado a la reina culpable de un crimen que le inquietaba poco, e inocente de una falta que le asustaba mucho, estaba dispuesto a reconciliarse con ella—. Veremos; pero a fe mía que sois demasiado indulgente.

—Dejad, señor, la severidad a vuestros ministros y usad vos de la indulgencia que es virtud propia de la corona. Usad de ella y veréis cuánto placer os causa.

Y diciendo esto, el cardenal, que oía dar las once en el reloj, se inclinó ceremonioso, y pidiendo al rey permiso se retiró, suplicándole que procurase reconciliarse con la reina.

Ana de Austria, que, a consecuencia de la sorpresa de la carta, esperaba alguna reconvención, se quedó en extremo admirada al ver que el rey hiciese al día siguiente tentativas de reconciliación. Su primer movimiento fue de repulsa, pues su orgullo de mujer y su dignidad de reina habían sido ofendidos en tan alto grado, que no podía olvidarlo de un golpe; pero, vencida al fin por los consejos de sus damas, se mostró algo más complaciente. El rey aprovechó estos momentos favorables para anunciarle que muy pronto pensaba dar un baile.

Era un acontecimiento tan raro para la pobre Ana de Austria una fiesta, que a su solo anuncio, como lo había previsto el cardenal, desaparecieron, si no de su corazón al menos de su rostro, los últimos vestigios de resentimiento. La reina preguntó qué día había de celebrarse aquella fiesta, a lo que el rey contestó que tenía que consultarlo antes con el cardenal.

En efecto, todos los días preguntaba el rey al cardenal cuándo se daría el baile; pero el cardenal procuraba siempre diferirlo con cualquier pretexto. Diez días transcurrieron de este modo.

El octavo, después de lo que acabamos de referir, recibió el cardenal una carta con sello de Londres, la cual no contenía más que las siguientes líneas:

Ya los tengo en mi poder, pero no puedo salir de Londres por falta de dinero. Enviadme quinientas doblas, y a los cuatro o cinco días de haberlas recibido, estaré en París.

El día mismo en que el cardenal recibió esta carta, le dirigió el rey su pregunta acostumbrada.

Richelieu, contando con los dedos, se decía a sí mismo:

«Debe de llegar, según dice, cuatro o cinco días después de recibir el dinero, y se necesitan otros cuatro o cinco para hacer el envío. Unidos éstos a los cuatro o cinco del viaje, hacen una semana de diez días, a los que, añadiendo otros dos por eventualidades, vientos contrarios, debilidades de mujer, etcétera, componen un total de doce días.»

—¿Qué, señor duque? —dijo el rey—. ¿Lo habéis pensado ya?

—Sí, señor; estamos hoy a 20 de septiembre. Los regidores de la ciudad dan un baile el 3 de octubre, y esta circunstancia nos viene como de molde, porque así no parecerá que habéis dispuesto una fiesta con intención de contentar a la reina.

Y añadió el cardenal:

—A propósito, señor; no olvidéis decir a su majestad la víspera del baile que deseáis ver cómo le sientan los herretes de diamantes.

CAPÍTULO XVII

LOS ESPOSOS BONACIEUX

Ésta era la segunda vez que el cardenal hablaba al rey de los herretes de diamantes. No dejó de chocar a Luis XIII esa recomendación, y pensó que debía encerrar algún misterio.

Ya otras veces el rey se había creído humillado porque el cardenal, cuya policía, sin haber alcanzado la perfección de la policía moderna, era excelente, estuviese mejor enterado que él de lo que pasaba en su propia casa. Propúsose, pues, sacar alguna luz de la conversación con Ana de Austria y volver luego a ver a su eminencia con el descubrimiento de algún secreto que el cardenal podía o no saber, pero que en todo caso debía de realzarle grandemente a los ojos de su ministro.

Llegóse pues, a la cámara de la reina y, según su costumbre, prorrumpió en amenazas contra las personas que la rodeaban. Ana de Austria bajó la cabeza y dejó pasar el torrente sin replicar una palabra, esperando que al fin acabaría por detenerse; pero no era esto lo que quería Luis XIII. Luis XIII quería que se entablase una discusión que arrojara alguna luz, convencido como estaba de que el cardenal abrigaba un pensamiento oculto, y le preparaba una de aquellas terribles sorpresas de que su eminencia sabía valerse con tanta habilidad. Al fin, a fuerza de su tenacidad en acusar, llegó a lograr su objeto.

—Pero señor —exclamó Ana de Austria cansada de tan vagos ataques—, sin duda no me decís todo cuanto siente vuestro corazón. ¿Qué es lo que he hecho? ¿Qué crimen he cometido? Porque no supongo que vuestra majestad meta tanto ruido por una carta escrita a mi hermano.

Atacado el rey a su vez de una manera tan directa, no supo qué responder; pero le pareció éste el momento más oportuno para aventurar la recomendación o encargo que no debía hacer sino en la víspera del baile.

—Señora —dijo él con dignidad—, muy pronto ha de darse un baile en el ayuntamiento. Espero que para honrar a los dignos regidores de la ciudad asistiréis vestida en traje de etiqueta y llevaréis sobre todo los herretes de diamantes que os regalé el día de vuestro santo. Ésa es mi respuesta.

La respuesta era terrible, en efecto. Ana de Austria creyó que Luis XIII se hallaba al corriente de todo, y que el cardenal había obtenido de él ese profundo disimulo de siete u ocho días, disimulo que era además muy propio de su carácter.

Así que, poniéndose en extremo descolorida, apoyó sobre una consola su bellísima mano, que en aquel momento parecía una mano de cera, y mirando al rey con ojos de espanto, se quedó sin poder articular una palabra.

—¿Lo habéis oído, señora? —dijo el rey, que gozaba en extremo al ver la posición embarazosa en que parecía hallarse Ana de Austria, y eso que no adivinaba la causa—. ¿Lo habéis oído?

—Sí, señor —tartamudeó la reina—.

—¿Asistiréis al baile?

—Sí.

—¿Con los herretes?

—Sí.

La palidez de la reina siguió en aumento. El rey lo notó y se complació en ello, con aquella cruel y fría satisfacción que era de las peores cualidades de su carácter.

—Quedamos, pues, en eso —dijo el rey—; nada más tenía que advertiros.

—¿Pero qué día es el señalado para el baile? —preguntó Ana de Austria—.

Luis XIII comprendió, como por instinto, que no debía responder a esta pregunta que hizo la reina con voz enteramente desfallecida.

—Muy pronto, señora; pero no recuerdo a punto fijo la fecha del día señalado. Ya se lo preguntaré al cardenal.

—¿Conque ha sido el cardenal el que os ha anunciado esa fiesta? —exclamó la reina—.

—Sí, señora —respondió el rey, admirado—; pero, ¿a qué viene esa pregunta?

—¿Y ha sido él quien os ha dicho que me invitaseis a presentarme con los herretes?

—Es decir, señora...

—¡Él ha sido, señor, él ha sido!

—Y además, ¿qué importa que haya sido él o no? ¿Es acaso algún crimen esa invitación?

—No, señor.

—¿Conque asistiréis?

—Sí, señor.

—Bien —dijo el rey retirándose—; cuento con ello.

La reina hizo una reverencia menos por etiqueta que porque sus rodillas le flaqueaban, y el rey se marchó en extremo satisfecho.

—¡Estoy perdida! —murmuró la reina—. Perdida enteramente, porque el cardenal lo sabe todo y es el que aconseja al rey, que nada sabe todavía, pero que lo sabrá muy pronto. ¡Estoy perdida! ¡Dios mío! ¡Estoy perdida!

Y arrodillándose en un almohadón se puso a orar, apoyada la cabeza en sus trémulos brazos.

En efecto, la situación no podía ser más crítica. Buckingham había vuelto a Londres y madame de Chevreuse se hallaba en Tours. La reina, más vigilada que nunca, presentía que una de sus damas la estaba vendiendo, aun cuando no sabía cuál. Laporte no podía salir del Louvre y no conocía persona alguna de quien poder fiarse.

Así que, aterrada por la calamidad que la amenazaba y el abandono en que se veía, prorrumpió en lastimeros sollozos.

—¿No puedo servir en nada a vuestra majestad? —dijo una voz llena de dulzura y compasión—.

La reina se volvió repentinamente porque la expresión de esa voz no dejaba la menor duda de que era de una amiga.

En efecto, por una de las puertas de la habitación de la reina apareció la bella madame Bonacieux, que, cuando entró el rey, se hallaba ocupada en arreglar los vestidos y ropa blanca en un gabinete, desde el cual, por no haber podido salir, había oído toda la conversación.

La reina dio un grito penetrante al verse sorprendida, pues en su turbación no conoció al pronto a la joven que Laporte había puesto a su servicio.

—Nada temáis, señora —dijo la joven juntando sus manos y tomando parte, con lágrimas en los ojos, en las angustias de la reina—. Toda soy de vuestra majestad, y por muy inferior que sea mi posición, creo que he encontrado un medio de sacar a vuestra majestad del conflicto en que se halla.

—¿Vos? ¡Dios mío! ¿Vos? —exclamó la reina—. Pero miradme a la cara, pues ya me veo vendida por todos lados. ¿Puedo fiarme de vos?

—¡Señora! —exclamó la joven, cayendo de rodillas—. ¡Os juro por mi alma que estoy dispuesta a morir por vuestra majestad!

Esta exclamación había salido, como la primera, de lo íntimo del corazón y no dejaba lugar a la menor sospecha de doblez.

—Sí —continuó diciendo madame Bonacieux—, sé que hay traidores a vuestro alrededor; pero os juro que no existe una persona más fiel y celosa que yo por servir a vuestra majestad. Esos herretes que el rey desea veros puestos los habéis dado al duque de Buckingham, ¿no es verdad?, y estaban guardados en una arquita de palo de rosa que llevaba debajo del brazo, ¿no es así?

—¡Oh Dios mío! ¡Dios mío! —exclamó la reina en la mayor consternación—.

—¡Pues bien! —continuó madame Bonacieux—. Esos herretes es preciso recuperarlos.

—Sin duda alguna es preciso; pero, ¿cómo hacerlo?

—Es necesario despachar un propio al duque.

—¿Pero quién? ¿De quién podré fiarme?

—Tened confianza en mí, señora; dignaos concederme ese honor, y yo encontraré mensajero.

—¡Pero será preciso escribir!

—Sí, señora; es indispensable. Dos palabras de mano de vuestra majestad y vuestro sello particular.

—Pero esas dos palabras son mi condenación. ¡El divorcio, el destierro!

—Sin duda, si caen en poder de manos infames; pero yo respondo de que esas dos palabras lleguen a su destino.

—¡Dios mío! ¿No tengo, pues, otro recurso que el de poner mi honor, mi vida, mi reputación en vuestras manos?

—Ningún otro, señora; pero yo me encargo de salvaros.

—Pero, ¿cómo? Decídmelo al menos.

—Mi marido ha sido puesto en libertad hace dos o tres días y aún no he tenido tiempo de verle. Es todo un hombre de bien que no profesa amor ni odio a persona alguna, y que hará todo cuanto yo le diga. No me cabe duda de que a una orden mía partirá sin saber lo que lleva, y entregará la carta de vuestra majestad, sin saber siquiera de quién es, a la persona que se le indique.

La reina cogió las dos manos de la joven con un arrebato apasionado y la miró fijamente, como para leer en el fondo de su corazón, pero no viendo sino sinceridad y franqueza en sus hermosos ojos, la abrazó tiernamente.

—Hazlo —exclamó— y me habrás salvado la vida y el honor.

—No exageréis, ¡por Dios!, el servicio que tengo la dicha de prestaros; nada tengo que salvar a vuestra majestad, que únicamente es víctima de infames intrigas.

—Es muy cierto, hija mía —dijo la reina—. Tienes sobrada razón.

—Dadme, pues, esa carta, señora, que el tiempo urge.

La reina se llegó presurosa a una mesita en que había tintero, papel y plumas, escribió dos líneas y, cerrando la carta con su sello particular, la entregó a madame Bonacieux.

—Olvidamos una cosa muy necesaria —dijo la reina—.

—¿Cuál?

—El dinero.

Madame Bonacieux se sonrió.

—Es cierto —dijo—, y debo manifestar a vuestra majestad que mi marido...

—Tu marido no lo tiene, ¿no es eso lo que quieres decir?

—No, señora; lo tiene, pero es muy avaro; éste es su único defecto. Sin embargo, no se preocupe vuestra majestad por eso; ya buscaremos medios.

—Es que yo tampoco lo tengo —dijo la reina. Los que lean las memorias de madame de Motteville no extrañarán esa respuesta—. Pero aguarda.

Ana de Austria abrió su guardajoyas.

—Toma —le dijo—. Aquí tienes una sortija de mucho valor, según dicen; es regalo de mi hermano, el rey de España, y que, por consiguiente, puedo disponer de ella. Véndela y que tu marido parta inmediatamente.

—Antes de una hora estaréis servida.

—Ya ves la dirección —añadió la reina en voz tan baja que apenas podía oírsele lo que decía—. A milord, duque de Buckingham, en Londres.

—La carta será entregada a él mismo en persona.

—¡Generosa criatura! —exclamó Ana de Austria—.

Madame Bonacieux besó las manos de la reina y, escondiéndose el papel en el pecho, desapareció con la velocidad de un pájaro.

Diez minutos después se hallaba ya en su casa, como había dicho a la reina. La joven no había visto a su marido después que éste fue puesto en libertad, e ignoraba, por consiguiente, el cambio que había sufrido con relación al cardenal, cambio que había producido las lisonjas y el dinero de su eminencia, y que habían afirmado más y más dos o tres visitas del conde de Rochefort, convertido en el mejor amigo de Bonacieux, a quien había hecho creer, sin mucho trabajo, que el rapto de su mujer no había sido originado por sentimiento alguno culpable, sino sólo por una precaución política.

Madame Bonacieux encontró a su marido solo. El pobre hombre se ocupaba con mucho afán en arreglar y poner su casa, cuyos muebles había encontrado bastante maltratados y los armarios casi enteramente vacíos, pues no es la justicia una de las tres cosas que el rey Salomón dice que no dejan huella tras de sí. En cuanto a la criada, se había escapado en los momentos en que arrestaron a su amo, y de tal modo se apoderó de ella el terror, que salió acto continuo de París y no paró hasta Borgoña, su país natal.

El digno mercero, inmediatamente que volvió a su casa, dio parte a su mujer de tan feliz acontecimiento, y ésta le contestó que los primeros momentos que la dejasen libre de sus ocupaciones los consagraría a hacerle una visita.

Estos primeros momentos se habían retardado por espacio de cinco días, término que en otras circunstancias hubiera parecido muy largo al buen Bonacieux; pero la visita que había hecho al cardenal y las que le hacía Rochefort, le daban amplios motivos de reflexión, y ya se sabe que el reflexionar hacer pasar el tiempo con mucha velocidad.

Y esto sucedía con tanta mayor razón, cuanto que las reflexiones de Bonacieux eran todas de color de rosa. Rochefort le llamaba su amigo, su querido Bonacieux, y no cesaba de decirle que el cardenal hacía el mayor aprecio de él. El mercero se veía ya en la carrera de los honores y de la fortuna.

Por su parte, madame Bonacieux había reflexionado también; pero debemos decir que en todo pensaba, menos en la ambición. A pesar suyo, sus pensamientos se volvían constantemente hacia aquel joven tan hermoso como valiente, que parecía estar enamorado en extremo. Casada a los dieciocho años, y no habiendo frecuentado otra sociedad que la de los amigos de su marido, hombre muy poco a propósito para inspirar sentimientos de ninguna especie a una joven de corazón más elevado que su posición, madame Bonacieux había permanecido insensible a las seducciones vulgares; pero en aquella época especialmente, el título de caballero tenía suma influencia en la gente del pueblo, y Artagnan añadía a la cualidad de caballero el vestir el uniforme de guardias que, después del de mosquetero, era el más estimado de las damas. Repetimos que era joven, hermoso, emprendedor, y hablaba de amores como un hombre que ama verdaderamente y tiene un deseo ardiente de ser correspondido; tenía, pues, más de lo que necesitaba para encalabrinar una cabeza de veintitrés años, edad feliz en que se hallaba justamente madame Bonacieux.

Aun cuando los esposos no se habían visto en más de una semana, muy fecunda en acontecimientos para uno y otro, se avistaron con cierta preocupación. A pesar de todo, Bonacieux, manifestando una alegría real y verdadera, recibió a su esposa con los brazos abiertos.

Madame Bonacieux, acercándole la frente para que la besara, le dijo:

—Hablemos un rato.

—¡Cómo! —dijo Bonacieux asombrado—.

—Sí, tengo que deciros una cosa de la mayor importancia.

—Y yo también tengo que haceros ciertas preguntas muy serias. Tened la bondad de explicarme cómo se verificó vuestro rapto.

—No se trata de eso ahora —repuso madame Bonacieux—.

—¿Pues de qué se trata? ¿De mi prisión?

—La supe al mismo día, pero como no érais culpable de crimen alguno, ni cómplice en ninguna intriga, ni sabíais la menor cosa que pudiese comprometer ni a vos ni a nadie, no di a ese acontecimiento la menor importancia.

—Muy pronto lo habéis dicho, señora —replicó Bonacieux mortificado por el escaso interés que le manifestaba su mujer—. ¿Sabéis que he estado encerrado todo un día con su noche en un calabozo de la Bastilla?

—Sí, ¿cómo no he de saberlo? —dijo—. Pero un día, aun cuando sea con su noche, se pasa pronto; dejemos, pues, a un lado vuestra prisión y vengamos al objeto que me trae a vuestro lado.

—¿Cómo? ¿No es el deseo de ver a un marido, de quien habéis estado separada ocho días, el que os hace venir a mi lado? —preguntó, herido en lo vivo, el mercero—.

—Sí, eso primero, y luego otra cosa.

—Hablad, pues.

—Una cosa del mayor interés, y de la cual dependerá quizá nuestro porvenir.

—Nuestra suerte ha cambiado enteramente de aspecto desde que no nos vemos, y no me causaría admiración que dentro de algunos meses fuésemos la envidia de muchos.

—Yo tampoco lo extrañaría, principalmente si queréis seguir las instrucciones que voy a daros.

—¿A mí?

—Sí, a vos. Se presenta la ocasión de hacer una cosa muy buena y muy laudable y que al mismo tiempo puede producirnos mucho dinero.

Madame Bonacieux sabía que el afán de dinero era el flaco de su marido; pero un hombre, aunque fuese mercero, que hablase diez minutos con el cardenal Richelieu, no era ya el mismo hombre.

—¿Puede producirnos mucho dinero? —dijo Bonacieux alargando los labios—.

—Sí, mucho.
—¿Cómo cuánto, sobre poco más o menos?
—Mil doblas quizá.
—Según eso, es cosa muy grave lo que tenéis que pedirme.
—Sí.
—¿Qué hay que hacer?
—Partir al momento y entregar en propias manos un papel que os daré, y que no apartaréis de vos ni un solo instante.
—¿Y para dónde tengo que partir?
—Para Londres.
—¡Yo! ¡Para Londres! ¡Vamos, veo que os estáis burlando de mí! Nada tengo que hacer en Londres.
—Pero otros necesitan que vayáis.
—¿Y quiénes son esos otros? Os advierto que nada quiero hacer a ojos cerrados, y deseo saber no sólo a lo que me expongo, sino también por quién me expongo.
—Una persona ilustre os envía, y una persona ilustre os espera. La recompensa sobrepujará a vuestros deseos. Esto es cuanto puedo deciros.
—¡Intrigas y más intrigas! Suerte que he aprendido a tener desconfianza, y que el cardenal me ha hecho abrir los ojos sobre este asunto.
—¡El cardenal! —exclamó madame Bonacieux—. ¿Habéis visto al cardenal?
—Me ha mandado llamar —respondió con orgullo el mercero—.
—¿Y habéis sido tan imprudente para acceder a su invitación?
—A decir verdad, no tenía la elección de aceptar o no aceptar, porque me hallaba entre dos guardias; y debo añadir también que, como entonces no conocía a su eminencia, si hubiera podido evitar aquella visita lo hubiera hecho con muchísimo gusto.
—¿Os ha maltratado acaso? ¿Os ha dirigido amenazas?
—Antes por el contrario, me alargó la mano y me llamó su amigo. ¡Su amigo! ¿Lo oís, señora? ¡Soy el amigo del gran cardenal!
—¿Del gran cardenal?
—¿Le negaríais por ventura este título, señora?
—Yo no le niego nada; pero lo que sí os digo es que el favor de un ministro es poco durable, y que es necesario estar loco para sacrificarse por él. Hay poderes superiores al suyo, que no descansan en el capricho de un hombre o en el éxito de un acontecimiento, y a estos poderes es a lo que debe uno consagrarse.
—Lo siento, señora; pero yo no conozco otro poder que el del hombre ilustre a quien tengo el honor de servir.
—¿Servís acaso al cardenal?
—Sí, señora. Y como servidor suyo que soy, no puedo tolerar que os metáis en un complot contra la seguridad del Estado, y auxiliéis las intrigas de una mujer que no es francesa y que tiene el corazón español. Afortunadamente está ahí el ilustre cardenal, cuya penetrante mirada descubre hasta lo que pasa en lo íntimo de los corazones.
Bonacieux repitió palabra por palabra una frase que había oído al conde de Rochefort; pero la pobre mujer que había contado con su marido y que en esta confianza había respondido de él a la reina, no se estremeció menos al considerar el peligro a que estuvo a punto de precipitar-

se y la impotencia a que había quedado reducida. No obstante, como conocía la debilidad de su marido, no desesperó de atraerle a sus miras.

—¡Ah! ¿Conque sois cardenalista? —exclamó—. ¿Conque servís al partido de los que maltratan a vuestra mujer e insultan a vuestra reina?

—Los intereses particulares nada son en comparación de los intereses generales; y yo me decido en favor de los que salvan al Estado —replicó con énfasis Bonacieux—.

Ésta era otra frase del conde de Rochefort, que había conservado en la memoria, y que le pareció oportuna en aquella ocasión.

—¿Y sabéis, acaso, lo que es ese Estado de que estáis hablando? —preguntó madame Bonacieux encogiéndose de hombros—. Contentaos con ser un ciudadano simplemente y arrimaos a lo que más ventaja os ofrezca.

—¡Eh, eh! —dijo Bonacieux dando varios golpecitos en un saco bien repleto, que producían un sonido argentino—. ¿Y qué os parece esto, señora predicadora?

—¿De dónde ha salido ese dinero?

—¿No lo adivináis?

—¿Del cardenal?

—Del mismo, y de mi amigo el conde de Rochefort.

—¡Del conde de Rochefort! ¡Pues ése es el que me ha raptado!

—Puede muy bien ser, señora.

—¿Y recibís dinero de ese hombre?

—¿No me habéis dicho que ese rapto era un acontecimiento meramente político?

—Sí, pero ese rapto tenía por objeto obligarme a hacer traición a mi señora, arrancándome por medio del tormento secretos que pudiesen comprometer el honor y tal vez la vida de mi augusta dama.

—Señora —repuso Bonacieux—, vuestra augusta dama es una pérfida española, y lo que el cardenal hace está muy bien hecho.

—Caballero —dijo la joven—, yo os suponía cobarde, avaro e imbécil, ¡pero nunca creía que fueseis un infame!

—Señora —dijo Bonacieux, que nunca había visto a su mujer encolerizada y que retrocedía ante la perspectiva del enojo conyugal—. Señora, ¿qué estáis diciendo?

—¡Digo que sois un miserable! —continuó madame Bonacieux, comprendiendo que iba ganando terreno para con su marido—. ¡Ah! ¡Os habéis entregado a la política, y a la política del cardenal! Estoy persuadida de que por el dinero os entregaríais en cuerpo y alma al demonio.

—Al demonio no, pero al cardenal es otra cosa.

—Es lo mismo —exclamó la joven—; quien dice Richelieu, dice Satanás.

—¡Silencio, señora, silencio; que podrán oíros!

—Sí, tenéis razón, y vuestra villanía me haría avergonzar, ya que vos no os avergonzáis de ella.

—Pero, vamos a ver. ¿Qué exigís de mí?

—Ya os lo he dicho. Que partáis al momento y cumpláis fielmente la misión que me digno confiaros. Con esta condición lo olvido todo, lo perdono y —añadió alargándole la mano— os devuelvo mi amistad.

Bonacieux era cobarde y avaro, pero amaba a su esposa; así que no pudo menos de enternecerse. Un hombre de cincuenta años no conserva mucho tiempo rencor contra una mujer de veintitrés. Madame de Bonacieux advirtió que vacilaba.

—Vamos, ¿estáis decidido? —le dijo—.

—Pero querida, reflexionad bien lo que exigís de mí. Londres está lejos, muy lejos de París, y acaso la misión que me encargáis no esté exenta de peligros.

—¿Y qué importa, si podéis evitarlos fácilmente?

—Mirad, señora, decididamente no acepto —dijo el mercero—. Las intrigas me dan miedo. Ya he visto la Bastilla. ¡Aquello es horroroso! ¡Su solo recuerdo me pone la carne de gallina! ¡Pues no digo nada el tormento! ¿Sabéis lo que es el tormento con el cual me han amenazado? Pues no es nada menos que meterle a uno entre las piernas unos tarugos de madera, hasta desencajarle los huesos. No; decididamente, no voy. ¡Qué diantre! ¿Por qué no vais vos misma? Pues en verdad, me parece que hasta ahora he estado en un error respecto de vuestra persona. Yo creo que sois un hombre, y de los más intrépidos.

—Y vos, ¿qué sois? ¡Una mujer, una miserable mujer estúpida y embrutecida! ¡Ah! ¡Tenéis miedo! Pues bien, si no partís ahora mismo, os hago prender de orden de la reina, y que os encierren en esa Bastilla que tanto teméis.

Bonacieux se puso a reflexionar con toda madurez, y comparando allá para sus adentros la cólera de la reina con la del cardenal, esta última le asustó de un modo más terrible.

—Hacedme arrestar de orden de la reina —dijo—, que yo acudiré a su eminencia.

Madame Bonacieux comprendió que se había excedido, y se aterró al considerar lo mucho que se había aventurado. Contempló un momento con espanto aquella cara estúpida, que anunciaba una resolución invencible como la de los necios que tienen miedo.

—¡Pues bien! —dijo la joven—. Sea como queráis. Así como así, tal vez podáis tener razón, pues al fin un hombre debe entender de política más que las mujeres, y vos mucho más, puesto que habéis hablado con el cardenal. Pero —añadió— es muy duro que mi marido, persona con cuyo cariño creía poder contar, me trate de una manera tan poco favorable y se niegue a satisfacer mis deseos.

—Es que vuestros deseos pueden traer gravísimas consecuencias —repuso Bonacieux con aire de triunfo— y, la verdad, no me fío.

—Pues bien, renunciaré a ellos —dijo la joven exhalando un suspiro—; y no hablemos más del asunto.

—Si me dijeseis, al menos, qué es lo que tengo que hacer en Londres... —dijo Bonacieux, que se acordó, aunque algo tarde, de que Rochefort le había encargado que averiguase los secretos de su mujer—.

—No hace falta que lo sepáis —repuso la joven, a quien una desconfianza instintiva le hacía manifestarse ya más reservada—. No se trata más que de una bagatela de esas que las mujeres solemos desear muchas veces, de una compra que prometía grandes ganancias.

Pero cuanto más se esforzaba la joven en disimular, tanto más creía Bonacieux que el secreto que se negaba a confiarle era importante. Resolvió, pues, ir en aquel mismo instante a casa del conde de Rochefort y decirle que la reina buscaba un mensajero con objeto de enviarlo a Londres.

—Perdonad que os deje, querida amiga —le dijo—; pero ignorando que vinieseis he quedado citado con un amigo mío, a quien voy a ver en este momento. Pronto vuelvo, y si tenéis la bondad de aguardarme, inmediatamente que concluya me tendréis a vuestro lado para acompañaros al Louvre, pues se va haciendo algo tarde.

—Gracias, caballero —repuso madame Bonacieux—. Carecéis del valor necesario para que vuestros servicios pudieran servirme de alguna utilidad, y me da lo mismo volver al Louvre sola.

—Como gustéis, señora —replicó el mercero—. ¿Pero volveréis pronto?

—Sin duda, en la próxima semana espero que mis quehaceres me dejen algún tiempo libre, y vendré a poner orden en nuestras cosas, que deben de estar algún tanto desarregladas.

—Muy bien; os esperaré. ¿No estáis enfadada?

—Nada de eso.

—Pues hasta pronto.

—Adiós.

Bonacieux besó la mano a su mujer y se marchó al momento.

—Vamos —se decía madame Bonacieux en cuanto su marido hubo cerrado la puerta de la calle y se encontró sola—. No le faltaba a ese majadero sino ser cardenalista. Y yo que había respondido de él a la reina, yo que había prometido a mi pobre ama... ¡Dios mío! ¡Sin duda alguna me tendrá por una miserable de las muchas que hormiguean en palacio, y que han puesto al lado suyo para espiarla! ¡Ah, señor Bonacieux! ¡Nunca os he profesado mucho cariño, pero ahora es peor, es odio y a fe mía que me las habéis de pagar!

Apenas acababa de pronunciar estas palabras, cuando un golpe que dieron en el techo le hizo levantar la cabeza, al mismo tiempo que se dejó oír una voz que decía:

—Querida señora de Bonacieux, abridme la puerta, que al momento bajo a vuestro lado.

CAPÍTULO XVIII

EL AMANTE Y EL MARIDO

—¡Ah, señora! —dijo Artagnan al entrar por la puerta que abría la joven—. Permitidme que os diga que tenéis un marido bien poco amable.

—¿Habéis oído nuestra conversación? —preguntó madame Bonacieux, mirando a Artagnan con inquietud—.

—Toda entera.

—Pero, ¿cómo, Dios mío?

—Por un procedimiento que sólo conozco yo, y por el cual oí también la conversación, muy animada por cierto, que vos tuvisteis con los esbirros del cardenal.

—¿Y qué habéis comprendido de lo que hablábamos?

—Muchas cosas. En primer lugar, que vuestro marido es un necio y un majadero, afortunadamente; además, que os hallabais en un compromiso, lo cual tampoco he sentido, puesto que me presta ocasión de ofreceros mis servicios, y bien sabe Dios hasta qué punto me hallo dispuesto a arrojarme al fuego por vos; y, por último, que la reina necesita de un hombre de valor, de resolución y de inteligencia para encargarle de hacer un viaje a Londres. Yo tengo por lo menos dos de las cualidades que se exigen, y me pongo a vuestra disposición.

Madame Bonacieux no respondió; pero su corazón palpitaba de alegría y se deslizó en él una secreta esperanza.

—¿Y qué garantías me daréis —le dijo— si consiento en confiaros ese encargo?

—Mi amor por vos. Veamos, mandad. ¿Qué es preciso hacer?

—Pero, ¡Dios mío! —murmuró la joven—. ¿Puedo confiaros un secreto semejante? ¡Sois demasiado joven!

—Vamos, veo que necesitáis de una persona que responda de mí.

—Confieso que eso me tranquilizaría mucho.

—¿Conocéis a Athos?

—No.

—¿Y a Porthos?

—Tampoco.

—¿Y a Aramis?

—Tampoco. ¿Quiénes son esos caballeros?

—Tres mosqueteros del rey. ¿Conocéis a su capitán el señor de Treville?

—¡Oh, sí! No le conozco personalmente, pero he oído hablar de él a la reina varias veces, como de un leal y cumplido caballero.

—De modo que no temeríais que él os vendiese para servir al cardenal, ¿no es verdad?

—¡Oh, no, por cierto!

—Pues bien, reveladle ese secreto, y preguntadle, por importante y terrible que sea, si podéis confiármelo con seguridad.

—Pero ese secreto no me pertenece, y no puedo revelarlo de esa manera.

—Sin embargo, ibais a confiarlo al señor Bonacieux —dijo Artagnan, algún tanto picado—.

—Como se confía una carta al hueco de un árbol, al ala de una paloma o al collar de un perro.

—Pero, con todo, bien veis cuánto os amo.

—Vos lo decís.

—¡Señora, me tengo por un caballero!

—Por tal os tengo yo también.

—No me falta valor ni resolución.

—De eso estoy segura.

—Pues entonces ponedme a prueba.

Madame Bonacieux miró al joven con un resto de duda todavía; pero revelaban sus ojos tal ardor, y una persuasión tan grande su voz, que se sintió impulsada a fiarse de él. Hallábase, además, en una de aquellas circunstancias en que se necesita jugar el todo por el todo, pues la reina podía verse comprometida, tanto por una excesiva reserva, como por una extremada confianza. Por último, debemos decirlo, el sentimiento involuntario que experimentaba hacia su joven protector la decidió a hablar.

—Escuchad —le dijo—, cedo a vuestras protestas y me rindo a vuestras seguridades; pero os juro ante el Dios que nos está oyendo, que si me hicieseis traición y mis enemigos me perdonaran, me mataría yo misma y os acusaría de mi muerte.

—Y yo os juro ante Dios, señora —dijo Artagnan—, que si por desgracia me sorprenden y me detienen al dar cumplimiento de vuestras órdenes, moriré antes de decir una palabra que pueda comprometer a persona alguna.

Entonces la joven le confió el terrible secreto, una de cuyas partes le había revelado ya la casualidad enfrente de La Samaritana.

Ésta fue su mutua declaración de amor.

Artagnan estaba loco de orgullo y de alegría. El secreto que poseía esa mujer a quien adoraba, la confianza y el amor, hacían de él un gigante.

—Parto al momento —dijo—.

—¿Cómo al momento? —exclamó madame Bonacieux—. Pues, ¿y vuestro regimiento? ¿Y vuestro capitán?

—Por mi alma, que me habéis hecho olvidar de todo, querida Constanza; tenéis razón, necesito una licencia.

—¡Otro obstáculo más! —murmuró la Bonacieux con muestras de pesar—.

—¡Oh! En cuanto a eso —exclamó Artagnan, después de un momento de reflexión—, yo lo sabré vencer, perded cuidado.

—¿Cómo?

—Iré a ver hoy mismo al señor de Treville, el cual no tendrá dificultad en alcanzarme ese favor de su cuñado el señor Essarts.

—Aún falta una cosa.

—¿Cuál? —preguntó Artagnan, viendo que madame Bonacieux vacilaba en continuar—.

—Acaso no tengáis dinero.

—El «acaso» está de más —repuso Artagnan sonriéndose—.

—Pues entonces —replicó madame Bonacieux sacando del armario el saco que media hora antes había estado acariciando su marido—, tomad este saco.

—¡El del cardenal! —exclamó riéndose Artagnan, que, como se recordará, gracias a la precaución de levantar los ladrillos del suelo de su cuarto, no había perdido una palabra de la conversación entre el mercero y su mujer.

—El mismo —respondió madame Bonacieux—; ya veis que no presenta mal aspecto.

—¡Pardiez! —exclamó Artagnan—, que será lo más gracioso del mundo salvar a la reina con el dinero de su eminencia.

—Sois un joven sumamente amable —dijo madame Bonacieux—, y podéis estar seguro de que su majestad no será desagradecida.

—¡Oh! Me hallo ya más que suficientemente recompensado —exclamó Artagnan—. Os amo, y me permitís que os lo diga: ésta es mayor dicha de la que yo podía soñar.

—¡Silencio! —dijo madame Bonacieux estremeciéndose—.
—¿Qué pasa?
—Oigo hablar en la calle.
—Y la voz es...
—De mi marido; sí, la reconozco muy bien.
Artagnan se acercó a la puerta y echó el cerrojo.
—No entrará hasta que yo haya salido —dijo—. Después podréis abrirle.
—El caso es que yo también debía haberme marchado; y si me encuentra aquí, no sé cómo justificar la desaparición del saco del dinero.
—Tenéis razón; es preciso salir.
—¿Y cómo? Si salimos, de seguro nos ve.
—Pues entonces es preciso que subáis a mi cuarto.
—¡Ah! —exclamó madame Bonacieux—. Me decís eso en un tono que me infunde miedo.
Madame Bonacieux pronunció estas palabras con lágrimas en los ojos. Artagnan vio estas lágrimas, y confuso y enternecido se arrojó a sus pies.
—En mi cuarto —dijo— estaréis con tanta seguridad como en un templo. Os doy mi palabra de caballero.
—Partamos, pues —dijo la joven—; fío en vos, amigo mío.
Artagnan descorrió con precaución el cerrojo, y ambos subieron silenciosamente la escalera y entraron en el cuarto del gascón.
Para mayor seguridad, cerró Artagnan por dentro la puerta de su habitación, y acercándose juntamente con la joven a la ventana, vieron ambos por una rendija a Bonacieux, que venía hablando con un hombre de capa.
Al ver al hombre de la capa, dio Artagnan un brinco, y sacando a medias la espada, se lanzó a la puerta.
Era el hombre de Meung.
—¿Qué vais a hacer? —preguntó madame Bonacieux—. Nos perdéis sin remedio.
—¡Es que he jurado matar a ese hombre! —dijo Artagnan—.
—Vuestra vida no os pertenece en este momento. En nombre de la reina, os prohíbo que os aventuréis a correr otro peligro que no sea el del viaje.
—Y en vuestro nombre, ¿no mandáis nada?
—En mi nombre —dijo madame Bonacieux en extremo conmovida—, en ni nombre, os lo suplico. Pero escuchemos, me parece que hablan de mí.
Artagnan se acercó a la ventana y prestó atención.
Bonacieux había ido a abrir la puerta de su habitación y, al hallar ésta desocupada, volvió al lado del hombre de la capa, a quien había dejado un momento.
—Ha salido —dijo—. Sin duda habrá vuelto al Louvre.
—¿Estáis seguro —replicó el otro— de que no haya sospechado las intenciones con que habéis salido?
—Seguro —respondió Bonacieux con aire de suficiencia—. Es una mujer muy superficial.
—¿Estará en su casa el cadete de guardias?

—Me parece que no. Tiene cerrada la ventana, y no se ve luz alguna a través de las rendijas.

—No importa; bueno sería cerciorarse.

—¿Y cómo?

—Llamando a su puerta.

—Preguntaré a su criado.

Bonacieux entró en su habitación, salió por la misma puerta que abrió libre paso a los fugitivos, y subiendo al cuarto de Artagnan llamó.

Nadie respondió. Porthos, para darse mayor importancia, se había llevado prestado a Planchet. Artagnan, por su parte, no pensaba siquiera en dar señales de vida.

En el momento en que los nudillos de Bonacieux se dejaron oír en la puerta, el corazón de los dos jóvenes latió con violencia.

—Nadie hay en la casa —dijo Bonacieux—.

—Sin embargo, entremos en la vuestra, pues siempre hablaremos con más seguridad que en el umbral de la puerta.

—¡Ay, Dios mío! —murmuró madame Bonacieux—. Ya no podremos oír nada.

—Al contrario —dijo Artagnan—, ahora lo vamos a oír todo.

Artagnan levantó los tres o cuatro ladrillos que hacían de su cuarto otro oído de Dionisio, tendió en el suelo su paño, e incándose de rodillas hizo señas a madame Bonacieux de que aplicase el oído al suelo, del mismo modo que él lo hacía.

—¿Estáis seguro de que no hay nadie? —preguntó el desconocido—.

—Respondo de ello.

—¿Y creéis que vuestra mujer...?

—Ha vuelto al Louvre.

—¿Sin hablar a otra persona que a vos?

—Sin hablar a nadie más que a mí.

—Ésta es una circunstrancia importante, ¿comprendéis?

—De modo que la noticia que os he dado es de un valor...

—Muy grande, querido Bonacieux; no quiero ocultároslo.

—¿Según eso, el cardenal estará satisfecho de mí?

—Indudablemente.

—¡El gran cardenal!

—¿Estáis seguro de que en la conversación que ha tenido con vos no ha pronunciado vuestra mujer nombres propios?

—Me parece que no.

—¿No ha nombrado ni a madame de Chevreuse, ni al duque de Buckingham, ni a madame de Vernel?

—No, solamente me dijo que quería enviarme a Londres para servir los intereses de una persona ilustre.

—¡Ah, traidor! —murmuró madame Bonacieux—.

—¡Silencio! —dijo Artagnan cogiéndole una mano, que ella le abandonó sin pensar—.

—El caso es —añadió el hombre de la capa— que habéis cometido una torpeza en no fingir que aceptabais la misión; pues así tendríais en vuestro poder la carta, se habría salvado la nación contra la cual conspira, y vos...

—¿Y yo, qué?

—Hubierais recibido del cardenal títulos de nobleza.

—¿De veras?

—Sí, me consta que pensaba daros esa sorpresa.

—No tengáis cuidado; mi mujer me adora, y aún estamos a tiempo de remediarlo todo.

—¡Mentecato! —murmuró madame Bonacieux—.

—¡Silencio! —dijo Artagnan apretándole la mano—.

—¡Cómo! ¿Aún estamos a tiempo? —preguntó el hombre de la capa—.

—Mirad, vuelvo al Louvre, pregunto por madame Bonacieux y le digo que, habiendo reflexionado bien, acepto la misión; consigo de este modo que la carta venga a mi poder, y corro en seguida a casa del cardenal.

—Pues bien; id a escape, que muy pronto volveré a saber el resultado de ese paso.

El desconocido se marchó.

—¡Ah, infame! —exclamó madame Bonacieux, dirigiendo este nuevo epíteto a su marido—.

—¡Silencio! —exclamó Artagnan apretándole la mano con mayor fuerza todavía—.

Un terrible alarido interrumpió a la sazón las reflexiones de Artagnan y madame Bonacieux. Era el marido de ésta que, habiendo notado la desaparición de su saco de dinero, gritaba con todas sus fuerzas:

—¡Ladrones...!

—¡Oh, Dios mío! —exclamó madame Bonacieux—; ahora va a poner en conmoción a todo el barrio.

Bonacieux siguió dando gritos largo rato; pero como semejantes gritos, por su demasiada frecuencia, no atraían ya gente a la calle de Fossoyeurs, y la casa del mercero hacía tiempo que no tenía muy buena fama, al ver que nadie acudía salió gritando a la calle y la voz se fue alejando en dirección a la calle del Bac.

—Ahora que se ha marchado, os toca a vos hacer lo mismo —dijo madame Bonacieux—. Valor y, sobre todo, prudencia. No olvidéis que os debéis todo a la reina.

—Y a vos, señora —repuso Artagnan—. Perded cuidado, hermosa Constanza, que espero volver digno de su reconocimiento; pero, ¿volveré también digno de vuestro amor?

La joven no respondió; mas un vivo carmín coloreó sus mejillas, y Artagnan salió pocos momentos después envuelto en una gran capa recogida airosamente por la vaina de una larga espada.

Madame Bonacieux le siguió con aquella expresiva mirada de amor que la mujer sabe dirigir al hombre que reina en su corazón; pero cuando Artagnan desapareció por la esquina de la calle, cayó ella de rodillas y juntando las manos exclamó:

—¡Oh, Dios mío! Proteged a la reina y amparadme también a mí...

CAPÍTULO XIX

PLAN DE CAMPAÑA

Artagnan fue derecho a ver al señor de Treville, pues presumía que dentro de breves momentos el cardenal tendría aviso de todo por aquel maldito desconocido que parecía ser agente suyo; y pensaba con razón que no había que perder un solo instante.

El corazón del joven palpitaba de alegría. Presentábasele una ocasión que, a la vez, le proporcionaba honra y provecho, y como primer aliciente le había sido confiada por una mujer a quien adoraba. La casualidad le daba, pues, de buenas a primeras, más de lo que se hubiera atrevido a pedir a la providencia.

Treville se hallaba en su salón, rodeado de su acostumbrada corte de caballeros. Artagnan, que era conocido como uno de los asiduos concurrentes a la casa, se fue derecho al gabinete y le hizo pasar recado de que deseaba verle para un asunto de importancia.

Haría unos cinco minutos que Artagnan estaba esperando, cuando entró Treville, el cual al primer golpe de vista conoció, en la alegría que demostraba el semblante de su joven paisano, que ocurría algo nuevo.

Artagnan fue reflexionando por el camino si confiaría al señor de Treville todo lo que pasaba, o si le pediría simplemente que le procurase una licencia para un asunto reservado; pero el señor de Treville se había portado siempre tan bien con él, era tan adicto al rey y a la reina y profesaba al propio tiempo una aversión tan grande al cardenal, que al fin resolvió revelárselo todo.

—¿Me habéis llamado, mi joven amigo? —preguntó el señor de Treville—.

—Sí, señor —contestó Artagnan—, y espero que me dispensaréis el que os haya venido a incomodar, cuando sepáis la importancia del asunto que me trae.

—Explicaos, pues, que os escucho.

—Se trata nada menos —dijo Artagnan bajando la voz— que del honor y tal vez de la vida de la reina.

—¿Qué decís? —preguntó el señor de Treville mirando a su alrededor si estaban solos, y clavando su vista con aire de ansiedad en Artagnan—.

—Digo, señor, que la casualidad me ha hecho dueño de un secreto...

—Que guardaréis, a lo que espero, joven, con la mayor escrupulosidad.

—Pero que os debo confiar, porque vos solo podéis auxiliarme en la misión que acabo de recibir de su majestad.

—¿Os pertenece ese secreto?

—No, señor; es de la reina.

—¿Y estáis autorizado por su majestad para confiármelo?

—No, señor, antes por el contrario, se me ha encargado el más profundo sigilo.

—¿Y vais a quebrantarlo de ese modo en mi presencia?

—Es que, ya os lo he dicho, sin vos nada puedo hacer, y temo que me rehuséis el favor que vengo a pediros, si no sabéis el objeto con que lo solicito.

—Guardad vuestro secreto, joven, y decidme lo que deseáis.

—Deseo que me alcancéis del señor Essarts una licencia de quince días.

—¿Cuándo?

—Esta misma noche.

—¿Dejáis París?

—Marcho en comisión.

—¿Podéis decirme a dónde?

—A Londres.

—¿Hay alguna persona interesada en que no lleguéis a ese punto?

—Me parece que el cardenal daría el mundo por impedirlo.

—¿Y partís solo?

—Sí, señor.

—En ese caso, no pasaréis de Bondy; os lo digo a fe de Treville.

—¿Por qué?

—Porque os asesinarán.

—Moriré cumpliendo con mi deber.

—Pero vuestro encargo quedará sin cumplir.

—Tenéis razón —dijo Artagnan—.

—Creedme —continuó Treville—, en empresas de ese género se necesitan cuatro para que pueda llegar uno.

—Es muy cierto, señor —repuso Artagnan—; pero ya conocéis a Athos, Porthos y a Aramis, ¿sabéis si puedo disponer de ellos?

—¿Sin confiarles el secreto que yo mismo no he querido saber?

—Nos hemos jurado mutuamente una ciega confianza, y además, podéis decirles que tenéis en mí la mayor seguridad, con lo cual estoy seguro de que no vacilarán un momento.

—Lo que puedo hacer es dar a cada uno una licencia de quince días. A Athos, a quien su herida le molesta bastante todavía, para las aguas de Forges, y a Porthos y a Aramis, para que acompañen a su amigo, a quien no querrán abandonar en tan dolorosa situación. La concesión de la licencia será la prueba de que autorizo el viaje.

—Gracias por vuestra bondad, señor.

—Id a verlos al momento, y que todo quede ejecutado esta noche. Escribid aquí mismo vuestra solicitud al señor Essarts; tal vez os haya ido siguiendo algún espía y, en ese caso, vuestra visita, de que ya tendrá conocimiento el cardenal, quedará legitimada en cierto modo.

Artagnan formuló su solicitud, y el señor de Treville, al recibirla, le prometió que antes de las dos de la mañana se hallarían las cuatro licencias en el domicilio respectivo de los viajeros.

—Tened la bondad de dirigir la mía a casa de Athos —dijo Artagnan—, pues temería al entrar en mi casa tener algún mal encuentro.

—Perded cuidado. Adiós, y buen viaje. A propósito... —dijo el señor de Treville llamándole—.

Artagnan se volvió.

—¿Tenéis dinero?

Artagnan hizo sonar el saco que llevaba en el bolsillo.

—Trescientas doblas.

—¿Os basta?
—Bien, con esa cantidad puede irse hasta el fin del mundo.
—Idos, pues.
Artagnan saludó al señor de Treville, el cual le tendió la mano, que apretó aquél con un respeto mezclado de reconocimiento. Desde que llegó a París no había tenido sino motivos de elogiar a ese hombre excelente, en quien había hallado siempre dignidad, lealtad y nobleza.
Su primera visita fue a casa de su amigo Aramis, a la que no había vuelto desde la famosa noche en que siguió a madame de Bonacieux. Tampoco había visto desde entonces al joven mosquetero sino muy rara vez, y cuando le vio había creído notar en su semblante una profunda tristeza.
En la noche de que hablamos, estaba también Aramis en vela, sombrío y meditabundo; por esta razón le hizo Artagnan algunas preguntas acerca de su continua melancolía. Aramis pretextó que tenía que poner en latín para la próxima semana un comentario sobre el capítulo dieciocho de San Agustín, lo cual, según dijo, le tenía altamente preocupado.
Al poco rato de estar los dos amigos conversando, entró un criado del señor de Treville con un pliego cerrado en la mano.
—¿Qué es esto? —preguntó Aramis—.
—La licencia que habéis solicitado.
—Yo no he pedido licencia alguna.
—Callad y tomadla. Vos, amigo, aquí tenéis media dobla por vuestra molestia, y decid al señor de Treville que el señor Aramis le da las más expresivas gracias.
El lacayo saludó cortésmente y se fue.
—¿Qué significa esto? —preguntó Aramis—.
—Tomad todo lo que necesitéis para un viaje de quince días y seguidme.
—Pero yo no puedo dejar París sin saber...
Aramis se detuvo.
—Lo que ha sido de ella, ¿no es verdad? —continuó Artagnan—.
—¿Quién? —repuso Aramis—.
—La dama que ha estado aquí, la del pañuelo bordado.
—¿Quién os ha dicho que haya estado aquí una mujer? —preguntó Aramis poniéndose pálido como un difunto—.
—Yo, que la he visto.
—¿Y sabéis quién es?
—Me lo presumo.
—Escuchad: puesto que tantas noticias sabéis, ¿podríais decirme qué ha sido de esa mujer?
—Pienso que haya vuelto a Tours.
—A Tours, sí; así debe de ser, y ya veo que la conocéis. Pero, ¿cómo es que se ha marchado sin decirme una palabra?
—Porque temía que la detuvieran.
—¿Y por qué no me ha escrito?
—Porque temía comprometeros.
—Lo creo, Artagnan; lo creo, y vuestras palabras me dan la vida. Yo me juzgaba despreciado, burlado... ¡Ay, me consideraba tan dichoso con

haberla vuelto a ver! Nunca me llegué a imaginar que arriesgase por mí su libertad; pero, ¿por qué causa habrá venido a París?

—Por la misma que hoy nos hace emprender un viaje a Inglaterra.

—¿Y cuál es? —preguntó Aramis—.

—Algún día lo sabréis, Aramis; pero, ahora, permitidme que imite la reserva de «la sobrina del doctor».

Aramis se sonrió recordando la historia que en cierta ocasión refirió a sus amigos.

—¡Pues bien! Puesto que ella ha dejado París, y estáis seguro de ello, nada tengo que oponer y estoy pronto a seguiros. Decís que vamos...

—Ahora a casa de Athos y, si queréis venir, os ruego que os deis prisa, pues ya hemos perdido mucho tiempo. ¡Ah!, avisad a Bazin.

—¿Vendrá Bazin con nosotros? —preguntó Aramis—.

—Tal vez, pero de todos modos bueno es que por ahora nos siga a casa de Athos.

Aramis llamó a Bazin, y después de encargarle que fuese a buscarlos a casa de Athos, añadió:

—¡Partamos!

Tomó la capa, la espada y las pistolas, y abrió inútilmente tres o cuatro cajones para ver si encontraba alguna moneda extraviada. Poco después de cerciorarse de la inutilidad de sus pesquisas, siguió a Artagnan, preguntándose cómo era que el joven cadete de guardias supiese tan bien como él quién era la dama a quien había dado hospitalidad, y mejor que él todavía cuál fuese su paradero.

Al salir puso Aramis la mano sobre el brazo de Artagnan, y dijo, mirándole fijamente:

—¿No habéis hablado a nadie de esa mujer?

—A nadie absolutamente.

—¿Ni a Athos ni a Porthos?

—Ni una palabra les he dicho.

—Menos mal.

Y tranquilizado sobre este punto importante, continuó Aramis su camino con Artagnan, llegando ambos muy pronto a casa de Athos, donde encontraron a éste con su licencia en una mano y una carta de Treville en la otra.

—¿Podéis explicarme lo que significa esta licencia y esta carta que acabo de recibir ahora mismo? —preguntó Athos sorprendido—.

> *Querido Athos:*
>
> *Puesto que vuestra salud lo exige inaplazablemente, se os concede licencia para que descanséis quince días. Id a tomar las aguas de Forges o las de otro punto que mejor os convenga, y restableceos lo antes posible. Vuestro afectísimo,*
>
> *Treville.*

—Esta licencia y esta carta significan que debéis acompañarme, Athos.

—¿A las aguas de Forges?

—Allí o a otra parte.

—¿Es en servicio del rey?

—Del rey o de la reina. ¿No somos servidores de sus majestades?

En aquel momento llegó Porthos.

—¡Pardiez! ¡Vaya una cosa singular! ¿Desde cuándo se conceden licencias a los individuos de nuestro cuerpo sin que las pidan?

—Desde que tienen amigos que las piden por ellos —repuso Artagnan—.

—¡Hola, hola! —exclamó Porthos—. Parece que hay novedades ¿verdad?

—Sí, preparamos viaje —dijo Aramis—.

—¿Y para dónde? —preguntó Porthos—.

—No lo sé, amigo —dijo Athos—; preguntádselo a Artagnan.

—¡Para Londres, señores! —dijo este último—.

—¡Para Londres! —exclamó Porthos—. ¿Y qué vamos a hacer en Londres?

—Eso es lo que no puedo deciros, señores, y es preciso que tengáis confianza en mí.

—Pero para ir a Londres —añadió Porthos— se necesita dinero, y yo no lo tengo.

—Ni yo —dijo Aramis.

—Ni yo —añadió Athos.

—Yo sí —repuso Artagnan sacando su tesoro del bolsillo y colocándolo sobre una mesa—. En este saco hay trescientas doblas; tomemos cada uno setenta y cinco, que es lo suficiente para ir a Londres y volver. Además, que no llegaremos todos allá.

—¿Y por qué?

—Porque, según todas las probabilidades, alguno de nosotros tal vez se quede en el camino.

—¿Pero vamos a emprender alguna campaña?

—Y de las más peligrosas, os lo prevengo.

—¡Hombre, puesto qe arriesgamos el pellejo, me gustaría saber al menos el porqué! —dijo Porthos—.

—Ya lo sabréis más adelante —dijo Athos—.

—Sin embargo —dijo Aramis—, soy de la opinión de Porthos.

—¿Acostumbra el rey a daros cuenta alguna cuando os comunica sus órdenes? No. Solamente os dice: «Señores, hay guerra en Gascuña o hay guerra en Flandes. Id a batiros.» Y vais. ¿Y preguntáis por qué siquiera? Ni os cuidáis de ello.

—Tiene razón Artagnan —dijo Athos—; he aquí trescientas doblas que vienen no sé de dónde. Vamos a donde sea necesario y suceda lo que Dios quiera. ¿Vale acaso la vida la pena de hacer tales preguntas? Artagnan, estoy pronto a seguirte.

—Yo también —dijo Porthos—.

—Y yo —dijo Aramis—. Así como así, me alegro de dejar París, pues necesito distraerme.

—¡Pues bien! No os faltarán distracciones, señores, perded cuidado —dijo Artagnan—.

—¿Y cuándo marchamos? —preguntó Athos—.

—Ahora mismo —respondió Artagnan—; no hay un minuto que perder.

—¡Hola! ¡Grimaud, Planchet, Mosqueton, Bazin! —gritaron los cuatro jóvenes llamando a sus criados—. Limpiadnos las botas e id a por los caballos.

En efecto, cada mosquetero tenía en el cuartel su caballo y el de su criado.

Planchet, Grimaud, Mosqueton y Bazin partieron al momento.

—Ahora tracemos nuestro plan de campaña —dijo Porthos—. ¿A dónde vamos primero?

—A Calais —dijo Artagnan—; es la línea más recta para ir a Londres.

—Pues bien —dijo Porthos—. He aquí mi parecer.

—Habla.

—Cuatro hombres que viajan juntos pueden infundir sospechas, y opino que Artagnan debe dar a cada uno de nosotros sus instrucciones. Yo saldré el primero por el camino de Boulogne, para ir explorando el terreno. Athos partirá dos horas después por el de Amiens, Aramis nos seguirá por el de Noyon, y en cuanto a Artagnan, podrá salir por el camino que quiera, disfrazado con el traje de Planchet, mientras que éste nos seguirá haciendo de Artagnan con el uniforme de los guardias.

—Señores —dijo Aramis—, mi opinión es que no conviene mezclar para nada a los criados en este asunto; un secreto rara vez se atreve a descubrirlo un caballero, pero casi siempre es vendido por los criados.

—El plan de Porthos me parece impracticable —dijo Artagnan—, por cuanto yo mismo ignoro las instrucciones que debo daros. No soy más que un simple portador de una carta de la que ni tengo ni puedo sacar tres copias, porque está sellada. Conque, a mi entender, no hay más remedio que viajar juntos. La carta está aquí —añadió, señalando el bolsillo donde la tenía guardada—. Si acaso me matan, cualquiera de vosotros la recogerá y continuaréis el camino; si aquél es muerto, a su vez hará otro lo mismo, y así sucesivamente; con tal que uno sólo llegue con la carta, es lo bastante.

—Bien, Artagnan, opino lo mismo que tú —dijo Athos—. Es preciso además ser consecuentes. Yo voy a tomar las aguas, y vosotros debéis acompañarme; quiere decir que en vez de las aguas de Forges, iré a tomar las del mar; soy libre en la elección. ¿Quieren arrestarnos?, enseño la carta del señor de Treville, y vosotros vuestras licencias; ¿nos atacan?, nos defendemos; ¿nos encausan?, sostenemos tenazmente que no pensábamos más que darnos tres o cuatro chapuzones en el agua. Fácilmente puede darse cuenta de cuatro hombres aislados, pero los mismos reunidos forman una fuerza respetable. Armaremos a nuestros criados de pistolas y mosquetes, y si envían un ejército contra nosotros, daremos la batalla. El que quede vivo, como ha dicho Artagnan, llevará la carta a su destino.

—¡Bien dicho! —exclamó Aramis—. Tú no acostumbras a hablar mucho, Athos, pero cuando hablas eres un San Juan Pico de Oro. Adopto el plan que has propuesto. ¿Y tú, Porthos?

—Yo también —dijo éste—, si merece la aprobación de Artagnan. Artagnan, como portador de la carta, es naturalmente el jefe de la expedición; que decida, y nosotros ejecutaremos.

—Pues bien —dijo Artagnan—, decido que adoptemos el plan de Athos, y que nos pongamos en camino dentro de media hora.

—¡Adoptado! —exclamaron a una los tres mosqueteros—.

Y alargando cada cual la mano hacia el saco, tomó sus setenta y cinco doblas y se marchó a hacer los preparativos para partir a la hora convenida.

CAPÍTULO XX

EL VIAJE

A las dos de la madrugada salieron nuestros cuatro aventureros por la puerta de Saint Denis. Mientras fue de noche permanecieron mudos, pues a pesar suyo sufrían la influencia de la oscuridad y veían emboscadas en todas partes, y figurábaseles que eran espiados.

Al despuntar la aurora principiaron a moverse sus lenguas; con el sol volvía la alegría, y como si se hallasen en la víspera de un combate, el corazón les latía con violencia, sus ojos se mostraban animados, y se percataban de que la vida que iban tal vez a perder no era una cosa tan despreciable.

Por lo demás, el aspecto de la caravana era de lo más formidable que pueda imaginarse. Los caballos negros de los mosqueteros, su marcial continente y el hábito contraído en el servicio de marchar acompasadamente, esos nobles compañeros del soldado hubiesen hecho traición al más riguroso incógnito.

Detrás iban los criados, armados hasta los dientes.

Nada de particular les sucedió hasta Chantilly, a donde llegaron a cosa de las ocho de la mañana, y determinaron desayunarse en aquel punto. Apeáronse a la puerta de una posada, cuyo frontis representaba a San Martín, dando la mitad de su capa a un pobre, y encargaron a los criados que no quitasen las sillas a los caballos, porque iban a continuar el viaje inmediatamente.

Entraron en el comedor y sentáronse alrededor de una mesa.

Hallábase almorzando en la misma un caballero que había llegado por el camino de Dammartin y que después entabló conversación acerca de la lluvia y del buen tiempo. Los viajeros contestaron, y habiendo aquél bebido a su salud, correspondieron éstos a su cumplimiento.

Pero en el momento en que Mosqueton anunciaba que los caballos estaban dispuestos, y los viajeros se levantaban de la mesa, propuso el desconocido a Porthos un brindis a la salud del cardenal. Porthos contestó que lo aceptaría con mucho gusto si él a su vez quería beber a la salud del rey. El desconocido replicó entonces que para él no había otro rey que su eminencia. Porthos le llamó borracho, lo que obligó al caballero a desenvainar la espada.

—Habéis cometido una torpeza —dijo Athos—; sin embargo, ya no hay medio de retroceder; despachad a ese hombre y procurad reuniros a nosotros lo antes posible.

Y montando los tres en sus caballos, partieron a rienda suelta, en tanto que Porthos prometía a su adversario atravesarle con todas las estocadas conocidas en el arte de la esgrima.

—¡Y va uno! —dijo Athos cuando se hallaban ya a quinientos pasos de distancia—.

—Pero ¿por qué se habrá dirigido ese hombre a Porthos más bien que a cualquiera de nosotros? —preguntó Aramis—.

—Porque como Porthos hablaba más alto que los demás, le habrá tomado por el jefe —contestó Artagnan—.

—Siempre he dicho que este cadete de Gascuña era un pozo de ciencia —murmuró Athos—.

Y los viajeros continuaron su camino.

Detuviéronse en Beauvais unas dos horas, tanto para que descansasen los caballos, como para aguardar a Porthos, pero como al cabo de ese tiempo no hubiese éste llegado, ni tuvieran tampoco noticia alguna suya, volvieron a ponerse en camino.

A una legua de Beauvais, en un sitio en que el camino aparece estrechado por dos declives, encontraron ocho o diez hombres que con motivo de estar el terreno desempedrado, se hallaban, al parecer, ocupados en hacer agujeros y carriles en el lodo.

Aramis, temiendo ensuciarse las botas en ese barrizal, les habló con dureza. Athos quiso contenerle, pero ya era tarde, pues los otros empezaron a burlarse de los viajeros, haciendo exasperar con su insolencia hasta al mismo Athos, que arremetió con su caballo contra uno de ellos.

Entonces éstos, retrocediendo hacia la hondonada, se armaron con mosquetes que tenían ocultos, resultando de aquí que nuestros siete viajeros se vieron en un terrible compromiso. Aramis recibió un balazo que le atravesó el hombro y Mosqueton otro en el bajo vientre; con todo, sólo Mosqueton cayó del caballo, no porque se hallara malherido, sino porque creyó su herida más grave de lo que era realmente.

—Ésta es una emboscada —dijo Artagnan—; no hay que disparar un solo tiro, y marchemos.

Aramis, a pesar de hallarse herido, se agarró a las crines de su caballo, que le condujo a donde iban los demás. El caballo de Mosqueton siguió galopando solo y se colocó en su puesto.

—Ya tenemos un caballo de repuesto —dijo Athos—.

—Mejor quisiera un sombrero —repuso Artagnan—, pues el mío se lo ha llevado una bala. No ha sido mala fortuna el que no haya puesto dentro de él la carta.

—Pero cuando pase el pobre Porthos lo van a asesinar —dijo Aramis—.

—Si Porthos estuviese sano y salvo, ya se nos habría reunido —dijo Athos—; pero me presumo que el borracho ha de haberse despejado en la contienda.

Y siguieron galopando por espacio de dos horas, a pesar de hallarse los caballos tan cansados que era muy de temer que no pudieran soportar por mucho tiempo la fatiga.

Los viajeros habían tomado un atajo, esperando de este modo evitar mejor los contratiempos, pero en Crevecoeur manifestó Aramis que no podía pasar más adelante. En efecto, el mosquetero había necesitado de todo el valor que ocultaba bajo sus formas elegantes y sus modales cortesanos para llegar hasta allí. Una mortal palidez cubría su rostro y a cada paso se veían obligados sus compañeros a sostenerle sobre el caballo; así que le bajaron a la puerta de una hospedería, y dejándolo con Bazin, que en una escaramuza más bien servía de estorbo que de otra cosa, continuaron su camino con la esperanza de dormir en Amiens.

—¡Voto a...! —exclamó Athos al ver que la caravana había quedado reducida solamante a dos amos y a los criados Grimaud y Planchet—. ¡Voto a...! que no he de ser en adelante juguete suyo, y os aseguro que nadie me hará abrir la boca ni sacar la espada desde aquí a Calais. Lo juro...

—No juremos —dijo Artagnan—. Lo que conviene es apretar el paso, si los caballos pueden resistirlo.

Y los viajeros metieron espuelas a los caballos que, estimulados por el dolor, sacaron fuerzas de flaqueza y llegaron a las doce de la noche a Amiens, donde se apearon a la puerta de la posada del Lirio de Oro.

El posadero parecía el hombre más honrado del mundo y recibió a nuestros viajeros con una palmatoria en la mano y la gorra en la otra. Quiso instalarlos en dos hermosas habitaciones, pero, por desgracia, se hallaban situadas de extremo a extremo de la posada, y Artagnan y Athos no quisieron admitirlas. El posadero replicó que no tenía otras que fuesen dignas de sus excelencias, pero los viajeros manifestaron que se acostarían en la sala común, en un colchón que les tendiesen en el suelo. El posadero insistió, aunque en vano, pues los viajeros se mantuvieron firmes, y fue preciso ceder. Así que acabaron de preparar el lecho y de poner una barricada en la puerta, oyeron unos golpes en el postigo del patio. Preguntaron quién estaba allí y al reconocer la voz de sus criados, abrieron.

En efecto, eran Planchet y Guimaud.

—Grimaud bastará para guardar los caballos —dijo Planchet—. Si mis señores quieren, me acostaré atravesado delante de la puerta, y podrán estar seguros de que nadie llegará a sorprenderlos.

—¿Y en qué vas a dormir? —preguntó Artagnan—.

—Aquí hay cama —respondió Planchet—.

Y enseñó un gran montón de paja.

—Pues bien, ponte ahí —dijo Artagnan—. Así como así, no me agrada el aspecto del posadero, que me parece ya demasiado amable.

—Ni a mí tampoco —respondió Athos—.

Planchet se colocó atravesado delante de la puerta, mientras que Grimaud fue a encerrarse en la cuadra, respondiendo de que a las cinco de la mañana en punto estarían dispuestos él y los cuatro caballos.

La noche se pasó con bastante tranquilidad, pues si bien a eso de las dos de la madrugada se oyó un ruido como de personas que intentaban abrir la puerta, Planchet se levantó de un salto y preguntó quién era, a lo cual respondieron desde fuera que se habían equivocado, y se marcharon.

A las cuatro de la mañana se percibió un fuerte ruido en las cuadras. Grimaud había despertado a los mozos, pero éstos se incomodaron y le estaban aporreando terriblemente. Cuando abrieron la ventana se encontraron ya al pobre hombre tendido en tierra sin conocimiento y con la cabeza abierta de un horquillazo.

Planchet bajó al patio y quiso ensillar los caballos, pero éstos se hallaban muy cansados. Sólo el de Mosqueton, que había caminado la víspera cinco o seis horas sin jinete, era el que podía continuar el viaje; pero por una equivocación inconcebible, un veterinario a quien habían llamado, a lo que parece, para sangrar el caballo del posadero, sangró al de Mosqueton.

Esto empezaba ya a ser algo sospechoso; tantos accidentes sucesivos podían muy bien ser efecto de la casualidad, pero también podrían ser fruto de un complot. Athos y Artagnan se echaron fuera, mientras que Planchet fue a informarse de si había por allí cerca quien quisiera vender tres caballos. Dos muy hermosos y ya equipados había a la puerta, los cuales hubieran convenido admirablemente a los viajeros; pero habiendo preguntado éstos por los dueños, les contestaron que habían pasado la noche en la posada y estaban ajustando en aquel momento su cuenta con el posadero.

Athos fue a pagar el gasto, mientras que Artagnan y Planchet esperaban a la puerta de la calle. El posadero se hallaba en una habitación baja y retirada, a donde invitaron a Athos a que entrara.

Athos entró sin la menor desconfianza, y sacando dos doblas, las entregó al posadero, que estaba sentado ante una mesa que tenía medio abierto uno de sus cajones. Tomó aquél el dinero que Athos le ofrecía, y volviéndolo y revolviéndolo entre sus manos, dio al cabo de un rato un grito manifestando que era falsa una moneda, y que iba a mandar prender a él y a su compañero por monederos falsos.

—¡Canalla! —exclamó Athos arrojándose sobre el posadero—. ¡Voy a cortarte las orejas!

Pero el posadero, sacando de los cajones un par de pistolas, apuntó con ellas a Athos, pidiendo al mismo tiempo auxilio.

En aquel instante, cuatro hombres, armados hasta los dientes, entraron por las puertas laterales y se arrojaron sobre Athos.

—¡Estoy cogido! —exclamó Athos con toda la fuerza de sus pulmones—. ¡Huye, Artagnan! ¡A escape, a escape!

Y diciendo esto, hizo dos disparos.

Artagnan y Planchet no se hicieron repetir el aviso. Desataron los dos caballos que estaban a la puerta, saltaron sobre ellos y picando espuelas escaparon a todo correr.

—¿Sabes lo que ha sido de Athos? —preguntó Artagnan a Planchet conforme iba corriendo—.

—¡Ay, señor! —dijo Planchet—. He visto caer a dos a los dos tiros de sus dos pistolas, y me ha parecido ver, a través de las vidrieras, que la emprendía a sablazos con los restantes.

—¡Valiente, Athos! —murmuró Artagnan—. ¡Y pensar que es preciso abandonarle! Por lo demás, tal vez nos aguarde a nosotros la misma suerte a diez pasos de aquí. ¡Adelante, Planchet! ¡Adelante! ¡Eres un hombre de valor!

—Ya os lo he dicho, señor —respondió Planchet—; los que hemos nacido en Picardía, nos damos a conocer en las ocasiones; además que me encuentro aquí en mi país, y esto me infunde ánimo.

Y espoleando amo y criado a los caballos, llegaron de una tirada a Saint Omer. En este punto hicieron descansar a las monturas, brida en mano, por temor de un contratiempo; tomaron un corto refrigerio en pie, en la calle, y prosiguieron su camino.

A unos cien pasos de las puertas de Calais, el caballo de Artagnan cayó para no volverse a levantar, pues principió a echar sangre por ollares y ojos; sólo quedaba el de Planchet, pero se quedó plantado y no hubo manera de hacerle mover.

Afortunadamente, se hallaban a cien pasos de la ciudad, como hemos dicho, por lo que resolvieron abandonar en el camino a las cabalgaduras y correr al puerto inmediatamente. Planchet hizo anotar a su amo un caballero que llegaba con un criado y les precedía unos cincuenta pasos.

Acercáronse al punto al caballero, quien parecía tener prisa: tenía las botas cubiertas de polvo y estaba informándose de si podría pasar en aquel mismo instante a Inglaterra.

—Nada sería más fácil —respondió el patrón de un barco que se hallaba dispuesto para darse a la vela—, si no hubiese llegado esta mañana una orden de no dejar partir a nadie sin un permiso expreso del cardenal.

—Yo tengo ese permiso —dijo el caballero sacando un papel del bolsillo—. Vedlo aquí.

—Tened la bondad de hacerlo visar por el gobernador del puerto, y os ruego que me deis la preferencia.

—¿Dónde podré encontrar al gobernador?

—En su casa de campo.

—¿En dónde se halla situada?

—A un cuarto de legua de la ciudad; mirad, desde aquí se ve; aquel tejado de pizarra que se distingue al pie de aquella colina.

—¡Muy bien! —dijo el caballero—.

Y seguido de su criado, tomó el camino de la casa de campo del gobernador.

Artagnan y Planchet fueron siguiendo al individuo a quinientos pasos de distancia.

Fuera ya de la ciudad, Artagnan apretó el paso y alcanzó al hombre al tiempo que entraba en un bosquecillo.

—Caballero —le dijo Artagnan—, parece que tenéis mucha prisa.

—No se puede tener más.

—No podéis figuraros cuánto lo siento; pues, como yo también la llevo, y muchísima, iba a pediros un favor.

—¿Cuál?

—Que me dejaseis pasar primero.

—Me es imposible —dijo el caballero—. He caminado sesenta leguas en cuarenta y cuatro horas, y es de absoluta necesidad que me halle mañana al mediodía en Londres.

—Igual camino he hecho yo en cuarenta horas, y mañana a las diez tengo con precisión que estar en Londres.

—Lo siento, pero yo he llegado primero y no pasaré segundo. ¡Voy en servicio del rey! —dijo el caballero—.

—¡Y yo en servicio mío! —dijo Artagnan—.

—Ved que no habláis en razón.

—¡Cómo ha de ser, caballero!

—Pero, ¿qué deseáis?

—¿Queréis saberlo?

—¡Desde luego!

—Pues bien; lo que deseo es la orden de que sois portador, porque necesito una y no la tengo.

—¡Vamos! Sin duda os estáis chanceando.

—No acostumbro a mofarme nunca.

—Dejadme el paso libre.

—No pasaréis.

—Joven, que os voy a romper la cabeza. ¡Eh! ¡Lubin, mis pistolas!

—Planchet —dijo Artagnan—, encárgate del criado, que yo me encargo del amo.

Planchet, animado con su primera hazaña, saltó sobre Lubin, y como era fuerte y vigoroso, le tiró al suelo y le puso una rodilla sobre el pecho.

—Despachad vuestra contienda, señor —dijo Planchet—, que yo ya he terminado la mía.

Al ver esto el caballero, tiró de la espada y cayó sobre Artagnan; pero tenía que habérselas con un enemigo terrible.

En tres segundos le dio Artagnan tres estocadas, diciendo a cada una de ellas:

—¡Una por Athos! ¡Otra por Porthos! ¡Otra por Aramis!

A la tercera estocada cayó el caballero en tierra como una masa inerte.

Artagnan le creyó muerto, o por lo menos privado de sentido, y se acercó a él para apoderarse de la orden, pero en el momento en que extendía el brazo para registrarle, el herido, que no había soltado la espada, le tiró una estocada al pecho, diciéndole:

—¡Una por vos!

—¡Pues una por mí! ¡Y de las buenas! —exclamó Artagnan, clavándole en tierra de una estocada en el vientre—.

Esta vez el caballero cerró los ojos y se desmayó.

Artagnan registró el bolsillo donde había visto guardar el documento que tanto deseaba, y lo tomó. Estaba dado a nombre del conde de Wardes.

Lanzando en seguida su última mirada sobre el gallardo joven que dejaba allí tendido, privado de conocimiento o acaso muerto, exhaló un suspiro, considerando el fatal destino que conduce a los hombres a destruirse mutuamente, por servir intereses de personas extrañas que las más de las veces ignoran cuáles son.

Pero pronto le distrajeron de sus reflexiones los alaridos de Lubin que pedía socorro con todas sus fuerzas.

Planchet le echó mano a la garganta, y se la apretó sin compasión ni miramientos.

—Señor —decía—, mientras le tenga asido de esta manera, estoy seguro de que no gritará; pero si le suelto podéis contar con que vuelve a dar aullidos. Es, al parecer, normando, y los normandos son muy testarudos.

En efecto a pesar de hallarse sujeto Lubin por la garganta, no por eso desistía de hacer esfuerzos para gritar.

—¡Aguarda! —dijo Artagnan. Y sacó el pañuelo y se lo puso por mordaza—.

—Ahora —añadió Planchet—, atémosle a un árbol.

Hiciéronlo así, y luego colocaron al conde de Wardes al lado de su criado. Como la noche se iba acercando y amo y criado se hallaban algún tanto internados en el bosque, era natural que permanecieran allí hasta el día inmediato.

—Ahora —dijo Artagnan—, vamos a casa del gobernador.

—Pero, señor, me parece que estáis herido —dijo Planchet—.

—No es nada; cuidémonos de lo más urgente, que después ya cuidaremos de la herida, pues no me parece muy peligrosa.

Y ambos se encaminaron presurosos a la casa de campo del digno gobernador, donde Artagnan se hizo anunciar como conde de Wardes y poco después fue introducido.

—¿Traéis —le dijo el gobernador— una orden firmada por el cardenal?

—Sí, señor —contestó Artagnan—; aquí la tenéis.

—¡Ah, ah! Se halla en regla, y se os recomienda en ella con el mayor interés —dijo el gobernador—.

—Nada tiene de extraño —respondió Artagnan—, pues soy uno de sus más fieles servidores.

—¿Parece que su eminencia trata de impedir que vaya alguna persona a Inglaterra?

—Sí, señor, un caballero bearnés, llamado Artagnan, que partió de París con tres amigos suyos en dirección a Londres.

—¿Le conocéis personalmente? —le preguntó el gobernador—.

—¿A quién?

—A ese Artagnan.

—Mucho.

—¿Podéis darme sus señas?

—Nada más fácil.

Y Artagnan dio las señas exactas y detalladas del conde de Wardes.

—¿Le acompañaba alguna persona?

—Sí, señor, un criado llamado Lubin.

—Serán vigilados, y si se logra echarles mano, puede estar seguro su eminencia de que serán conducidos a París con una buena escolta.

—Así adquiriréis mayor estimación a los ojos del cardenal, señor gobernador —dijo Artagnan—.

—¿Le veréis a vuestra vuelta, señor conde?

—Sin duda alguna.

—Os ruego que le hagáis presente que soy un fiel servidor suyo. Decídselo.

—Lo haré sin falta.

Y contento el gobernador con esta seguridad visó el pase y se lo entregó a Artagnan.

Éste no perdió el tiempo en cumplimientos inútiles, sino que, dando las gracias al gobernador, le saludó y se fue.

Una vez fuera de la casa del gobernador, amo y criado emprendieron de nuevo su camino, y dando un largo rodeo para no pasar por el bosque, entraron por distinta puerta en la ciudad.

El barco estaba dispuesto para salir, y el patrón aguardaba en el puerto.

—¿Qué tal? —dijo a Artagnan, que se acercaba—.

—Ved aquí mi pase ya visado —dijo éste—.

—¿Y el otro caballero?

—No saldrá hoy —dijo Artagnan—; pero no os preocupéis por eso, que yo pagaré por los dos.

—En ese caso, partamos —dijo el patrón—.

—Partamos —repitió Artagnan—.

Y saltando con Planchet a la barquilla, a los cinco minutos se hallaron a bordo.

Y llegaron a tiempo, pues al hallarse a media legua en el mar, vio Artagnan brillar una viva luz, a la que siguió una detonación. Era el cañonazo que anunciaba haberse cerrado el puerto.

Ya era hora de que se ocupara de su herida. Afortunadamente, como Artagnan lo había pensado, no era aquélla de las más graves; la punta de la espada había tropezado con una costilla, deslizándose a lo largo del hueso, y además, habiendo adherido la camisa a la herida, apenas derramó unas gotas de sangre.

Artagnan estaba fatigado en extremo, y habiéndole tendido un colchón sobre cubierta, se echó encima de él y se durmió.

Al amanecer del día siguiente se halló a tres o cuatro leguas solamente de las costas de Inglaterra; la brisa había sido muy débil toda la noche y navegaron poco.

A las dos anclaba el barco en el puerto de Douvres, y a las dos y media ponía Artagnan el pie en el suelo de Inglaterra, exclamando:

—¡Al fin he llegado!

Pero aún le faltaba qué hacer, pues tenía que llegar a Londres. En Inglaterra se hallaba el servicio de postas bastante bien montado; así fue que tomando Artagnan y Planchet sendos caballos, llegaron en cuatro horas a las puertas de la capital, precedidos de un postillón.

Artagnan no conocía la ciudad de Londres ni sabía una palabra de inglés; pero escribió en un papel el nombre de Buckingham e inmediatamente le dieron razón del palacio del duque.

El duque se hallaba de caza en Windsor con el rey.

Artagnan preguntó entonces por el ayuda de cámara de confianza del duque, que por haber acompañado a éste en todos sus viajes, hablaba perfectamente en francés, y le dijo que llegaba de París para un asunto de vida o muerte y que era preciso que hablase a su amo en aquel mismo instante.

La seguridad con que hablaba Artagnan convenció a Patricio, que era el nombre de este servidor del ministro y mandando ensillar dos caballos, se encargó de conducir al joven guardia. En cuanto a Planchet, le bajaron de su cabalgadura más muerto que vivo, pues tenía agotadas las fuerzas, al paso que Artagnan parecía de hierro.

Llegaron al palacio, en donde se informaron de que el rey y Buckingham se hallaban cazando aves en unos pantanos situados a dos o tres leguas de allí.

En veinte minutos se trasladaron al sitio indicado, y no tardó Patricio en oír la voz de su amo que llamaba a su halcón.

—¿Qué debo decir a milord, duque? —preguntó Patricio—.

—Que está aquí el joven que le armó camorra cierta noche en el Puente Nuevo, frente a La Samaritana.

—¡Singular recomendación!

—Ya veréis que vale tanto como otra cualquiera.

Patricio hizo galopar a su caballo y acercándose al duque le manifestó en los términos indicados que le aguardaba un mensajero.

Buckingham comprendió que se trataba de Artagnan; y sospechando que alguna cosa pasaba en Francia, de la que le participaban la noticia, preguntó solamente dónde estaba el que le traía y, habiendo reconocido de lejos el uniforme de guardias, partió a galope y se dirigió a Artagnan. Patricio se mantuvo por discreción a alguna distancia.

—¿Ha ocurrido alguna desgracia a la reina? —exclamó Buckingham, reuniendo todo su amor y todo su pensamiento en aquella pregunta—.

—Creo que no. Sin embargo, presumo que corre algún peligro grave, del que sólo vuestra gracia puede librarla.

—¿Yo? —exclamó Buckingham—. ¡Cómo! ¿Sería tan dichoso que pudiera servirla en alguna cosa? ¡Hablad! ¡Hablad!

—Tomad esa carta —dijo Artagnan—.

—¿Una carta? ¿Y de quién?

—De su majestad, supongo.

—¡De su majestad! —exclamó Buckingham, poniéndose tan pálido, que Artagnan creyó que iba a desmayarse—.

Y rompió el sello.

—¿Qué significa esta rasgadura? —dijo a Artagnan, mostrándole un sitio de la carta, por el cual se hallaba taladrada de parte a parte.

—¡Ah! —dijo Artagnan—. No la había visto. La espada del conde de Wardes habrá hecho eso al perforarme el pecho.

—¿Estáis herido? —preguntó Buckingham abriendo la carta—.

—No es nada —dijo Artagnan—; un rasguño.

—¡Santo cielo! ¡Qué he leído! Patricio, quédate aquí o más bien procura buscar al rey, y di a su majestad que le suplico que tenga a bien dispensarme, pues un asunto de la mayor importancia me llama a Londres. Venid, caballero, venid.

Y ambos tomaron a galope el camino de la capital.

CAPÍTULO XXI

LA CONDESA DE WINTER

Durante todo el trayecto, el duque se enteró por Artagnan, no de todo lo que pasaba sino de lo que Artagnan sabía, y uniendo a sus recuerdos lo que oía de boca del joven, pudo formarse una idea algo exacta de la situación, cuya gravedad indicaba bastante la carta de la reina, a pesar de su laconismo. Pero lo que más le admiraba era que el cardenal, interesado como estaba en que Artagnan no pusiera el pie en Inglaterra, no hubiese mandado prenderle en el camino; y al manifestar su extrañeza le refirió el joven guardia las precauciones tomadas, y cómo, gracias a la cooperación de sus tres amigos, a quienes dejara malheridos en el camino, había logrado dar cima a su misión con la estocada que atravesó la carta, la cual devolvió con usura al malhadado conde de Wardes. El duque, al escuchar ese relato, hecho con la mayor sencillez, miraba de cuando en cuando al joven con aire de admiración, como si no acertara a comprender que tanta prudencia y valor pudieran aliarse con un rostro que indicaba apenas veinte años.

Los caballos corrían como el viento, y en pocos momentos se hallaron a las puertas de Londres. Artagnan creía que al entrar en la ciudad detendría el duque el paso del caballo; pero no sucedió así, pues siguió a todo correr, inquietándose muy poco de atropellar o no a los que encontraba en el camino. En efecto, al cruzar la ciudad ocurrieron dos o tres lances de aquella naturaleza, pero Buckingham ni siquiera volvió la cabeza para mirar a las personas atropelladas. Artagnan iba tras él en medio de los gritos de la multitud que parecían otras tantas maldiciones.

Así que llegó Buckingham al patio de su palacio, saltó a tierra, y sin cuidarse de lo que sería de su caballo, le echó las bridas al cuello y se encaminó apresuradamente a la escalera. Artagnan hizo otro tanto, no sin alguna inquietud por aquellos nobles animales, cuyas buenas cualidades había tenido ocasión de conocer y apreciar; pero tuvo el consuelo de ver que de las cocinas y caballerizas acudieron tres o cuatro criados, los cuales se apoderaron inmediatamente de las cabalgaduras.

El duque caminaba con tal rapidez, que a Artagann le costaba trabajo seguirle. Fue recorriendo sucesivamente muchos salones adornados con una suntuosidad de que los señores más poderosos de Francia no tenían idea siquiera, y llegó por fin a un dormitorio que era a la vez un prodigio de gusto y de riqueza. En el testero de este cuarto había una puerta oculta tras la tapicería, la cual abrió el duque con una llavecita de oro que llevaba al cuello suspendida de una cadena del propio metal. Por discreción se quedó Artagnan a alguna distancia, pero en el momento que Buckingham trasponía el umbral de la puerta, se volvió, y al ver la perplejidad del joven exclamó:

—Entrad, y si tenéis la dicha de ser admitido a la presencia de su majestad decidle lo que habéis visto.

Animado por la invitación, Artagnan siguió al duque, y éste cerró la puerta tras ellos.

Pasaron entonces uno y otro a una capilla cuyas pareces estaban forradas de seda de Persia bordada de oro y en la que lucían una porción de bujías. Sobre una especie de altar, y bajo un dosel de terciopelo, coronado con un sinnúmero de plumas blancas y encarnadas, había colocado un retrato de tamaño natural que representaba a Ana de Austria con tal perfección, que Artagnan dio al verlo un grito de sorpresa, pues parecía realmente que iba a hablar.

Sobre el altar y a los pies del retrato, estaba la arquita que contenía los herretes de diamantes.

El duque se acercó al altar, y arrodillándose como pudiera haberlo hecho ante una divinidad, abrió la arquita.

—Tomad —le dijo, sacando de ella un magnífico lazo de cinta azul sembrado de diamantes—, aquí tenéis los preciosos herretes con los cuales había jurado que me enterrarían. La reina me los ha dado, y la reina me los vuelve a quitar; hágase su voluntad, lo mismo que la de Dios.

Besó luego uno tras otro los herretes de que se iba a desprender y de repente lanzó un grito desolador.

—¿Qué es eso, señor? —preguntó Artagnan con inquietud—. ¿Qué os sucede, milord?

—¡Todo se ha perdido! —exclamó Buckingham, poniéndose pálido como un muerto—. Faltan dos herretes, pues no hay más que diez.

—¿Y cree, milord, que se hayan perdido, o más bien que los hayan robado?

—Me los han robado —repuso el duque—, y veo en eso la mano del cardenal. Mirad, las cintas que los sostenían están cortadas con tijeras.

—Si milord pudiese indicar la persona que ha cometido el robo... Pudiera ser que los tenga aún en su poder.

—¡Esperad! —dijo el duque—. La única vez que me puse estos herretes, fue para el baile del rey en Windsor, hace ocho días. La condesa de Winter, con la cual estoy enemistado, se me acercó aquella noche, y sin duda habrá tomado esa venganza de mujer celosa. Ella es agente del cardenal, y no la he vuelto a ver desde entonces.

—Según eso, ¿el cardenal tiene agentes en todas partes? —exclamó Artagnan—.

—Sí, sí —dijo Buckingham, apretando los dientes con rabia—. Es un terrible luchador... A todo esto, ¿cuánto deberá verificarse ese baile?

—El lunes próximo.

—¡El lunes próximo! Aún tenemos cinco días, y éste es más tiempo del que se necesita. ¡Patricio! —gritó el duque abriendo la puerta del gabinete—. ¡Patricio!

El ayuda de cámara se presentó al momento.

—¡Mi joyero y mi secretario!

El criado salió con una prontitud que indicaba el hábito contraído de obedecer ciegamente y sin réplica.

Pero aun cuando se avisó primero al joyero, acudió antes el secretario, que habitaba en el mismo palacio, y encontró al duque sentado ante una mesa que había en el dormitorio y sobre la cual extendía varias órdenes de su puño y letra.

—Jackson —le dijo—, vais a ir ahora mismo a casa de lord canciller, y le diréis que le encargo la ejecución de estas órdenes. Deseo que se promulguen al momento.

—Pero, monseñor, si el lord canciller me pregunta los motivos que han podido inducir a vuestra gracia a dictar una disposición tan extraordinaria, ¿qué deberé contestar?

—Que ésa es mi voluntad y que a nadie tengo que dar cuenta.

—¿Es ésa la respuesta que deberé transmitir a su majestad —replicó sonriéndose el secretario— si, por casualidad, tuviese su majestad curiosidad de saber los motivos por qué no se permite la salida de ningún buque de los puertos de la Gran Bretaña?

—Tenéis razón, Jackson —respondió Buckingham—; en ese caso deberéis decir al rey que he resuelto la guerra, que esta medida es el primer acto de hostilidad contra Francia.

El secretario se inclinó, y partió al momento.

—Ya estamos tranquilos por este lado —dijo Buckingham, volviéndose a Artagnan—. Si los herretes no han salido ya para Francia, no llegarán allá sino después de vos.

—¿Cómo?

—Porque acabo de mandar que queden retenidos todos los buques que se hallen en los puertos de su majestad en estos momentos; y sin un permiso especial, ni uno sólo se hará a la mar.

Artagnan miró con asombro a aquel hombre que empleaba el poder ilimitado de que la confianza del rey le había revestido, en servicio de sus intereses particulares. Buckingham leyó en la expresión del semblante del joven lo que pasaba en su pensamiento, y se sonrió.

—Sí —dijo—, sí. Es que Ana de Austria es mi verdadera reina y con una palabra suya faltaría yo a mi país, faltaría a mi rey, faltaría hasta a mi Dios... Ana me pidió que no enviase a los protestantes de La Rochela el socorro que les había ofrecido, y así lo hice. Falté a mi palabra, pero cumplí su deseo. ¿No me hallo más que suficientemente recompensado por mi obediencia, puesto que a ésta debo su retrato?

Artagnan se quedó asombrado al considerar los hilos tan frágiles y desconocidos de que se hallan a veces pendientes los destinos de un pueblo y la vida de los hombres.

Hallábase en lo más profundo de sus reflexiones cuando entró el orfebre, que era un irlandés, de los más hábiles en su arte y, según confesaba él mismo, ganaba cien mil libras anuales sólo con el duque de Buckingham.

—Señor O'Reilly —le dijo el duque conduciéndole al oratorio—, examinad estos herretes de diamantes y decidme cuánto vale cada uno.

El orfebre se puso a estudiar la forma elegante en que aquéllos se hallaban montados, y calculando uno con otro el valor de los diamantes, respondió sin titubear:

—Mil quinientas doblas cada uno.

—¿Cuántos días se necesitarían para hacer dos herretes como éstos?, pues ya veis que faltan dos.

—Ocho días, milord.

—Los pagaré a tres mil doblas cada uno, y que estén para pasado mañana sin falta.

—Milord, los tendrá.

—Sois un hombre admirable. O'Reilly; pero no es eso todo. Dichos herretes no pueden confiarse a persona alguna, y es preciso que sean trabajados en este palacio.

—Sería inútil, milord, pues no hay nadie más que yo que pueda hacerlos en forma que alguien pueda conocer la diferencia entre los nuevos y los antiguos.

—De modo, querido señor O'Reilly, que sois mi prisionero, y en este momento, si quisierais salir de mi palacio, no lo podríais hacer. Conque así, resignaos. Nombradme los oficiales vuestros que necesitéis y designad los utensilios que deban traeros.

El joyero conocía al duque y sabía que toda observación sería ociosa; así pues, al momento tomó su partido.

—¿Me será permitido avisar a mi mujer? —preguntó—.

—Y verla también, querido señor O'Reilly; vuestro cautiverio será suave, no tengáis cuidado. Y como toda incomodidad exige una indemnización, aquí, tenéis, aparte del precio de los herretes, mil doblas para haceros olvidar la molestia que os causo.

Artagnan no podía volver en sí de la sorpresa que le causaba aquel ministro, que del mismo modo manejaba hombres que millones.

El joyero escribió a su mujer, enviándole el vale de mil doblas y encargándole en cambio que le remitiese su oficial más diestro, un surtido de diamantes del peso, tamaño y calidad que le manifestaba, y los utensilios que le designaba en una lista.

Buckingham condujo al orfebre al cuarto que se le había destinado y que al cabo de media hora quedó convertido en taller. En seguida hizo poner un centinela en cada puerta con la consigna de no dejar entrar a nadie más que su ayuda de cámara Patricio, y es excusado advertir que tanto el orfebre como su oficial tenían prohibición absoluta de salir bajo ningún pretexto.

Arreglado este punto, se dirigió el duque a Artagnan, diciéndole con amabilidad:

—Ahora, mi joven amigo, Inglaterra es nuestra. ¿Qué queréis? ¿Qué deseáis?

—Una cama —respondió Artagnan—, pues confieso que por ahora es eso lo que más necesito.

Buckingham destinó para Artagnan un cuarto contiguo al suyo, a fin de tenerle constantemente a su lado, no por desconfianza, sino por tener una persona con quien hablar continuamente de la reina.

Una hora después se promulgó en Londres la orden de no dejar salir de los puertos ninguna embarcación cargada con destino a Francia, ni aún el buque correo.

A los ojos de todos fue esta disposición una declaración de guerra entre ambas naciones.

A las once de la mañana del día convenido estaban concluidos los herretes de diamantes; su perfección e igualdad con los demás era tal, que el mismo Buckingham no pudo distinguir los nuevos de los antiguos, y lo propio hubiera sucedido a los más diestros e inteligentes en el arte de joyería.

Al punto hizo llamar a Artagnan.

—Tomad —le dijo—. Aquí tenéis los herretes de diamantes que habéis venido a buscar, y sois testigo de que he hecho todo cuanto puede hacer el poder humano.

—Perded cuidado, milord; diré lo que he visto. Pero vuestra gracia me entrega los herretes sin la caja.

—La caja os serviría de estorbo, y para mí es un objeto tanto más precioso, cuanto que es el único que me queda. Diréis que quiero conservarla en mi poder.

—Lo haré como deseáis, milord, punto por punto.

—¿Y ahora —continuó Buckingham, mirando fijamente al joven—, de qué modo podría recompensar el servicio que me habéis prestado?

Artagnan se puso encarnado como la grana, pues no ignoraba que el duque buscaba el medio de hacerle aceptar alguna cosa, y la idea de que su sangre y la de sus compañeros fuese pagada con oro inglés le repugnaba sobremanera.

—Entendámonos bien, milord, y examinemos los hechos como son en sí, a fin de que no pueda haber engaño. Yo estoy al servicio del rey y de la reina de Francia y soy individuo de las Compañías de guardias del señor Essarts, el cual, lo mismo que su cuñado el señor de Treville, es persona enteramente a sus majestades. Así que, todo lo que he hecho ha sido en servicio de la reina y no en el de vuestra gracia. Hay más todavía, y es que acaso no hubiera hecho nada de esto de no desear hacerme digno de aprecio a los ojos de una persona que es mi única dama, como la reina lo es vuestra.

—¡Ya! —dijo el duque, sonriéndose—. Y creo que debo de conocer también a esa persona. ¿No es...?

—Milord, no la he nombrado —interrumpió el joven con inusitada viveza—.

—Tenéis razón —dijo el duque—. ¿Conque a esa persona es a quien debo estar reconocido por vuestro servicio?

—Así, milord; porque en este momento en que estamos llamados a una guerra, os confieso que no veo en vuestra gracia más que un inglés, y, por consiguiente, un enemigo a quien tendría mucho más placer en encontrar en el campo de batalla, que no en el parque de Windsor o en las galerías del Louvre; lo cual, por otra parte, no me impedirá ejecutar al pie de la letra vuestro encargo, y arriesgar la vida, si necesario fuese, para cumplirlo; pero, lo repito, vuestra gracia no me debe mayor agradecimiento por lo que he hecho en esta segunda entrevista que por lo que hice en la primera.

—Suele decirse entre nosotros «orgulloso como un escocés» —murmuró Buckingham—.

—Y nosotros acostumbramos decir «orgulloso como un gascón» —respondió Artagnan—. Los gascones somos los escoceses de Francia.

Artagnan saludó al duque y se dispuso a partir.

—Pero, ¿os vais así, sin más ni más? ¿Por dónde y cómo?

—Es verdad.

—¡Caramba con los franceses! ¡En nada reparan!

—Había olvidado que Inglaterra era una isla, y que vos sois el rey.

—Id al puerto, preguntad por el bricbarca *El Sund,* y entregad esta carta al capitán. Se os conducirá a un pequeño puerto donde de seguro no os esperan, y a donde ordinariamente no suelen ir sino barcos de pescadores.

—¿Cómo se llama ese puerto?

—Saint Valery; mas esperad. Así que lleguéis a ese puerto, os vais a una mala posada que ni tiene nombre ni muestra, una verdadera tasca de marineros. No podréis equivocaros, porque no hay más que una.

—¿Y qué he de hacer?

—Preguntaréis por el posadero y le diréis *Forward.*

—¿Qué quiere decir?

—¡Adelante!, ésta es la contraseña. El posadero os dará un caballo y os indicará la dirección que debéis seguir: así encontraréis cuatro paradas en el camino. Si queréis dejar en cada una las señas de vuestra casa de París, os seguirán los cuatro caballos; ya conocéis dos de ellos, que me parece que habéis apreciado como inteligentes; pues son los mismos que hemos montado, y en cuanto a los otros dos, os prometo que no les serán inferiores. Estos cuatro caballos están equipados para la guerra, y por orgulloso que seáis, espero que no rehusaréis uno y haréis aceptar los otros tres a vuestros amigos; al fin es para hacernos la guerra. El fin justifica los medios, ¿no es así como decís vosotros los franceses?

—Acepto, milord —dijo Artagnan—, y, Dios mediante, espero que haremos buen uso de vuestro regalo.

—Vuestra mano, joven. Acaso no tardemos en encontrarnos en el campo de batalla; pero, entretanto, nos separaremos como buenos amigos.

—Sí, milord; mas con la esperanza de ser enemigos muy pronto.

—No se defraudarán vuestros deseos; os lo prometo.

—Cuento con vuestra palabra, milord.

Artagnan saludó al duque y se encaminó al puerto.

Frente a la torre de Londres encontró el barco designado, y entregó su carta al capitán, quien, habiéndola hecho visar por el gobernador del puerto, se aprestó a hacerse a la vela.

Cincuenta embarcaciones estaban dispuestas a partir, esperando.

Al pasar junto a una de ellas, Artagnan creyó reconocer a la dama de Meung, la misma a quien el caballero desconocido había nombrado Milady, y que al mismo Artagnan le había parecido tan bella; pero, gracias a la corriente del río y al viento favorable que soplaba, iba su buque con tal ligereza que en un instante la perdió de vista.

A cosa de las nueve de la mañana siguiente llegó a Saint Valery.

Artagnan fue al punto a la posada indicada, que reconoció inmediatamente por el griterío que dentro se oía. Hablaban de la guerra entre Inglaterra y Francia como de un acontecimiento próximo y seguro, y los marineros, gozosos con este motivo, estaban de orgía.

Atravesó Artagnan la multitud y, acercándose al posadero, pronunció la palabra «Forward». Inmediatamente aquél hizo seña de que le siguiera, y saliendo con él por una puerta que daba al patio, le condujo a la cuadra, donde le esperaba un caballo ya ensillado; y le preguntó si necesitaba algo más.

—Necesito saber el camino que debo seguir —dijo Artagnan—.

—Desde aquí iréis a Blangy, y de Blangy a Neufchâtel. En Neufchâtel entraréis en la posada del *Rastrillo de Oro,* y dando al posadero la contraseña, encontraréis, como aquí, un caballo dispuesto a marchar.

—¿Debo algo? —preguntó Artagnan—.

—Todo está pagado —dijo el posadero—, y con largueza. Podéis marchar y que Dios os guíe. Os deseo éxito en la empresa.

—¡Amén! —respondió el joven, partiendo al galope—.

Cuatro horas después estaba en Neufchâtel.

Siguiendo estrictamente las instrucciones que tenía recibidas, encontró Artagnan en Neufchâtel, lo mismo que en Saint Valery, un caballo ensillado que le esperaba. Quiso trasladar de una silla a otra las pistolas, pero vio que las pistoleras de la segunda cabalgadura estaban provistas de otras iguales en todo a las primeras.

—¿Cuáles son las señas de vuestra residencia en París?

—Cuartel de guardias, Compañía de Essarts.

—Bien —replicó el que hizo la pregunta—.

—¿Qué camino deberé tomar? —preguntó a su vez Artagnan—.

—El de Rouen; pero dejad la población a la derecha, y al llegar al pueblo de Ecouis, entraréis en la única posada que tiene, llamada el «Escudo de Francia». No la juzguéis por su apariencia, pues en su cuadra hay un caballo tan bueno como éste.

—¿La misma contraseña?

—La misma, exactamente.

—Adiós, pues.

—Buen viaje, caballero. ¿Necesitáis alguna cosa?

Artagnan hizo con la cabeza un signo negativo y partió a todo galope. En Ecouis se repitió la misma escena; encontró al posadero ya prevenido, dejó sus señas y prosiguió su viaje hasta Pontoise. En Pontoise cambió por última vez de caballo, y a las nueve entraba a todo galope en el patio del palacio de Treville.

Había recorrido cerca de sctenta leguas en doce horas.

El señor de Treville le recibió como si le hubiese visto aquella misma mañana; pero le apretó la mano con alguna más fuerza que de costumbre. Díjole que la compañía del señor Essarts estaba de guardia en el Louvre, y que podía ir a ocupar su puesto.

CAPÍTULO XXII

EL BAILETE DE LA MERLAISON

Al día siguiente no se hablaba en todo París de otra cosa que del baile que los señores regidores de la ciudad daban al rey y a la reina, y en el que sus majestades tenían que bailar el bailete de la Merlaison, que era el favorito del rey.

Desde ocho días antes se estaban haciendo en el Ayuntamiento los preparativos de una fiesta tan solemne. El carpintero de la ciudad había colocado unas tribunas donde debían situarse las damas invitadas; el cerero de la ciudad había guarnecido el salón con doscientos hachones de cera blanca, cosa que en aquella época era un lujo; y, por último, habían sido avisados veinte violines, cuya remuneración se había fijado en cantidad doble de la ordinaria, en atención, dice la Historia, a que debían estar tocando toda la noche.

A las diez de la mañana, el señor Lacoste, abanderado de los guardias del rey, seguido de dos exentos y de muchos arqueros del cuerpo, fue a pedir al escribano de la ciudad, llamado Clemente, las llaves de todos los cuartos, oficinas y puertas del Ayuntamiento, que le fueron entregadas al instante. Cada una de estas llaves tenía una tarjeta que servía para ser reconocida, y desde aquel momento quedó encargado el señor de Lacoste de custodiar todas las entradas y salidas.

A las once llegó a su vez el señor Duhallier, capitán de los guardias, llevando consigo cincuenta arqueros, que fueron distribuidos por las puertas que les habían sido designadas previamente.

A las tres llegaron dos compañías de guardias, una francesa y otra suiza. La francesa estaba compuesta la mitad de guardias de Duhallier y la otra de los de Essarts.

A las seis de la tarde principiaron a llegar los invitados, y conforme entraban en el salón, iban siendo colocados en las tribunas dispuestas al efecto.

A las nueve llegó la señora alcaldesa, y como ésta era después de la reina, la persona de mayor consideración en la fiesta, fue recibida por los individuos del Ayuntamiento, quienes la condujeron al palco que estaba enfrente del que debía ocupar la reina.

A las diez prepararon la colación de dulces para el rey, en la salita que cae hacia la iglesia de San Juan y enfrente del aparador de plata de la ciudad, que se hallaba custodiado por cuatro arqueros.

A las doce se oyeron fuertes gritos y numerosas aclamaciones que indicaban la presencia del rey en las calles que conducen desde el Louvre a la casa Consistorial, las cuales estaban iluminadas con faroles de colores.

Inmediatamente, los señores regidores, vestidos con sus ropones de paño y precedidos de seis sargentos con una antorcha en la mano cada uno, salieron a recibir al rey, a quien encontraron ya subiendo los primeros escalones. El preboste de los comerciantes le dirigió una felicitación, a la que contestó su majestad excusándose por su tardanza, y echando la culpa de ella al cardenal, que le había detenido hasta las once, hablándole de negocios de Estado.

Su majestad, en traje de gala, iba acompañado de su augusto hermano, el conde de Soissons, del gran prior, del duque de Longueville, del duque de Elboeuf, del conde de Harcourt, del conde de Roche-Guyon, del señor de Liancourt, del señor de Baradas, del conde Cramail y del caballero de Souveray.

Todos observaron que el rey tenía un aspecto triste y preocupado por demás.

Había dispuestos dos gabinetes, uno para el rey y otro para su hermano, en los cuales se tenían preparados disfraces. Lo mismo se había dispuesto para la reina y la señora alcaldesa. Las damas y caballeros de la comitiva de sus majestades tenían que disfrazarse de dos en dos, en cuartos separados al efecto.

Antes de entrar el rey en el gabinete, encargó que se le avisase inmediatamente que se presentara el cardenal.

Media hora después de la llegada del rey, se dejaron oír nuevas aclamaciones, que anunciaban la llegada de la reina. Los regidores, de igual modo que antes, precedidos de los sargentos, salieron a recibir a la egregia invitada.

La reina entró en el salón, y todos advirtieron que, como el rey, estaba muy triste, y parecía sobre todo fatigada en extremo.

En el momento en que entraba, se descorrieron las cortinas de una pequeña tribuna, que hasta entonces había permanecido cerrada, y se vio aparecer el pálido semblante del cardenal, el cual iba vestido de caballero español. Sus ojos se fijaron en los de la reina, y una diabólica sonrisa asomó a sus labios: la reina no llevaba los herretes de diamantes.

Ana de Austria empezó por recibir los cumplimientos de los señores regidores y en corresponder a los saludos de las damas.

De pronto apareció el rey con el cardenal por una de las puertas del salón. El cardenal le iba hablando en voz baja, y el rey estaba pálido.

Luis XIII atravesó por entre la multitud, y acercándose a la reina, sin máscara, con las cintas del jubón casi sueltas, le dijo con voz alterada:

—Señora, ¿por qué no habéis traído vuestros herretes de diamantes, siendo así que sabíais cuán agradable me hubiera sido el verlos?

La reina dirigió una mirada en torno suyo, y vio detrás del rey al cardenal que se sonreía con aire diabólico.

—Señor —respondió la reina con voz alterada—, porque temía que entre tanta gente les ocurriera algo malo.

—¡Muy mal hecho, señora! Si os hice el regalo fue con objeto de que os adornaseis con él. ¡Os digo que habéis hecho muy mal!

La voz del rey parecía comprimida por la cólera, y todos miraban y escuchaban con perplejidad, sin comprender nada de lo que pasaba.

—Señor —dijo la reina—, puedo enviar a buscarlos al Louvre, donde los tengo, y los deseos de vuestra majestad quedarán satisfechos.

—Hacedlo, señora, hacedlo, y que sea lo más pronto posible, porque dentro de una hora va a principiar el baile.

La reina saludó en señal de sumisión, y siguió a las damas que debían conducirla a su gabinete.

El rey se retiró también al suyo.

Reinó en la sala un momento de inquietud y turbación.

Todo el mundo había podido advertir que había pasado alguna cosa entre el rey y la reina, pero uno y otra habían hablado tan bajo, que habiéndose mantenido todos a cierta distancia por respeto, ninguno había oído una palabra. Los violines sonaban con toda su fuerza, pero nadie les escuchaba.

El rey fue el primero en salir de su gabinete, vestido en traje de caza, con suma elegancia; su hermano y los demás caballeros se vistieron también de igual modo. Éste era el traje que mejor sentaba al rey, el cual, vestido de esa manera, parecía verdaderamente el caballero más gallardo del reino.

El cardenal se acercó al rey y le entregó una cajita. Abrióla el monarca y encontró en ella dos herretes de diamantes.

—¿Qué significa esto? —preguntó al cardenal—.

—Nada —respondió éste—; pero os ruego que si la reina trajese los herretes, cosa que dudo mucho, tuvieseis a bien contarlos, y si no halláis más que diez, preguntaseis a su majestad quién presume que le haya quitado estos dos que tenéis ahí.

El rey miró al cardenal como para interrogarle con la vista; pero no tuvo tiempo para dirigirle una sola pregunta, pues un grito de admiración se oyó en aquel instante en todos los ángulos de la sala. Si el rey parecía el primer caballero de su reino, la reina era seguramente la mujer más hermosa de Francia.

Verdad es que su traje de cazadora le sentaba a las mil maravillas. Llevaba un sombrero de fieltro con plumas azules, un sobretodo de terciopelo de color gris perla sujeto con broches de diamantes y una saya de raso azul toda bordada en plata. Sobre su hombro izquierdo brillaban los herretes, suspendidos por un lazo del mismo color que las plumas y la falda.

El rey se estremeció de alegría y el cardenal de rabia; sin embargo, a la distancia que se hallaban de la reina, no podían contar los herretes. Ella los llevaba, ¿pero serían diez o doce?

En aquel momento los violines dieron la señal del baile. El rey se adelantó hacia la señora alcaldesa, con la cual debía bailar, y su alteza el hermano del rey sacó a la reina. Colocáronse las ilustres parejas en sus respectivos puestos y dio comienzo el baile.

El rey estaba enfrente de la reina, y cada vez que pasaba a su lado devoraba con la vista aquellos herretes, cuyo número ignoraba. Un sudor frío bañaba la frente del cardenal.

El baile duró una hora, pues tenía dieciséis figuras. Concluyó en medio de los aplausos de los concurrentes, y cada caballero fue a dejar a su dama en su respectivo puesto; pero el rey aprovechó el privilegio que tenía de abandonar a su pareja en el sitio en que se encontrara, para acercarse con la mayor prontitud a la reina.

—Os doy las gracias, señora —le dijo—, por la deferencia que habéis manifestado para mis deseos; pero me parece que os han de faltar dos herretes, y aquí los traigo.

Diciendo esto, presentó a la reina los dos herretes que le había dado el cardenal.

—¡Cómo, señor! —exclamó la reina, aparentando la mayor sorpresa—. ¿Me dais aún otros dos herretes más? Tendré entonces catorce.

En efecto, el rey los contó y halló doce herretes en el hombro de su majestad.

El rey llamó al cardenal.

—¿Qué significa esto, señor cardenal? —preguntó en tono severo—.

—Esto significa, señor —respondió el cardenal—, que deseaba hacer aceptar esos dos herretes a su majestad, y no atreviéndome a ofrecerlos por mí mismo, me he valido de este ardid.

—Y estoy por ello tanto más agradecida a vuestra eminencia —respondió Ana de Austria con una sonrisa que indicaba no engañarle aquella ingeniosa galantería—, cuanto que tengo la seguridad de que estos dos herretes solos cuestan tanto como han costado los otros doce a su majestad.

Y saludando luego al rey y al cardenal, se fue al gabinete donde se había vestido y en el cual tenía que desnudarse.

La atención que nos hemos visto precisados a fijar en el principio de este capítulo hacia los egregios personajes que hemos hecho figurar en él, nos ha apartado por un momento de aquel a quien Ana de Austria debía el inaudito triunfo que acababa de obtener sobre el cardenal y que, confundido, perdido entre la multitud aglomerada, junto a una de las puertas, presenciaba desde allí la escena que sólo podían comprender cuatro personas: el rey, la reina, el cardenal y él.

La reina acababa de volver a su cuarto, y Artagnan se disponía ya a marchar cuando sintió que le tocaban ligeramente en el hombro; volvióse y vio a una joven que le hacía señas de que le siguiese. Esta joven tenía cubierto el rostro con su antifaz de terciopelo negro; pero a pesar de esta precaución, tomada más bien por los demás que no por él, reconoció Artagnan al momento a su guía acostumbrado, a la esbelta e ingeniosa madame Bonacieux.

Apenas se habían visto el día anterior en casa del portero Germán, donde Artagnan le había mandado llamar. La prisa que tenía la joven de llevar a la reina la buena noticia del regreso de su mensajero hizo que los dos amantes se hablaran muy pocas palabras. Artagnan siguió a madame de Bonacieux impulsado por el doble sentimiento del amor y de la curiosidad. Durante el camino y a medida que las galerías iban estando más desiertas, quería Artagnan detener a la joven, sujetarla, contemplarla, aun cuando sólo fuese un intante; pero, ligera como un pájaro, se deslizaba siempre de entre sus manos, y cuando quería hablarle, su dedo puesto en la boca con un ademán imperativo, pero encantador al propio tiempo, le recordaba que se hallaba bajo la influencia de un poder al cual debía obedecer ciegamente y que le prohibía proferir la más leve queja. Por último, después de uno o dos minutos de dar vueltas y revueltas, madame Bonacieux abrió una puerta e introdujo al joven en su gabinete que se hallaba completamente oscuro. Allí le hizo una nueva señal de silencio, y abriendo otra puerta tapada por una cortina, por cuya abertura entró una luz muy viva, desapareció.

Artagnan se quedó inmóvil un rato, preguntándose dónde se hallaba; por el rayo de luz que atravesaba el cuarto, el ambiente suave y perfumado que llegaba hasta él, la conversación de dos personas que hablaban allí cerca en lenguaje a la vez respetuoso y fino, y la palabra «majestad», repetida con mucha frecuencia, le indicaron que se hallaba en un gabinete correspondiente a las habitaciones de la reina.

El joven aguardó en la oscuridad.

La reina parecía estar gozosa y alegre, cosa que no dejaba de admirar a las personas que la rodeaban y que estaban acostumbradas a verla casi siempre preocupada. La reina atribuía esa alegría a la brillantez de la fiesta y al placer que le había causado el baile; y como no se permite contradecir a una reina, ora sonría, ora llore, se esforzaban todos en ponderar la galantería de los señores regidores de la ciudad de París.

Aunque Artagnan no conocía a la reina, distinguió no obstante su voz entre las demás, ya por su ligero acento extranjero, ya por aquel sello de dominio que va impreso en todas las palabras soberanas. Él la oía acercarse y alejarse de aquella puerta abierta, y dos o tres veces vio también la sombra de un cuerpo que interceptaba la luz. Por último, una linda mano, unida a un brazo bellísimo por su forma y su blancura, pasó a través de la cortina; Artagnan comprendió que ésta era su recompensa, y poniéndose de rodillas, tomó aquella mano y apoyó respetuosamente los labios en ella. En seguida la mano se retiró, dejando entre las del joven un objeto, que reconoció ser una sortija, y cerrándose inmediatamente la puerta, se volvió a quedar Artagnan en la más completa oscuridad.

Artagnan se puso la sortija en el dedo, y siguió esperando, pues era evidente que aún no había de haber concluido todo. Tras la recompensa de su celo debía venir la recompensa de su amor.

Además, aun cuando el bailete se había concluido, el sarao estaba apenas principiado, pues la cena empezaba a las tres, y el reloj de San Juan hacía poco había dado los tres cuartos.

En efecto, poco a poco fue disminuyendo el ruido de las voces en el cuarto inmediato, alejándose cada vez más. La puerta del gabinete en que estaba Artagnan volvió a abrirse y se presentó madame Bonacieux.

—¡Vos al fin! —exclamó Artagnan—.

—¡Silencio! —dijo la joven, poniendo su mano en los labios del joven—. ¡Silencio! Y marchaos por donde habéis venido.

—¿Pero en dónde y cuándo os volveré a ver? —preguntó Artagnan con vehemencia—.

—Un billete, que encontraréis al retiraros, os lo dirá. ¡Marchaos, marchaos!

Y a estas palabras abrió la puerta de la galería y empujó a Artagnan fuera del gabinete.

Artagnan obedeció como un niño sin oponer resistencia ni objeción alguna, lo que demostraba que se hallaba perdidamente enamorado.

CAPÍTULO XXIII

LA CITA

Artagnan volvió corriendo a su casa, y aun cuando eran más de las tres de la mañana, y tenía que pasar por los peores barrios de París, no le sucedió ningún contratiempo. Sabido es que hay un Dios para los borrachos y los enamorados.

Halló entreabierta la puerta de la calle, y subiendo la escalera llamó suavemente de una manera convenida entre él y su criado. Planchet, a quien dos horas antes había hecho salir del Ayuntamiento recomendándole que le aguardase, fue a abrirle la puerta.

—¿Han traído alguna carta para mí? —preguntó con viveza Artagnan—.

—Nadie ha traído carta alguna, señor —respondió Planchet—; pero aquí hay una que ha venido sola.

—¿Qué estás diciendo, majadero?

—Digo que, aun cuando tenía la llave de vuestro cuarto en mi bolsillo, llave que no he abandonado ni un momento, he visto al entrar una carta sobre el tapete verde de la mesa de vuestro dormitorio.

—¿Y dónde está esa carta?

—La he dejado donde estaba, señor, pues no es natural que las cartas entren de esa manera. Si al menos hubiese estado entornada la ventana, ya se podía comprender. ¡Pero estando todo herméticamente cerrado...! ¡Cuidado, señor! Porque aquí hay algo de magia.

Mientras hablaba Planchet, se llegó el joven a la alcoba, y tomando la carta, que era de madame Bonacieux, la abrió precipitadamente. Estaba concebida en estos términos:

> *Una persona desea manifestaros el profundo agradecimiento a que os habéis hecho acreedor. Hallaos a las diez de esta noche en Saint Cloud, frente al pabellón de la esquina de la casa del señor de Estrées.*
>
> *C. B.*

Al leer esta carta, sintió Artagnan que su corazón se dilataba y se encogía con aquella dulce violencia que mortifica y acaricia el corazón de los amantes.

Éste era el primer billete que recibía y ésta la primera cita que le concedían. Su corazón, embriagado de júbilo, sentíase próximo a desfallecer en ese paraíso terrenal que llaman amor.

—Bien, señor —dijo Planchet, que había visto a su amo ponerse pálido y encarnado sucesivamente—, ¿no es cierto que había adivinado bien, y que éste es un mal negocio?

—Te equivocas, Planchet —respondió Artagnan— y la prueba es que aquí tienes un escudo para que bebas a mi salud.

—Os doy, señor, infinitas gracias por el escudo que me regaláis y os prometo seguir al pie de la letra vuestras instrucciones; pero no por eso es menos cierto que las cartas que entran de ese modo en casas cerradas...

—Caen del cielo, amigo mío, caen del cielo.

—Conque, según eso, ¿estáis contento? —preguntó Planchet—.

—Querido Planchet, soy el más feliz de los hombres.

—¿Y puedo aprovecharme de vuestra felicidad para irme a acostar?

—Sí, anda.

—Que el cielo os colme de bendiciones; pero con todo, esa carta, esa carta...

Y Planchet se retiró moviendo la cabeza con cierto aire de duda que no logró disipar enteramente la liberalidad de Artagnan.

Así que éste se vio solo, leyó y releyó la carta, besando una y mil veces los renglones trazados por la mano de su amada y, acostándose en seguida, se durmió formando castillos en el aire y soñando mil felicidades.

A las siete de la mañana se levantó y llamó a Planchet, el cual, a la segunda llamada, abrió la puerta, revelando en su semblante indicios de que aún no había desaparecido la turbación de la víspera.

—Planchet —le dijo Artagnan—, salgo para no volver quizá en todo el día; quedas, pues, en libertad de hacer lo que se te antoje hasta las siete de la noche, pero procura estar listo a esa hora con dos caballos enjaezados.

—Vamos —dijo Planchet—, a lo que parece, ¿hay que estar preparados a que nos taladren el pellejo?

—Llevarás tu mosquete y las pistolas.

—¡Vaya! ¿Qué decía yo? —exclamó Planchet—. Bien me lo presumía. ¡Maldita carta!

—Tranquilízate, bobo; sólo se trata de una partida de recreo, de una simple distracción.

—Sí, como la del otro día, en que llovían balas como granizo.

—Si tenéis miedo, señor Planchet, iré yo solo —repuso Artagnan—; desde luego lo prefiero antes que ir en compañía de un miedoso.

—Me injuriáis, señor; creía que habíais visto mi comportamiento en casos apurados.

—Sí; pero también presumo que has gastado todo tu valor de una vez.

—Ya veréis, cuando llegue la ocasión, cómo todavía lo conservo;

pero os ruego que no lo prodiguéis demasiado, si queréis que me dure mucho.

—¿Y crees tener alguna cantidad disponible para esta noche?

—Así lo creo.

—Pues bien; cuento contigo.

—Estaré dispuesto a la hora convenida; pero creo que no tenéis más que un solo caballo en las cuadras.

—En ese momento puede ser que no haya más que uno, pero a la noche habrá cuatro.

—Parece que vuestro viaje ha sido un viaje de remonta.

—Ni más ni menos —dijo Artagnan. Y después de hacer una seña a Planchet, como para reiterarle su encargo, se marchó—.

El señor Bonacieux estaba a la puerta. La intención de Artagnan era pasar de largo sin hablar al digno mercero, pero éste le hizo un saludo tan amable y benigno, que fue preciso al inquilino, no sólo devolvérselo, sino entablar conversación con él.

Además, ¿cómo no manifestar cierta condescendencia con un marido cuya mujer le había dado una cita para aquella misma noche en Saint Cloud, frente al pabellón de la casa de Estrées? Artagnan se acercó con el aire más amable que le fue posible tomar.

La conversación recayó de un modo natural sobre la prisión del pobre hombre. Bonacieux, ignorando que Artagnan hubiese oído su conversación con el desconocido de Meung, contó a su joven inquilino las persecuciones del monstruoso señor de Laffemas, a quien no cesó de calificar en su narración de verdugo del cardenal, y se extendió largamente acerca de la Bastilla, con sus cerrojos, calabozos, claraboyas, rastrillos, e instrumentos de tortura.

Artagnan le estuvo escuchando con una complacencia sin límites, y luego que concluyó le dijo:

—¿Y madame Bonacieux? ¿Sabéis quién haya sido su raptor? Porque no olvido que a este desgraciado acontecimiento debo la fortuna de haberos conocido.

—¡Ah! —dijo Bonacieux—. Se han guardado bien de decírmelo, y mi esposa me ha jurado por lo más sagrado que lo ignora por completo. Pero, ¿qué ha sido de vos estos días pasados? —continuó Bonacieux en el tono más natural del mundo—. No se os ha visto, ni a ninguno de vuestros compañeros tampoco, y no es seguramente en el piso de París donde habéis recogido todo el polvo que Planchet sacudía ayer de vuestras botas.

—Tenéis razón, señor Bonacieux, mis amigos y yo hemos hecho un corto viaje.

—¿Muy lejos de aquí?

—No, por cierto; a unas cuarenta leguas solamente. Hemos ido a acompañar al señor Athos a tomar las aguas de Forges, en donde han quedado mis amigos.

—Y vos habéis vuelto, ¿verdad? —preguntó Bonacieux, dando a su fisonomía el aire más maligno que le fue posible—. Un guapo mozo como vos no obtiene de su amada licencia para estar ausente por mucho tiempo, y apostaría cualquier cosa a que os esperaban en París con la mayor impaciencia.

—A fe mía —dijo riendo el joven—, os lo confieso con tanto mayor motivo, querido Bonacieux, cuanto que veo que nada se os puede ocultar. Sí, me esperaban ya y con mucha impaciencia; os lo aseguro.

La frente de Bonacieux se oscureció, pero de un modo tan imperceptible, que Artagnan no lo echó de ver.

—¿Y vais sin duda a recibir la recompensa de vuestra diligencia? —continuó el mercero con una alteración de voz que Artagnan no reparó tampoco—.

—¿Queréis echarlas de predicador? —preguntó Artagnan riéndose—.

—No, solamente lo digo por saber si vendríais tarde.

—¿A qué viene esa pregunta, mi querido casero? —repuso Artagnan—. ¿Pensáis acaso aguardarme?

—No; pero desde mi arresto y el robo que se cometió en mi casa me asusto en cuanto oigo abrir una puerta, y, sobre todo si es de noche. ¡Qué queréis! Yo no soy hombre de armas.

—Pues bien, no os asustéis si vengo a la una, a las dos o a las tres de la madrugada; ni os cause temor tampoco que no vuelva en toda la noche.

Bonacieux se puso esta vez tan pálido, que Artagnan no pudo por menos de advertirlo y le preguntó qué tenía.

—Nada, nada —respondió Bonacieux—; sólo que desde mis últimas desgracias me suelen coger unos vahídos cuando más descuidado estoy, y ahora acabo de experimentar uno; pero no hagáis caso de ello. Vos no tenéis que ocuparos sino en buscar la dicha.

—Entonces se me acabó la ocupación, porque ya la he encontrado, amigo mío.

—Todavía no; pues dijisteis que esta noche, y todavía no ha llegado.

—Bien, pero llegará si Dios quiere, y puede ser que la esperéis vos con tanta impaciencia como yo. ¿Quién sabe si madame Bonacieux vendrá a visitar el domicilio conyugal?

—Madame Bonacieux no está libre esta noche —respondió con gravedad el marido—, porque sus ocupaciones la retienen en el Louvre.

—Lo siento por vos, querido Bonacieux, lo siento por vos. Cuando soy feliz, quisiera que todo el mundo lo fuese también; pero, ¡cómo ha de ser!, parece que eso no es posible.

El joven se alejó riéndose a carcajadas de las cuchufletas que él sólo creía comprender.

—¡Que os divirtáis mucho! —exclamó Bonacieux con acento sepulcral—.

Pero Artagnan estaba ya muy lejos para oírle, y aun cuando le hubiese oído, la disposición de su ánimo no le hubiera dejado tampoco para mientes en ello.

Encaminóse a casa de Treville, pues su visita de la víspera, según puede recordarse, había sido muy corta y no le dio lugar para explicarse suficientemente.

Halló a Treville gozoso en extremo, pues el rey y la reina habían estado en el baile sumamente complacientes con él. Verdad es que el cardenal había estado mustio en extremo, y se retiró a la una de la madrugada so pretexto de hallarse indispuesto. En cuanto a sus majestades, no volvieron al Louvre hasta las seis de la mañana.

—Ahora —dijo Treville bajando la voz y dirigiendo una mirada a todos los rincones de la habitación, para ver si se hallaban los dos enteramente solos—, ahora hablemos de vos, mi joven amigo, pues es evidente que vuestro feliz regreso ha debido de influir en la alegría del rey, en el triunfo de la reina y en la humillación de su eminencia. Se trata de armaros una buena.

—¿Y qué he de temer —replicó Artagnan— mientras goce del favor de sus majestades?

—Todo, creedme. El cardenal no es hombre que olvide fácilmente una mala pasada, mientras no haya ajustado bien la cuenta al que se la ha jugado, y el que esta vez lo ha hecho se me figura que ha de ser cierto gascón que yo conozco.

—¿Y creéis que el cardenal está tan adelantado como vos y sepa que he sido yo el que ha ido a Londres?

—¡Diablo! ¿Habéis estado en Londres? ¿Y habéis traído de allí ese hermoso diamante que brilla en vuestro dedo? ¡Cuidado, mi querido Artagnan! Nunca es bueno el regalo de un amigo. ¿No hay a propósito de eso cierto verso latino...? Esperad...

—Sí, no hay duda —respondió Artagnan, que nunca había llegado a poder meter en su cabeza los más sencillos rudimentos de latín y que por su ignorancia había causado la desesperación de su profesor—, debe de haber uno, si mal no recuerdo.

—Sí, de fijo lo hay —repuso el señor de Treville, que tenía un barniz de literatura—, y el otro día me lo citaba el señor de Benserade... Aguardad... Helo aquí:

Timeo danaos et dona ferentes.

Lo cual quiere decir: «Desconfiad del enemigo que os hace regalos.»

—Este diamante no viene de manos de ningún enemigo —replicó Artagnan—; sino de las de la reina.

—¡De las de la reina! ¡Oh, oh! —exclamó Treville—. Efectivamente, es una verdadera joya real, que vale mil doblas como un denario. ¿Y por quién os ha enviado la reina ese valioso regalo?

—Ella misma me lo ha hecho.

—¿En dónde?

—En el gabinete contiguo al cuarto donde se mudó de traje.

—¿Cómo?

—Dándome a besar su mano.

—¡Habéis besado la mano de la reina! —exclamó Treville mirando a Artagnan—.

—Su majestad me ha hecho el honor de concederme esa gracia.

—¿Y en presencia de testigos? ¡Imprudente! ¡Imprudente!

—No señor; tranquilizaos. Nadie lo ha visto —repuso Artagnan. Y al punto contó a Treville la manera cómo había ocurrido.

—¡Oh, mujeres, mujeres...! —exclamó el viejo militar—. Son ellas mismas, con su imaginación novelesca; todo lo que tiene visos de misterio las encanta. De modo que sólo habéis visto el brazo de la reina, a quien no conoceríais aun cuando la encontraseis, lo mismo que ella tampoco os conocería aun cuando os viese.

—No, pero este diamante podría... —repuso el joven—.

—Escuchad —dijo Treville—. ¿Queréis que os dé un buen consejo, un consejo de amigo?

—Lo tendría a mucho honor, caballero —dijo Artagnan—.

—Pues bien, id a la primera joyería que encontréis y vended ese diamante por lo que quieran daros; por muy judío que sea el joyero, siempre os hallaréis unas ochocientas doblas en el bolsillo. Las doblas no tienen nombre, joven, y esta sortija tiene uno bien terrible, que puede comprometer en alto grado al mismo que la lleva.

—¡Vender esta sortija! ¡Una sortija que he recibido de mi soberana! ¡Eso nunca! —dijo Artagnan—.

—Entonces volved hacia dentro el diamante, pobre loco, porque es cosa muy sabida que un segundón de Gascuña no encuentra semejantes alhajas en el guardajoyas de su madre.

—¿Creéis, según eso, que tengo por qué temer? —preguntó Artagnan—.

—Creo, joven, que el que se duerme sobre una mina con la mecha encendida debe considerarse seguro, comparado con vos.

—¡Demonio! —exclamó Artagnan, a quien el tono de seguridad con que hablaba Treville principiaba a inquietarle—. ¡Demonio! ¿Y qué debo hacer?

—Ante todo, estar siempre sobre aviso. El cardenal tiene la memoria muy buena y las manos muy largas. Creedme, no dejará de jugaros una mala pasada.

—¿Pero cómo?

—¿Lo sé yo, por ventura? ¿No tiene a su servicio todas las astucias del diablo? Lo menos que puede suceder es que os detenga.

—¡Cómo! ¿Se atrevería a detener a un hombre que está al servicio de su majestad?

—¡Pardiez! No ha vacilado mucho para prender a Athos; pero de todos modos, joven, creed a un hombre que vive en la corte hace treinta años. No os durmáis en vuestra seguridad, o sois perdido. Ved más bien enemigos por todas partes, y si alguno intenta armar disputa con vos, aun cuando sea un niño de diez años, evitadla; si os atacan, sea de día o de noche, batíos en retirada y sin vergüenza; si pasáis un puente, tantead bien las tablas, no sea que alguna se hunda bajo vuestros pies; si pasáis por delante de una casa que se esté edificando, mirad a lo alto, de miedo que os caiga alguna piedra encima; si os retiráis tarde, haced que os acompañe vuestro criado, provisto de sus armas si tenéis confianza en él. Desconfiad de todo el mundo, de vuestro amigo, de vuestro hermano, de vuestra amante, y de ésta sobre todo.

Artagnan se sonrojó.

—¿De mi amante? —repitió maquinalmente—. ¿Y por qué de ésta, más bien que de cualquier otra persona?

—Porque la amante es uno de los medios favoritos del cardenal, medio, a la verdad, muy expedito, pues una mujer nos vende por menos de diez doblas; dígalo si no Dalila. Ya conocéis las Escrituras, ¿no es verdad?

Artagnan pensó en la cita que le había dado madame Bonacieux para aquella noche, pero debemos decir, en elogio de nuestro héroe, que la mala opinión que Treville tenía formada de las mujeres en general no le inspiró el menor recelo hacia su hermosa propietaria.

—Y, a propósito, ¿qué ha sido de vuestros compañeros?

—Iba a preguntaros si teníais noticias de ellos.

—Ninguna en absoluto.

—Pues lo que es yo, los he dejado en el camino. A Porthos, en Chantilly, con un duelo entre manos, a Aramis, en Crevecoeur, con un balazo en un hombro, y a Athos, en Amiens, acusado de monedero falso.

—¿Lo veis? —dijo el señor de Treville—. Y vos, ¿cómo habéis escapado?

—Por milagro, señor, debo decirlo: con una estocada en el pecho y clavando al conde de Wardes sobre el camino de Calais, lo mismo que quien clava una mariposa en una cortina.

—¡Eso más todavía! ¡Wardes, un agente del cardenal, y primo de Rochefort! Mirad, amigo, se me ocurre una idea.

—Decid, señor.

—En vuestro lugar yo haría una cosa.

—¿Cuál?

—Mientras su eminencia me estaría haciendo buscar en París, tomaría yo callandito y sin meter ruido el camino de Picardía, en averiguación del paradero de mis tres compañeros. ¡Qué diablo! Me parece que bien merecen esta pequeña atención de vuestra parte.

—El consejo es bueno y mañana partiré.

—¡Mañana! ¿Y por qué no esta tarde?

—Porque estoy detenido en París por un asunto ineludible.

—¡Ah, joven, joven! ¿Algún amorío? ¡Cuidado! Vuelvo a repetiros: la mujer es la que nos ha perdido, nos pierde y nos perderá mientras existamos. Creedme, partid esta tarde.

—Me es imposible, señor.

—¿Habéis dado vuestra palabra?

—Sí, señor.

—Eso es otra cosa; pero prometedme que si no os matan esta noche, partiréis de fijo mañana.

—Os lo prometo.

—¿Necesitáis dinero?

—Tengo todavía cincuenta doblas, y es cuanto necesito por ahora.

—Pero ¿y vuestros compañeros?

—Creo que no les debe faltar, pues salimos de París con setenta y cinco doblas cada uno.

—¿Nos volveremos a ver antes de que partáis?

—No lo creo, a menos que ocurra alguna novedad.

—¡Entonces, buen viaje!

—Gracias, señor.

Y Artagnan se despidió de Treville, encantado más que nunca de su solicitud paternal con sus mosqueteros.

Pasó luego por las casas de Athos, Porthos y Aramis, ninguno de los cuales había vuelto. Sus criados estaban también ausentes, y no había noticias ni de unos ni de otros.

Ocurriósele que podría informarse de ellos por sus amantes, pero ni conocía la de Porthos, ni a la de Aramis; pues tocante a Athos, no tenía ninguna.

Al pasar por el cuartel de guardias, dirigió una mirada a las caballerizas, y vio que de los cuatro caballos habían entrado ya tres. Planchet, admirado en extremo, acababa de limpiar dos de ellos y se disponía a hacer lo propio con el tercero.

—¡Ah, señor! —dijo Planchet así que distinguió a Artagnan— ¡Cuánto me alegro de veros!

—¿Por qué, Planchet? —preguntó el joven—.

—¿Pondríais vuestra confianza en nuestro casero señor Bonacieux?

—¿Yo? ¡De ningún modo!

—¡Oh, qué bien hacéis, señor!

—Pero ¿a qué viene esa pregunta?

—Es que, mientras hablábais con él, le observaba yo sin escuchar y advertí que su fisonomía cambió dos o tres veces de color.

—¡Bah!

—Vos no habéis observado eso, preocupado como estabais con la carta que habíais recibido; pero yo, a quien, por el contrario, el extraño modo en que había llegado aquella carta me hacía estar sobre aviso, no he perdido un solo movimiento de su rostro.

—¿Y qué te ha parecido?

—Traidor, señor.

—¿De veras?

—Además, cuando le dejasteis y desaparecisteis por la esquina de la calle, el señor Bonacieux cogió el sombrero, cerró la puerta y echó a correr por la calle opuesta.

—En efecto, Planchet, tienes razón; todo eso me parece de mal agüero, y pierde cuidado, que no le pagaremos los alquileres hasta que nos explique terminantemente lo que esto quiere decir.

—Lo tomáis a broma, pero ya veréis.

—¡Qué quieres, Planchet! Cuanto más sospechoso se me hiciera Bonacieux, con tanto mayor motivo acudiría a la cita que me dan en esa carta que tanto te inquieta.

—Entonces si vuestra resolución es...

—Irrevocable, amigo mío; así pues, procura estar dispuesto a las nueve, aquí en el cuartel, que te vendré a buscar.

Planchet, viendo que no había esperanza alguna de que su amo renunciase a su proyecto, dejó escapar un profundo suspiro y se puso a limpiar el tercer caballo.

En cuanto a Artagnan, como era un joven dotado de mucha prudencia, en lugar de volver a su casa se fue a comer a la de aquel cura gascón que en los tiempos de escasez de los cuatro amigos les sirvió un desayuno de chocolate.

CAPÍTULO XXIV

EL PABELLÓN

A las nueve se hallaba Artagnan en el cuartel de guardias, donde encontró a Planchet preparado. Ya había llegado el cuarto caballo.

Planchet se armó con el mosquete y la pistola.

Artagnan llevaba su espada, y se colgó dos pistolas al cinto, tras lo cual cada uno montó en su caballo, alejándose ambos sin hacer el menor ruido. La noche era muy oscura, y nadie les vio salir. Planchet se colocó detrás, siguiendo a su amo a diez pasos de distancia.

Artagnan atravesó los muelles, y saliendo por la puerta de la Conference, siguió el camino, mucho más bonito entonces que ahora, que conduce a Saint Cloud.

Mientras fueron por la ciudad, Planchet guardó respetuosamente la distancia que se había prefijado; pero así que el camino se presentó más desierto y oscuro, se fue acercando poco a poco; de suerte, que cuando entró en el bosque de Bolonia, se halló casualmente al lado de su amo. En efecto, no debemos pasar en silencio que la oscilación de los árboles y el reflejo de la luna sobre los espesos matorrales le causaban una inquietud bastante grande. Artagnan conoció que a su criado le ocurría algo extraordinario.

—Y bien, señor Planchet —le dijo—, ¿qué os ocurre?

—¿No os parece, señor, que los bosques son como las iglesias?

—¿Y por qué, Planchet?

—Porque en aquéllos, lo mismo que en éstas, no se atreve uno a hablar alto.

—¿Y por qué no te atreves a hablar alto, Planchet? ¿Tienes miedo?

—Miedo de que me oigan, señor.

—¿Miedo de que te oigan? Pues nuestra conversación es bastante moral, querido Planchet, y nadie tendría cosa alguna que criticar.

—¡Ah, señor! —repuso Planchet volviendo a su idea principal—. Ese Bonacieux tiene algo de socarrón en su entrecejo y mucha malignidad en el movimiento de los labios.

—¿Qué diablos te hace pensar en Bonacieux?

—Señor, uno piensa en lo que puede y no en lo que quiere.

—Porque eres un cobarde, Planchet.

—Señor, no confundamos la prudencia con la cobardía: la prudencia es una virtud.

—Y tú eres virtuoso, ¿no es verdad, Planchet?

—Señor, ¿no es el cañón de un mosquete lo que brilla allí? ¡Sí, agachemos la cabeza!

—En verdad —murmuró Artagnan, a quien los consejos del señor de Treville acudían a la memoria—; en verdad que este animal concluirá por infundirme miedo. —E hizo caminar al trote a su caballo—.

Planchet siguió el movimiento del amo, lo mismo que si fuese su sombra, y se colocó al lado suyo.

—¿Vamos, por ventura, a caminar así toda la noche, señor? —le preguntó—.

—No, Planchet; porque tú ya has llegado.

—¿Cómo que he llegado? ¿Pues y vos?

—Yo todavía voy algunos pasos más allá.

—¿Y me dejáis solo aquí?

—¿Tienes miedo, Planchet?

—No, pero debo advertiros que la noche está muy fría, que la frialdad produce reumatismo, y que un criado que tiene reuma es un triste servidor, especialmente para un amo tan inquieto como vos.

—Pues bien, si tienes frío, Planchet, entra en una de aquellas tabernas que se descubren allí y me esperarás a la puerta a las seis de la mañana.

—Señor, el caso es que me he comido y bebido con el mayor respeto el escudo que me disteis esta mañana, y no me queda un triste sueldo por si llego a tener frío.

—Ahí tienes media dobla. Hasta mañana.

Artagnan se apeó del caballo, colgando la brida del brazo de Planchet, y se alejó rápidamente, embozándose en la capa.

—¡Cielos! ¡Qué frío tengo! —exclamó Planchet, así que perdió de vista a su amo. Y deseoso de calentarse, se llegó apresuradamente a la puerta de una casa adornada con todos los atributos de una taberna de arrabal, a la cual llamó—.

Artagnan tomó una travesía y se fue aproximando a Saint Cloud; pero en vez de seguir la calle principal, se fue por detrás del palacio, y pasando una callejuela bastante extraviada se encontró muy pronto frente al pabellón indicado. Estaba éste situado en un lugar en extremo desierto; una larga tapia en cuya esquina dominaba el pabellón, formaba uno de los lados de aquella callejuela, y el otro un vallado que defendía contra los transeúntes a un jardincito en cuyo centro se elevaba una mezquina cabaña.

Había llegado al punto de la cita; pero como no le habían dicho que anunciase su presencia con señal determinada, resolvió esperar.

No se oía ningún ruido y parecía que allí se estaba a cien leguas de la capital. Artagnan se recostó contra el vallado después de mirar hacia atrás. Más allá del vallado, del jardín y de la choza, una densa niebla envolvía en sus pliegues aquel inmenso espacio donde duerme París, espacio vacío y profundo en el que se distinguían algunos puntos luminosos, estrellas fúnebres de aquel infierno.

Pero a Artagnan le parecían agradables todos los aspectos; todas sus ideas eran risueñas y todas las tinieblas las veía transparentes. Pronto iba a llegar la hora de la cita.

En efecto, poco después, la campana de Saint Cloud dejó oír diez campanadas lentas, que salían de su ancha y atronadora boca.

Había algo lúgubre, en aquella voz metálica que de aquel modo se lamentaba en el silencio de la noche.

Pero cada una de las campanadas que marcaban la hora deseada, vibraba armoniosamente en el corazón del joven.

Sus ojos estaban clavados en el pabellón situado en la esquina de la tapia, y cuyas ventanas estaban todas cerradas, excepto una del piso principal.

A través de esa ventana, brillaba una luz suave que plateaba las trémulas hojas de dos o tres tilos que se alzaban formando grupo alrededor del parque. Indudablemente, detrás de aquella ventana tan graciosamente iluminada, le aguardaba la bella madame Bonacieux.

Arrullado por tan dulce idea, esperó Artagnan una media hora, sin gran impaciencia, fijos los ojos en aquella encantadora mansión cuyo techo de molduras atestiguaba la elegancia de lo restante del edificio.

La campana de Saint Cloud dio las diez y media.

Esta vez, sin que Artagnan pudiera adivinar la causa, un estremecimiento involuntario se difundió por todo su cuerpo. Acaso el frío principiaba a hacerle sentir sus efectos, y tomaba por una impresión moral, una sensación que era puramente física.

Después se le ocurrió la idea de que tal vez habría leído mal, y que la cita sería a las once.

Acercóse a la ventana, y colocándose en un rayo de luz, sacó la carta del bolsillo y la leyó; no se había equivocado. La cita era, en efecto, a las diez.

Fuese en seguida a ocupar su puesto, y empezaron a inquietarle aquella soledad y aquel silencio.

Dieron las once.

Artagnan principió a temer que hubiera sucedido alguna cosa a madame Bonacieux.

Dio tres palmadas, señal ordinaria de los amantes, pero nadie le contestó, ni aun el eco.

Entonces se imaginó, no sin cierto despecho, que acaso la joven se había dormido esperándole.

Acercóse a la muralla y trató de trepar por ella, pero estaba recién blanqueada y de consiguiente se estropeó inútilmente las uñas.

En aquel momento se le ocurrió subir a un árbol, cuyas hojas continuaba plateando la luz, y que, hallándose algo avanzado en el camino, podía muy bien servir de punto para ver el interior de la habitación.

El árbol no ofrecía grandes dificultades, y además, Artagnan tenía apenas veinte años y recordaba sus costumbres de estudiante; así que, en un momento, se colocó en medio del ramaje y por los transparentes cristales penetraron sus ojos en el interior del pabellón.

¡Cosa extraña y que hizo estremecer a Artagnan de pies a cabeza! Aquella suave luz, aquella tranquila lámpara iluminaba una escena de espantoso desorden: uno de los cristales de la ventana estaba roto; la puerta del cuarto había sido derribada y colgaba de los goznes; una mesa que debía de haber estado cubierta de manjares yacía por tierra; los pedazos de botellas y frascos y las frutas aplastadas cubrían el suelo. Todo indicaba en aquel cuarto una lucha violenta y desesperada, y Artagnan creyó reconocer en aquella extraña confusión pedazos de vestido y algunas manchas de sangre salpicadas en el mantel y en las cortinas.

Apresuróse a bajar al momento con una terrible palpitación de corazón, pues quería ver si encontraba otras señales de violencia.

La luz seguía despidiendo una claridad suave en el silencio de la noche, y Artagnan distinguió, cosa en que aún no había reparado porque hasta entonces nada le había incitado a hacer aquel examen, que la tierra removida por un lado y escarbada por otro presentaba confusas huellas de pasos de hombres y de caballos. Además, las ruedas de un carruaje que parecía haber venido de París habían marcado en la tierra blanda un surco profundo que no pasaba más allá del pabellón y que volvía hacia París.

Por último, Artagnan, continuando sus pesquisas, encontró junto a la tapia un guante de mujer todo destrozado. Sin embargo, este guante, por todos los puntos que no había tocado la tierra, era de una delicada finura, uno de esos guantes perfumados que los amantes gustan sacar de una linda mano.

Conforme iba Artagnan prosiguiendo sus investigaciones, un sudor frío y abundante le corría por la frente. Una terrible agonía oprimía su corazón, respiraba con violencia, y, a pesar de todo se decía interiormente para tranquilizarse, que aquel pabellón nada tendría quizá que ver con madame Bonacieux, que la joven le había citado delante del pabellón, y no dentro; que podía muy bien hallarse detenida en París por sus quehaceres, o acaso por los celos de su marido. Pero todos estos razonamientos perdían enteramente su fuerza, y quedaban completamente destruidos ante ese sentimiento de dolor íntimo que en ciertas ocasiones se apodera de nuestro ser y nos grita por todas partes que una terrible desgracia pesa sobre nosotros.

Artagnan se puso entonces como un loco, y tomando el camino principal, se llegó a la barca e interrogó al barquero.

A eso de las siete de la noche el barquero había pasado a una mujer envuelta en un manto negro, que parecía poner sumo cuidado en no ser conocida; pero por lo mismo que empleaba tantas precauciones, el barquero había fijado más su atención y vio que era joven y hermosa.

Entonces, como ahora, había una multitud de lindas jóvenes que iban a Saint Cloud y tenían grande interés en no ser vistas; pero Artagnan no dudó un momento de que fuese madame Bonacieux la que había observado el barquero.

Artagnan se acercó a la luz que iluminaba la casita del barquero para leer otra vez el billete de madame Bonacieux, y se aseguró de que no se había equivocado y de que la cita había sido en Saint Cloud y no en otra parte, delante del pabellón de Estrées y no en otra calle.

Todo contribuía a hacer creer a Artagnan que sus presentimientos no le engañaban, y que había sucedido alguna gran desgracia.

Volvió a tomar precipitadamente el camino del palacio, pues le parecía que durante su ausencia debía de haber ocurrido alguna novedad en el pabellón, y acaso le esperaban nuevos descubrimientos.

La callejuela seguía desierta y la misma apacible claridad se desprendía de la ventana.

Entonces Artagnan contempló aquel edificio mudo y ciego, pero que indudablemente había visto y acaso podía hablar.

La puerta del cercado estaba cerrada, pero saltó por encima de la valla, y a pesar de los ladridos de un perro que estaba atado a la cadena, se acercó a la choza.

A los primeros golpes que dio, nadie respondió. Un silencio sepulcral reinaba en la cabaña, lo mismo que en el pabellón; pero como aquélla era ya su último recurso, insistió obstinadamente.

Al poco rato le pareció oír un ligero ruido interior, ruido sordo y meticuloso que parecía temer ser oído.

Entonces Artagnan cesó de dar golpes y empezó a suplicar con un acento tan lleno de inquietud y de promesas, de espanto y de zalamerías, que su voz era la más propia para tranquilizar a los más íntimos. Abrióse en esto una vieja carcomida puerta y volvió a cerrarse en cuanto la luz de la cabaña iluminó el tahalí, el puño de la espada y el mango de las pistolas de Artagnan. Sin embargo, por rápido que había sido el movimiento, le dio tiempo a Artagnan para distinguir la cabeza de un anciano.

—¡En nombre del cielo —dijo—, escuchadme! Yo esperaba a una persona que no viene, y estoy en la mayor inquietud. ¿Ha sucedido por aquí cerca alguna desgracia? Hablad.

La ventana volvió a abrirse lentamente, y apareció de nuevo la misma cara, sólo que estaba más pálida que la primera vez.

Artagnan contó sencillamente su aventura, suprimiendo los nombres; dijo que tenía una cita con una joven delante del pabellón, que al ver que no venía había subido al tilo desde donde, a la luz de la lámpara, había visto el desorden en que estaba aquella habitación.

El viejo le escuchó atentamente, haciendo señal de que así era; y después que Artagnan hubo concluido, movió la cabeza con un aire que no indicaba nada bueno.

—¿Qué queréis decir? —exclamó Artagnan—. ¡En nombre del cielo, explicaos!

—¡Ah, señor! —dijo el anciano—. No me preguntéis nada, porque si os dijera lo que he visto, de seguro que no lo pasaría bien del todo.

—¿Conque habéis visto alguna cosa? —repuso Artagnan—. Pues en ese caso —continuó, alargándole una dobla—, decídmelo, y os doy mi palabra de honor de que ninguna de vuestras palabras saldrá de mi corazón.

El anciano vio tanta ingenuidad y tanto dolor en el rostro de Artagnan, que, haciéndole señal de que escuchaba, le dijo en voz baja:

—Eran las nueve sobre poco más o menos, cuando un ruido que sentí en la calle me hizo entrar en curiosidad de ver lo que era. Acerquéme a la puerta y conocí que deseaban que la abriese. Como soy pobre y no tengo miedo de que me roben, no tuve inconveniente en hacerlo, y vi a tres hombres. En la sombra distinguí el bulto de un carruaje, tirado por caballos y además otros caballos que evidentemente debían de pertenecer a los tres hombres que se acercaron.

»—¡Ah, mis buenos señores! —exclamé—. ¿Qué deseáis?

»—¿Tú tendrás una escalera de mano? —me dijo el que parecía el jefe de la escolta—.

»—Sí, señor, con la que alcanzo los frutos de los árboles.

»—Dádnosla y vuelve a tu casa; aquí tienes un escudo por la molestia que te causamos. Acuérdate solamente de que si dices una palabra de cuanto veas u oigas (porque tú verás y oirás, a pesar de las amenazas que te hagamos), estás perdido.

»A estas palabras, me arrojó un escudo, que recogí, y tomó mi escalera.

»Efectivamente, después de cerrar la puerta del cercado fingí entrar en mi casa, pero inmediatamente volví a salir por la puerta que cae al lado opuesto, y deslizándome en la sombra me oculté detrás de aquella espesura, desde la cual podía verlo todo sin ser visto.

»Los tres hombres hicieron avanzar el carruaje sin el menor ruido, y sacaron de él a un hombrecillo, grueso, bajo y de edad más que mediana, el cual subió con precaución por la escalera, registró cautelosamente con la vista el interior de la habitación, y volviendo a bajar del mismo modo, murmuró en voz baja:

»—¡Ella es!

»Inmediatamente, el que había dirigido la palabra se acercó a la puerta del pabellón, y abriéndola con una llave que llevaba consigo, la volvió a cerrar, quedándose dentro: al propio tiempo los otros dos hombres subieron por la escalera de mano; el hombrecillo grueso se quedó a la puerta; el cochero cuidaba de mantener quietos a los caballos del carruaje y un criado tenía la brida a los de silla.

»De repente se oyeron fuertes gritos dentro del pabellón, y una mujer se acercó apresuradamente a la ventana, que abrió con ánimo de precipitarse, pero hallándose con los dos hombres que habían subido por la escalera de mano, retrocedió al punto, y aquéllos se introdujeron en la habitación en pos de ella.

»Entonces nada vi, pero oí un ruido como de muebles que se rompían. La mujer gritaba pidiendo socorro, pero pronto fueron sofocadas sus voces; los tres hombres se acercaron a la ventana llevando a la dama en brazos, dos de ellos la bajaron por la escalera y la trasladaron al carruaje; subió el hombrecillo detrás de ella. El que quedó en la habitación cerró la ventana, y saliendo poco después por la puerta, se aseguró de que la dama estaba en el carruaje. Sus dos compañeros le aguardaban a caballo, montó él en el suyo, el lacayo tomó asiento junto al cochero, y alejóse el coche a buen paso, escoltado por los hombres de a caballo, quedando todo concluido. Desde entonces no vi ni oí nada más.

Artagnan, aterrado por tan terrible noticia, quedó inmóvil y mudo, mientras que el demonio de la cólera y el de los celos bramaban en su corazón.

—Pero, caballero —repuso el anciano, en quien aquella muda desesperación causaba mayor efecto que el que hubiesen producido los lamentos y las lágrimas—; vamos, no os desconsoléis de esa manera, pues no la han muerto, y esto es lo principal.

—¿Pudisteis saber poco más o menos —dijo Artagnan— quién era el jefe de esa infernal expedición?

—No le conozco.

—Puesto que os habló, debéis de haberlo visto.

—¡Ah! ¿Me pedís sus señas?

—Sí.

—Un hombre alto, moreno, de ojos negros, bigotes del mismo color y que tiene trazas de caballero.

—¡El mismo! —exclamó Artagnan—. ¡Siempre el mismo! Sin duda, es el demonio encargado de perseguirme. ¿Y el otro?

—¿Cuál?

—El hombrecillo.

—¡Oh! Ese no era caballero, estoy muy cierto. No llevaba espada y los demás lo trataban sin miramiento alguno.

—Algún lacayo —murmuró Artagnan—. ¡Ah! ¡Infeliz mujer! ¡Infeliz mujer! ¿Qué habrá sido de ella?

—Me habéis prometido un secreto —dijo el anciano—.

—Y vuelvo a renovaros mi promesa. Nada temáis, pues un caballero no tiene más que una palabra, y os he dado la mía.

Artagnan, con el alma traspasada de dolor, tomó el camino de la barca. Ora no podía creer que fuese madame Bonacieux, y esperaba encontrarla a la mañana siguiente en el Louvre; ora se figuraba que tendría con otro alguna intriga y que habiéndola sorprendido, la habían hecho raptar en un arrebato de celos. De este modo, el pobre joven se atormentaba y se entregaba a la más cruel desesperación.

—¡Oh! ¡Si al menos tuviese aquí a mis amigos! —exclamaba—. Podría abrigar alguna esperanza de encontrarla, pero ¿quién sabe lo que habrá sido de ellos?

Eran las doce de la noche poco más o menos, y procuró buscar a Planchet. Artagnan se fue, haciendo abrir sucesivamente todas las tabernas en que vislumbraba alguna luz, todo en vano, pues en ninguna encontró a Planchet.

Al tocar la puerta de la sexta taberna principió a reflexionar que era bastante aventurero continuar sus pesquisas, pues no habiendo citado a su lacayo sino a las seis de la mañana, era evidente que en cualquier parte que se hallara Planchet estaba en su derecho.

Ocurriósele además al joven la idea de que permaneciendo en las inmediaciones del sitio en que había ocurrido el suceso, podría conseguir alguna luz sobre tan misterioso asunto. Al llegar, pues, como hemos dicho, a la sexta taberna, se detuvo Artagnan, pidió una botella de vino de la mejor calidad y, acomodándose en el rincón más oscuro, se decidió a esperar allí el día; pero esta vez también quedaron defraudadas sus esperanzas, pues aunque escuchaba con la mayor atención, no oyó en medio de los juramentos, gestos e injurias que cambiaban entre sí los trabajadores, lacayos y carreteros que componían la honrada sociedad de que formaban parte, cosa alguna que pudiera darle el menor indicio del paradero de la pobre mujer raptada. Fuele, pues, preciso, después de vaciar la botella, para emplear el tiempo y por no despertar sospechas, buscar en su rincón la postura que le pareció más cómoda, y dormirse lo menos mal que pudiese. Artagnan tenía veinte años, como se recordará y a esa edad tiene el sueño sus derechos imprescindibles que reclama imperiosamente aun de los corazones más desesperados.

A las seis de la mañana despertó Artagnan con aquella sensación de malestar que acompaña siempre a los primeros albores del día cuando se ha pasado mala noche. Poco tuvo que hacer para vestirse y componerse, y palpándose de arriba abajo para ver si se habían aprovechado de su sueño para robarle, encontró el diamante en su dedo, el dinero en el bolsillo y las pistolas en el cinto. Pagó en seguida la botella y salió para ver si era más feliz de encontrar a su criado por la mañana que lo había sido por la noche. En efecto, la primera cosa que descubrió a través de la niebla espesa y húmeda fue al honrado Planchet que, con los dos caballos de la mano, le aguardaba a la puerta de una taberna por delante de la cual había pasado Artagnan sin sospechar siquiera su existencia.

CAPÍTULO XXV

PORTHOS

En vez de volver directamente a su casa se apeó Artagnan a la puerta de la del señor de Treville y subió apresuradamente la escalera. Ya estaba decidido a contarle todo lo que acababa de sucederle, pues, sin duda alguna, le daría buenos consejos en este asunto. Además, como Treville veía casi diariamente a la reina, podría quizá adquirir de ella alguna noticia acerca de la pobre mujer a quien harían pagar indudablemente su fidelidad por la augusta señora.

Treville escuchó la narración del joven con una gravedad que demostraba que veía en esta aventura algo más que una intriga de amor. Cuando Artagnan hubo concluido, aclaró el capitán de los mosqueteros:

—¡Hum! Todo esto huele a cardenal desde una legua.

—¿Pero qué he de hacer? —preguntó Artagnan—.

—Nada, por ahora absolutamente nada más que salir de París, como os he dicho, lo antes posible. Yo veré a la reina y le contaré los pormenores de la desaparición de esa pobre mujer que sin duda ignorará todavía. Estos pormenores le servirán de guía, y a vuestro regreso tal vez pueda comunicaros alguna buena noticia. Confiad en mí.

Artagnan sabía que, aunque gascón, no acostumbraba el señor de Treville hacer promesas, y que cuando llegaba a prometer hacía más de lo que ofrecía. Saludó, pues, sumamente reconocido al digno capitán, quien por su parte experimentaba un vivo interés por aquel joven tan valiente y resuelto; y estrechándole afectuosamente la mano, le deseó un feliz viaje.

Decidido a poner inmediatamente en ejecución los consejos de Treville se llegó Artagnan a la calle de Fossoyeurs para arreglar su portamantas. Al llegar junto al número once encontró a Bonacieux, el cual estaba de pie en el umbral de la puerta, vestido en traje de mañana. Todo lo que el prudente Planchet le había dicho el día anterior acerca del siniestro carácter del casero se presentó a la imaginación de Artagnan, el cual le miró con mayor atención que lo había hecho hasta entonces. En efecto, a más del color amarillento y enfermizo que indica la infiltración de la bilis en la sangre, lo cual podía ser muy bien accidental, advirtió Artagnan cierto disimulo pérfido en la direción que el hábito había hecho tomar a las arrugas de su cara. Un tunante no ríe del mismo modo que un hombre de bien, ni tampoco un hipócrita llora con lágrimas iguales a las de un hombre de buena fe. La falsedad es una máscara, y por muy perfecta que ésta sea siempre llega a distinguirse del rostro con un poco de atención.

Figurósele, pues, a Artagnan que Bonacieux se cubría con una máscara y que ésta era de las más repugnantes a la vista.

Movido de la antipatía que este hombre le causaba, iba a pasar por delante dc él sin hablarle, cuando Bonacieux le interpeló del mismo modo que la víspera.

—¿Qué tal, joven? —le dijo—. ¡Parece que se pasan las noches en claro! ¡Las siete de la mañana! ¡Demonios! Sin duda conspiráis contra las costumbres admitidas, retirándoos a vuestra casa a la hora que los demás salen de las suyas.

—No se os podrá hacer a vos la misma reconvención, señor Bonacieux —dijo el joven— pues sois modelo de personas ordenadas. Verdad es que cuando se posee una mujer joven y hermosa no hay necesidad de correr en pos de la felicidad, pues ésta nos sale entonces al encuentro. ¿No es así, mi señor Bonacieux?

Bonacieux se puso pálido como un muerto y dejó escapar una sonrisa forzada.

—¡Ah, ah! —dijo—. Sois hombre de buen humor. Pero ¿dónde diablos habéis corrido esta noche? Parece que no estaban muy buenos los caminos.

Artagnan dirigió la vista a sus botas enteramente cubiertas de lodo; pero en este momento fijó al propio tiempo sus miradas en los zapatos y medias del mercero, los cuales no parecía sino que los había metido en el mismo lodazal; unos y otros estaban cubiertos de manchas del todo semejantes.

Entonces se le ocurrió a Artagnan una idea. Aquel hombrecillo bajo, regordete, de edad más que mediana, aquella especie de lacayo vestido de negro y tratado sin miramiento alguno por los que componían la escolta, era el mismo Bonacieux. El marido había presenciado el rapto de su mujer.

Entróle a Artagnan un vehemente deseo de agarrar al comerciante por el cuello y ahogarle entre sus manos, pero era un joven demasiado prudente y se contuvo. No obstante, fue tan visible que Bonacieux se asustó y trató de retroceder un paso, pero justamente tenía tras de sí la puerta cerrada, y este obstáculo material le obligó a mantenerse en el sitio en que se hallaba.

—Vamos, pues, vos que os chanceáis —dijo Artagnan—, nada tenéis que echarme en cara; me parece que si mis botas necesitan una esponja, vuestros zapatos y medias no reclaman menos imperiosa limpieza. ¿Habréis ido quizá de juerga, señor Bonacieux? ¡Pardiez! Eso sería imperdonable en un hombre de vuestra edad y que además tiene una mujer tan linda como la vuestra, amigo mío.

—¡Oh! No por cierto —dijo Bonacieux—; sino que estuve ayer en Saint Mandé a tomar informes de una criada que necesito, y como los caminos estaban tan malos, he traído todo este barro, que aún no he tenido tiempo de limpiar.

El lugar que había designado Bonacieux como término de su camino, fue una nueva prueba que confirmaba las sospechas de Artagnan. Bonacieux había nombrado a Saint Mandé, porque Saint Mandé es el punto diametralmente opuesto a Saint Cloud.

Esta probabilidad le sirvió de algún consuelo. Si Bonacieux sabía dónde estaba su mujer, sería fácil, empleando recursos extremos, obligar al mercero a que desplegase los labios y descubriera su secreto. La cosa era cambiar la probabilidad en certeza y seguridad.

—Perdonad, querido Bonacieux, si no gasto cumplidos con vos —dijo Artagnan—; pero nada da más sed que el no dormir. Permitidme que tome un vaso de agua en vuestra casa, pues esto es cosa que no se niega entre vecinos.

Y sin esperar el permiso del casero, entró Artagnan precisamente en la casa, y echando una rápida mirada sobre la cama, vio que no estaba deshecha. Bonacieux no se había acostado, de modo que haría un par de horas que habría llegado. Sin duda había acompañado a su mujer hasta el sitio a donde la condujesen, o cuando menos hasta la primera parada.

—Gracias, señor Bonacieux —dijo vaciando el vaso—; esto es cuanto deseaba de vos. Ahora voy a subir a mi casa y a hacer que Planchet me limpie las botas. Si queréis, os lo enviaré cuando concluya, para que os limpie los zapatos.

Y diciendo esto, se marchó, dejando al mercero parado con semejante despedida, y preguntándose a sí mismo si sus palabras le habrían vendido.

En lo alto de la escalera encontró a Planchet que estaba muy asustado.

—¡Ah, señor! —exclamó el criado apenas divisó a su amo—. Ya tenemos otro acontecimiento, y estaba impaciente porque vinieseis.

—¿Qué ocurre, pues? —preguntó Artagnan—.

—¡Oh! Ya se puede apostar cualquier cosa a que no adivináis la visita que habéis tenido, y que he recibido yo en vuestra ausencia.

—¿Cuándo?

—Hará media hora, mientras estabais en casa del señor de Treville.

—¿Quién ha venido? ¡Vamos, habla!

—El señor de Cavois.

—¿El señor de Cavois?

—El mismo.

—¿El capitán de los guardias de su eminencia?

—Exacto.

—¿Venía acaso a prenderme?

—Así me lo presumo, señor, no obstante su aspecto meloso.

—¿Dices que venía meloso?

—Venía hecho miel pura, señor.

—¿De veras?

—Venía, a lo que dijo, de parte de su eminencia, que os aprecia en extremo, a rogaros que le acompañaseis al palacio real.

—¿Y tú qué le has dicho?

—Que era imposible, en atención a que estabais fuera de casa, como podía verlo si gustaba.

—¿Y qué dijo entonces?

—Que no dejaseis de ir a verle en todo el día, y después añadió por lo bajo: «Di a tu amo que su eminencia está sumamente dispuesto en favor suyo y que su fortuna depende, quizá, de esta entrevista.»

—El lazo está mal tendido para ser del cardenal —replicó sonriendo el joven—.

—Ya se me ocurrió a mí eso mismo, pero le contesté que tendríais un verdadero pesar a vuestro regreso. «¿A dónde ha ido?», me preguntó el señor de Cavois. «A Troyes, en la Champagne», Le contesté. «¿Y cuándo ha marchado?», volvió a indagar. «Ayer tarde», respondíle.

—Amigo Planchet —interrumpió Artagnan—, vales un mundo.

—Ya comprendéis, señor; he creído que siempre habría tiempo para desmentirme si deseabais ver al señor de Cavois, diciendo que habíais partido; pues en ese caso sería yo el que había faltado a la verdad, y como no soy caballero, bien puedo mentir a placer.

—Tranquilízate, Planchet; tú conservarás tu reputación de hombre veraz, pues dentro de un cuarto de hora partimos.

—Éste es el consejo que iba a daros, señor. ¿Y a dónde vamos, si no es demasiada curiosidad?

—¡Pardiez! Hacia el lado opuesto al que has indicado. Por otra parte, ¿no tienes tantos deseos de adquirir noticias acerca de Grimaud, Mosqueton y Bazin, como yo de saber de mis buenos amigos Athos, Porthos y Aramis?

—Sí, tal, señor —dijo Planchet—, y estoy dispuesto a partir cuando queráis. Me parece que en estos momentos nos deben probar mejor los aires de provincia que los de París, conque así...

—Conque así, arregla el equipo y marchemos. Yo voy por delante con las manos en los bolsillos para no infundir sospechas y tú vendrás a buscarme al cuartel de guardias. A propósito, Planchet, creo que tenías razón en lo que decías de nuestro casero, y que éste es seguro un grandísimo canalla.

—¡Ah! Creedme, señor, cuando os digo alguna cosa. Soy buen fisonomista.

Artagnan bajó primero, según se había convenido, y se dio otra vuelta por las casas de sus amigos, para no tener nada que echarse en cara. Ninguna noticia había de ellos y únicamente había llegado a Aramis una carta muy perfumada y de letra menuda y elegante, de la cual se encargó Artagnan. Diez minutos después entraba Planchet en las caballerizas del cuartel de guardias; Artagnan había ensillado por sí mismo su caballo para no perder tiempo.

—Está bien —dijo a Planchet así que hubo colocado el portamantas en el caballo—. Ensilla ahora los otros tres y partamos.

—¿Creéis que vamos a caminar más de prisa llevando cada uno dos caballos? —preguntó Planchet con aire de burla—.

—No tal, señor zumbón —respondió Artagnan—, pero con nuestros caballos podremos traer a nuestros tres amigos, si por fortuna los encontramos vivos.

—Lo que sería una dichosa casualidad —respondió Planchet—; pero, en fin, debemos confiar en la misericordia de Dios.

—Amén —dijo Artagnan, y montó a caballo—.

Salieron ambos del cuartel de guardias, alejándose cada cual por distinto lado de la calle, debiendo dejar París el uno por la barrera de la Villete y el otro por la de Montmartre, para reunirse después más allá de Saint Denis, maniobra estratégica que, habiendo sido ejecutada con igual puntualidad por una y otra parte, fue coronada del éxito más completo. Artagnan y Planchet entraron casi al mismo tiempo en Pierrefite.

Planchet, debemos decirlo, era más valiente de día que de noche.

Sin embargo, su prudencia habitual no le abandonaba un solo instante. No había olvidado los incidentes del primer viaje, y reputaba como enemigos a cuantos encontraba por el camino. Resultaba de aquí que continuamente tenía el sombrero en la mano, lo que le valía muy serias reprimendas de parte de Artagnan, que temía juzgaran por ese exceso de política, que fuese criado de alguna persona de poco más o menos.

Con todo, sea que los caminantes quedaron realmente complacidos de la urbanidad de Planchet, sea que esta vez no hubiese personas apostadas para impedir el viaje, amo y criado llegaron sin tropiezo a Chantilly y se apearon en la posada del *Gran San Martín,* la misma en que se detuvieron en su primer viaje.

El posadero, al ver un joven seguido de su lacayo y de los caballos de las bridas, se adelantó respetuosamente al umbral de la puerta. Como Artagnan había ya caminado once leguas, juzgó oportuno detenerse, estuviese o no Porthos en la posada, pensando que no sería muy prudente informarse al momento de lo que había sido del mosquetero. Resultó de estas reflexiones que Artagnan, sin preguntar por persona alguna, se apeó; y encomendando los caballos a su lacayo, entró en una sala destinada a recibir a las personas que querían estar solas, y pidió al posadero una botella del vino más exquisito y un almuerzo de lo mejor, cosa que corroboró la buena opinión que el posadero había formado de su viajero al primer golpe de vista.

Artagnan fue servido con una prontitud maravillosa. El regimiento de guardias se reclutaba de entre los principales caballeros del reino, y Artagnan, seguido de un lacayo y viajando con cuatro caballos, no podía menos de hacer concebir una alta idea, no obstante la sencillez de su uniforme. El posadero quiso servirle por sí mismo, lo cual, visto por Artagnan, mandó que trajeran dos vasos, y entabló la conversación siguiente:

—A fe mía —dijo Artagnan llenando ambos vasos— que os he pedido del mejor vino que tuvieseis, y si me habéis engañado, en el pecado vais a llevar la penitencia; pues como no me agrada beber solo, espero que me acompañaréis. Tomad, pues, ese vaso y bebamos. Veamos ahora por quién, a fin de no herir susceptibilidades. Bebamos a la prosperidad de vuestro establecimiento.

—Vuestra señoría me hace un gran honor —dijo el posadero—, y le doy las gracias por su buen deseo.

—Reflexionando bien —dijo Artagnan—, hay tal vez más egoísmo de lo que pensáis en el brindis que os he propuesto, pues sólo en los establecimientos que prosperan es donde es uno bien recibido; en los que van de capa caída todo marcha en desorden, y el viajero es víctima de los apuros del dueño. Ésta es la razón porque yo, que acostumbro a viajar mucho, especialmente por este camino, quisiera que todos los posaderos hiciesen fortuna.

—En efecto —repuso el posadero—, me parece que no es ésta la primera vez que tengo el honor de veros.

—¡Bah! He pasado diez veces quizá por Chantilly, y de ellas me habré detenido tres o cuatro en vuestra posada. Por cierto que hace unos diez o doce días que estuve aquí también, acompañado de unos amigos, mosqueteros por más señas, uno de los cuales trabó una contienda con un desconocido por no sé qué provocación.

—¡Oh, sí! —exclamó el posadero—. Y me acuerdo muy bien de ello. ¿No se refiere al señor Porthos, vuestra señoría?

—Ése es exactamente el nombre de mi compañero de viaje. Decidme, amigo, ¿le ha ocurrido alguna desgracia?

—Me ha hecho el honor de quedarse en mi casa.

—¡Cómo! ¿Os ha hecho el honor de quedarse aquí?

—Sí, señor, en esta posada; por cierto que estamos con bastante cuidado.

—¿Y por qué?

—Por ciertos gastos que ha hecho.

—Pues bien, los gastos que haya hecho él los pagará.

—¡Ah, señor! Me dais un gran consuelo. Tenemos hechos grandes adelantos, y esta misma mañana nos declaró el cirujano que si el señor Porthos no le pagaba, reclamaría contra mí, en atención a que había sido yo quien le mandó llamar.

—¿Según eso está Porthos herido?

—He ahí una cosa que no sabré deciros.

—¡Cómo! ¿No sabríais decírmelo? Pues vos debíais estar enterado de ello mejor que nadie.

—Sí; pero en nuestro oficio no siempre decimos todo lo que sabemos, especialmente cuando se nos ha intimidado con que nuestras orejas responderían de nuestra lengua.

—¡Bueno! ¿Puedo ver a Porthos?

—Seguramente que sí. Subid esa escalera hasta el primer piso y llamad al número uno; pero avisad antes que sois vos.

—¿Cómo que avise antes que soy yo?

—Porque de lo contrario os exponéis a que os suceda alguna desgracia.

—¿Y qué desgracia puede sucederme?

—Puede tomaros el señor Porthos por alguno de la casa, y en un acceso de cólera pasaros de parte a parte o saltaros la tapa de los sesos.

—Pues, ¿qué le habéis hecho?

—Nada más que pedirle dinero.

—¡Vamos, ya comprendo! Esa petición es la que Porthos recibe de mal talante cuando se halla sin metálico, pero sé que no debía de estar falto de dinero.

—Eso mismo habíamos pensado nosotros, señor. Como nuestro establecimiento se halla montado con bastante regularidad y llevamos la cuenta por semanas, a los ocho días le presentamos la que correspondía, pero debimos de llegar en muy mala ocasión, porque a la primera palabra que hablamos sobre el particular, nos envió a todos los diablos; verdad es que el día anterior había jugado.

—¡Cómo! ¿Había jugado el día anterior? ¿Y con quién?

—¡Oh, Dios mío! ¿Qué sé yo? Con un viajero a quien propuso una partida de sacanete.

—Vamos, eso es; el pobre habrá perdido cuanto tenía.

—Hasta el caballo, señor, pues cuando el desconocido emprendía otra vez su camino, observamos que su lacayo ensillaba también el caballo del señor Porthos. Por cierto se lo hicimos advertir a éste, nos respondió que éramos unos bribones en dudar de la palabra de un caballero, y que habiendo dicho el viajero que el caballo era suyo, así tenía que ser.

—Le reconozco en ese rasgo —murmuró Artagnan—.

—Entonces —siguió diciendo el posadero—, le manifesté que por no hallarnos muy de acuerdo en lo tocante al pago, esperaba que me hiciese el favor de trasladarse a la posada de mi compadre, el dueño de *El Águila de Oro;* pero el señor Porthos me contestó que siendo mejor la mía, deseaba permanecer en ella. Esta respuesta era demasiado lisonjera para que yo insistiese en su partida, y me limité a suplicarle que dejase libre el cuarto que ocupaba, que era el mejor de la posada, y se trasladase a un lindo gabinete que hay en el piso tercero; pero a esto replicó también el señor Porthos que como esperaba de un momento a otro a su amante, que era, según dijo, una de las principales damas de la corte, ya podía comprender que el cuarto que me hacía el honor de ocupar era todavía bastante humilde para tan elevado personaje. No obstante, sin dejar de reconocer la verdad de cuanto decía, creí mi deber insistir; pero sin tomarse siquiera la molestia de entrar conmigo en discusión, cogió una pistola, la puso sobre una mesa, y manifestó que a la primera palabra que se le hablase de mudanza de habitación, ya fuese en el interior o en el exterior, levantaría la tapa de los sesos al imprudente que osara mezclarse en cosas que a él sólo le correspondían. De modo que desde entonces nadie entra en su habitación, excepto su criado.

—¿Luego está aquí Mosqueton?

—Sí, señor. Cinco días después de vuestra partida llegó de muy mal humor y, según parece, ha debido de sufrir algunos contratiempos en su viaje. Por desgracia, es de genio más vivo que su amo, lo cual hace que todo lo revuelva y lo transforme; pues conociendo, sin duda, que podrían rehusarle lo que pidiese, toma cuanto necesita sin molestarse en pedirlo. No admite réplicas en eso.

—Lo que puedo deciros es que he advertido siempre en Mosqueton un celo y una inteligencia muy poco comunes.

—Así será, señor; pero supongamos que cuatro o cinco veces al año me encuentre en contacto con un celo y una inteligencia semejante, y de seguro que me quedo completamente arruinado.

—No, que Porthos os pagará.

—¡Hum! —exclamó el posadero en tono de duda—.

—Es el favorito de una señorona que no le dejará en ese apuro por una miseria como la cantidad que os debe.

—Si me atreviese a decir lo que pienso sobre el particular...

—¿Lo que pensáis?

—Más diré aún: lo que sé.

—¿Lo que sabéis?

—Y de lo que estoy seguro.

—Veamos, ¿de qué estáis seguro?

—Os diré que conozco a esa gran señora.

—¿Vos?

—Sí, yo.

—¿Y de dónde?

—¡Oh! Si pudiera yo fiarme de vuestra discreción...

—Hablad, y a fe de caballero que no tendréis motivos para arrepentiros de vuestra confianza.

—Pues bien, señor, ya comprenderéis que la guerra obliga al hombre a hacer una porción de cosas.

—¿Y qué habéis hecho?

—¡Oh! Nada que no corresponda al derecho de un acreedor.
—¡Pero veámoslas!
—El señor Porthos nos entregó una carta para esa duquesa, encargándonos que la echásemos al correo. Su criado no había llegado todavía, y como no podía abandonar su cuarto, tenía precisión de valerse de nosotros para sus recados.
—¿Y qué más?
—En vez de echar la carta al correo, con peligro de que se extraviara, aproveché la ocasión de tener que ir a París uno de los mozos y le encargué que la pusiese en manos de la misma duquesa. Esto era cumplir las intenciones del señor Porthos, que nos había recomendado mucho la carta, ¿verdad?
—Poco más o menos.
—Pues bien, señor, ¿sabéis quién es esa gran señora?
—No, únicamente he oído a Porthos hablar de ella.
—¿Sabéis quién es esa pretendida duquesa?
—Os lo repito: no la conozco.
—Es una procuradora del Chatelet, una vieja llamada madame Coquenard, que tiene por lo menos cincuenta años y todavía presume de celosa. ¡Ya se me hacía a mí muy extraño que una princesa viviese en la calle de los Osos!
—¿Y cómo lo habéis sabido?
—Porque se puso en extremo encolerizada al recibir la carta, y dijo que Porthos era un veleta y que sin duda había recibido la estocada por causa de alguna mujer.
—¿Conque Porthos ha recibido una estocada?
—¡Ay, Dios mío! ¡Qué es lo que he dicho!
—Que Porthos había recibido una estocada.
—Sí, ¡pero me había encargado tanto que no lo dijese!
—¿Y por qué?
—¡Toma! Porque se había vanagloriado de atravesar al caballero con quien le dejasteis en disputa, y, por el contrario, fue éste el que, a pesar de sus fanfarronadas, le dejó tendido en tierra. Como el señor Porthos es un hombre bastante vanidoso, excepto con la duquesa, a quien creyó interesar contándole la aventura, no quiere confesar a nadie que ha recibido una estocada.
—¿Según eso, es una estocada lo que le tiene en cama?
—Y una señora estocada, a fe mía. Preciso es que vuestro amigo tenga el alma bien clavada en el cuerpo.
—¿Presenciasteis el duelo?
—Lo fui siguiendo por curiosidad, de modo que vi el combate sin que los combatientes me viesen a mí.
—¿Y cómo se verificó?
—¡Oh! La cosa no fue de mucha duración, pues poniéndose ambos en guardia, el adversario del señor Porthos dio a éste un falso ataque y cayó en seguida sobre él con tal rapidez, que cuando quiso parar el golpe tenía ya tres pulgadas de acero dentro del pecho y cayó en tierra de espaldas. El que había tirado tan terrible estocada le puso al cuello la punta de la espada, y viéndose el señor Porthos a merced de su adversario, se confesó vencido. El vencedor entonces le preguntó su nombre; y

como supiese que se llamaba Porthos y no Artagnan, le ofreció el brazo, le condujo a la posada y montando a caballo desapareció.

—¿De modo que era al señor Artagnan a quien buscaba aquel caballero?

—Así parece.

—¿Sabéis qué ha sido de él?

—No, hasta entonces no le había visto nunca, y después tampoco le he vuelto a ver.

—Bien, ya sé cuanto deseaba saber. ¿Conque decís que la habitación de Porthos está en el piso principal, número uno?

—Sí, señor, la más hermosa de la posada; habitación que he tenido ya mil ocasiones de alquilar.

—¡Bah! Tranquilizaos —dijo riéndose Artagnan—. Porthos os pagará con el dinero de la duquesa de Coquenard.

—¡Oh, señor! Procuradora o duquesa eso era lo de menos, con tal que aflojase los cordones de la bolsa; pero ha contestado positivamente que estaba cansada de las exigencias e infidelidades del señor Porthos, y que no le enviaría ni un sueldo.

—¿Y habéis transmitido esa respuesta a vuestro huésped?

—¡Pobres de nosotros si lo hubiéramos dicho, pues entonces habría sabido cómo ejecutamos su encargo!

—¿De suerte que está aguardando todavía el dinero?

—Sí, señor, ayer volvió a escribir, pero esta vez ha sido su criado el que ha echado la carta al correo.

—¿Y decís que la procuradora es vieja y fea?

—Cincuenta años por lo menos, señor, y sin pizca de belleza.

—En ese caso tranquilizaos, que ella se dejará convencer. Además, que Porthos no puede deber gran cantidad.

—¡Cómo que no! Unas veinte doblas por lo menos, sin contar el médico. ¡Ah! No se priva de nada; ya se conoce que está acostumbrado a vivir con comodidades.

—Pues bien, si su amante le abandona, no le faltarán amigos, yo os lo aseguro. Así pues, no paséis inquietud por eso, y continuad prodigándole todos los cuidados que exige su estado.

—Me habéis prometido no hablar una palabra de la procuradora ni de la herida.

—Convenido, os he dado mi palabra.

—¡Mirad que sería capaz de matarme!

—No tengáis miedo; no es tan malo como parece.

Y diciendo estas palabras subió Artagnan la escalera, dejando al posadero algo más tranquilizado respecto de las dos cosas que parecían preocuparle más en el mundo, su deuda y su vida.

En lo alto de la escalera, y sobre la puerta más próxima que había en un corredor, estaba escrito con tinta negra un número 1 gigantesco. Artagnan dio un golpe y a la invitación que le hicieron desde dentro pasó adelante.

Porthos se hallaba en cama y estaba jugando al sacanete con Mosqueton para matar el tiempo, mientras que una soberbia perdiz atravesada en el asador daba vueltas en el fuego y a cada lado de la chimenea hervían sobre dos estufillas dos cazuelas que despedían un olor a guisado de pollos y a pescado que regalaban el olfato; además de eso, encima de un armario y sobre un mármol de una cómoda, se descubría un número considerable de botellas vacías.

Al ver a su amigo, lanzó Porthos un grito de alegría, y levantándose Mosqueton respetuosamente, le cedió su asiento, desde donde se dirigió a dar un vistazo a las cazuelas, cuya inspección parecía estarle exclusivamente confiada.

—¡Pardiez!, sois vos —dijo Porthos a Artagnan—; bien venido seáis, y disimuladme que no salga a recibiros. ¿No sabéis lo que me ha sucedido? —añadió mirando a Artagnan con cierta inquietud—.

—No.

—¿No os ha dicho nada el posadero?

—No he hecho más que preguntar por vos y he subido inmediatamente.

Porthos pareció respirar con mayor libertad ante esa actitud.

—¿Y vamos, qué os ha sucedido, querido Porthos? —preguntó Artagnan—.

—Me ha sucedido que, al caer sobre mi adversario, a quien pensaba acabar a la cuarta, tropecé con una piedra y me torcí la rodilla.

—¿De veras?

—A fe mía; y no fue poca fortuna para el bergante, pues os aseguro que no habría parado hasta dejarle muerto en el sitio.

—¿Y qué ha sido de él?

—No lo sé; ya llevó lo bastante y se marchó sin pedir el resto. Pero a vos, querido Artagnan, ¿qué es lo que os ha ocurrido por esos mundos?

—¿De modo —continuó Artagnan— que sólo esa torcedura es lo que os retiene en cama?

—Nada más, pero confío en que dentro de pocos días podré estar completamente restablecido.

—¿Y por qué no os habéis hecho transportar a París? Debéis de aburriros aquí terriblemente.

—Ésa fue mi intención, pero, amigo, debo confiaros una cosa.

—¿Cuál?

—Como me hallaba aquí tan sumamante aburrido, como habéis dicho muy bien, y tenía en el bolsillo las setenta y cinco doblas que nos repartisteis, hice invitar, a fin de distraerme, a un caballero que entraba de paso, proponiéndole si quería jugar una partida a los dados. Aceptó en seguida, y no hubo más, sino que mis setenta y cinco doblas pasaron de mis bolsillos a los suyos, sin contar mi caballo, que se lo llevó por añadidura. Pero, ¿y vos, querido Artagnan?

—¡Qué queréis, amigo Porthos! No siempre puede ser uno privilegiado en todo —dijo Artagnan—; ya sabéis el dicho: «desgraciado en el juego, afortunado en amores.» Vos sois demasiado dichoso en este último punto para que el juego no trate por su parte de vengarse. Pero, ¿qué me importan los reveses de fortuna? ¿No tenéis, picaruelo, a vuestra duquesa que no dejará de venir en socorro vuestro?

—¡Pues bien! Querido Artagnan, ved cómo todo son azares —respondió Porthos con el mayor desenfado—; le he escrito que me envíe cincuenta luises, cantidad que consideraba absolutamente indispensable en la situación en que me hallaba.

—¿Y qué?

—Preciso es que se haya marchado a visitar sus tierras, pues no me ha contestado.

—¿De veras?

—Como lo oís, así que le he dirigido una segunda carta más apremiante todavía que la primera. Pero hablemos de vos, querido, pues os confieso que experimentaba ya alguna inquietud respecto de vuestra suerte ante la carencia absoluta de noticias.

—Parece que el dueño del establecimiento se porta con vos a las mil maravillas, querido Porthos —dijo Artagnan, mostrando al enfermo las cazuelas llenas y las botellas vacías—.

—Así, así —respondió Porthos—. Hace tres o cuatro días que el impertinente me subió la cuenta, y tuve que plantarle en la escalera a él y a su cuenta, de modo que estoy aquí a manera de vencedor o, si se quiere, de conquistador. Así ya lo veis, temiéndome siempre ser atacado en mis posiciones me he armado hasta los dientes.

—Sin embargo —dijo riéndose Artagnan—, parece que de cuando en cuando no dejáis de hacer vuestras salidas.

Y le indicaba con el dedo las botellas y cazuelas.

—Yo no, por desgracia —repuso Porthos—, pues esta maldita torcedura me tiene sujeto en cama; pero Mosqueton sale en descubierta y suele traer víveres. Amigo Mosqueton —continuó Porthos—, ya ves que tenemos refuerzo; conque será preciso un suplemento de vituallas.

—Mosqueton —dijo Artagnan—. Necesito que me hagáis un favor.

—¿Cuál, señor?

—El que enseñéis y adiestréis a Planchet; pudiera muy bien suceder que yo me viera sitiado, y tendría sumo placer en que me proporcionase las mismas ventajas de que hacéis ahora disfrutar a vuestro amo.

—¡Ay, señor! —repuso Mosqueton con el aire más modesto del mundo—. No se precisa más que habilidad. Yo me he criado en el campo, y mi padre en los ratos de ocio se dedicaba algo a la caza furtiva.

—Y en los demás ratos, ¿qué hacía?

—Ejercía una industria que siempre me ha parecido de bastante buenos resultados.

—¿Cuál?

—Como era la época de las guerras entre católicos y hugonotes, y veía que los católicos exterminaban a los hugonotes, y los hugonotes a los católicos, unos y otros en nombre de la Religión, se había formado una creencia mixta, que le permitía ser tan pronto católico como hugonote. Mi padre tenía la costumbre de pasearse con la escopeta al hombro por detrás de los setos que hay a uno y otro lado de los caminos, y cuando veía venir a un católico solo, la religión protestante dominaba en su ánimo y bajando la escopeta en dirección al viajero, entablaba a diez pasos de él un diálogo, que regularmente terminaba por abandonar el caminante su bolsa, si quería salvar la vida. Excusado es decir que cuando veía venir un hugonote, sentíase poseído de un celo católico tan ardiente, que no acertaba a comprender cómo un cuarto de hora antes había podido abrigar dudas acerca de la superioridad de nuestra religión; porque yo, señor, soy católico, y sólo a mi hermano mayor le hizo mi padre hugonote, por conservarle fiel a sus principios.

—¿Y cómo ha terminado ese digno sujeto? —preguntó Artagnan con interés—.

—¡Oh! De la manera más desastrosa, señor. Un día se halló cogido en una hondonada entre un católico y un hugonote, con los cuales había ya tenido su acostumbrada disputa, y le reconocieron al punto; así fue que, uniéndose ambos contra él, le colgaron de un árbol y en seguida fueron a jactarse de su gran hazaña en la taberna de una aldea vecina, donde estábamos bebiendo mi hermano y yo.

—¿Y qué hicisteis? —repuso Artagnan—.

—Les dejamos hablar cuanto quisieron; pero como viésemos que al salir de la taberna tomaba cada uno un camino diferente, mi hermano fue a emboscarse en el camino por donde había de pasar el católico, y yo por el del hugonote, y en menos de dos horas ya los habíamos despachado al otro mundo, admirando la previsión de nuestro pobre padre, que había tenido la precaución de educarnos a cada uno en una religión diferente.

—En efecto, Mosqueton, vuestro padre debía de ser un hombre de provecho. ¿Y decís que en sus ratos de ocio se dedicaba a la caza furtiva?

—Sí, señor, y a él le debo el saber armar una trampa y echar un sedal en el agua. De ahí resulta que como he visto que el tunante del posadero nos ponía en la mesa manjares ordinarios, buenos sólo para patanes, y que no podían sentar bien a dos estómagos tan debilitados como los nuestros, paseándome por los bosques he armado mis trampas en las encrucijadas, y recostándome a la orilla de los estanques, he deslizado los correspondientes sedales, de suerte que, a Dios gracias, no carecemos por ahora de perdices ni de conejos, ni de carpas ni de anguilas, alimentos sanos y ligeros, propios para las personas enfermas.

—Pero, ¿y el vino? ¿Quién suministra el vino? ¿Es el dueño del establecimiento?

—Hay de todo. Hasta cierto punto, sí y hasta cierto punto, no.

—¿Cómo es eso?

—El posadero lo suministra, sí; pero no sabe que tiene ese honor.

—Explicaos, Mosqueton, porque vuestra conversación es instructiva por demás.

—Voy a hacerlo, señor; la casualidad hizo que encontrara en mis viajes a un español que había visto muchos países, y entre otros, el Nuevo Mundo.

—¿Qué tiene que ver ahora el Nuevo Mundo con las botellas que están sobre ese armario y sobre esa cómoda?

—Paciencia, señor, que a su tiempo se verá.

—Decís bien, Mosqueton, seguid, que ya os escucho.

—Ese español tenía a su servicio a un lacayo que le había acompañado en su viaje a Méjico. Ese lacayo era compatriota mío, de suerte que trabamos amistad con tanta mayor rapidez, cuanto que nuestros caracteres tenían entre sí grandes puntos de contacto. A ambos nos gustaba la caza con delirio; así que mi camarada se entretenía en contarme el medio de que en las pampas se valen los indígenas para cazar tigres y toros con simples nudos corredizos que arrojan al cuello de aquellos terribles animales. Al principio, no me atrevía a creer que se pudiese llegar a un extremo de destreza tal, que a veinte o a treinta pasos se arrojara la extremidad de una cuerda al punto que se quisiera; pero la experiencia me convenció de la verdad del hecho. Mi camarada colocaba una botella a treinta pasos de distancia, y cada vez que arrojaba la cuerda le cogía el cuello con el nudo corredizo. Yo me dediqué a este ejercicio, y como la naturaleza me ha dotado de alguna disposición, me encuentro hoy tan diestro tirador de lazo como el primero. Ahora bien, nuestro posadero tiene una bodega muy bien surtida, cuya llave no abandona nunca, pero esta bodega tiene un tragaluz, y por ese tragaluz es por donde dirijo yo mis ataques. Como he descubierto ya el rincón donde tiene guardado el buen vino, éste es el que más ha sufrido, y ya podéis conocer la relación que existe entre el Nuevo Mundo y las botellas que están encima de aquel armario y de aquella cómoda. Probad ahora nuestro vino y decidnos con franqueza qué os parece.

—Gracias, amigo, gracias; acabo de almorzar ahora mismo.

—Pues bien —dijo Porthos—, pon la mesa, Mosqueton, y mientras nosotros almorzamos, nos contará Artagnan lo que le ha sucedido en los diez días que no nos hemos visto.

—Con mucho gusto —dijo Artagnan—.

En tanto que Porthos y Mosqueton almorzaban con un apetito de convalecientes, y con aquella fraternidad que reúne y acerca entre sí a los hombres en la desgracia, contó Artagnan cómo Aramis, herido, se había visto precisado a detenerse en Crevecoeur, cómo había dejado a Athos en Amiens forcejeando en manos de cuatro hombres que le acusaban de monedero falso, y cómo él mismo, Artagnan, se había visto obligado a pasar por encima del vientre del conde de Wardes para llegar a Inglaterra.

Aquí detuvo Artagnan su confidencia, y sólo añadió que a su regreso de la Gran Bretaña había traído cuatro magníficos caballos, destinados uno para él y los demás para sus tres amigos, manifestando a Porthos que el que le había correspondido estaba ya en la cuadra de la posada.

En aquel momento entró Planchet y dijo a su amo que los caballos habían descansado ya bastante y que podrían muy bien ir a dormir a Clermont.

Como Artagnan estaba ya tranquilizado acerca de Porthos y deseaba ardientemente tener noticias de sus otros dos amigos, alargó la mano al enfermo, manifestándole que iba a ponerse en camino para continuar sus investigaciones; y que además, como esperaba volver por el mismo camino, si Porthos se hallaba aún dentro de siete u ocho días en la posada del *Gran San Martín,* lo tomaría a su paso.

Porthos respondió que, según toda probabilidad, su torcedura no le permitiría levantarse en todo ese tiempo, y que necesitaba quedarse en Chantilly para esperar la contestación de la duquesa.

Artagnan le deseó que ésta fuese pronta y buena, y después de recomendar de nuevo a Mosqueton que cuidase bien a Porthos y de pagar al posadero el gasto que hizo, se puso en camino con Planchet, desembarazado ya de uno de los caballos.

CAPÍTULO XXVI

LA TESIS DE ARAMIS

Artagnan no había hablado a Porthos ni una palabra de su herida, ni de su procuradora; era muy discreto a pesar de sus pocos años. Por consiguiente, había aparentado creer todo cuanto quiso decirle el presuntuoso mosquetero, convencido de que no hay amistad que resista a la sorpresa de un secreto, especialmente si este secreto puede interesar al orgullo; además, siempre tenemos cierta superioridad moral sobre aquellas personas cuya vida desconocemos. Artagnan, por otra parte, en sus proyectos futuros, y decidido como estaba a hacer de sus tres compañeros los instrumentos de su fortuna, hallaba un placer en tener anticipadamente en sus manos los hilos invisibles con los cuales contaba poderlos manejar.

Sin embargo, durante todo el camino, una profunda tristeza tenía oprimido su corazón, y no cesaba de pensar en la joven y hermosa dama que debía recompensarle de su celo por servirla; pero, debemos decirlo, esa tristeza provenía menos de la consideración de su felicidad perdida, que del temor de que aquella pobre joven fuese víctima de alguna desgracia. Desde luego no ponía la menor duda en que era objeto de la venganza del cardenal, y las venganzas de su eminencia eran terribles. ¿Cómo era que él había encontrado gracia a los ojos del ministro? Esto era lo que no alcanzaba a adivinar, y lo que probablemente le hubiese revelado el señor de Cavois, si el capitán de guardias le hubiera hallado en su casa.

Nada hace correr el tiempo con mayor rapidez ni abrevia más el camino que un pensamiento que absorba en sí mismo todas las facultades de la organización de la persona a quien preocupa. La vida exterior se asemeja entonces a un sueño en el que se representa vivamente aquel pensamiento, y su influencia es tal que roba al tiempo la medida y la distancia el espacio. No se hace más que salir de un punto y llegar a otro; pero nada queda del intervalo recorrido sino una vaga niebla en la cual se pierden allí mil confusas imágenes de árboles, montes y paisajes. Así pues Artagnan, presa de una alucinación de esta especie, recorrió al paso que quiso tomar su caballo las seis u ocho leguas que separan a Chantilly de Crevecoeur, sin que al llegar a este último punto recordase nada de lo que encontrara en el camino.

Allí recuperó la memoria y, moviendo la cabeza, distinguió la posada en que había dejado a Aramis; puso el caballo al trote y se detuvo a la puerta.

Esta vez no fue un hombre, sino una mujer, la persona que salió a recibirle. Artagnan era fisonomista, y abarcando de una ojeada el risueño semblante de la posadera, comprendió que no había necesidad de disimulo con ella, porque nada tenía que temer de un rostro tan alegre.

—¿Podéis decirme, buena mujer, qué ha sido de un amigo mío, a quien nos vimos obligados a dejar aquí, hará unos doce días aproximadamente?

—¿Un joven de unos veintitrés años, dulce, amable y bien parecido?

—¿Y, además, con una herida en el hombro?

—Sí, el mismo.

—Pues continúa aquí.

—¡Ah, señora —dijo Artagnan, echando pie a tierra y colgando las bridas de su caballo al brazo de Planchet—, me volvéis a la vida! ¿Dónde está mi querido Aramis? Pues deseo verle y abrazarle.

—Perdonad, señor pues dudo que os pueda recibir en este instante.

—¿Y por qué? ¿Está con él alguna mujer?

—¡Jesús! ¡Qué estáis diciendo, pobre muchacho! No; no, señor; no está con él ninguna mujer.

—Pues, ¿con quién está entonces?

—Con el párroco de Montdidier y el superior de los jesuitas de Amiens.

—¡Dios mío! —exclamó Artagnan—. ¿Tan malo está el pobre?

—No, señor, al contrario; pero de resultas de la enfermedad le tocó la gracia, y se ha decidido a recibir las órdenes.

—Es verdad —dijo Artagnan—. No me acordaba ya de que era mosquetero interino.

—¿Insistís en verle todavía?

—Más que nunca.

—Pues bien, no tenéis más que subir la escalera que está en el patio, a la derecha, y llamar en el número cinco del segundo piso.

Siguió Artagnan la dirección indicada y halló una de esas escaleras exteriores que se ven todavía en los patios de algunas antiguas posadas. Pero no se llegaba así como se quiera al cuarto del futuro clérigo, pues los desfiladeros que conducían a la habitación de Aramis se hallaban guardados ni más ni menos como los jardines de Armida. Bazin estaba plantado en el pasillo, y le cerró el paso con tanta intrepidez, cuanto que después de largos años de prueba, veía ya muy cercano el resultado que ambicionaba hacía mucho tiempo.

En efecto, el sueño dorado del pobre Bazin había sido siempre servir a un hombre de iglesia y aguardaba con impaciencia el momento que siempre se le anunciaba como próximo, en que Aramis colgara la capa para vestir la sotana. La persona que todos los días repetía al joven de que no tardaría en llegar ese momento tan deseado, era lo único que le hacía continuar en su servicio, servicio en que, según decía, no podía menos de perderse su alma.

Así pues, Bazin no cabía en sí de alegría. Según todas las probabilidades, esta vez no se arrepentiría su amo de llevar a efecto su promesa. El dolor físico unido al dolor moral, habían producido al fin el resultado tan apetecido, y Aramis, sufriendo a la vez en el cuerpo y en el alma, había por último fijado su atención y sus ideas en la religión y mirado como un aviso del cielo el doble accidente que le había acontecido, a saber: la súbita desaparición de su amada y su herida en el hombro.

Fácil es concebir que en la disposición en que se hallaba, nada podía ser más desagradable para Bazin que la llegada de Artagnan, la cual era muy posible que volviera a lanzar a su amo en el torbellino de las ideas mundanas, que por tanto tiempo le habían arrastrado. Resolvió, pues, defender valientemente la puerta, y, como merced a la locuacidad de la posadera, no podía decir que su amo estaba ausente, intentó probar al recién llegado que sería la mayor indiscreción el distraer a su amo de la piadosa conferencia que había entablado por la mañana, que, en el sentir de Bazin, no podía terminarse hasta bien entrada la tarde.

Pero Artagnan no hizo el menor caso del elocuente discurso de Bazin, y como no pensaba entablar una polémica con el criado de su amigo, le apartó simplemente con una mano y dio vuelta con la otra al picaporte de la puerta del cuarto número 5.

Abrióse ésta y Artagnan penetró en la habitación.

Aramis, vestido con un sobretodo negro y cubierta la cabeza con una especie de casquete redondo y aplastado que no dejaba de parecerse a un soldado, estaba instalado ante una mesa ovalada, atestada toda ella de papeles y de enormes legajos. A su derecha tenía, sentado, al superior de los jesuitas, y a la izquierda el párroco de Montdidier. Las cortinas medio corridas sólo dejaban penetrar una luz escasa y misteriosa, dispuesta como para una piadosa conversación. Todos los objetos mundanales que pueden llamar la atención cuando se entra en el cuarto de un joven, especialmente si es mosquetero, habían desaparecido como por encanto, y por miedo, sin duda, de que su vista arrastrara de nuevo a su amo a las ideas del siglo, había cuidado Bazin de hacer desaparecer también la espada, las pistolas, el sombrero de plumas y los bordados y encajes de todas clases.

Pero en su lugar creyó Artagnan distinguir colgada de un clavo en un rincón de la pared una cosa a manera de disciplinas.

Al ruido que hizo Artagnan al abrir la puerta, levantó Aramis la cabeza y reconoció a su amigo. Pero con gran admiración del joven, su vista no pareció producir gran impresión en el mosquetero; tal era la abstracción en que se hallaba en cuanto a las cosas de la tierra.

—Buenos días, querido Artagnan —dijo Aramis—; tengo sumo gusto en volver a veros.

—Y yo también —repuso Artagnan—, aunque no estoy bien seguro todavía de que sea Aramis a quien hablo en este momento.

—El mismo soy, amigo. ¿Qué ha podido haceros dudar?

—Temía haberme equivocado de habitación, y creí en un principio haber entrado en el cuarto de algún clérigo. Y no ha sido eso sólo, sino que al veros en compañía de estos señores, he temido que estuvieseis gravemente enfermo.

Los dos hombres de traje negro, que comprendieron la intención de Artagnan, le dirigieron una mirada amenazadora, pero Artagnan no se inquietó por eso.

—Tal vez os incomode, querido Aramis —añadió Artagnan—; porque a lo que veo me inclino a creer que os estabais confesando con estos señores.

Aramis se ruborizó casi imperceptiblemente.

—¿Vos incomodarme? Todo lo contrario, amigo mío, y en prueba de ello, permitidme que goce la satisfacción de veros sano y salvo.

«¡Vamos! ¡Al fin vuelve en sí! —pensó Artagnan—. ¡Menos mal!»

—Porque este caballero, que es amigo mío, acaba de escapar de un peligro —continuó Aramis con la mayor unción, señalando con la mano a Artagnan y mostrándolo a los dos eclesiásticos—.

—Alabad a Dios, caballero —respondieron éstos, inclinándose a un mismo tiempo—.

—Ya lo he hecho, reverendos señores —replicó el joven, devolviéndoles a su vez el saludo—.

—Llegáis muy oportunamente, querido Artagnan —dijo Aramis—, y espero que tomando parte en nuestra discusión, la ilustréis con vuestros conocimientos. El superior de los jesuitas de Amiens, el señor párroco y yo, estábamos argumentando sobre ciertas cuestiones teológicas, cuyo interés nos tiene cautivados los ánimos hace mucho tiempo; tendría sumo placer en saber vuestra opinión.

—La opinión de un militar no es de gran peso en esas materias —respondió Artagnan, que principiaba a alarmarse por el giro que iba tomando la conversación—, y podéis y debéis seguramente ateneros a la opinión de estos señores.

Los dos eclesiásticos inclináronse otra vez.

—Al contrario —repuso Aramis—; vuestra opinión nos será de gran valor y ved aquí de lo que se trata; el padre superior cree que la tesis que yo escoja debe ser principalmente dogmática y didáctica.

—¡La tesis que escojáis! ¿Luego preparáis una tesis?

—Así es —respondió el jesuita—; para el examen que precede a la ordenación, es de rigor una tesis.

—¡La ordenación! —exclamó Artagnan, que no podía creer lo que sucesivamente le habían dicho la posadera y Bazin—. ¡La ordenación!

Y pasaba su mirada atónita por los tres personajes que tenía delante.

—Ahora bien —contestó Aramis, tomando sobre su sillón la misma graciosa postura que si estuviera en la tertulia de una encopetada dama, y examinando con satisfacción su linda y blanca mano que tenía levantada a fin de que no se agolpara en ella la sangre—. Ahora bien, según habéis oído, el superior querría que mi tesis fuese dogmática, mientras que a mí me agradaría ideal. Ésta es la razón por qué el padre jesuita me proponía una tesis que nadie ha tratado todavía, y la cual reconozco que tiene materia para magníficas conclusiones. Hela aquí: *Utranque manus in benedicendo cleribus inferioribus necessaria est.*

Artagnan, cuya erudición nos es ya bastante conocida, no se conmovió más con esta cita que con la que le hizo Treville, a propósito de los regalos que supuso había recibido el joven guardia de manos del duque de Buckingham.

—Lo cual quiere decir —continuó Aramis para facilitarle más su comprensión—: «Una y otra mano son necesarias a los clérigos menores cuando dan la bendición.»

—¡Admirable asunto! —exclamó el jesuita—.

—¡Admirable y dogmático! —repitió el párroco, que era poco más o menos tan versado como Artagnan en el latín, pero que vigilaba atentamente al jesuita, a fin de caminar con él a un mismo paso, y repetir sus palabras como un eco—.

Artagnan permaneció por su parte completamente indiferente al entusiasmo de los dos eclesiásticos.

—¡Sí, admirable! *Prosus admirabile!* —repuso Aramis—. Pero que exige un estudio profundo de los santos padres y de las sagradas escrituras. Por eso yo, con la mayor humildad, he confesado a estos sabios eclesiásticos que las vigilias de los cuerpos de guardia y el servicio del rey, me habían hecho descuidar algún tanto el estudio, y que disertaría con mayor libertad, *facilius natans,* sobre un tema de mi elección, que sería a esas espinosas cuestiones teológicas lo que la moral es a la metafísica en filosofía.

Artagnan aburríase enormemente, y el párroco también.

—¡Ved qué exordio! —exclamó el jesuita—.

—*Exordium* —repitió el cura, por decir algo—.

—*Quem ad modum inter coelorum immensitatem.*

Aramis dirigió la mirada a Artagnan, y vio que su amigo bostezaba hasta desencajarse las mandíbulas.

—Hablemos en francés, padre —dijo el jesuita—, pues así tomará el señor de Artagnan mayor gusto a nuestras devotísimas palabras.

—Sí, me hallo cansado del camino —dijo Artagnan—, y no comprendo el latín.

—Bien —dijo el jesuita con cierto despecho, mientras el párroco, transportado de gozo, dirigía a Artagnan una mirada llena de reconocimiento—; bien, ved todo el partido que puede sacarse de esa glosa.

»Moisés, siervo de Dios... no más que siervo; ¿lo entendéis bien? Moisés bendijo con las manos; hacía que le tuviesen los brazos levantados mientras los hebreos batían a sus enemigos; de consiguiente, bendecía con las dos manos. Por otra parte, ¿qué nos dice el Evangelio? *Imponite manus, y no manum;* imponed las manos y no la mano.

»En cambio, San Pedro, de quien los papas son sucesores —siguió diciendo el jesuita—: *Porrigue digitos,* presentad los dedos. ¿Comprendéis ahora?

—Perfectamente —respondió Aramis, complaciente—; pero el asunto es bastante sutil.

—Los dedos —continuó el jesuita—; San Pedro bendice con los dedos, luego el papa bendice también con los dedos. ¿Y con cuántos dedos bendice? Con tres, uno por el Padre, otro por el Hijo y otro por el Espíritu Santo.

Todos se persignaron y Artagnan creyó deber imitar el ejemplo.

—El papa es el sucesor de San Pedro, y representa los tres poderes divinos. Los demás, *ordines inferiores,* de la jerarquía eclesiástica, bendicen en nombre de los santos ángeles y arcángeles. Los clérigos más humildes, como son nuestros diáconos y sacristanes, bendicen con los hisopos, que figuran un número infinito de dedos. Y ved aquí reducido el asunto a su más simple expresión: *Argumentum omni denudatum ornamento.* Me atrevería a componer sobre esta materia —añadió el jesuita— dos volúmenes del tamaño de éste.

Y llevado de su entusiasmo dejó caer las manos sobre un San Crisóstomo en folio que doblaba con su peso aquella mesa.

Artagnan se estremeció.

—Desde luego —dijo Aramis—, no puedo menos de hacer justicia a la belleza de esa tesis; pero, al mismo tiempo, la considero superior a mis fuerzas. Yo había escogido este otro texto; y decidme, querido Artagnan, si no es de vuestro agrado: *Non inutile est desiderium in oblatione,* mejor dicho: «En una ofrenda hecha al Señor, no sienta mal cierto pesar.»

—¡Alto ahí! —exclamó el jesuita—. Porque ese tema raya con la herejía. Una proposición casi semejante hay en el «Augustinus», del heresiarca Jansenio, libro que tarde o temprano habrá de ser quemado por mano del verdugo. Id con cuidado, mi joven amigo, pues os inclináis a las falsas doctrinas, y os perderéis.

—Os perderéis —repitió el cura, moviendo tristemente la cabeza—.

—Tocáis el famoso punto del libre albedrío, que es un escollo mortal y vais derecho a caer en los errores de los pelagianos y de los semipelagianos.

—Pero, reverendo padre... —replicó Aramis, algo aturdido por la lluvia de argumentos que caía sobre su cabeza—.

—¿Cómo probaríais —continuó el jesuita, sin dejarle tiempo para hablar— que debe uno echar de menos el mundo cuando se ofrece a Dios? Escuchad este dilema: Dios es Dios, y el mundo es el demonio; luego echar de menos al mundo es echar de menos al demonio; he ahí mi conclusión.

—Y la mía —dijo el cura—.

—Pero, por favor... —repuso Aramis—.

—*Desideras diabolum,* desdichado! —repuso el jesuita—.

—¡Echa de menos al diablo! ¡Ay, amigo mío! —repuso el cura en tono de lamentación—. No echéis de menos al diablo, os lo suplico.

Artagnan estaba casi alelado, y creyendo hallarse en un manicomio, temía acabar por volverse él tan loco como los demás. Sólo le quedaba el forzoso recurso de callar, no comprendiendo ni una palabra de todo cuanto hablaban delante de él.

—Pero escuchadme —repuso Aramis con una cortesía a través de la cual se traslucían algunos visos de impaciencia—, no digo yo que se eche de menos al diablo, jamás me atreveré a pronunciar esta frase, que no sería ortodoxa.

El jesuita levantó los brazos al cielo y el párroco hizo otro tanto.

—No; pero convenid en que no puede ser digna de agradecimiento la oferta que se hace al Señor de cosas de que estamos hastiados. ¿No tengo razón, Artagnan?

—¡Pardiez! ¡Ya lo creo! —exclamó éste—.

El párroco y el jesuita dieron un salto sobre su asiento.

—He aquí mi punto de partida, es un silogismo; el mundo no carece de atractivos; yo abandono el mundo, luego hago un sacrificio. Y la escritura dice terminantemente: «Haced un sacrificio al Señor.»

—Es cierto —dijeron los antagonistas—.

—Y además —continuó Aramis, pellizcándose las orejas para ponerlas encarnadas, así como sacudía las manos que estuviesen blancas—; además, he compuesto sobre este asunto unos versos que enseñé el año pasado al señor Voiture y que merecieron la aprobación de este grande hombre.

—¡Versos! —exclamó con desdén el jesuita—.

—¡Versos! —repitió maquinalmente el párroco—.

—Decidlos, decidlos —exclamó Artagnan—. Esto, al menos hará cambiar de conversación.

—No, porque son versos religiosos —respondió Aramis—. Es un trozo de Teología en verso.

—¡Diantre! —exclamó Artagnan—. ¡En mi vida había oído cosa semejante!

—Vedlos aquí —dijo Aramis con cierto aire de modestia que no estaba del todo exento de ciertos visos de hipocresía—.

Los que lloráis en fecha desgraciada,
pasado el tiempo que os sirvió de encanto,
toda pena daréis por terminada
si al Señor sólo ofrecéis el llanto,
los que lloráis.

Artagnan y el párroco se mostraron satisfechos. El jesuita persistió en su opinión.

—Huid del gusto profano en el estilo teológico. ¿Qué dice si no San Agustín a este propósito? *Severos sit clericorum sermo.*

—Sí, que el sermón sea claro —dijo el párroco—.

—Ahora bien —se apresuró a interrumpir el jesuita, viendo que su acólito se extraviaba—, vuestro tema agradará a las damas, y éste será vuestro único triunfo.

—¡Pluguiera al cielo! —exclamó transportado Aramis—.

—Ya lo veis —exclamó el jesuita—, el mundo habla todavía con voz muy alta en vuestro corazón, *altíssima voce.* Seguís al mundo, amigo mío, y mucho me temo que la gracia no sea eficaz.

—Tranquilizaos, padre, yo respondo de mí.

—¡Vana presunción!

—Me conozco lo bastante, y digo que mi resolución es irrevocable.

—Según eso, persistís en adoptar dicha tesis.

—Me siento llamado a tratar ésta y no otra; voy, pues, a continuar su explanación, y mañana espero que quedaréis satisfecho con las correcciones que me hayan sugerido vuestras advertencias.

—Trabajad con calma —dijo el párroco—, pues os dejamos en las mejores disposiciones.

—Sí, el terreno está aún sembrado, y no debemos temer que una parte de la simiente haya caído sobre piedra, la otra a lo largo del camino, y que las aves del cielo se hayan comido la restante. *Aves coeli comederunt illam.*

—¡Que el diablo te lleve con tu latín! —murmuró Artagnan, que ya no podía más—.

—Adiós, hijo mío —dijo el párroco—; hasta mañana.

—Hasta mañana, temerario joven —dijo el jesuita—. Vos prometéis ser una de las lumbreras de la iglesia. ¡Quiera el cielo que esta lumbrera no se convierta en fuego devorador!

Artagnan, que llevaba una hora mordiéndose las uñas, principiaba ya a agarrar carne.

Los del negro ropaje se levantaron, y saludando a Aramis y a Artagnan, se encaminaron hacia la puerta. Bazin, que había estado escuchando de pie la conversación con piadoso júbilo, se adelantó a recibirlos, y tomando el breviario de las manos del cura y el misal de las del jesuita, salió respetuosamente delante de ellos como para abrirles paso.

Aramis los fue acompañando hasta el final de la escalera y volvió en seguida al lado de Artagnan, que todavía creía estar soñando.

Al quedarse solos los dos amigos guardaron un silencio embarazoso.

Era preciso, no obstante, que alguno de ellos lo rompiese, y como Artagnan parecía decidido a dejar este honor a su amigo, exclamó:

—Ya veis; he vuelto a mis ideas fundamentales.

—Sí, la gracia eficaz os ha tocado, como decía hace poco ese señor.

—¡Oh! Ya hacía mucho tiempo que tenía formulados esos planes de retiro, y ya me habréis oído hablar de ellos alguna vez, ¿no es así, amigo mío?

—Sin duda; pero os confieso que siempre he creído que os chanceabais.

—¿Con esa clase de asuntos? ¡Oh, Artagnan!

—¡Qué diablos! ¿No se chancea uno hasta de la muerte?

—Pero muy mal hecho, Artagnan; porque la muerte es la puerta que conduce a la perdición o a la salvación.

—Convengo en ello; pero, si lo tenéis a bien, no teologicemos, Aramis, pues me parece que ya tendréis bastante para el resto del día. En cuanto a mí, he olvidado casi por completo el poco de latín que nunca supe, y lo que por ahora sé deciros, es que no he probado bocado desde las diez de la mañana, y tengo un hambre de todos los diablos.

—Inmediatamente vamos a comer, querido; pero os advierto que hoy es viernes, y que en semejante día no puedo comer carne ni verla comer siquiera. Si queréis contentaros con mi comida, ésta no se compone más que de tetrágonos cocidos y frutas.

—¿Y qué es eso de tetrágonos? —preguntó Artagnan con inquietud—.

—Llamo así a las espinacas —repuso Aramis—; pero en obsequio vuestro mandaré añadir unos huevos, aunque con grave infracción de la regla, pues los huevos son carne, toda vez que de ellos se forman los pollos.

—No es muy suculento que digamos el festín; pero no importa. Por tener siquiera el placer de estar en vuestra compañía, pasaré por él.

—Os agradezco el sacrificio que hacéis —dijo Aramis—; pero estad seguro de que si no aprovecha a vuestro cuerpo, aprovechará a vuestra alma.

—¿Conque decididamente, Aramis, resolvéis entrar en la Religión? ¡Qué dirán nuestros amigos! ¡Qué dirá el señor de Treville! Estad seguro de que os van a tratar como a un desertor.

—No entro en la Religión, sino que vuelvo a ella; yo había dejado la Iglesia por el siglo, pues ya sabéis que tuve que hacerme violencia para vestir la casaca de mosquetero.

—No lo sabía.

—¿Ignoráis cómo dejé el Seminario?

—Por completo.

—Voy a contaros entonces la historia de una vida. Además, que la Escritura dice: «Confesaos unos a otros», y quiero confesarme a vos, Artagnan.

—Y yo os doy la absolución anticipada; ya sabéis que soy un buen hombre.

—No os burléis de las cosas santas, amigo mío.

—Hablad, pues; ya os escucho.

—Estaba yo en el Seminario desde la edad de nueve años; contaba veintiuno, y sólo faltaban tres días para tomar las órdenes sagradas. Una noche en que fui, según mi costumbre, a una casa que frecuentaba con gran placer, ¡qué queréis, al fin uno es joven y débil!, un oficial que me veía leer (no sin celos de su parte) la vida de los santos a la señora de la casa, entró precipitadamente y sin hacerse anunciar. Precisamente aquella tarde había yo traducido un episodio de Judith y acababa de enseñar mis versos a la dama que se dignaba hacerme por ellos los mayores elogios, y recostada contra mi hombro, los iba leyendo juntamente conmigo. La postura, que a la verdad era algún tanto voluptuosa, debió ofender al oficial, aunque no dijo una palabra. Pero luego que me marché, salió detrás de mí, y al alcanzarme me dijo:

»—Señor cura, ¿os gustan los palos?

»—No puedo decíroslo, caballero, pues nadie se ha atrevido a dármelos.

»—Pues bien, señor clérigo, tenedlo entendido: si volvéis a la casa en que os he encontrado esta noche, yo me atreveré a dároslos.

»Parecióme que tenía miedo; púseme en extremo pálido y sentí que mis piernas flaqueaban. Busqué una respuesta, pero en vano; así, no encontrándola, no despegué siquiera los labios.

»El oficial esperaba respuesta; pero viendo que tardaba tanto, se echó a reír, y volviéndome la espalda, se metió otra vez en la casa.

»Soy buen caballero y tengo el genio vivo, como lo habréis podido notar, querido Artagnan. El insulto era terrible, y por ignorado que fuese, lo sentí bullir continuamente en lo íntimo de mi corazón. Declaré en consecuencia a mis superiores que no me hallaba suficientemente preparado para recibir las órdenes, y a petición mía se aplazó la ceremonia por un año.

»Busqué inmediatamente al mejor maestro de esgrima que había en París, y estuve dando con él una lección diaria durante un año. Transcurrido éste, y el día mismo del aniversario del día en que recibí el insulto, colgué la sotana de un clavo, y vistiéndome el traje de caballero, concurrí a un baile que daba una señora amiga mía, y al cual sabía que debía asistir también mi hombre. Verificábase aquél en la calle de Francs-Bourgeois, en las inmediaciones de la Force.

»En efecto, allí estaba el oficial, y acercándome a él al tiempo que estaba cantando unas trovas amorosas y mirando con ternura a una dama, le interrumpí en midad de la segunda copla.

»—Caballero —le dije—. ¿Os incomoda aún que frecuente cierta casa de la calle de Payenne, y estáis en ánimo todavía de darme de bastonazos, si no tengo por conveniente obedeceros?

»El oficial se me quedó mirando con la mayor sorpresa, y añadió luego:

»—¿Qué se os ofrece, caballero? No tengo el honor de conoceros.

»—Soy —le respondí— aquel clérigo que leía las vidas de los santos y tradujo a Judith en verso.

»—¡Ah, ah! Ya me acuerdo —repuso el oficial en tono zumbón—. ¿Y qué queréis?

»—Quería que tuvieseis la bondad de salir afuera conmigo un momento.

»—Mañana por la mañana, si os parece, y lo haré con muchísimo gusto.

»—Permitidme que no lo deje para mañana, pues quisiera que fuese ahora mismo.

»—Si lo exigís absolutamente...

»—Absolutamente lo exijo.

»—Entonces, salgamos. Señoras —continuó el oficial—, os suplico que no os molestéis; sólo emplearé el tiempo necesario para dar una lección a este caballero, y vuelvo al momento a continuar mi copla.

»Dicho esto, salimos.

»Condújele a la calle de Payenne, al sitio mismo en que un año antes, y a la hisma hora, recibí el cumplimiento que os he referido. Hacía una luna hermosísima; desenvainamos ambos las espadas y a la primera estocada le dejé muerto.

—¡Diantre! —exclamó Artagnan—.

—Como las damas no viesen volver al oficial, y fuese después hallado en la calle de Payenne, atravesado el cuerpo de una terrible estocada, juzgaron que había sido yo el que le había puesto de aquella manera, y el asunto causó escándalo. Por esta razón me vi precisado a renunciar por algún tiempo a la sotana. Athos, con quien hice conocimiento en aquella época, y Porthos, que aparte de mis lecciones de esgrima me enseñó algunas estocadas raras, me decidieron a solicitar una casaca de mosquetero. El rey, en consideración a la memoria de mi padre, muerto en el sitio de Arras, y a quien había querido mucho, se dignó concedérmela. Ahora, ya podéis comprender que ha llegado para mí el momento de entrar en el seno de la Iglesia.

—¿Y por qué hoy más bien que ayer o que mañana? ¿Qué os ha sucedido hoy, que así os inspira tan malas ideas?

—Esta herida, querido Artagnan, ha sido para mí un aviso del cielo.

—¿Esa herida? ¡Bah! Ya la tenéis casi enteramente curada, y estoy seguro de que no es ella la que más os hace padecer hoy. Eso creo.

—¿Pues cuál? —preguntó Aramis, ruborizándose—.

—Otra que tenéis en el corazón, Aramis, otra más viva y profunda que os ha causado una mujer.

Los ojos de Aramis brillaron a su pesar con un fuego momentáneo.

—¡Ah! —dijo, procurando disimular su emoción bajo una fingida indiferencia—. No me habléis de esas cosas. ¡Yo pensar en semejantes desvaríos! ¡Yo tomarme pesadumbres por causa del amor! No, hijo, todo eso es *vanitas vanitatum*. ¿Así, según vos, me han sorbido el seso? ¿Y quién? ¿Alguna modistilla o alguna doncella a quien haya cortejado yo en cualquier guarnición? ¡Qué disparate!

—Perdonad, querido Aramis, pero yo creía que poníais más alto vuestras miras.

—¿Más alto? ¿Y quién soy yo para abrigar tanta ambición? Un pobre mosquetero, oscuro y desconocido, que se encuentra en sociedad como fuera de su centro.

—¡Aramis, Aramis! —exclamó Artagnan, mirando a su amigo con aire de incredulidad—.

—Polvo soy y al polvo vuelvo. La vida está llena de humillaciones y dolores —prosiguió en tono cada vez más sombrío—; todos los hilos que la unen a la felicidad, se van rompiendo sucesivamente en las manos del hombre, especialmente los hilos de oro. ¡Oh, querido Artagnan! —continuó Aramis, tomando un ligero acento de amargura—. Creedme; ocultad vuestras llagas cuando las tengáis, pues el silencio es la última felicidad para los desgraciados, guardaos de confiar vuestros pesares a nadie; los que nos oyen se alimentan de nuestras lágrimas, como las moscas de la sangre de un animal herido.

—¡Ay, querido Aramis! —dijo Artagnan, exhalando a su vez un profundo suspiro—. Estáis trazando en vuestras palabras mi propia historia.

—¿Cómo?

—Sí; la mujer a quien adoraba, me ha sido arrebatada violentamente. Ignoro dónde está, adónde la hayan conducido, y tal vez a estas horas se encuentre prisionera, si es que no ha muerto.

—Pero vos tenéis al menos el consuelo de decir que no os ha abandonado voluntariamente, y sabéis que si no habéis recibido noticias suyas, es porque le está prohibida toda comunicación con vos mientras que...

—¿Mientras que...?

—Nada —repuso Aramis—, nada.

—De suerte que renunciáis al mundo para siempre. ¿Es ya una resolución irrevocable?

—Para siempre jamás. Hoy sois mi amigo todavía, mañana no seréis para mí más que una sombra, o tal vez os juzgaré como si no existierais. En cuanto al mundo, no es otra cosa que un vasto sepulcro.

—¡Demonio! ¡Qué lúgubre es todo esto que estáis diciendo!

—¡Qué queréis! Mi vocación me arrastra a estas consideraciones sin poderlo remediar.

Artagnan se sonrió sin responder una palabra.

Aramis siguió diciendo:

—Y sin embargo, mientras me hallo apegado a este mundo desearía hablar de vos y de nuestros amigos.

—Y yo —repuso Artagnan—, desearía hablaros de vos mismo; pero ¡os veo tan desengañado de todo...! Los amores os causan repugnancia, los amigos son, a vuestros ojos, meras sombras, el mundo un sepulcro.

—¡Ah, ya lo veréis por vos mismo! —exclamó Aramis, dando un suspiro—.

—No hablemos más de eso —dijo Artagnan—, y quememos esta carta, que sin duda os anuncia alguna nueva infidelidad de vuestra modistilla o doncella.

—¿Qué carta? —preguntó con viveza Aramis—.

—Una carta que han dirigido a vuestra casa mientras habéis estado ausente, y que me han entregado para que la pusiera en vuestras manos.

—Pero, ¿de quién es esa carta?

—¡Qué sé yo! De alguna muchacha desconsolada, de alguna modistilla, víctima de la desesperación, o tal vez de la doncella de madame de Chevreuse, que se habrá visto precisada a volver a Tours con su señora, y que para hacerse la interesante habrá echado mano sin duda de papel perfumado para escribir su carta, y la habrá sellado con una corona de duquesa.

—¿Qué estáis diciendo?

—¡Mil rayos, si la habré perdido! —exclamó Artagnan en tono socarrón, haciendo como que la buscaba por todos sus bolsillos—. Así como así, al fin el mundo es un sepulcro, los hombres, y por consiguiente las mujeres, son vanas sombras, y el amor un sentimiento que os causa horror.

—¡Ah! ¡Artagnan, Artagnan! —exclamó Aramis—. ¡Me estáis asesinando!

—¡Vamos! Aquí está —dijo Artagnan, sacando la carta del bolsillo—.

Aramis dio un salto y, apoderándose de ella, la devoró más bien que la leyó. Su rostro se puso radiante de alegría.

—Parece que la cartita se expresa en buen estilo —dijo con mucha calma el mensajero—.

—¡Mil gracias, Artagnan! —exclamó Aramis con delirio—. Se ha visto precisada a marchar a Tours, y no me es infiel. Me ama, amigo mío, me ama. ¡Oh! Ven, que te abrace, pues tanta felicidad me ahoga.

Y los dos amigos principiaron a dar vueltas como locos alrededor del venerable San Crisóstomo, sin cuidarse de que estaban pisando las hojas de la tesis que andaban rodando por el suelo.

En aquel momento entró Bazin con las espinacas y la tortilla.

—¡Huye de aquí, desventurado! —exclamó Aramis, tirándole a la cara el solideo—. Vuélvete por donde has venido y quita de mi presencia esas horribles legumbres y esos mezquinos manjares. Pide una liebre bien condimentada, un capón cebado, unas ricas chuletas de ternero y cuatro botellas de añejo de Borgoña.

Bazin, que miraba a su amo con ojos de espanto, sin comprender la menor cosa de aquella súbita mudanza, dejó melancólicamente caer la tortilla sobre las espinacas y éstas al suelo.

—He aquí el momento de consagrar vuestra existencia al rey de los reyes —dijo Artagnan—, si es que deseáis hacerle una buena ofrenda: *non inutile desiderium in oblatione.*

—¡Idos al infierno con vuestro latín! Bebamos, querido Artagnan, bebamos. ¡Pardiez! Bebamos mucho y contadme algo de lo que pasa por ahí.

CAPÍTULO XXVII

LA MUJER DE ATHOS

—Fáltame ahora tener noticias de Athos —dijo Artagnan al alegre Aramis, después que le puso al corriente de lo que había pasado en la capital desde su partida, y que una opípara comida hizo olvidar al uno su tesis y al otro su fatiga.

—¿Creéis, pues, que le haya sucedido alguna desgracia? —preguntó Aramis—. Athos es frío, valiente y maneja diestramente la espada.

—Sin duda alguna, y nadie mejor que yo puede apreciar debidamente el valor y la destreza de Athos; pero prefiero mil veces medir mi espada contra enemigos armados de lanzas, que no contra hombres provistos de palos; y me temo que Athos haya sido apaleado por la chusma. Los criados son gente que pega fuerte y no se cansan tan fácilmente. Ésta es la razón por la que quisiera marchar lo antes posible.

—Yo haré lo que pueda por acompañaros —dijo Aramis—, aunque no me siento en disposición de montar a caballo. Ayer traté de ensayar esas disciplinas que veis colgadas en la pared, y el dolor me obligó a suspender tan piadoso ejercicio.

—Es que, amigo mío, tampoco se ha visto nunca que se curen las heridas de escopeta a fuerza de disciplinazos; pero como estabais indispuesto, sin duda la enfermedad os debilitó la cabeza, y esto os disculpa a mis ojos.

—¿Y cuándo partís?

—Mañana al amanecer. Descansad esta noche lo mejor que podáis y mañana, si podéis, partiremos juntos.

—Pues hasta mañana —repuso Aramis—; por más que seáis un hombre de hierro, no dejaréis de necesitar algunos momentos de descanso.

Cuando Artagnan entró al día siguiente en el cuarto de Aramis, le vio asomado a la ventana.

—¿Qué miráis ahí? —preguntó Artagnan—.

—A fe mía, que me sorprenden esos tres magníficos caballos que tienen de las bridas los mozos de cuadra; es cosa de príncipes viajar sobre semejantes cabalgaduras.

—Pues bien, querido Aramis, podéis gozar de esa satisfacción, porque uno de los tres caballos es vuestro.

—¡Ca! ¿Y cuál?

—El que os plazca, pues no tengo sobre ellos ninguna preferencia.

—¿Y los ricos arneses de que está cubierto son también míos?

—También.

—¡Vaya! ¿Estáis de broma?

—Ya no bromeo desde que habláis en francés.

—¿Son mías esas pistoleras doradas, esa gualdrapa de terciopelo y esa silla con incrustaciones de plata?

—Vuestras son, como es mío aquel caballo que se levanta ahora de manos, y de Athos el otro que se encabrita.

—¡Pardiez! ¡Son tres animales soberbios!

—Me alegro de que sean de vuestro gusto.

—¿Es regalo del rey?

—De seguro no es del cardenal; pero no os preocupéis por saber de dónde vienen, y pensad únicamente que uno de los tres es vuestro.

—Pues me quedo con el que tiene de la mano aquel mozo rubio.

—Enhorabuena.

—¡Pardiez! —exclamó Aramis—. Esto me acaba de quitar los restos de mi dolor y sería capaz de montar ese caballo con treinta balazos en el cuerpo. ¡Qué hermosos estribos! ¡Eh, Bazin, ven aquí al momento!

Bazin apareció triste y abatido en el umbral de la puerta.

—Dame brillo a la espada, cepíllame la capa y carga las pistolas —dijo Aramis—.

—Ese último encargo es inútil —interrumpió Artagnan—, pues tenéis ya dos pistolas cargadas en las pistoleras.

Bazin exhaló un profundo suspiro.

—Vamos, señor Bazin —dijo Artagnan—, no tengáis pena por eso; en todos los oficios puede ganarse el reino de los cielos.

—¡Érais tan buen teólogo —dijo Bazin con lágrimas en los ojos—, que habríais llegado a ser obispo y aun tal vez cardenal!

—Pero vamos, Bazin, reflexiona un poco: ¿de qué sirve ingresar en el seno de la Iglesia? ¿Evita por eso uno ir a la guerra? Ahí tienes al cardenal que va abrir la próxima campaña con el solideo en la cabeza y la partesana en la mano. Y ¿qué me dirás del señor de Nogaret de la Valette? También es cardenal, y pregúntale a su escudero cuántas veces ha tenido que prepararle hilas.

—¡Ay! —suspiró Bazin—. Bien lo sé, señor; hoy todo se halla trastornado en este mundo.

A todo esto, los dos jóvenes y el pobre lacayo llegaron a la puerta de la posada.

—Tenme el estribo, Bazin —dijo Aramis—.

Y se lanzó sobre la silla con su gracia y ligereza acostumbradas; pero apenas el noble animal hizo algunas corvetas, principió a sentir su jinete dolores tan insufribles que perdió el color y se bamboleó en la silla. Artagnan, que, previniendo este accidente no le había perdido de vista, se acercó a él y tomándole en brazos le condujo a su cuarto.

—Estaos quieto, querido Aramis —le dijo—, y cuidado, pues iré yo solo en busca de Athos.

—Sois un hombre de bronce —le dijo Aramis—.

—Tengo suerte y nada más. Pero, ¿qué pensáis hacer durante mi ausencia? No más tesis doctorales, ni glosas sobre dedos y bendiciones, ¿verdad?

Aramis se sonrió.

—Haré versos —le dijo—.

—Sí, versos perfumados a la manera del billete de la doncella de madame de Chevreuse. Podéis entreteneros en enseñar la prosodia a Bazin, lo cual le servirá de distracción. En cuanto al caballo, montadlo un poco todos los días y así os acostumbraréis a las maniobras.

—¡Oh! Sobre ese particular no tengáis cuidado —dijo Aramis—, que cuando volváis ya me encontraréis en disposición de seguiros.

Despidiéronse los dos amigos, y diez minutos después iba ya Artagnan trotando en dirección a Amiens, después de haber recomendado a Aramis a los cuidados de Bazin y de la posadera.

¿Cómo encontraría a Athos, dado el caso de que le hallase?

La posición en que Artagnan había dejado a éste era bastante crítica, y pudiera muy bien suceder que hubiese sucumbido. Esta idea hizo arrugar la frente a Artagnan, el cual, allá en sus adentros, formuló algunos juramentos de venganza. De todos sus amigos, era Athos el de más edad, y, por consiguiente, el que en apariencia debía diferenciarse más en gustos y en genio.

Sin embargo, Artagnan sentía por aquel caballero una predilección especial. El aire noble y distinguido de Athos, aquellos destellos de grandeza que brillaban de cuando en cuando en la oscuridad a que voluntariamente se había condenado, aquella igualdad de carácter que hacía de él el compañero más tratable del mundo, aquella alegría aparente y mordaz, aquel valor que rayaba a veces en temeridad y que pudiera calificarse de ciego si no fuese el resultado de la mayor sangre fría, tantas cualidades reunidas, inspiraban a Artagnan un sentimiento más elevado que el de la estimación y el de la amistad; le infundían una profunda admiración.

En efecto, aun cuando se pusiese a Athos, elegante y noble cortesano, en parangón con el señor de Treville, podía en sus días de buen humor sostener con ventaja la comparación. Su estatura era mediana, pero tenía tan bien proporcionadas todas las partes de su cuerpo, que más de una vez, en sus luchas con Porthos, había hecho sucumbir al gigante, cuyas fuerzas físicas habían llegado a hacerse proverbiales entre los mosqueteros; su rostro, con ojos penetrantes, nariz aguileña y barba delineada a manera de la de Bruno, tenía un carácter indefinible de gracia y de grandeza; sus manos, por las que no se tomaba el menor cuidado, causaban la desesperación de Aramis, que conservaba las suyas a fuerza de pasta de almendras y de aceite perfumado; el sonido de su voz era a la vez fuerte y melodioso. Pero lo que menos se acertaba a comprender en Athos, que siempre se hacía el pequeño y el insignificante, era aquel delicado conocimiento del mundo y de las costumbres de la alta sociedad, y aquellos modales de alta alcurnia que, sin advertirlo, dejaba entrever en sus menores acciones.

Si se trataba de una comida, nadie sabía arreglarla mejor que Athos, el cual colocaba a los convidados en el sitio y jerarquía que les correspondía; si se hablaba de la ciencia heráldica, Athos conocía a todas las familias nobles del reino, su genealogía, sus alianzas, sus armas y el origen de éstas; sabía las reglas de la etiqueta hasta en sus más insigificantes pormenores, igualmente que los derechos que correspondían a los grandes propietarios; y en materias de caza, así mayor como menor, era tan versado, que hablando un día con Luis XIII acerca de este arte, dejó al rey maravillado, no obstante el pasar él por un cazador consumado.

A manera de los grandes señores de aquella época, montaba a caballo y manejaba las armas con la mayor perfección; y su educación había sido tan esmerada, aun respecto a estudios escolásticos tan poco comunes en los caballeros de aquellos tiempos, que se reía muchas veces de los disparates que se le escapaban a Aramis en el latín y que Porthos aparentaba comprender. En más de una ocasión sucedió, con gran admiración de los amigos, que incurriendo Aramis en algún error gramatical, ponía Athos el verbo en el tiempo que le correspondía, o el nombre en el caso que requería la oración; a todo lo cual debe añadirse que era una probabilidad indiscutible en aquel siglo en que los militares y guerreros transigían tan fácilmente con su religión y su conciencia, los amantes con la rigurosa delicadeza de nuestros días, y los pobres con el séptimo mandamiento. Dedúcese, pues, de todo lo dicho, que Athos era un hombre extraordinario.

Y a pesar de todo, veíase a aquella naturaleza tan distinguida, a tan bella criatura, a aquella esencia tan fina, degenerar insensiblemente hacia la vida material, como a los ancianos hacia la imbecilidad física y moral. Athos, en sus horas de privación, que eran bastante frecuentes, oscurecía toda su parte luminosa, y su lado brillante desaparecía como absorbido por una noche tenebrosa.

Entonces, desvanecido el semidiós, apenas quedaba el hombre. Largas horas se quedaba con la cabeza baja, los ojos tristes y las palabras a medio pronunciar, contemplando, ora su vaso, ora su botella, ora a Grimaud, que acostumbrado a obedecer a una sola señal, leía en la mirada glacial de su amo hasta el menor deseo, que procuraba satisfacer al punto. Si los cuatro amigos se reunían en uno de aquellos momentos, una palabra escapada con visibles esfuerzos era lo único que ponía de su parte en la conversación. En cambio, bebía Athos él solo más que los otros tres, y únicamente se le notaba entonces un fruncimiento de cejas marcado y una tristeza más profunda.

Artagnan, cuyo genio investigador hemos tenido ocasión de admirar más de una vez, no había podido, a pesar del interés que tenía en satisfacer su curiosidad sobre el particular, señalar causa alguna a semejante marasmo ni advertir tampoco sus consecuencias. Athos jamás recibía cartas ni daba un paso que no fuese conocido de sus amigos.

No podía decirse que fuera el vino lo que le comunicaba esa tristeza; pues, por el contrario, más bien lo bebía para combatirla, aunque, como hemos dicho, sin el menor fruto, porque sólo lograba aumentarla. Tampoco podía atribuirle al juego el exceso de su mal humor, pues, al contrario de Porthos, que acompañaba con canciones o juramentos las mudanzas de la suerte, Athos quedaba tan impasible cuando ganaba como cuando perdía. Se le había visto en una reunión de mosqueteros ganar una noche tres mil doblas, perderlas en seguida juntamente con su caballo, armas y hasta su cinturón bordado de los días de gala, y volver a recuperar todo ello con cien luises más, sin que en todas estas alternativas se hubiesen alzado ni bajado media línea siquiera sus hermosas cejas negras, sin que sus manos hubiesen perdido su matiz encarnado y sin que su conversación, que en aquella noche era sumamente amena, dejase por un momento de ser tranquila y agradable.

No era, como acontece a los ingleses, una influencia atmosférica la que oscurecía su semblante, porque su tristeza se hacía generalmente más intensa hacia los días más hermosos del año: junio y julio eran los meses terribles para Athos.

No le causaba pesar lo presente, y sólo se encogía de hombros cuando se hablaba de lo por venir; su secreto debía, pues, existir en lo pasado, como le habían dicho, aunque con vaguedad, a Artagnan.

Esa atmósfera misteriosa que rodeaba toda su persona hacía mucho más interesante al hombre, cuyos ojos o labios no habían revelado jamás, ni aun en los momentos de mayor embriaguez, cosa alguna, por muy hábiles que fueran las preguntas que se le dirigían.

—El pobre Athos —se decía Artagnan— estará quizá muerto a estas horas, y muerto por mi culpa, pues yo he sido el que le ha metido en esta aventura cuyo origen y éxito deberá ignorar, y del cual no le iba a resultar provecho alguno.

—Sin contar, señor —añadía Planchet—, con que, probablemente, le debemos la vida. ¿Os acordáis cómo gritaba: «Huye, Artagnan, que me han cogido»? Y después de haber descargado sus dos pistolas, ¡qué ruido tan infernal metía con la espada! No parecía sino que había veinte hombres o, mejor dicho, veinte diablos furiosos.

Y a estas palabras aumentaban el ardor de Artagnan, que por su parte picaba espuelas al caballo, el cual, no necesitando de semejante estímulo, llevaba a su jinete al galope.

A las once de la mañana divisaron Amiens, y media hora después estaban ya a la puerta de la maldita posada consabida.

Artagnan tenía premeditada contra el pérfido posadero una de aquellas sabrosas venganzas que consuelan nada más que al planearlas. Por tanto, entró en el establecimiento con el sombrero calado hasta los ojos, la mano izquierda apoyada en el puño de la espada, y haciendo silbar la fusta con la derecha.

—¿Recordáis quién soy? —preguntó al posadero, que se adelantaba para saludarle—.

—No tengo ese honor —respondió éste, deslumbrados sus ojos con el brillante atavío en que se presentaba Artagnan—.

—¡Ah! ¿Conque no me conocéis?

—No, monseñor.

—Pues bien; dos palabras os bastarán para recuperar la memoria. ¿Qué habéis hecho de aquel caballero a quien tuvisteis la audacia, hará unos quince días, de acusar como monedero falso?

El posadero perdió el color, pues Artagnan había tomado la actitud más amenazadora, y Planchet imitaba los movimientos de su amo.

—¡Ah, monseñor! No me habléis de eso —exclamó el posadero en el tono más lastimero—. ¡Ah, señor! ¡Bien cara he pagado esa falta! ¡Desdichado de mí!

—Os pregunto qué ha sido de ese cabellero...

—Dignaos escucharme, señor y compadecedme. Hacedme el favor de tomar asiento.

Artagnan, ciego de cólera y lleno de inquietud, se dejó caer en un sillón con el aire amenazador de un juez irritado. Planchet se cuadró a sus espaldas con la mayor arrogancia.

—He aquí la historia, monseñor —continuó el posadero temblando—, porque ahora os reconozco muy bien; vos sois el que huisteis a consecuencia de aquella malaventurada disputa que tuve con ese caballero de quien habláis.

—El mismo soy; de modo que ya podéis conocer que no tenéis gracia alguna que esperar si no me confesáis toda la verdad.

—Dignaos, pues, escucharme, y la sabréis toda.

—Ya escucho.

—Las autoridades me habían avisado de que llegaría a mi posada un célebre monedero falso, acompañado de muchos compañeros suyos disfrazados de guardias o de mosqueteros. De todo me dieron señas, monseñor; de vuestros caballos, de vuestros criados y hasta de vuestros semblantes.

—¿Y qué más? —repuso Artagnan, que comprendió al momento de dónde venían tan minuciosas señas—.

—En su consecuencia, tomé, de acuerdo con las autoridades, que me enviaron un refuerzo de seis hombres, las precauciones que creí oportunas para apoderarse de las personas de los supuestos monederos falsos.

—¡Otra vez! —exclamó Artagnan, a quien la palabra de monederos falsos le encendía la sangre—.

—Perdonadme, señor, que hable de ese modo, pues en ello está mi justificación. La autoridad me había intimidado, y ya sabéis que un posadero debe estar bien con la autoridad.

—Pero, ¿qué ha sido de ese caballero? ¿Se ha muerto o vive todavía?

—Un poco de paciencia, monseñor, que al momento voy a decíroslo. Sucedió, pues, lo que ya sabéis, y vuestra precipitada salida —añadió el posadero con una finura que no se le escapó a Artagnan—, parecía autorizar las sospechas. El caballero amigo vuestro se defendió como un desesperado; su criado, que había trabado disputa con los dependientes de la autoridad disfrazados de mozos de cuadras...

—¡Ah, miserable! Todos estabais de acuerdo, y no sé cómo no os extermino.

—¡Ay, no, monseñor! No estábamos todos de acuerdo y, si no, pronto lo vais a ver. El caballero, vuestro amigo (y perdonad que no le llame por el nombre ilustre que lleva sin duda, pues no ha llegado a mis oídos), el caballero amigo vuestro, después de poner fuera de combate a dos hombres de dos pistoletazos, se batió en retirada defendiéndose con la espada; dejó malparado a uno de mis criados y me descargó en seguida un golpe plano, del cual quedé aturdido.

—Pero, ¿acabarás, por fin? —dijo Artagnan—. ¿Y Athos? ¿Qué ha sido de Athos?

—Batiéndose en retirada, conforme os he dicho, encontró a sus espaldas la escalera de la bodega, y como la puerta estaba abierta, se precipitó por ella, penetró en la bodega, cerró tras sí la puerta y echó la llave, parapetándose por dentro; de suerte que, como había seguridad de encontrarle allí siempre que se quisiera, se le dejó en paz.

—Sí —repuso Artagnan—, no se trataba de quitarle la vida, sino de tenerle aprisionado.

—¡Justo cielo! ¿De tenerle aprisionado, monseñor? ¡Bastante se aprisionó él mismo, os lo juro! Por de pronto, ya había dado bastante que hacer con dejar un hombre muerto y otros dos heridos gravemente. Uno y otros fueron transportados por sus compañeros a otro sitio, y después no he vuelto a saber de ellos. En cuanto a mí, así que recobré los sentidos, marché a casa del gobernador, a quien conté todo lo que había pasado, y le pregunté su determinación sobre el prisionero; pero el gobernador, como si acabara de caer de las nubes, me dijo que ignoraba por completo lo que le quería decir, que las órdenes que había recibido yo no emanaban de él, y que si yo cometía la imprudencia de manifestar a cualquiera que él se hubiese mezclado para nada en este asunto, me mandaría ahorcar. Después he sabido, señor, que me había equivocado, arrestando a uno por otro, y que el que debió quedar preso se había puesto a salvo.

—Pero, ¿y Athos? —exclamó Artagnan, cuya impaciencia, se aumentó al considerar el abandono en que la autoridad había dejado la cosa—. ¿Qué se ha hecho de Athos?

—Como me hallaba impaciente por reparar mi mal comportamiento con el prisionero, bajé a la bodega para ponerle en libertad. ¡Ah, señor! Aquél no era un hombre, era un demonio. A la proposición que le hice de darle libertad, me contestó que eso era un lazo que querían tenderle, y que antes de salir exigía que se cumpliesen las condiciones que impondría. Manifestéle humildemente, pues no se me ocultaba la desfavorable posición en que me había colocado arrestando a un mosquetero de su majestad, que estaba pronto a someterme a su voluntad.

»—En primer lugar —dijo—, quiero que me traigan a mi criado completamente armado.

»Cumplióse al momento su orden, pues ya comprenderéis que estaba dispuesto a ejecutar todo cuanto vuestro amigo deseara. El señor Grimaud (pues éste, aun cuando habla poco, nos ha dicho su nombre) fue conducido a la bodega, a pesar de hallarse herido; y en seguida su amo, después de recibirle, levantó una barricada en la puerta y nos mandó que permaneciésemos en la sala de la posada.

—Pero, en fin —exclamó Artagnan—, ¿dónde está Athos?

—En la bodega, señor.

—¡Cómo, desdichado! ¿Le tenéis todavía preso en la bodega después de tanto tiempo?

—¡Bondad divina! No, señor. ¡Tenerle preso en la bodega! ¿Ignoráis sin duda lo que allí está haciendo? ¡Ah, señor! Si pudieseis hacerle salir, os viviría eternamente agradecido y os reverenciaría como a mi protector.

—¿Conque allí le encontraré?

—Sin duda; pues se ha empeñado en no salir. Todos los días se le entra por el tragaluz el pan en la extremidad de una horquilla, y la carne cuando la pide; pero ¡ay!, no es de pan ni de carne de lo que hace mayor consumo. Una vez quise bajar con dos mozos a la bodega, pero se puso en extremo furioso, y oí que amartillaban las pistolas, y que el criado preparaba el mosquete. Entonces le preguntamos cuáles eran sus intenciones, a lo que respondió el caballero que él y su lacayo tenían todavía cuarenta tiros disponibles, y que todos los emplearían antes que permitir que uno solo de nosotros pusiese el pie en la bodega. En vista de semejante contestación, fui a quejarme al gobernador; pero este señor me dijo que me estaba muy bien empleado, y que eso me enseñaría a no insultar a los caballeros que viniesen a parar a mi posada.

—De modo, que desde entonces... —repuso Artagnan, que no podía menos de reírse de la triste cara que ponía el posadero—.

—Desde entonces, señor —continuó éste—, pasamos la vida más miserable que os podéis imaginar, porque habéis de saber, señor, que todas nuestras provisiones las tenemos en la bodega; allí están los toneles y botellas de vino, la cerveza, el aceite y las especias, el tocino y el salchichón; y como nos está prohibido bajar, nos vemos precisados a negar a los parroquianos lo que nos piden; de suerte que nuestro establecimiento va decayendo de día en día, y con una semana más que tengamos a vuestro amigo en la bodega, de seguro quedamos completamente arruinados, a no dudar.

—¡Y será muy justo, bribón! ¿No conocíais en nuestro porte que éramos gente de posición y no falsificadores?

—Sí, señor, sí, tenéis razón —dijo el posadero—; pero escuchad, parece que ahora se enfurece.

—Le habrán ido sin duda a incomodar —dijo Artagnan—.

—Pero por fuerza tienen que incomodarle —exclamó el posadero—; ahora acaban de llegarnos dos caballeros ingleses.

—¿Y qué?

—Los ingleses gustan, como es sabido, del buen vino, y éstos han pedido de lo mejor. Mi mujer habrá ido a solicitar del señor Athos el permiso de entrar en la bodega para sacarlo, y se lo habrá negado como de costumbre. ¡Bondad divina! Oíd cómo se aumenta el tumulto.

Artagnan oyó, en efecto, un gran ruido hacia la parte de la bodega. Levantóse inmediatamente y, precedido del posadero, que se retorcía las manos, y seguido de Planchet que llevaba preparado el mosquete, se encaminó hacia el sitio de la escena.

Los dos caballeros estaban exasperados, pues traían andadas muchas leguas de camino y venían muertos de hambre y de sed.

—Pero es una tiranía inaudita —exclamó uno de ellos en buen francés, aunque con acento extranjero— que ese loco no permita a esta buena gente el uso de su vino. ¡Vaya! Echaremos abajo la puerta y si está furioso, le quitaremos de en medio.

—¡Magnífico, señores! —dijo Artagnan sacando las pistolas de la cintura—. Espero que no pensaréis quitar de en medio a nadie.

—¡Bueno, bueno! —decía tras de la puerta la voz serena de Athos—. Que entren un momento esos fanfarrones, y allá nos veremos.

Por muy valientes que pareciesen los dos caballeros ingleses, se miraron como con aire de duda. No parecía sino que había en la bodega uno de aquellos ogros frenéticos, héroes gigantescos de las leyendas populares, en cuyas cavernas nadie entraba impunemente.

Hubo un momento de silencio; pero, al fin, los dos ingleses tuvieron vergüenza de retroceder, y bajando el más impaciente los cinco o seis peldaños que formaban el tramo, dio en la puerta una patada capaz de agrietar una muralla.

—Planchet —dijo Artagnan, preparando las pistolas—, a mi cargo queda el que está arriba, y tú procura despachar al de abajo. Parece, señores, que deseáis guerra. Pues bien, la tendréis.

—¡Dios mío! —exclamó la voz hueca de Athos—. Me parece que oigo a Artagnan.

—Y no os equivocáis —dijo Artagnan levantando la voz—; soy yo mismo, amigo mío.

—¡Ah, bueno! —dijo Athos—. Entonces ya daremos qué hacer a esos forzadores de puertas.

Los ingleses habían sacado sus espadas pero viéndose cogidos entre dos fuegos, vacilaron por un momento; sin embargo, por segunda vez triunfó el orgullo, y una segunda patada hizo crujir la puerta en toda su altura.

—Apártate, Artagnan —dijo Athos—, apártate, que voy a disparar.

—¡Caballeros! —gritó Artagnan, a quien nunca abandonaba la reflexión—, pensad lo que vais a hacer. ¡Un poco de paciencia, Athos! Os metéis en mal negocio y vais a salir acribillados, pues sin contar con los tres disparos que podemos haceros mi criado y yo, y otros tantos o más que salgan de la bodega, tenemos todavía nuestras espadas que, os lo aseguro, tanto mi amigo como yo sabemos manejar muy regularmente. Dejadme, pues, arreglar vuestro asunto y el mío, y os doy mi palabra de que pronto podréis beber.

—Si es que algo queda —añadió la voz burlona de Athos—.

El posadero sintió que le corría un sudor frío por todo lo largo del espinazo.

—¿Cómo si algo queda? —murmuró entre dientes—.

—¡Qué diablos! Algo quedará —repuso Artagnan—. No tengáis miedo, que no se habrán bebido los dos solos todo el vino de la bodega. Caballeros, envainad las espadas.

—Y vos colocad las pistolas en el cinto.

—Con mucho gusto.

Y dando Artagnan el ejemplo, se volvió a Planchet, y le hizo señas de que retirara el mosquete.

Los ingleses, habiéndose convencido, envainaron con pesar sus espadas. Oyeron entonces la historia del encarcelamiento de Athos y, como eran hombres de razón, echaron la culpa al posadero.

—Ahora, señores —dijo Artagnan—, tened a bien subir, y os respondo que dentro de diez minutos se os llevará todo cuanto podáis desear.

Los ingleses saludaron y salieron.

—Ya que me encuentro solo, querido Athos —dijo Artagnan—, os suplico que me abráis la puerta.

—Al instante mismo —repuso Athos—.

Entonces se dejó oír un gran ruido de maderas y vigas que chocaban entre sí, las cuales formaban las contraescarpas y bastiones de Athos, que el sitiado demolía con las manos.

Un momento después giró la puerta sobre sus goznes y se vio aparecer el semblante pálido de Athos, que con una rápida mirada exploraba los alrededores.

Artagnan se arrojó a su cuello y le abrazó tiernamente; luego quiso sacarle de aquel recinto húmedo y advirtió que Athos se bamboleaba.

—¿Estáis herido? —le dijo—.

—¿Yo? No por cierto, lo que estoy es completamente ebrio, y a la verdad que nadie ha podido hacer más que yo para conseguirlo. ¡Caramba, mi buen posadero! Preciso es que me haya bebido ciento cincuenta botellas a lo menos.

—¡Misericordia! —exclamó el posadero—. Si el criado ha bebido la mitad de botellas que el amo, es segura mi ruina.

—Grimaud es un lacayo de buena casa que no osaría jamás hacer lo que su amo hubiese hecho, así que ha bebido del tonel. Lo que me parece, escuchad, es que se ha olvidado de cerrar la espita. ¿No oís cómo corre el líquido?

Artagnan soltó una carcajada que trocó el sudor frío del posadero en una ardiente calentura.

Al mismo tiempo se presentó Grimaud detrás de su amo con el mosquete al hombro y la cabeza vacilante como los sátiros borrachos de los cuadros de Rubens. Tanto por delante como por detrás estaba empapado en un licor grasiento, que el posadero reconoció al punto como su mejor aceite de oliva.

La comitiva atravesó el salón y fue a instalarse en la mejor habitación de la posada, que Artagnan ocupó sin más ni más.

Entretanto, el posadero y su mujer corrieron con luces a la bodega, cuya entrada les había estado prohibida tanto tiempo, y un desastroso espectáculo se ofreció a su vista.

Más allá de las fortificaciones en las cuales había abierto brecha Athos para hacerse paso, y que se componían de tablones, vigas y barriles vacíos amontonados según todas las reglas estratégicas, se veían aquí y allí nadando en mares de vino y aceite, los huesos de los jamones devorados, mientras que una porción de botellas rotas yacían apiladas en el ángulo izquierdo de la bodega, y un tonel cuya espita había quedado medio abierta, derramaba por esta abertura las últimas gotas de su sangre. La imagen de la desolación y de la muerte, como dice el poeta de la antigüedad, reinaba allí como en un campo de batalla.

De cincuenta salchichones que antes colgaban de las vigas, apenas quedaban diez.

Dejáronse oír entonces los alaridos del posadero y de su mujer, que penetraron a través de la bóveda. Artagnan mismo se conmovió; Athos ni volvió siquiera la cabeza.

Pero al dolor sucedió la cólera. Armóse el posadero de un asador, y poseído de la mayor desesperación, se lanzó al cuarto a donde se habían retirado los dos amigos.

—¡Vino! —dijo Athos en cuanto divisó al posadero—.

—¿Vino? —exclamó éste asustado—. ¿Vino? Pues si os habéis bebido por valor de más de cien doblas, y me habéis dejado arruinado, perdido y aniquilado.

—¡Bah! —dijo Athos—. No hemos bebido sino cuando teníamos sed.

—¡Si os hubieseis contentado solamente con beber! Pero me habéis roto todas las botellas.

—Me empujasteis sobre un montón de ellas, y vino abajo; vuestra ha sido la culpa.

—Todo mi aceite se ha perdido.

—El aceite es un bálsamo para heridas, y nada tiene de extraño que el pobre Grimaud se curase las que le habéis causado.

—Todos los salchichones están roídos.

—Es que hay una infinidad de ratas en esa maldita bodega.

—Pues todo me lo vais a pagar —exclamó el posadero—.

—¡Tunante y más que tunante! —repuso Athos levantándose; pero al momento volvió a dejarse caer, pues sus fuerzas no le permitían tenerse en pie. Artagnan vino en su auxilio levantando la fusta.

El posadero dio un paso atrás, prorrumpiendo en amargo llanto.

—Esto os enseñará —dijo Artagnan— a tratar con mejores modos a los huéspedes que Dios os envía.

—¿Dios? Decid más bien el diablo.

—Amigo —dijo Artagnan—, si continuáis molestándonos con vuestras lamentaciones, nos vamos a encerrar los cuatro en la bodega, y veremos entonces si el destrozo es realmente tan grande como decís.

—Pues bien, señores, he hecho mal, lo confieso; pero para el pecado está la misericordia. Sois unos caballeros, y yo un pobre posadero, tened lástima de mí!

—¡Vamos! Si hablas de esa manera —dijo Athos—, vas a partirme el corazón y correrán las lágrimas de mis ojos, como corría el vino de tus toneles. No es uno tan malo como parece. Acércate y entendámonos.

El posadero se acercó, no sin cierto temor.

—Ven, te digo, y no tengas miedo —continuó Athos—. Cuando fui a pagarte puse mi bolsa sobre la mesa.

—Así es, monseñor.
—Esa bolsa contenía sesenta doblas. ¿Dónde está?
—Depositada en la Escribanía, monseñor, pues se creía que eran monedas falsas.
—¡Pues bien! Haz que te den la bolsa y guárdate las sesenta doblas.
—Pero, monseñor sabe muy bien que un escribano no suelta tan fácilmente lo que se le confía. Si las monedas fueran realmente falsas, aún podría quedar alguna esperanza; pero, por desgracia, todas son de buena ley.
—Compónte con él como puedas, buen hombre, y procura sacar el mejor partido, tanto más cuanto que no me queda una libra siquiera.
—¡Vamos a ver! —dijo Artagnan—. ¿Dónde está el viejo caballo de Athos?
—En la cuadra.
—¿Cuánto vale?
—Lo más, cincuenta doblas.
—Vale ochenta. Quédate con él, y no se hable más del asunto.
—¡Cómo! ¿Vendes mi «Bayaceto»? ¿Sobre quién quieres que haga la campaña? ¿Sobre Grimaud?
—Te traigo otro —dijo Artagnan—.
—¿Otro?
—Y magnífico —añadió el posadero—.
—Pues si me dan otro más joven y más hermoso, quédate con el viejo, y a beber.
—¿De cuál? —preguntó el posadero, ya enteramente tranquilizado—.
—Del que está allá a lo último, junto a las latas. Todavía quedan veinticinco botellas, pues las demás se rompieron en mi caída. Subid seis.
—Este hombre es una cuba —dijo el posadero para sí—. Como permanezca en mi casa quince días y pague lo que beba, no irán mal mis negocios.
—Y no os olvidéis de subir otras cuatro botellas del mismo para los caballeros ingleses.
—Ahora —dijo Athos—, mientras nos traen el vino, cuéntame, si te place, qué suerte ha cabido a nuestros dos compañeros.
Artagnan le contó la manera en que había hallado a Porthos con una torcedura en la rodilla, y a Aramis sentado a la mesa entre dos teólogos. Apenas acababa de hablar, cuando entró el posadero con las botellas pedidas y un jamón que afortunadamente había quedado fuera de la bodega.
—¡Muy bien! —dijo Athos llenando su vaso y el del amigo—. Ya tengo noticias de Porthos y de Aramis, pero ¿y vos, querido? ¿Qué ha sido de vuestra persona? Os hallo, si no me engaño, con melancólico aspecto.
—¡Ah! —dijo Artagnan—. Es que yo soy el más desgraciado de los cuatro.
—¿Tú, desgraciado? ¡Vamos! ¿Por qué eres tú el más desgraciado? Dímelo.
—Luego te lo contaré —dijo Artagnan—.
—¡Luego! ¿Y por qué no ahora? ¿Crees acaso que estoy bebido?

Mira, Artagnan, ten entendido que nunca tengo las ideas más claras que cuando están nadando en vino. Así pues, habla, que ya te escucho.

Artagnan contó entonces su aventura con madame Bonacieux, la cual escuchó Athos sin pestañear. Pero luego que aquél hubo concluido exclamó:

—Pequeñeces. ¡Ésas no son más que pequeñeces!

Ésta era la expresión habitual de Athos.

—A todo llamáis pequeñeces, querido Athos —dijo Artagnan—, y ésa es una frase que suena muy mal en boca de un hombre que nunca ha amado.

Los apagados ojos de Athos se animaron repentinamente, pero esto no fue más que un relámpago que desapareció al momento, volviendo en seguida a recuperar su estado habitual de indiferencia y de tristeza.

—Es verdad —dijo—, yo nunca he amado.

—Ya veis, corazón de piedra —dijo Artagnan—, que hacéis mal en mostrar tanta dureza contra los que tenemos un corazón tierno.

—Corazón tierno, corazón traspasado —dijo Athos—.

—¿Qué decís?

—Digo que el amor es una lotería, en la que el que lleva mejor parte, gana la muerte. Sois dichosos en haber perdido, querido Artagnan, creedme, y por vuestro propio bien me atrevo a desearos que perdáis siempre.

—¡Parecía amarme tanto!

—¡Parecía!, ¿verdad?

—¡Oh! Me amaba, de seguro.

—¡Joven! ¡No hay hombre alguno que no se haya creído amado de una mujer, y que no haya sido luego engañado por su amante!

—A excepción de vos, que nunca la habéis tenido.

—Es cierto —añadió Athos después de un momento de silencio—. Yo nunca la he tenido. ¡Bebamos!

—Pero entonces, vos que sois tan filósofo, debéis instruirme, debéis fortalecerme, pues necesito aprender, y también necesito consuelo.

—¿Consuelo? ¿Por qué?

—Por mi desgracia.

—Vuestra desgracia mueve a risa —dijo Athos encogiéndose de hombros—. Me gustaría saber lo que diríais si os contara cierta historia amorosa.

—¿Relacionada con vos?

—O con un amigo mío. ¿Qué más da?

—Contadla, Athos, contadla.

—Bebamos; mejor haremos en beber.

—Bebed y hablad.

—Tenéis razón —dijo Athos vaciando el vaso de un trago y volviéndolo a llenar en seguida—. Ambas cosas pueden hacerse a la par, y se ayudan mutuamente a las mil maravillas.

—Escucho, pues —dijo Artagnan—.

Athos quedó un momento pensativo, y a medida que iba reuniendo sus ideas, vio Artagnan que iba palideciendo. Hallábase en aquel período de la embriaguez en que los bebedores vulgares y comunes se dejan caer y se duermen. Pero Athos soñaba sin dormir, y este sonambulismo de la embriaguez tenía algo de espantoso.

—¿Lo queréis, en realidad? —preguntó—.

—Os lo suplico —dijo Artagnan—.

—Pues sea como lo deseáis. Un amigo mío, ¿lo entendéis bien?, un amigo mío, que no era yo —dijo Athos, interrumpiéndose con una siniestra sonrisa—; un conde de mi provincia, es decir, del Berry, se enamoró a los veinticinco años de una joven de dieciséis, bella como los amores. A través de la inocencia propia de su edad, manifestaba un talento finísimo, talento no de mujer, sino de poeta, y su trato no agradaba, sino que arrebataba al hombre más insensible. Vivía en una pequeña aldea, juntamente con un hermano suyo que era eclesiástico. Hacía poco que ambos habían llegado al país sin saberse de dónde venían; pero al ver a la joven tan bella y a su hermano tan piadoso, nadie se cuidaba de averiguar su procedencia. Además, se decía que eran de noble linaje. Mi amigo, que era el señor del país, hubiera podido seducir a la joven u obtener por la fuerza sus favores, pues estaba en posición de hacerlo. ¿Y quién hubiera acudido a la defensa de dos extranjeros, de dos desconocidos? Por desgracia, era un hombre de buenos sentimientos y la tomó por esposa. ¡Qué necio! ¡Qué estúpido! ¡Qué imbécil!

—¿Y por qué? ¿Por ventura no la amaba? —preguntó Artagnan—.

—Ya veréis —dijo Athos—. El señor la llevó a su palacio, haciendo de ella la dama principal de la provincia; y es preciso tributarle esa justicia; la joven sostenía perfectamente su condición.

—¿Y qué? —preguntó Artagnan—.

—Un día que salió de caza con su marido —continuó Athos, bajando la voz y precipitando las palabras—, se cayó del caballo y se desmayó. El conde voló en su socorro y, como los vestidos la oprimían y sofocaban, los rasgó con el puñal, descubriéndole el hombro. ¿A ver si adivináis lo que tenía en el hombro, Artagnan? —añadió Athos, profiriendo una terrible carcajada—.

—¿Cómo puedo saberlo? —preguntó Artagnan—.

—Una flor de lis —repuso Athos—. ¡Estaba marcada!

Y Athos vació de un solo trago el vaso que tenía en la mano.

—¿Qué decís, Athos? —exclamó Artagnan con un movimiento de espanto—.

—La verdad. El ángel era un demonio. La doncella había desaparecido.

—¿Y qué hizo el conde?

—El conde era un magnate que tenía en sus dominios derechos de vidas y haciendas, y así que lo que hizo fue acabar de rasgar los vestidos de la condesa y, atándole las manos a la espalda, colgarla de un árbol.

—¡Cielos, un asesino! —exclamó Artagnan—.

—Sí, un asesino nada más —prosiguió Athos, pálido como un difunto—. Pero, ¿no echan vino en el vaso?

Y cogiendo Athos por el cuello la última botella que quedaba, la acercó a sus labios y la vació de un trago, como si fuera un vaso ordinario.

Luego dejó caer la cabeza entre sus manos. Artagnan le miraba con terror.

—Este acontecimiento me ha curado radicalmente de mujeres bellas, poéticas y amorosas —prosiguió Athos, incorporándose otra vez en su asiento y sin cuidarse de hacer la apología del conde—. Dios os conceda otro tanto... ¡Bebamos!

—¿De modo que la joven murió? —murmuró Artagnan—.

—¡Ya lo creo! Pero alargad el vaso. Venga jamón, tunante —gritó Athos—, que no podemos beber más.

—Pero, ¿y su hermano? —añadió con timidez Artagnan—.

—¿Su hermano? —repuso Athos—.

—Sí, el eclesiástico.

—¡Ah! Mandé buscarle para ahorcarle también, pero me cogió la delantera y la víspera había dejado el país.

—¿Y se llegó a saber quién era ese miserable?

—El primer amante y el cómplice de mi bella joven; un digno sujeto que se había fingido cura para casar a su querida y asegurarle un dichoso porvenir. Confío en que habrá sido descuartizado.

—¡Dios mío, Dios mío! —exclamó Artagnan, horrorizado con semejante historia—.

—Probad este jamón, Artagnan, que es exquisito —dijo Athos cortando una tajada y poniéndola en el plato del joven—. ¡Lástima que no haya habido cuatro solamente como éste en la bodega, pues hubiera bebido cincuenta botellas más!

Artagnan no tenía ya fuerzas para continuar una conversación que hubiera concluido por volverle loco; así que, dejando caer la cabeza sobre sus manos, hizo como que dormía.

—¡Los jóvenes no saben beber —dijo Athos mirándole con compasión—, y eso que éste es de los mejores.

CAPÍTULO XXVIII

EL REGRESO

Artagnan se quedó aturdido con la terrible confidencia que le había hecho Athos y aun hallaba muchas cosas oscuras en aquella semirrevelación. Por de pronto, había sido hecha por un hombre completamente beodo a otro que lo estaba a medias; y, sin embargo, a pesar de la confusa niebla que esparcen en el cerebro los vapores de dos botellas de Borgoña, Artagnan, al despertarse a la mañana siguiente, tenía tan presentes hasta las menores palabras de Athos, como si a medida que salían de la boca del uno se hubiesen ido esculpiendo en la mente del otro. Esta duda le inspiró el deseo cada vez más vivo de averiguar la realidad de los hechos, y en su consecuencia, se llegó al cuarto de Athos con la firme resolución de reanudar la conversación de la víspera; pero le halló completamente sereno y en su estado ordinario, es decir, el del hombre más precavido e impenetrable del mundo.

Por su parte, el mosquetero, después de cambiar con Artagnan una sonrisa y un ligero apretón de manos, fue el primero en prevenirle.

—Muy bebido estaba ayer, querido Artagnan; lo he comprendido esta mañana en el espesor de mi lengua y en la agitación en que se hallaba mi pulso todavía. Apostaría cualquier cosa a que estaba despotricando contra madame de Bonacieux —dijo—.

Y al decir estas palabras, miró a su amigo con una atención que no dejó de turbarle.

—Nada de eso —replicó Artagnan—, y, si mal no recuerdo, nada de lo que dijisteis tenía cosa alguna de particular.

—¡Pues me extraña! Porque creía haberos contado una historia de las más lamentables.

Y miraba al joven como si quisiera penetrar con la vista en el fondo de su alma.

—A fe mía —dijo Artagnan—, que me parece que estaba yo aún más ebrio que vos, pues no recuerdo una palabra.

Athos se dio por satisfecho con esta respuesta y añadió:

—Ya habréis observado, amigo mío, que cada cual tiene su género de embriaguez, triste o alegre. La mía es triste y una vez embriagado, me acomete la manía de contar todas las historias lúgubres con que la necia de mi nodriza solía atestarme la cabeza cuando niño. Éste es mi único defecto, aunque defecto capital; pero aparte de eso, soy un buen bebedor.

Athos hablaba de un modo tan natural, que Artagnan llegó a dudar, a pesar de su convicción.

—¡Oh! Así es, en efecto —repuso el joven, procurando indagar la verdad—. Ahora recuerdo, como un sueño, que hablamos de ahorcados en nuestra conversación.

—Ya lo veis —dijo Athos, perdiendo el color y haciendo esfuerzos por sonreírse—. No podía menos de ser así; los ahorcados son mi pesadilla.

—Sí, sí —añadió Artagnan—, y conforme voy recapacitando recuerdo que se trataba... sí, se trataba de una mujer.

—Ya veis —respondió Athos, tornándose lívido—. Es mi famosa historia de la joven rubia, y el contarlo yo es señal de que estoy ebrio a más no poder.

—Sí, ésa es —dijo Artagnan— la historia de la joven rubia alta y bella, con ojos azules.

—Y que fue ahorcada.

—Sí, por su marido, que era un señor a quien conocíais —continuó Artagnan mirando fijamente a Athos—.

—Ved ahí cuán fácil es comprometer a un hombre cuando no sabe uno lo que se dice —respuso Athos encogiéndose de hombros, como si tuviese lástima de sí mismo—. Decididamente, no vuelvo a embriagarme, Athos; es una costumbre muy mala.

Artagnan guardó silencio, y entonces Athos, cambiando repentinamente de conversación, dijo:

—Ahora que me acuerdo, os doy las gracias por el caballo que me habéis traído.

—¿Es de vuestro gusto?

—Sí, pero no es caballo propio para fatiga.

—Os equivocáis; he andado con él diez leguas en menos de dos horas, y no parecía sino que acababa de dar una vuelta a la plaza de San Sulpicio.

—Pues me causáis un sentimiento.

—¡Un sentimiento! ¿Y por qué?

—Porque me he deshecho de él.

—¿Cómo ha sido eso?

—Veréis: esta mañana me desperté a las seis; vos dormíais como un tronco y yo no sabía qué hacer. Todavía me sentía pesado de resultas de los tragos que echamos ayer, y bajé a la sala, en donde vi uno de los ingleses que estaba ajustando un caballo con un chalán, por habérsele muerto el suyo ayer de un arrebato de sangre. Acerquéme a él, y viendo que ofrecía cien doblas por un alazán tostado, le dije:

»—¡Pardiez! Caballero, yo vendo también un caballo.

»—Y que es hermoso a fe mía —dijo el inglés—. Ayer mismo le vi que lo tenía de la mano el criado de vuestro amigo.

»—¿Os parece que valdrá las cien doblas?

»—Sí. ¿Y vos queréis vendérmelo a ese precio?

»—No; pero os lo juego.

»—¿A qué?

»—A los dados.

»Dicho y hecho; y perdí el caballo. Pero del mal el menos; después recuperé los arreos.

Artagnan hizo un gesto de profundo disgusto.

—Os desagrada mi acción, ¿verdad? —dijo Athos—.

—Sí, os lo confieso —replicó Artagnan—; ese caballo debía servir para darnos a conocer en un día de batalla, y era como una especie de recuerdo. Habéis hecho mal, Athos.

—Pero, querido, poneos en mi lugar —repuso el mosquetero—; estaba aburrido a más no poder y, a decir verdad, no soy aficionado a los caballos ingleses. Si se trata de que alguna persona nos reconozca, la silla bastará, y en cuanto al caballo, ya encontraremos alguna excusa que justifique su desaparición. ¡Qué diantre!, un caballo no es eterno; diremos que ha tenido muermo o lamparón.

Artagnan no desarrugaba el ceño.

—Siento infinito —continuó Athos— que tuvieseis un afecto tan entrañable a esos animales, pues aún no he concluido con mi cuento.

—Pues, ¿qué más habéis hecho?

—Después de haber perdido el caballo (nueve contra diez, ¡ved lo que es la suerte!) ocurrióseme la idea de jugar el vuestro.

—Ya, pero creo que os contentaríais solamente con la idea.

—No tal, que al punto la puse en ejecución.

—¡Pero hombre! —exclamó Artagnan con ansiedad—.

—Lo jugué y lo perdí.

—¿Mi caballo?

—Vuestro caballo, siete contra ocho; por un punto... ¿sabéis lo que dice el adagio?

—Athos, veo que no estáis en vuestro cabal juicio.

—Querido, ayer, cuando os contaba aquellas necias historias, era la ocasión oportuna de hacerme esa reconvención y no hoy por la mañana. Perdí, pues, el caballo con todos los arreos y arneses posibles.

—¡Eso pasa ya de la raya!

—Pues aún hay más: yo sería un jugador excelente si no me encaprichara; pero me sucede con el juego lo propio que con la bebida, y así fue que me perdió mi obstinación.

—Pero, ¿qué más pudisteis jugar, si ya no teníais nada?

—Sí, por cierto, querido; sí, por cierto. Aún os quedaba ese diamante que veo brillar en vuestro dedo, y en el que reparé.

—¡Este diamante! —exclamó Artagnan, llevándose con rapidez la mano a la sortija—.

—Y como soy algo inteligente, lo tasé, por haber tenido algunos de mi propiedad, en mil doblas.

—Supongo —dijo Artagnan con seriedad, pero medio muerto del susto— que no habréis hecho la menor mención del diamante.

—Al contrario, amigo mío, ya os podéis figurar que vuestro diamante era el único recurso que nos quedaba, y que podía recobrar con él no sólo los caballos con todos sus arneses, sino hasta sacar dinero para el viaje.

—¡Athos, me hacéis temblar! —exclamó Artagnan—.

—Hablé, pues, de vuestro diamante al que jugaba conmigo, el cual también lo había notado. ¡Qué diablos, querido! ¡Lleváis en vuestro dedo una brillante estrella y no queréis que llame la atención! Eso no es posible.

—Acabad, por favor, Athos, acabad, porque a fe mía que me asesináis con vuestra calma.

—Dividimos vuestro diamante en diez partes de a cien doblas cada una.

—¡Vamos! Sin duda os habéis propuesto burlaros y tentarme la paciencia —dijo Artagnan, a quien la cólera principiaba a asirle de los cabellos, como Minerva coge a Aquiles en la Ilíada—.

—No, no me burlo. Yo hubiera querido veros en mi lugar; con quince días que llevaba de no ver rostro humano, y tratando sólo con botellas.

—Ésa no es razón para jugar mi diamante —repuso Artagnan, cerrando la mano con una crispación nerviosa—.

—Escuchad hasta el fin. Diez partes de a cien doblas en diez jugadas, sin desquite. A las trece jugadas las perdí todas. ¡A las trece jugadas! El número trece ha sido siempre fatal para mí: el trece de julio fue cuando...

—¡Por vida de...! —exclamó, levantándose de la mesa Artagnan, a quien la historia presente le había hecho olvidar la del día anterior—.

—Paciencia —dijo Athos—; yo tenía formado mi plan. El inglés era un hombre original a quien había visto hablar por la mañana con Grimaud, y éste me dijo que le había hecho proposiciones para que entrase a su servicio. ¿Qué hago entonces? Le propongo jugar a Grimaud, al silencioso Grimaud, dividido también en diez partes.

—¡Vaya una salida! —exclamó Artagnan, sin poder contener una carcajada—.

—Al mismo Grimaud, ni más ni menos. Y con las diez partes de Grimaud, que no valen juntas un ducado, recuperé el diamante. Decid que la constancia no es una virtud.

—No hay duda de que la ocurrencia fue feliz —exclamó Artagnan riendo a más y mejor—.

—Ya comprenderéis que, sintiéndome con vena, volvería a jugar seguidamente sobre vuestro diamante.

—¡Ah! —exclamó Artagnan, asustándose de nuevo—.

—Recobré vuestros arneses, después vuestro caballo, luego los míos, y otra vez los perdí. En una palabra, recuperé los arneses vuestros y los míos y aquí me detuve: éste fue un golpe magnífico, amigo mío.

Artagnan respiró como si le hubiesen quitado de encima un peso enorme.

—¿Con que al fin me queda el diamante? —preguntó con timidez—.

—Intacto, querido amigo; más los arreos de vuestro «Bucéfalo» y del mío.

—Pero, ¿de qué nos sirven los arreos, si no tenemos caballos?

—Se me ocurre una idea acerca de ellos.

—Athos, me hacéis temblar.

—Escuchad; hace mucho tiempo que vos no jugáis, Artagnan.

—Ni tengo ganas.

—Bien; pero digo que hace mucho tiempo que no jugáis, y debéis, por consiguiente, tener buena mano. Eso no falla nunca.

—¡Vamos! ¿Y qué?

—El inglés y su compañero están ahí todavía, y he advertido que se han quedado con ganas de llevarse los arneses. Vos, parece que sentís la pérdida del caballo, y yo en vuestro lugar jugaría los arneses contra el caballo.

—Pero no se contentará con los arneses de uno solo.

—Pues jugad los de ambos; no soy tan egoísta como vos.

—¿De veras lo haríais? —dijo Artagnan indeciso y participando a su pesar de la confianza que Athos manifestaba—.

—Bajo palabra de honor, y a una sola jugada.

—El caso es que, ya he perdido los caballos, me era indispensable conservar al menos los arreos.

—Pues bien; jugad el diamante.

—¡Oh! En cuanto a eso, ¡nunca!

—¡Hombre! Yo os propondría que jugaseis a Planchet; pero como este medio ya se ha intentado, quizá no quiera el inglés aceptarlo por segunda vez.

—Decididamente, querido Athos, prefiero no arriesgar nada.

—Es una lástima —repuso Athos con la mayor frialdad—; el inglés es hombre que lleva muchas doblas; pero, en fin, ¿por qué no intentáis una jugada? Una jugada pronto está hecha.

—¿Y si pierdo?

—Ya ganaréis.

—Pero, ¿y si pierdo?

—Entonces, entregaréis los arneses.

—¡Pues vaya por una sola jugada! —dijo Artagnan—.

Athos marchó en seguida en busca del inglés, y le encontró en la cuadra, examinando los arneses con ojos codiciosos. La ocasión era propicia y le propuso las condiciones: los dos arneses contra un caballo o cien doblas, a elegir. El inglés calculó al punto que los dos arneses valdrían muy bien trescientas doblas, y aceptó.

Artagnan tiró los dados con bastante temor, y sacó el número tres. Su palidez asustó a Athos, el cual se contentó con decir:

—¡Vaya un número bajo, compañero! Os lleváis los caballos enjaezados, amigo.

El inglés, contando el triunfo por seguro, ni siquiera meneó los dados, limitándose a echarlos sobre la mesa sin mirar, tan cierto se creía de la victoria. Artagnan se volvió hacia otro lado para ocultar su mal humor.

—¡Hola! —dijo Athos, con su calma habitual—. Este sí que es un caso extraordinario que sólo había visto cuatro veces en toda mi vida: ¡los dos «unos»!

El inglés miró y se quedó absorto. Artagnan hizo lo mismo, y el placer coloreó su semblante.

—Sí —continuó Athos—, cuatro veces tan sólo; una en casa del señor de Crequy, otra en mi palacio de... cuando yo tenía palacio; la tercera en casa del señor de Treville, en donde nos dejó tan sorprendidos, y por último, la cuarta, en una taberna en que me salió a mí y perdí con ella cien luises y una comida.

—¿Tomáis vuestro caballo? —preguntó el inglés—.

—¡Claro que sí! —dijo Artagnan—.

—¿Conque no hay desquite?

—Nuestras condiciones eran ésas, ya lo recordaréis.

—Es verdad. Voy a hacer que entreguen el caballo a vuestro criado.

—Esperad un momento —dijo Athos—. Con vuestro permiso voy a decir dos palabras a mi amigo.

—Como gustéis.

Athos llevó aparte a Artagnan.

—Y bien —le dijo Artagnan—, ¿qué se te ofrece, diablo tentador? Tú quieres que yo vuelva a jugar, ¿no es verdad?

—No; lo que quiero es que reflexionéis un poco.

—¿Sobre qué?

—¿Vais a tomar el caballo?

—Sin duda.

—Mal hecho; yo tomaría las cien doblas, ya sabéis que habéis jugado los arneses contra el caballo o cien doblas, a vuestra elección.

—Sí.

—Pues yo tomaría las cien doblas.

—Bien; y yo tomo el caballo.

—Y os repito que hacéis mal. ¿De qué nos sirve un caballo para los dos? Yo no puedo montar a la grupa, si no queremos parecer los dos hijos de Aymon que perdieron a su hermano, y vos no llegaréis a humillarme hasta el punto de ir cabalgando al lado mío sobre tan magnífico corcel. Por mi parte, tomaría sin vacilar las cien doblas, pues necesitamos dinero para volver a París.

—Me interesa ese caballo, Athos.

—Y hacéis muy mal, amigo mío. Un caballo se desboca, tropieza, cae y se estropea; un caballo llega a comer en donde ha comido otro con muermo, y ya tenéis un caballo, o más bien cien doblas perdidas, y esto sin contar con la necesidad que tiene el amo de mantener al caballo, mientras que las cien doblas mantienen al amo.

—Pero, ¿cómo regresaremos?

—En dos caballos de nuestros criados. Ya se conocerá en nuestro porte que somos caballeros.

—Buena figura haremos sobre esos pencos mientras Aramis y Porthos cabalgarán en sus hermosos corceles.

—¡Aramis! ¡Porthos! —exclamó Athos echándose a reír—.

—¿Qué? —preguntó Artagnan, que no comprendía la causa de la risa de su amigo—.

—Nada, nada; proseguid —dijo Athos—.

—¿Conque vuestro parecer...?

—Es tomar las cien doblas, Artagnan; con ese dinero podemos divertirnos hasta fin de mes, pues hemos pasado bastantes fatigas y sería muy justo que descansásemos un rato.

—¿Descansar? Yo no, Athos, que inmediatamente me vuelvo a París a practicar diligencias en busca de aquella pobre mujer.

—¿Y por ventura creéis que vuestro caballo os será tan útil para ese objeto como unos buenos luises de oro? Tomad las cien doblas, amigo; tomad las cien doblas.

A Artagnan le bastaba una sola razón para dejarse convencer, y aquélla le pareció excelente. Además, si resistía más tiempo, temía parecer egoísta a los ojos de Athos. Aceptó, pues, el consejo y eligió las cien doblas, que el inglés le pagó inmediatamente.

Y ya no se pensó más que en partir. La paz que se hizo con el posadero costó a más del viejo caballo de Athos, seis doblas. Artagnan y Athos montaron los caballos de Planchet y de Grimaud, y los lacayos se pusieron en camino a pie, llevando las sillas sobre sus cabezas.

Por mal montados que fuesen los dos amigos, bien pronto tomaron la delantera a sus criados, y llegaron a Crevecoeur. Desde lejos divisaron a Aramis, apoyado en el alféizar de la ventana, mirando alzarse una polvareda en el horizonte.

—¡Hola! ¡Eh! ¡Aramis! —gritaron los dos amigos—. ¿Qué hacéis ahí?

—¡Ah! Sois vosotros, Artagnan y Athos —dijo el joven—. Estaba reflexionando sobre la rapidez con que se van los bienes de este mundo. Mi caballo inglés, que se ha ido alejando poco a poco, y que acaba de desaparecer en medio de un torbellino de polvo, es una viva imagen de la fragilidad de las cosas de la tierra. La vida misma puede reducirse a estas tres palabras: *Erat, est, fuit.*

—Lo cual quiere decir, en último resultado... —preguntó Artagnan, que principiaba a sospechar la verdad—.

—Quiere decir que acabo de hacer ahora una venta en que he sido engañado. ¡Sesenta luises por un caballo que, a juzgar por lo que corre, puede caminar al trote cinco leguas por hora!

Artagnan y Athos prorrumpieron en sendas carcajadas.

—Querido Artagnan —dijo Aramis—, no os enfadéis, pues la necesidad carece de ley. Además, que yo soy el primero que sufro el castigo, porque el infame chalán me ha robado cincuenta luises por lo menos. ¡Ah! Vosotros sí que lo sabéis entender cabalgando sobre los caballos de vuestros criados y haciendo conducir a los vuestros de la mano y a corta jornada.

En aquel momento, un carro que venía por el camino de Amiens se detuvo, y salieron de él Grimaud y Planchet con las sillas en la cabeza. El carro iba de retorno de París, y los dos criados se habían comprometido, mediante su conducción, a dar de beber al carretero durante el camino.

—¿Qué significa esto? —dijo Aramis mirando el cuadro que se presentaba a su vista—. ¿Nada más que las sillas?

—¿Comprendéis ahora? —dijo Athos—.

—Amigos míos, habéis hecho lo que yo. He conservado los arreos como por instinto. ¡Hola, Bazin! Trae los arreos nuevos y ponte al lado de los criados de estos señores.

—¿Y qué habéis hecho de vuestros curas? —preguntó Artagnan—.

—Los convidé a comer al día siguiente —dijo Aramis—, y como aquí hay un exquisito vino (dicho sea de paso), los emborraché lo mejor que pude. Entonces el cura me prohibió que abandonara la casaca y el jesuita me rogó que le alcanzara una plaza de mosquetero.

—¡Y se le recibirá sin necesidad de tesis! —exclamó Artagnan—. Pido que se suprima la tesis.

—Desde entonces —continuó Aramis—, paso una vida agradable. He empezado a componer un poema en versos de una sílaba, cosa en verdad sumamente difícil, pero en la dificultad está el mérito de las cosas. El asunto es muy galante; os leeré el primer canto, pues aunque tiene cuatrocientos versos, dura un minuto.

—Os aconsejo, querido Aramis —dijo Artagnan, que aborrecía casi tanto los versos como el latín—, que añadáis al mérito de la dificultad, el de la brevedad, y podéis estar seguro de que vuestro poema tendrá entonces doble mérito.

—Y respira, además, pasiones nobles —continuó Aramis—, ya veréis. Pero qué, amigos, ¿volvemos a París? Bien, por mi parte estoy dispuesto. ¿Iremos a buscar a nuestro buen Porthos? ¡Tanto mejor! ¿Queréis creer que echo continuamente de menos a ese bobo? A buen seguro que no vendería su caballo aunque le prometiesen un reino, y estoy ya impaciente por verle montado en su hermoso alazán, enjaezado con la soberbia silla. Tendrá, a no dudarlo, el aire del Gran Mogol.

Detuviéronse una hora para que descansaran los caballos y, después de pagar Aramis su cuenta al posadero, colocó a Bazin en el carro con sus camaradas y se pusieron todos en camino para reunirse con Porthos.

Hallaron a éste levantado y ya no tan pálido como le encontró Artagnan en su primera visita. Estaba sentado a una mesa, sobre la que, a pesar de estar solo, había una comida para cuatro personas. Componíase ésta de manjares muy bien condimentados, de exquisitos vinos y de sabrosas frutas.

—¡Ah, señores! —dijo levantándose de la mesa—. Llegáis a tiempo: precisamente comienzo ahora a comer y tendré mucho gusto en que me acompañéis.

—¡Oh, oh! —dijo Artagnan—. No es Mosqueton quien ha cazado con lazo semejantes botellas; además, ese fricandó picado y ese solomillo de vaca...

—Hago lo posible por reponerme —dijo Porthos—. Nada debilita tanto como estas condenadas torceduras. ¿Habéis tenido alguna, Athos?

—Nunca; de lo que sí me acuerdo es que en nuestro encuentro de la calle de Ferou recibí una estocada que a los quince o dieciocho días me causó el mismo efecto.

—Pero esta comida no estaba dispuesta para vos únicamente, querido Porthos —dijo Aramis—.

—No —dijo Porthos—. Tenía convidados a unos caballeros que viven aquí cerca, pero acaban de enviarme recado de que no les aguarde. Vosotros los reemplazaréis dignamente, y no perderé en el cambio, por cierto. ¡Mosqueton, vengan sillas y que se duplique el número de botellas!

—¿A que no acertáis lo que estamos comiendo? —dijo Athos al cabo de diez minutos—.

—¡Pardiez! —repuso Artagnan—. Yo, ternera con cardos.

—Y yo un guisado de cordero —dijo Porthos—.

—Y yo una pechuga de ave —añadió Aramis—.

—Pues estáis todos equivocados, caballeros —replicó Athos con gravedad—; lo que estáis comiendo es caballo.

—¡Vamos! —exclamó Artagnan—.

—¿Caballo? —exclamó Aramis con un mohín de repugnancia—.

Porthos fue el único que no habló una palabra.

—Sí, caballo; ¿no es cierto, Porthos, que comemos caballo, acaso con guarniciones y todo?

—No, amigos; he conservado el arnés —dijo Porthos—.

—A fe mía, somos dignos unos de otros; parece que hemos dado la consigna —dijo Aramis—.

—¡Qué queréis! —respondió Porthos—. Ese caballo avergonzaba a mis visitantes y no he querido humillarlos.

—Además, vuestra duquesa seguirá en los baños, ¿verdad? —preguntó Artagnan—.

—Siempre —respondió Porthos—. Pues sí, el gobernador de la provincia, uno de los caballeros que esperaba hoy a comer, manifestó tan vivos deseos de poseerlo, que se lo he regalado.

—¡Regalado! —exclamó Artagnan—.

—Ésa es la palabra —dijo Porthos—; porque el caballo valía lo menos ciento cincuenta luises, y el miserable no ha querido darme más que ochenta.

—¿Sin la silla? —dijo Aramis—.

—Sin la silla.

—Ya veis, señores —dijo Athos—, que Porthos ha sido de todos el que ha hecho mejor negocio.

Y prorrumpieron en grandes carcajadas, que dejaron atónito a Porthos; pero habiéndole explicado el motivo de aquella risa, participó de la alegría general, según su costumbre.

—¿De modo que todos estamos en fondos? —dijo Artagnan—.

—Yo, no —dijo Athos—, porque he hallado tan exquisito el vino español de Aramis, que he hecho meter en el carro de los criados unas sesenta botellas, lo cual me ha causado un terrible desembolso.

—Pues yo tampoco —dijo Aramis—; pensad que había dado hasta mi último céntimo a la iglesia de Montdidier y a los jesuitas de Amiens, aparte de algunos compromisos que tenía pendientes todavía, entre ellos varias misas que he mandado decir por mí y por vosotros y que no dudo nos vendrán de perilla.

—Pues, ¿y yo? —dijo Porthos—. ¿Creéis que mi torcedura no me ha ocasionado gastos? Sin contar la herida de Mosqueton, a quien ha tenido que estar visitando el cirujano dos veces al día. Por cierto que me ha hecho pagar doble las visitas, con el pretexto de que ese estúpido Mosqueton se ha dejado dar un balazo en un sitio que generalmente no se enseña más que a los boticarios; por eso le he recomendado mucho que no se vuelva a dejar herir ahí.

—¡Vamos, vamos! —dijo Athos, cambiando una sonrisa con Artagnan y Aramis—. Veo que os habéis portado bien con el pobre mozo. No se puede negar que sois un buen amo.

—En una palabra —continuó Porthos—, satisfechos mis gastos, todavía me quedarán unos treinta escudos.

—Y a mí unas diez doblas —dijo Aramis—.

—Parece —dijo Athos— que somos los Cresos de la sociedad. ¿Cuánto os queda de vuestras cien doblas, Artagnan?

—¿De mis cien doblas? En primer lugar, os di cincuenta.

—¿A mí?

—¡Pardiez!

—¡Ah, sí, ya me acuerdo!

—Después di seis al posadero.

—Que no las merecía, por cierto. ¿Por qué le habéis dado seis doblas?

—Porque vos me lo dijisteis.

—Es verdad; soy bueno en demasía. ¿Qué líquido resulta?

—Veinticinco doblas —dijo Artagnan—.

—Y yo —dijo Athos, sacando alguna moneda menuda del bolsillo—, yo, yo...

—Vos, nada.

—Tan poca cosa, que no vale la pena de unirlo al conjunto.

—Calculemos ahora lo que poseemos entre todos. ¿Porthos?

—Treinta escudos.

—¿Aramis?

—Diez doblas.

—¿Vos, Artagnan?

—Veinticinco.

—¿Todo lo cual suma? —dijo Athos—.

—Cuatrocientas setenta y cinco libras —dijo Artagnan, que contaba como Arquímedes—.

—Al llegar a París nos quedarán aún cuatrocientas libras —dijo Porthos—, más los arneses.

—Pero, ¿y nuestros caballos de servicio? —preguntó Aramis—.

—Pues bien, de los cuatro caballos de los lacayos haremos dos de dueño, que echaremos a suertes; con las cuatrocientas libras se comprará un jaco para uno de los desmontados, y después le daremos a Artagnan, que tiene buena mano, las escurridas de nuestros bolsillos para que las juegue en el primer garito que encontremos; tal es mi plan.

—Comamos, pues —dijo Porthos—, que esto se va a enfriar.

Y los cuatro amigos, más tranquilos ya con respecto al porvenir, hicieron honor al banquete, cuyos restos fueron abandonados a Mosqueton, Bazin, Planchet y Grimaud.

Al llegar a París encontró Artagnan una carta del señor de Treville comunicándole que, a petición suya, el rey acababa de concederle el favor de entrar en los mosqueteros.

Como esto era cuanto Artagnan ambicionaba en el mundo, aparte, claro está de su deseo de encontrar a madame Bonacieux, corrió gozoso a casa de sus compañeros, a quienes acababa de dejar media hora antes, y a los que halló muy tristes y preocupadísimos. Estaban reunidos en consejo en casa de Athos, lo cual indicaba siempre circunstancias de cierta gravedad.

El señor de Treville acababa de comunicarles que, como el rey tenía intención de empezar la campaña el 1.º de mayo, preparasen inmediatamente sus equipos.

Los cuatro filósofos se miraron unos a otros con cierta ansiedad, pues el señor de Treville no era hombre que transigiera fácilmente en punto a disciplina.

—¿Y en cuánto calculáis esos equipos? —preguntó Artagnan—.

—Acabamos de ajustar la cuenta con una tacañería de espartanos, y resulta que necesitamos cada uno mil quinientas libras —repuso Aramis—.

—Que, multiplicadas por cuatro, forman un total de seis mil libras —dijo Athos—.

—A mí me parece —objetó Artagnan— que tendríamos bastante con mil libras cada uno. Verdad es que no hablo como espartano, sino como procurador...

La palabra procurador despertó a Porthos.

—Se me ocurre una idea —dijo—.

—Ya es algo. Yo no tengo ni sombra de ideas —dijo fríamente Athos—; en cuanto a Artagnan, le ha vuelto loco la felicidad de ser en adelante uno de los nuestros. ¡Mil libras! Declaro que yo necesito dos mil.

—Cuatro por dos son ocho —dijo entonces Aramis—; así pues, necesitamos ocho mil libras para nuestros equipos, de los cuales tenemos ya las sillas.

—Más —dijo Athos, esperando que Artagnan, que iba a dar las gracias al señor de Treville, cerrase la puerta— ese hermoso diamante que brilla en el dedo de nuestro amigo. ¡Qué diablo! Artagnan es demasiado buen compañero para dejarnos en apurada situación llevando en un dedo el rescate de un rey.

CAPÍTULO XXIX

A CAZA DE EQUIPOS

El más preocupado de los cuatro amigos era indudablemente Artagnan, aunque por su condición de guardia era más fácil de equipar que los señores mosqueteros, caballeros al fin; pero nuestro cadete de la Gascuña tenía, como se ha podido ver, un carácter previsor y casi avaro, a la vez que (¡cualquiera se explica estos contrastes!) la suficiente vanidad para competir con Porthos. A esta preocupación de su vanidad, unía a la sazón Artagnan una inquietud menos egoísta. Por más pasos que dio para obtener noticias de madame Bonacieux, no había conseguido ninguna. El señor de Treville había hablado de ella a la reina; la reina ignoraba dónde se hallaba la joven mercera y había prometido hacerla buscar. Pero esta promesa era muy vaga y no tranquilizaba en modo alguno a Artagnan.

Athos no salía de su habitación y estaba resuelto a no dar un solo paso para equiparse.

—Nos quedan quince días —decía a sus amigos—; pues bien, si al cabo de ese tiempo no he hallado lo que necesito, o mejor dicho, si la casualidad no me lo ha proporcionado, como soy demasiado buen católico para levantarme la tapa de los sesos de un pistoletazo, trataré de armar camorra con cuatro guardias de su eminencia o con ocho ingleses, y me batiré hasta que uno de ellos me mate, lo cual, dado su número, no podrá menos de suceder. Diríase entonces que he muerto al servicio del rey, y así moriré en acto de servicio sin haber tenido necesidad de equiparme.

Porthos continuaba paseándose, las manos a la espalda, moviendo la cabeza de arriba abajo y diciendo:

—Yo persisto en mi idea.

Aramis, pensativo, no decía nada.

Puede, pues, inferirse, por estos desastrosos pormenores, que la desolación reinaba en la comunidad.

Los lacayos, por su parte, como los corceles de Hipólito, compartían la pena de sus amos. Mosqueton hacía provisión de mendrugos; Bazin, a quien siempre le daba por la devoción, no salía de las iglesias; Planchet se entretenía en ver volar a las moscas, y Grimaud, a quien la angustia común no podía determinarle a romper el silencio impuesto por su amo, lanzaba unos suspiros capaces de enternecer a las piedras.

Los tres amigos, pues ya hemos dicho que Athos había jurado no dar un paso para equiparse, salían muy de mañana y regresaban muy tarde. Vagaban por las calles mirando fijamente al suelo, por si los que habían pasado antes que ellos hubieran perdido la bolsa. Se hubiera dicho que seguían alguna pista, dada la atención que ponían por donde quiera que pasaban; y cuando se encontraban en su camino, se dirigían mutuamente miradas de desolación que querían decir: «¿Has hallado algo?»

No obstante, como Porthos había sido el primero que había tropezado con una idea y se proponía seguirla con perseverancia, fue también el primero que empezó a poner los medios de llevarla a ejecución. Preciso es confesar que Porthos era un hombre muy expedito. Artagnan le vio un día caminar en dirección a la iglesia de Saint Leu, y le siguió instintivamente. El mosquetero entró en el santo lugar después de atusarse el bigote y la perilla, lo cual indicaba siempre su intención de hacer conquistas. Como Artagnan tomaba las oportunas precauciones para ocultarse de su amigo, creyó éste que nadie le había visto, y como observase Artagnan, después de haber entrado disimuladamente en la iglesia, que Porthos se recostaba contra un lado de un pilar, fue a colocarse en la propia actitud contra el otro lado, siempre sin ser visto.

Precisamente estaban predicando, por lo cual se hallaba la iglesia llena de gente. Porthos aprovechó la ocasión para atisbar a las damas, pues, gracias a los esmerados cuidados de Mosqueton, su exterior estaba lejos de anunciar la decadencia de su interior. Su sombrero estaba en verdad algo usado, su pluma un tanto marchita, sus bordados bastante descoloridos, y sus encajes sobradamente ajados, pero todos estos lunares desaparecían en la media luz que había en la iglesia, y Porthos era el buen mozo de siempre.

Artagnan vio, en el banco más próximo al pilar en que Porthos y él se hallaban recostados, una especie de beldad antigua, un tanto amarilla y bastante enjuta, pero tiesa y altiva bajo la toca negra. Los ojos de Porthos dirigían furtivas miradas a esa dama y luego mariposeaban a lo lejos por la nave.

Por su parte, la dama de cuando en cuanto parecía ruborizarse y lanzaba con la rapidez del relámpago una significativa mirada al voluble Porthos, el cual principiaba entonces a mirar a todas partes con muestras de la mayor indiferencia. Evidentemente, esto no era más que una táctica que mortificaba visiblemente a la dama de la negra toca, pues se mordía los labios, se rascaba la extremidad de la nariz y se agitaba con inquietud en su asiento.

Viendo Porthos el efecto que causaba, se atusó de nuevo el bigote, se estiró por segunda vez la perilla y se puso a hacer señas a una hermosa dama que estaba junto al coro y que no sólo era hermosa, sino que debía de ser también una gran señora, a juzgar por el negrito que tenía a sus espaldas y que le llevaba el almohadón sobre el cual estaba arrodillada, y por la dueña que le tenía el bolso, bordado con un escudo de armas, que le servía para guardar el devocionario.

La dama de la negra toca fue siguiendo en todas su revueltas la mirada de Porthos, y advirtió que se fijaba en la dama del almohadón de terciopelo del negrito y de la dueña.

Durante aquel tiempo Porthos estrechaba el cerco, y tan pronto hacía guiños como se llevaba los dedos a los labios o dirigía sonrisas asesinas que realmente asesinaban a la hermosa desdeñada.

Así que, no pudiendo resistir más, dejó escapar en forma de *mea culpa,* y dándose un golpe en el pecho, un suspiro tan sumamente fuerte, que todo el mundo, hasta la dama del almohadón encarnado, se volvió hacia el lado de donde había salido. Porthos permaneció impasible, pues aunque comprendió el motivo, se hizo el sordo.

La dama del almohadón de terciopelo, que era ciertamente muy bella, produjo un gran efecto en la de la toca negra, que vio en ella una rival temible; en Porthos, que la halló mucho más joven y hermosa que la de la toca negra, y por último, en Artagnan, que reconoció en la misma a la dama de Meung, de Calais y de Douvres, a quien su perseguidor, el hombre de la cicatriz, había saludado con el nombre de Milady.

Artagnan, sin perder de vista a la dama del almohadón encarnado, continuó observando el manejo de Porthos, que le agradaba en extremo, y creyó adivinar que la dama de la negra toca era la misma procuradora de la calle de los Osos, con tanto mayor motivo, cuanto que la iglesia de Saint Leu no estaba lejos de la expresada calle.

Pero, en medio de todo, observó Artagnan que ni una sola persona correspondía a las galanterías de Porthos. Todo era pura quimera e ilusión; pero, para un amor y unos celos verdaderos, ¿hay otra realidad que las quimeras y las ilusiones?

Concluido el sermón se encaminó la procuradora a la pila del agua bendita. Porthos se adelantó y, en vez de mojar simplemente los dedos, metió en ella toda la mano. La procuradora se sonrió de satisfacción creyendo que Porthos iba a darle a ella el agua bendita, pero quedó pronto cruelmente desengañada cuando, volviendo la cabeza, vio a tres pasos del mosquetero a la dama del almohadón encarnado, que se acercaba seguida de su negrito y la dueña.

Cuando la dama estuvo cerca de Porthos, sacó éste la mano de la pila chorreando agua bendita; la bella devota tocó con su fina mano la manaza de Porthos, y sonriéndole graciosamente al hacer la señal de la cruz, salió de la iglesia.

Esto era ya demasiado para la procuradora, la cual no dudó un momento que aquella dama y Porthos estuviesen en relaciones. Si hubiese sido una señora de elevada clase, se habría desmayado; pero, como no era más que una procuradora, se limitó a decir, con una especie de furor concentrado:

—Y a mí, caballero Porthos, ¿no me ofrecéis agua bendita?

Al sonido de esta voz, hizo Porthos un aspaviento como el que haría un hombre que se despertara después de un sueño de más de cien años.

—¡Se... señora! —exclamó—. ¿Sois vos? ¿Cómo está vuestro esposo, el apreciable señor Coquenard? ¿Sigue tan avaro como siempre? Pero, ¿dónde tendría yo los ojos que no os he visto en las dos horas que ha durado el sermón?

—Pues estaba a dos pasos de donde vos os hallabais, caballero —dijo la procuradora—; pero no me habéis visto, porque sólo teníais ojos para mirar a esa señora a quien acabáis de dar agua bendita.

Porthos aparentó quedarse cortado.

—¡Ah! —dijo—. Habéis advertido...

—Era preciso ser ciega para no verlo.

—Sí —dijo Porthos con cierto aire de indiferencia—, es una duquesa amiga mía, a quien me es sumamente difícil ver, a causa de su marido, un hombre en extremo celoso, y la cual me avisó que vendría hoy sólo con el objeto de verme, a esta mezquina y apartada iglesia.

—Caballero Porthos —dijo la procuradora—, ¿tendríais la bondad de darme el brazo, aun cuando no sea más que cinco minutos? Tengo que hablaros.

—¡Cómo, señora! —dijo Porthos, guiñándose a sí mismo el ojo, como un jugador que se ríe de la víctima que va a escoger—.

En aquel momento pasaba Artagnan, que iba en seguimiento de Milady, y dirigiendo sus ojos hacia Porthos, notó la expresión de triunfo de su mirada.

—¡Eh, eh! —se dijo a sí mismo, razonando conforme a la moral no muy rígida que se observaba en aquella época de galantería—. Aquí tenemos un hombre que puede estar equipado para el tiempo preciso.

Porthos, cediendo a la presión del brazo de la procuradora, como cede un brazo al timón, llegó al claustro de Saint Magloire, paso muy poco frecuentado y cerrado en sus dos extremos por sendos torniquetes.

De día no se veían en él más que mendigos y muchachos, comiendo los unos, mientras los otros se entretenían en jugar.

—¡Ah, caballero Porthos! —exclamó la procuradora, luego que se hubo asegurado de que ninguna persona extraña a la gente que comúnmente se ve en aquel sitio podía verlos y oírlos—. Sois, a lo que parece, un terrible y condenado conquistador.

—¿Yo, señora? —dijo Porthos, contoneándose—. ¿Y por qué?

—¿Y las señas que hacíais poco ha? ¿Y el agua bendita? Pero por lo menos, debe ser una princesa aquella dama del negrito.

—Os equivocáis, señora; no es más que una simple duquesa.

—¿Y el volante que la esperaba a la puerta? ¿Y la magnífica carroza con cochero de lujosa librea que también la esperaba?

Porthos ni había visto el volante ni el carruaje, pero la de Coquenard, con su mirada de mujer celosa, en todo había reparado.

Porthos sintió ya no haber hecho princesa a la dama del almohadón encarnado.

—¡Ah! ¡Sois el niño mimado de las bellas, caballero Porthos! —exclamó la procuradora con un suspiro—.

—Pero ya comprenderéis —repuso Porthos—, que con un físico como el que la naturaleza me ha dado, no puedo menos de ser algo afortunado.

—¡Dios mío! ¡Qué olvidadizos son los hombres! —exclamó la procuradora, levantando los ojos al cielo—.

—No tanto como las mujeres, a lo que creo —respondió Porthos—; porque, en fin, señora, yo puedo decir que he sido vuestra víctima cuando, herido y moribundo, me he visto abandonado de los cirujanos; yo, vástago de una familia ilustre, que había confiado en vuestra amistad, he estado a punto de morir, primero de mis heridas, y después de hambre en una mala posada de Chantilly, sin que os hayádis dignado siquiera contestar a las apasionadas y fogosas cartas que os he escrito.

—Pero, caballero Porthos... —murmuró la procuradora, que, a juzgar por la conducta de las grandes señoras de aquel tiempo, conocía que había caído en falta—.

—Yo, que había sacrificado por vos a la baronesa de...

—Ya lo sé.

—A la condesa de...

—Caballero Porthos, no me confundáis.

—A la duquesa de...

—¡Caballero Porthos, sed generoso!

—Tenéis razón, señora, no quiero decir más.

—Pero si mi marido no quiere ni aun que le hablen de prestar dinero.

—Señora de Coquenard, acordaos de la primera carta que me habéis escrito, y que conservo grabada en la memoria.

La procuradora derramó una lágrima.

—Pero la suma que me pedíais prestada era bastante considerable; decíais que necesitabais mil libras.

—Señora de Coquenard, yo os daba la preferencia. No tuve más que escribir a la duquesa de..., no quiero decir su nombre porque no me gusta comprometer a una mujer, pero lo que sé es que no tuve más que escribirle, para que me enviase mil quinientas.

La procuradora derramó una lágrima arrancada por los celos.

—Caballero Porthos —dijo—, os juro que me habéis castigado terriblemente, y que si en lo sucesivo os halláis en semejante trance, no acudiréis a mí en vano.

—¡Vamos, señora! —dijo Porthos con un gesto aparente de disgusto—. No hablemos de dinero, pues eso es humillante.

—¿Conque no me amáis? —dijo con triste lentitud la procuradora—.

Porthos guardó un silencio lleno de majestad.

—¿Así es como me respondéis? ¡Ah, ya comprendo!

—Considerad la ofensa que me habéis hecho, señora, ofensa que ha quedado grabada aquí —dijo Porthos, poniéndose la mano sobre el pecho y apoyándola con fuerza—.

—Yo la repararé, querido Porthos.

—Y, después de todo, ¿qué os pedía? —repuso Porthos con un movimiento de hombre lleno de la mayor honradez—. Un préstamo y nada más. Después de todo, soy razonable; sé que no sois rica y que vuestro marido se ve obligado a apremiar a los pobres clientes para sacar algunos tristes escudos. ¡Oh! Si fueseis condesa, marquesa o duquesa, sería otra cosa, y no tendríais perdón.

La procuradora se molestó.

—Sabed, caballero Porthos —dijo—, que mi caja de caudales, aunque de una procuradora, puede que esté mucho mejor provista que la de todas vuestras remilgadas, que sólo viven de trampas.

—Entonces es doble mayor la ofensa que me habéis hecho —dijo Porthos, separando del suyo el brazo de la procuradora—; porque si sois rica, no tiene excusa vuestra negativa.

—Al decir rica —repuso la procuradora, que conoció que se había excedido—, no se ha de tomar la palabra al pie de la letra; no soy lo que se llama una persona rica; pero vivo con bastante desahogo.

—En fin, señora —dijo Porthos—, no hablemos más del asunto; me habéis jugado una mala partida, y de consiguiente queda apagada toda simpatía entre nosotros.

—¡Qué ingrato sois!

—La ingrata sois vos, señora —dijo Porthos—.

—¡Idos, pues, con vuestra hermosa duquesa! No quiero reteneros más.

—¡Bah! Ésa creo que ya no es tan desdichada.

—Vamos, Porthos, os lo pregunto por última vez: ¿me amáis todavía?

—¡Ay, señora! —dijo Porthos, con el aire más melancólico que pudo adoptar—. Cuando vamos a entrar en campaña, y en una campaña en que mis presentimientos me dicen que voy a perecer...

—¡Oh, no digáis semejantes cosas! —exclamó la procuradora, prorrumpiendo en sollozos—.

—Lo presiento sin saber por qué —continuó Porthos con acento cada vez más melancólico—.

—Decid más bien que tenéis un nuevo amor.

—No, y os hablo con toda franqueza. Ningún nuevo objeto me llama la atención, y aún siento aquí, en el fondo de mi corazón, cierta cosa que habla en vuestro favor. Pero dentro de quince días va a abrirse esa campaña y no sé cómo componerme para tener el equipo necesario; además, necesito hacer un viaje a Bretaña, donde está mi familia, a fin de reunir la cantidad necesaria para mi partida.

Porthos conoció que la procuradora luchaba denodadamente entre el amor y la avaricia.

—Y como la duquesa que habéis visto en la iglesia —siguió diciendo— tiene sus tierras lindantes casi con las mías, haremos el viaje juntos. Ya sabéis que los viajes parecen menos largos y se hacen con mucha mayor comodidad cuando se lleva compañía.

—¿Conque, según eso, no tenéis amigos en París, caballero Porthos? —preguntó la procuradora—.

—Creía tenerlos —contestó Porthos con su aire melancólico—, pero veo que me he equivocado.

—Los tenéis, caballero Porthos, los tenéis —exclamó la procuradora en un rapto de entusiasmo que la dejó a ella misma sorprendida—. Venid mañana a mi casa. Os presentaréis como hijo de mi tía, y, por consiguiente, como primo mío, recién llegado de Noyon, de Picardía. Diréis que tenéis muchos pleitos en París, y que no conocéis a ningún procurador. ¿Os acordaréis de todo esto?

—Sí, señora, perfectamente.

—Pues venid a la hora de comer.

—Muy bien.

—Y sostened bien vuestro papel delante de mi marido, que es muy astuto, a pesar de sus sesenta y seis años.

—¡Sesenta y seis años! ¡Demonio! ¡Buena edad!

—La mejor, podéis decir; porque así el pobrecido puede dejarme viuda de un momento a otro —continuó la procuradora, lanzando una mirada significativa a Porthos—. Por fortuna, según nuestro contrato de matrimonio, hemos convenido en heredarnos mutuamente el que de nosotros sobreviva al otro.

—¿Todo? —dijo Porthos—.

—Todo.

—Sois una mujer muy previsora, querida señora de Coquenard —dijo Porthos, apretando suavemente la mano de la procuradora—.

—Conque quedamos reconciliados, ¿no es así? —dijo ésta con la mayor zalamería—.

—Para toda la vida —contestó Porthos del mismo modo—.

—¡Pues hasta la vista, traidorcillo!

—¡Hasta la vista, ingrata!

—¡Adiós, ángel mío!

—¡Adiós, luz de mis ojos!

CAPÍTULO XXX

MILADY

Artagnan había seguido a Milady sin que ésta lo advirtiese, y la vio subir a la carroza y oyó que daba al cochero la orden de ir a Saint Germain.

Era inútil que Artagnan pretendiera seguir a pie a un coche llevado al trote por dos briosos caballos; así que se volvió a la calle de Ferou.

En la del Sena encontró a Planchet, que estaba parado delante de una pastelería y que parecía embobado a la vista de una torta de muy apetitoso aspecto.

Diole orden de que fuese a ensillar dos caballos de los que había en la cuadra del señor de Treville, uno para él y para Planchet el otro, y le encargó que fuese a buscarle a casa de Athos. Treville había puesto sus caballos, una vez por todas, a disposición de Artagnan.

Planchet se fue hacia la calle de Colombier, y Artagnan hacia la de Ferou. Athos se hallaba en su casa vaciando tristemente una de las botellas del famoso vino de España que había traído de su vieja Picardía; hizo señas a Grimaud de que trajese otro vaso para Artagnan, y el lacayo obedeció en silencio como lo tenía por costumbre.

Artagnan contó entonces a Athos todo lo que había pasado en la iglesia entre Porthos y la procuradora, de lo que deducía que probablemente su compañero se hallaba a aquellas horas en estado de poderse equipar.

—En cuanto a mí —dijo Athos después que hubo escuchado aquella narración—, estoy seguro de que no serán las mujeres las que hagan el gasto de mis arreos.

—Y, sin embargo, siendo como sois guapo, cortés y gran señor, querido Athos, no habría princesa ni reina que estuviesen al abrigo de vuestros dardos amorosos.

En aquel momento asomó Planchet tímidamente la cabeza por entre la puerta, que estaba medio abierta, y anunció a su amo que estaban ya dispuestos los dos caballos.

—¿Qué caballos? —preguntó Athos—.

—Dos que me presta el señor de Treville para ir de paseo, y con los cuales voy a dar una vuelta por Saint Germain.

—¿Y qué pensáis hacer en Saint Germain? —preguntó Athos—.

Entonces Artagnan le contó el encuentro que había tenido en la iglesia, en donde vio aquella mujer que, juntamente con el caballero de la capa negra y de la cicatriz en la sien, eran su eterna pesadilla.

—Es decir, ¿qué estáis enamorado de esa otra como lo estabais de madame Bonacieux? —dijo Athos, encogiéndose desdeñosamente de hombros, como si le inspirara compasión la flaqueza humana—.

—¡Yo! De ningún modo —exclamó Artagnan—; pero tengo deseos de aclarar el misterio de que parece rodeada, pues sin saber por qué, se me figura que esta dama, por desconocida que me sea, y por desconocido que yo le sea también, ha de haber tenido alguna influencia en los acontecimientos de mi vida.

—Así como así, tenéis razón —dijo Athos—, pues no conozco mujer alguna que merezca la pena de que se la busque cuando se ha perdido. Si madame Bonacieux se ha perdido, tanto peor para ella; que se busque, si quiere, a sí misma.

—No, Athos, no; estáis equivocado —dijo Artagnan—. Amo a mi pobre Constanza más que nunca, y si supiese el sitio en donde se halla, aun cuando fuese en el fin del mundo, partiría al momento a sacarla de manos de sus enemigos; pero desgraciadamente lo ignoro; todas mis pesquisas han sido inútiles. ¿Qué he de hacer? Hay que distraerse.

—Sí, distraeros al lado de Milady, querido Artagnan; lo deseo con todo mi corazón, si eso puede serviros de consuelo.

—Escuchad, Athos; en vez de permanecer aquí encerrado como si estuvieseis en una prisión, montad a caballo y vamos a pasear juntos por Saint Germain.

—Querido, yo acostumbro a montar mis caballos cuando los tengo, y si no, voy a pie.

—Pues bien —dijo Artagnan, sonriéndose de la misantropía de Athos, que en otro cualquiera le hubiera ciertamente ofendido—, yo no soy tan orgulloso como vos, y monto lo primero que encuentro. Conque así, adiós, querido Athos.

—Adiós —dijo el mosquetero, haciendo señas a Grimaud de que destapara la botella que acababa de traer—.

Artagnan y Planchet montaron en sus respectivos caballos y tomaron el camino de Saint Germain.

Durante el trayecto acudía a la mente de nuestro joven todo lo que Athos había dicho de madame Bonacieux. Aunque Artagnan no fuese de un carácter en extremo sentimental, la hermosa mercera había causado en su corazón una impresión profunda, y, según decía, estaba dispuesto a ir en su busca hasta el fin del mundo; pero como el mundo tiene muchos confines, por lo mismo que es redondo, no sabía hacia qué lado volverse.

Entretanto creía que no estaba de más averiguar quién era Milady. Milady había hablado con el hombre de la capa negra, de modo que debía de conocerle, y el hombre de la capa negra era, en opinión de Artagnan, el que había raptado últimamente a madame Bonacieux, así como también fue el que la raptó la vez primera. Artagnan no mentía, pues, sino a medias (lo cual es mentir bien poco) cuando decía que haciendo diligencias en busca de Milady, las hacía también en busca de su Constanza.

Entregado a estos pensamientos, y metiendo de cuando en cuando espuelas a su caballo, llegó por fin a Saint Germain, pasando por delante del pabellón en que diez años después había de venir al mundo Luis XIV. Metióse por una calle desierta mirando siempre a uno y otro lado, por ver si descubría algún rastro de su bella inglesa, cuando, en el piso bajo de una linda casa que, como las de aquel tiempo, no tenía ninguna ventana a la calle, distinguió a una persona que creyó que no le era desconocida. Paseábase ésta por una especie de terrado todo cubierto de flores, y Planchet fue el primero que la reconoció.

—¡Eh, señor! —dijo, volviéndose hacia Artagnan—. ¿No conocéis el rostro de aquel papamoscas?

—No —dijo Artagnan—, y, sin embargo, estoy casi seguro de que no es ésta la primera vez que le veo.

—Ya lo creo —dijo Planchet—; es aquel pobre Lubin, lacayo del conde de Wardes, a quien dejasteis tan bien acomodado en Calais, en el camino de la casa de campo del gobernador.

—¡Ah, sí! Ahora me acuerdo y le reconozco perfectamente. ¿Crees que él te reconozca a ti?

—A fe mía, señor, estaba el pobre tan turbado, que dudo mucho que haya podido conservar de mí una memoria ni medio clara siquiera.

—Pues bien, háblale —dijo Artagnan—, y procura enterarte de si ha muerto su amo.

Planchet se apeó del caballo y se acercó a Lubin, el cual, como era de esperar, no le reconoció. Ambos lacayos se pusieron a conversar en la mejor armonía, mientras que Artagnan dirigía los dos caballos a una callejuela inmediata que daba vuelta a la casa, y se colocaba de manera que pudiese oír el diálogo, oculto detrás de un seto de avellanos.

Al poco rato de hallarse en observación detrás del seto, oyó el ruido de un carruaje, y vio detenerse enfrente de él el coche de Milady. No le quedó la menor duda a Artagnan de que la dama inglesa estaba dentro, y lo que hizo fue tenderse sobre el cuello del caballo para verlo todo sin ser visto.

Milady sacó su rubia cabeza por la portezuela, y dio sus órdenes a una doncella que la acompañaba.

Ésta, que era una joven de veinte a veintidós años, lista y vivaracha, tipo verdadero de la criada de una ilustre dama, saltó a tierra desde el estribo en que, según costumbre de aquella época, iba sentada, y se encaminó a la terraza en que Artagnan había visto a Lubin.

Artagnan siguió con la vista a la doncella y advirtió que se encaminaba hacia la terraza; pero, por desgracia, habían llamado a Lubin desde dentro, de modo que se quedó solo Planchet mirando a todos lados para ver si descubría el camino por donde había desaparecido Artagnan.

La doncella se acercó a Planchet, a quien tomó por Lubin, y, enseñándole una cartita, le espetó:

—Para vuestro amo.

—¿Para mi amo? —exclamó, admirado, Planchet—.

—Sí, y con urgencia. Tomad pronto.

Dicho esto se volvió corriendo al carruaje, que había dado la vuelta en dirección al punto de donde había venido, y colocándose la joven en el estribo, emprendió el carruaje su marcha. Planchet se quedó dando mil vueltas a la carta; pero, acostumbrado a la obediencia pasiva, salió de la terraza y tomando una callejuela halló a los veinte pasos a Artagnan que, habiéndolo visto todo, le salía al encuentro.

—Para vos, señor —dijo Planchet, presentando la carta al joven—.

—¿Para mí? —dijo Artagnan—. ¿Estás bien seguro?

—¡Pardiez! Ya lo creo que estoy seguro; la doncella me ha dicho: «para tu amo»; y no tengo otro amo que vos. Conque... ¿sabéis que es una chica muy linda la tal criada?

Artagnan abrió la carta y leyó estas palabras:

> *Una persona que se interesa por vos más de lo que puede decir, desearía saber qué día podríais hallaros en estado de pasear por el bosque. En la fonda del Campo del Tisú de Oro esperará mañana la contestación un lacayo vestido de negro y encarnado.*

—¡Oh, oh! —dijo para sí Artagnan—. Esto ya excita un poco la curiosidad. Parece que Milady y yo nos interesamos por una misma persona. Y bien, Planchet, ¿cómo sigue el bueno del señor de Wardes? ¿A lo que parece, no ha muerto?

—No, señor; sigue todo lo bien que se lo permiten cuatro estocadas que regalásteis a ese pobre caballero, que se halla todavía sumamente débil por la mucha sangre que ha perdido. Según supuse, Lubin no me reconoció y me ha contado de cabo a rabo nuestra aventura.

—Muy bien, Planchet; eres el rey de los lacayos. Ahora sube a caballo y alcancemos la carroza.

No se tardó mucho en ello, pues al cabo de unos cinco minutos divisaron la carroza, que estaba detenida a un lado del camino. Un caballero ricamente vestido estaba de pie junto a la portezuela.

La conversación entre Milady y el caballero era tan animada, que Artagnan se detuvo al otro lado del carruaje sin que nadie, a excepción de la bella criadita, reparase en su presencia.

La conversación era en inglés, idioma que Artagnan no comprendía, pero en el acento de la dama creyó adivinar que estaba sumamente irritada, mucho más cuando la vio terminar por un ademán que no le dejó la menor duda acerca de la naturaleza de la conversación, y fue un abanicazo aplicado con tal fuerza, que el utensilio femenino se hizo pedazos.

El caballero soltó una carcajada que pareció exasperar a Milady.

Artagnan creyó que éste era el momento de intervenir, y acercándose a la otra portezuela y descubriéndose respetuosamente, exclamó:

—Señora, permitidme que os ofrezca mis servicios, pues me parece que este caballero ha excitado vuestro enojo. Hablad una palabra y me encargo de castigarle por su falta de cortesía.

A las primeras palabras se volvió la dama y se quedó mirando al joven como sorprendida. Luego que concluyó su examen, dijo, en francés muy correcto:

—Caballero, con mucho gusto me pondría bajo vuestra protección, si la persona que me ha irritado no fuese mi hermano.

—Perdonadme entonces, señora —dijo Artagnan—; pues ya podéis suponer que ignoraba esta circunstancia.

—¿En qué tiene que meterse ese atolondrado? —exclamó, bajándose a la altura de la portezuela el caballero a quien Milady había designado como hermano suyo—. ¿Y por qué no sigue su camino?

—El atolondrado seréis vos —dijo Artagnan, inclinándose a su vez contra el cuello de su caballo y respondiendo desde su sitio por la portezuela del coche—; no sigo porque se me antoja quedarme aquí.

El caballero dirigió algunas palabras en inglés a la señora.

—Yo os hablo en francés, caballero —dijo Artagnan—; conque así, tened la bondad de contestarme en el mismo idioma. Enhorabuena que seáis hermano de esta señora, pero afortunadamente no lo sois mío.

Cualquiera hubiese creído que Milady, tímida como lo suelen ser generalmente las mujeres, iba a mediar en este principio de provocación, para cortar la disputa y evitar sus desastrosas consecuencias; pero, lejos de eso, acomodándose en el fondo del carruaje, gritó con la mayor frialdad al cochero:

—¡A casa!

La linda criadita lanzó una mirada de inquietud a Artagnan, cuya buena presencia parecía no haberle disgustado.

El caballero hizo un movimiento en ademán de seguir al carruaje; pero Artagnan, cuya cólera, en vez de apaciguarse se había aumentado al reconocer en él al inglés que en Amiens le ganó el caballo y estuvo a punto de ganar también su diamante jugado por Athos, se abalanzó a las bridas y le detuvo.

—Paréceme, caballero, que sois aún más atolondrado que yo, pues no os acordáis de que tenemos pendiente cierto asunto.

—¡Hola, hola! —dijo el inglés—. ¿Sois vos, amigo? ¿Conque no hay con vos otro recurso que el de jugar, sea de un modo o de otro?

—Así es, y ahora me hacéis recordar que me debéis un desquite. Veremos, caballero, si sabéis manejar con tanta destreza la espada como el cubilete de los dados.

—Ya veis que no llevo espada —dijo el inglés—. ¿Queréis echároslas de valiente contra un hombre indefenso? No puedo creerlo.

—Presumo que no os faltarán armas en vuestra casa, y en todo caso, os prevengo que tengo dos espadas. Si gustáis, estoy dispuesto a jugaros una e ellas.

—Es inútil —dijo el inglés—, pues estoy bien pertrechado de semejantes utensilios.

—Muy bien, mi digno caballero, elegid la más larga y venid a enseñármela esta tarde.

—¿Y en dónde os parece?

—Detrás del Luxemburgo; es un sitio excelente para paseos de la clase del que os propongo.

—Bien; no faltaré.

—¿Y a qué hora?

—A las seis.

—A propósito, ¿no dejaréis de tener, probablemente, uno o dos amigos?

—Tengo tres que se juzgarán por muy dichosos en ser de la partida.

—¡Tres! Perfectamente; las cosas se van arreglando a las mil maravillas —dijo Artagnan—.

—Ahora, tened la bondad de decirme quién sois —dijo el inglés—.

—El señor Artagnan, caballero gascón, individuo de la compañía de guardias del señor de Essarts. ¿Y vos?

—Lord Winter, barón de Scheffield.

—Pues bien, soy vuestro servidor, señor barón —dijo Artagnan—, a pesar de que lleváis unos nombres bien difíciles de retener.

Y picando espuelas al caballo, lo puso al galope y tomó el camino de la casa de Porthos.

Artagnan, según costumbre que ya había contraído, fue derecho a apearse a la casa de Athos, a quien encontró tendido en un sofá esperando, como ya dijimos, a que el equipo viniese a buscarle.

El joven guardia le contó lo que acababa de sucederle, omitiendo, sin embargo, lo concerniente a la carta dirigida al señor de Wardes; Athos, cuando supo que iba a batirse con un inglés, se mostró sumamente gozoso, pues ya hemos dicho en otra ocasión que ése era su sueño.

Enviaron a buscar inmediatamente a Porthos y a Aramis, por mediación de los lacayos, y se les puso al corriente de los sucesos.

Porthos sacó la espada y se puso a maniobrar con ella contra la pared, retrocediendo de cuando en cuando y haciendo flexiones como un bailarín. Aramis, que seguía trabajando en su poema, se encerró en el gabinete de Athos, rogando que no le incomodasen hasta el momento de desenvainar la espada; Athos pidió por señas a Grimaud que le trajese otra botella.

En cuanto a Artagnan, se puso a madurar allá en su imaginación un pequeño plan, que más tarde veremos puesto en ejecución, y que le prometía alguna graciosa aventura, como podía echarse de ver fácilmente por las sonrisas que de cuando en cuando le alegraban el semblante.

FIN DEL LIBRO PRIMERO

ÍNDICE

VOLUMEN I

Este libro se terminó de
imprimir en los talleres
de Printer, industria gráfica, sa
de Sant Vicenç dels Horts,
el día 17 del mes de Marzo
de 1985